中国人民大学科学研究基金项目 13XNF063 资助

文学与思想丛书

Zhongxin Yu Migong

中心与迷宫

诺思洛普·弗莱的神话阐释研究

饶　静／著

人民出版社

目　录

导　论

一、弗莱生平与著作简介

论及诺思洛普·弗莱（Northrop Frye，1912—1991）神话批评体系的来源，可以和很多名字和流派联系到一起，比如维柯、弗雷泽、斯宾格勒、卡西尔、荣格等等，但要找出一个具有决定性的名字，恐怕还是困难的，他们之于弗莱还都是技术性的影响。① 弗莱乐于承认的"父亲"只有威廉·布莱克（William Blake，1757—1827）。面对他，弗莱没有弑父的冲动，他会说："读布莱克，要么就下地狱！"②

---

① 弗莱接受了维柯 verum factum（我们只相信我们所制造的）原则并使其成为自己文学批评的出发点，他有关语言模式的历史分期就是在维柯框架下进行的。卡西尔则帮助弗莱扩展了神话的内涵，神话不仅是语言模式的载体，更承载了文化模式。荣格侧重原型的心理起源，弗莱更关注原型的社会方面。弗雷泽和斯宾格勒均以"文学批评家"的方式写作，弗雷泽将神话看成一系列连锁的故事模式，扩展了文学的人类学纬度；而斯宾格勒则以一种整体的有机文化观影响了弗莱。有关弗莱理论的庞大来源问题，可参见 Ford Russell：*Northrop Frye on Myth*. New York；London；Routledge，2000；易晓明：《诺·弗莱的大文化观：来源与表征》（一）、（二），《海南师范学院学报》（社会科学版）2003 年第 3 期、2003 年第 4 期。

② G.E. Bentley，*Blake on Frye and Frye on Blake*，*The legacy of Northrop Frye*，Alvin A Lee and Robert D. Denham edited. Toronto Buffalo London；University of Toronto Press Incorporated，2004，p.180.

弗莱正是以布莱克研究者的身份开始其学术生涯的，1947 年，《可怕的对称》(*Fearful Symmetry*：*A study of William Blake.*) 终于出版，本书的撰写一共花费了 13 年，出版过程更是颇费周折。此书一经问世即获得了极大成功，甚至改变了布莱克研究的方向。布莱克的神秘和晦涩使其孤立，关于他一直存在着一个误解：尽管拥有美妙的天才，可惜始终在时代潮流之外，他在英国文学史上的位置也颇为尴尬，难以定位。对此艾略特曾这样说："他的天才所需求的，所可悲地缺乏的，是一个公认的也是传统的观念所构成的底子，这会阻止他，使他不至于沉迷在属于他自己的那种哲学里，而且会使他的注意力集中在诗人的种种疑问方面来。"① 布莱克是脱离传统的异数么？弗莱绝不如此认为，《可怕的对称》不仅重释了布莱克的诗歌象征世界，更重要的是展现了布莱克和神话传统的联系。《可怕的对称》不仅是对布莱克诗歌的研究，也是对其神话来源与文学整体的理论展现。布莱克及其诗歌成为一种例证，即神话是如何为文学提供基础与结构的，文学又是如何成为神话意识的首要话语形象的。这本书不仅契合了当时的批评兴趣，也击中了深层的宗教觉醒或是存在意识。

布莱克生活的时代，英国社会占主导地位的思潮是以约翰·洛克（John Locke，1632—1704）为代表的启蒙经验主义哲学。布莱克则坚决反对这种认识论以及由此派生出来的泛神论、再现诗学观及绘画理论。但这并不妨碍将他与一个多世纪之前英国奥古斯都时代（1650—1750）的思想观念相连接，那是英国的文艺复兴时期，新教传统和人文主义紧密相连，上帝之言和人类之言互为贯通。弗莱考察了这一传统，指明布莱克的诗学渊源和希伯来圣经预言传统紧密相连。在这一谱系内，布莱克对预言式的"幻象"(vision) 十分重视，"幻象"不是这个世界可能会怎么样，也不是指世界平时是什么样，而是当诗人的意识处于最敏锐、最强烈的状态时，世界在其心目中呈现的面目。幻象是一种直观能力，通过诗的神谕式的语言得以传达，布莱克诗歌中的幻象常常以晦涩意象来表达，这些意象没有诸神的鲜活性

---

①　威廉·布莱克：《天真与经验之歌》，杨苡译，译林出版社 2002 年版，第 17 页。

格，而是"智性的表意文字"（intellectual ideographs），① 比如 Orc，Urizen，Ololon，Zolas 等。这些"表意文字"是意象与意义的结合，取自不同的神话系统又加上了布莱克本人的再创造，形成了自成一体的深远象征体系。

对此，一些学者将其视为一种缺陷。布莱克的诗歌充满了"误置的传统"（misplaced convention）②，不免流于晦涩单调。弗莱却不避烦琐，详细分析了这些表意文字的来源，并指出这绝非诗人想入非非的凭空创造，也远非神秘，而是具备深刻历史文化内涵的原型组合。论及这种原型的来源时，不仅包括希伯来圣经神话传统，还有来自希腊古典神话的补充，即"《圣经》并不能穷尽上帝之言这样的感觉说明了我们称之为对位法象征主义的现象，即，非基督神话的运用，通常是古典神话，补充并形成了基督教诗歌。"③ 弗莱由此勾勒了布莱克的中心神话和诗学空间：是由创造、堕落、救赎和启示所开启的四层空间，分别代表了人类处境和自然相关的四个阶段，为表达这种启示式的历史进程，布莱克以奥克（Orc）循环来象征这一进程。奥克代表着能量本身，其原型可以看作是神话中的泰坦巨人，与酒神狄奥尼索斯也有联系，拥有撒旦般的能量，其内部的骚动不安总会引发革命，这一能量要得到洛斯（Los）的想象性塑形才能获得形式。但拘禁于善／恶区分的道德主义视角则将奥克的巨大能量视为邪恶，布莱克却将奥克看作耶稣重临世间的预言，代表着想象和创造的自由，也是人类重返乐园的必经之路。但是，在阅读《可怕的对称》时，我们很难分清哪些是布莱克的观点，哪些些内容又是弗莱本人的阐释。正如布莱克"吞没"了弥尔顿一样，弗莱也"吞没"了布莱克。

1957 年，弗莱出版了《批评的解剖》（*Anatomy of Criticism：four essays*），这本著作不仅奠定了神话—原型批评的基本原则，也为他赢得了

---

① Northrop Frye，*Fearful Symmetry：A Study of William Blake*，Princeton：Princeton University Press，1969，p.143.

② W.H.Stevenson eds，*William Blake：Selected Poetry*，Published by Penguin Group，1988，p.16.

③ Northrop Frye，*Fearful Symmetry：A Study of William Blake*，Princeton：Princeton University Press，1969，p.110.

世界性声誉，原型批评与西方马克思主义和精神分析学在文学批评领域一度有过"三足鼎立"的局面①。在这本著作中，弗莱努力使"批评"成为一门学科，能够被教授的不是文学，而是关于文学的知识，这就需要特定的观念框架来加以整合，这种框架只有在文学系统内部（诸如意象、常规、文类等）来寻求和确证。正是这种试图成为"科学"的诉求，使这部著作沾染了一些刻板和几乎完全错误的论断。但这并不妨碍这部著作在文艺理论史上的重要地位，因为其上接新批评，下启结构主义。他所倡导的神话——原型批评打破了新批评细读文本的作风，将批评从文本层面推向了广阔的文化与历史语境，注重文类与模式间的交流与循环，使单个作品孤立的审美特征和文学程式、常规连接起来，成为了可交流的文化单位。不过，尽管原型批评打破了单个文本的孤立权威，其基本理念仍然是审美主义的，文学被压缩成了文本间的封闭生态循环，成了基于相同主题的重复变化。

这一时期，弗莱也相继出版了一系列批评著作，有《统一性寓言》（*Fables of Identity*：*studies in poetic mythology*，1963）、《艾略特》（*T. S. Eliot*，1963）、《世俗圣经：传奇的结构研究》（*The Secular Literature*：*A Study of the Structure of Romance*，1976）、《自然视角：莎士比亚喜剧与传奇的发展》（*A natural perspective*：*A development of Shakespearean comedy and Romance*，1965）等，这些著作都从不同方面实践了原型批评的基本理念，在古典神话学视野下，作品的内在讽喻结构得到了辨认，其文学理论学科意识又被恢宏的文化视界湮没了。

20世纪60年代中期以后，后结构/解构主义、后殖民主义逐渐占据文学批评主导范式，文学批评逐渐转向文化批评，研究者更为关注文学同政治、历史、社会的缠绕。弗莱的批评重心也由文学批评转向文化批评，后者是前者的有机延伸，是文学离心力在社会层面的拓展。批评家的角色是"教育急先锋"和"传统塑造者"，弗莱更为关注批评的社会功能以及教育问

---

① 雷纳·韦勒克的评价，转引自蒋孔阳、朱立元主编：《西方美学通史》第七卷，上海文艺出版社1999年版，第6页。

题。这一时期他的主要著作包括《批评之路》（*The Critical Path：an essay on the social context of literary criticism*，1973）、《顽固的结构》（*The Stubborn Structure*，1965）、《世界之轴》（*Spiritus Mundi：Essays on Literature*，*Myth*，*and Society*，1976）、《论教育》（*On Education*，1988）等。弗莱的文化批判激励着这样一个问题：即自由的获得，是否必然要树立一个对手，将其驳倒，从而享受击破锁链的快感？这是弗莱对 20 世纪 60 年代学生运动的一个漫画式概括，他将学生运动看作是"反抗"神话的践行者。这一反抗意识预设了一种批判性立场，弗莱的疑问是，谁来审查这一批判立场的立场并赋予权威呢？弗莱所言的精神权威实际上是一场戒律内在化过程，是自我治理。自由是在效忠而非对抗的形态中获得的，就是与精神权威的认同，而精神权威必定是秩序的隐匿重心。

　　进入 20 世纪 80 年代以后，弗莱又以文学批评家眼光进入了圣经研究领域，相继出版了《伟大的代码》（*The Great Code：The Bible and Literature*，1981）、《神力的语言》（*Words with power：being a second study of* "*the Bible and literature*"，1990）。弗莱本人的思想来源，即《圣经》与布莱克的诗学世界。弗莱所认可的神话学框架，只有在《圣经》英译完成后才是可能的，其神话学框架深受英语文学经典建构的影响。弗莱的文学评论对象，集中于弥尔顿、莎士比亚、斯宾塞这样的英语经典作家，神话—原型批评之建构和基督教语言创世观又携手巩固了这一经典。《双重视野：宗教中的语言和意义》（*Double vision：Language and Meaning in Religion*，1990）是弗莱去世后出版的著作。

　　《圣经》是弗莱的启蒙读物，但母亲的讲解常常拘泥于字面，《圣经》常被用来证明信仰和奇迹，这种字面意义上的阅读常常令他感到自己仿佛是被吞入鲸鱼肚子里的约拿。弗莱声称，他后来的努力也是试图从这种字面阅读中解放出来，从而加深对神话和隐喻的理解。弗莱对《圣经》的理解深受布莱克的影响，布莱克的预言诗展现了对《圣经》意象的再造和更新，从创世到启示，《圣经》为文化模式提供了一种神话学框架。弗莱则是以批评来继续这一任务的，作为文学与批评的重要参照系，《圣经》不是教义的来源而是故事和想象的源泉。其批评理论的两个重要术语都是从《圣经》来的，在语言模式上，《圣经》给予文学的是"布道"（kerygma），当然任何文学都不能成为布道，却拥有和布道的隐喻结构类似的在场特征；在叙述模式上，《圣经》为文学提供了"预示论"（typology），预示论原是一种解经方法，即《新约》中发生的事情都能在《旧约》中找到原型，这使得两部经书成为一体。从语言模式和叙述模式上考察圣经文本结构的做法，既是原型批评的起点，也是原型批评的产物。

弗莱的批评词汇带着浪漫主义的崇高格调，想象、象征、幻象等都是其重要批评术语，他甚至采纳了基督教四重象征来组织其批评的阐释空间，对神话叙事的坚持也使他没有创造新的批评词汇的动力和意识，他更愿意使古老的神话框架恢复活力，在"断裂"成为流行的时代里，他坚持了总体性和持续性的好古之风，其力量在于想象的语法，是经布莱克启发并得自《圣经》的神话形态学。而文学批评的实际功能之一，就是加深对神话历史的认识，从而有意识地建立起一种文化传统，"在于将创造和知识、艺术与科学、神话和概念之间已经断裂了的链接重新焊接起来。"① 弗莱所信奉的"言"不是一个浓缩的观念中心或等级序列的至高层，而是由书写所开启的文学空间以及这一空间所映射至个人想象与群体的社会空间。

纵观弗莱一生的批评实践，"语言中心"立场非常明确，从某种程度上说，其著作都可以看作"太初有言"的注脚，"言"不仅是大写的逻各斯精神，上帝传达的信息，圣灵降临的话语等，更包括了书写、神话和隐喻所绽放的意义以及社会文化语境中的权威之识别的问题，更重要的是，这种权威与他终生信奉不疑的民主理念相融合。为了超越反讽，弗莱变成了一个裁缝师，他努力缝制一件皇帝的新装。但别说新装，就连皇帝的身体如今也不可见了。弗莱的写作并不能挽救他的根本情绪，反而成了对手们意欲攻击的那

---

① Northrop Frye, *The Anatomy of Criticism*, Princeton, Princeton University Press, 1973, p.354.（中译参见诺思洛普·弗莱：《批评的解剖》，陈慧、袁宪军、吴伟仁译，百花文艺出版社2006年版。本书引文参考中译并有所改动，以下不再注明。）

种意识形态的化身。

二、研究思路、结构与内容

有关神话的思考或研究都不能摆脱何谓神话的追问，定义只是让事物变得相对简单的一种方式，并不能面向事物本身。有论者曾提出从形式、内容、功能和语境四个方面对神话加以涵括，从而达到一种描述性定义①。要在弗莱的著作中寻找神话的确切定义也是徒劳的，他只是在三个层面上拓展了神话的内涵并使之成为了连接语言、文学和文化的解释模式。

神话首先是"故事"（story），包括了人类远古时期有关神祇或英雄的故事，创世神话以及各民族史诗等，具备神圣含义，这时神话和民间故事、传奇等类型相对，其母题也经常以各种变形出现在后世的文学作品中。其次，就神话词源 mythos 而言，神话还是"叙事"（narrative）或"情节"（plot），与亚里士多德在《诗学》中所论及的"情节"（mythos）② 有相同意蕴，是一种叙事或言语模式，由具体词语结构组成，这一层含义强调了神话的叙事与时间性。此外，神话还是一种宏观的文化模式，表现为特定的信仰、观念和价值体系的总和，这时"神话"成为了"神话体系"（mythology），任何时代都有占据主导地位的神话体系，类似于隐而不显的文化封套，反映着一个时代的总体思维乃至感觉倾向，行使着意识形态的社会功能。就神话在这三个层面的含义而言，只是一种经验分析，却张开了弗莱神话批评体系的多重维度。不过，就根本意义而言，神话还是"Word"，是大写的"逻各斯"精神。正是神话的这层含义，提供了一种超越性，并成为语言乌托邦的推

---

① 劳里·抗柯：《神话界定问题》，载阿兰·邓迪斯编，韩戈金译：《西方神话学读本》，广西师范大学出版社 2006 年版，第 62—64 页。

② 作为一个整体悲剧包括六个重要成分，即情节（mythos）、性格（ethos）、言语（lexis）、思想（dianoia）、戏景（opsis）和唱段（melos）。（参见亚里士多德：《诗学》，罗念生译，商务印书馆 1996 年版，第 63 页。）

动力，这种超越性被寄存在"受到意识形态表面上承认，实际却予以排斥的能动性（the excluded initiative）"①上，"被排斥的能动性"这一拗口表达成为弗莱对神话的定位，能量位居神话的核心，能量的形式化构成了神话在文学、文化乃至文明层面的显现。

由此，文明、文化、神话或文学在弗莱的批评体系中几乎是同义的，他认为所有的人类创造活动的目的都在于将自然转化为人类文明与文化形态，在这一转化过程中，神话既是作为形式也是作为目的起作用的。批评家的一个重要任务就是对此进行识别。作为文学与思想的模式，神话的历史性真实或起源绝非首要问题，这种真实性的追究也没有答案，弗莱关注的是神话的现象学意义，即神话对于人类生存的重要意义，从历史和神话意识中需要寻求的并不是某一模式可信性，而是要在传统的基本象征和隐喻中寻求和理解信仰的根基。

神话学的诞生其实也是 19 世纪科学主义发展的产物，神话学研究也可以看作古希腊"秘索斯—逻各斯"分离模式的重复，神话研究的兴盛其实是神话的失败，这种兴盛宛若被逻各斯割裂和对象化的秘索斯一般，是神话所代表的那种感觉、思考和生存方式萎缩的标志。不过，神话研究的具体范式也发生着一些变化，19 世纪的神话理论家最初将兴趣放到神话起源问题上，也把神话原始形态的历史重建作为目标；而 20 世纪之后的神话理论则将神话放到自身文化语境，考虑神话的结构和功能问题。②早期的神话研究在方法论上偏重于经验研究，即客观化神话。这一方法来自这样的一个理论假设，即神话即使不是某人的问题，也是某一主体的实践。在一些神话学家的写作中，神话是表现他者的一种方式，神话是不同文化时空中思维不成熟

---

① Northrop Frye, *Words with power: being a second study of "the Bible and literature"*, San Diego: Harcourt Brace Jovanovich, 1990, p.23.（中译参见诺思洛普·弗莱：《神力的语言——"圣经与文学"研究续编》，吴持哲译，社会科学文献出版社 2004 年版。本书引文参考中译并有所改动，以下不再注明。）

② 参见阿兰·邓迪斯编：《西方神话学读本》，韩戈金译，广西师范大学出版社 2006 年版，第 3 页。

的表现。比如弗雷泽认为神话是原始的，他的比较方法将诗歌和剧作解释为原始仪式的微弱回声；弗洛伊德将神话表现为病理学的，以此诊断作者的神经官能症；在此神话都是需要被超越乃至否定的东西。在神话学发展第二个阶段，这种研究方式被颠倒了。这一时期的神话研究主要探求神话的现象学意义，即神话对于人类生存的意义，研究重点不仅在于辨认出神话模式，更要理解神话的经验含义。神话之所以广泛存在于文学、心理学、宗教以及社会学中，并非因为它们是原始意识的残留物，而在于其本身就是当代文化的阐明，显示了人类意识历史的某种连续性。弗莱就是在这个层面上开展其神话批评的，神话思维构成了他思考的框架和语境。[①] 尽管神话不可定义，神话莫衷一是，但尝试说出"是"的渴望是神话最深的焦虑。也许，神话之起源所包含的那种终极认同不能被抽象到"是"这一语法功能上来，但神话思维必定是一种对存在说"是"的行动，神话阐释的核心总是存在着激进的"隐喻同一"观念。

　　"原型批评"自诞生之初就具备跨学科、跨文化的特点，是综合了多种视角与方法的批评话语，其兼收并蓄的"独立性"只有在对话语境[②] 中才能彰显出来。其批评话语并不看重论证与辩驳，而是在不同话语范式间的自由穿梭，为各种看似隔阂的理论叙述营造对话空间。具体论述时，本书主要依

[①]　弗莱的第一本学术著作，《可怕的对称》即是在圣经与古典神话的框架下重释布莱克的预言诗，打破了布莱克作为孤立诗人和传统异数的神秘主义观念，也开创了其神话批评的基础。1945 年前后也有许多重要神话批评著作出版，包括荣格的《原型与集体无意识》(The Archetypes and the Collective unconscious)、伊利亚德《比较宗教学的模式》(Patterns in Comparative Religion)、科波拉的《千面英雄》(The Hero with a thousand Faces) 等，《可怕的对称》与之分享了相同的历史情景及相似的论证方法，是将神话批评应用到文学批评的杰出范例。

[②]　弗莱对批评流派的开放态度以及对话关系更带有后现代的多元取向，而非现代主义的精英和专断意识。弗莱和巴赫金一样，虽未卷入任何批评流派具体纷争，却能促成广泛、深远的理论对话。参见王宁：《全球化：文学研究与文化研究》，广西师范大学出版社 2003 年版，第160—161 页。托多洛夫也曾指出，使弗莱的作品再现的语境是对话的语境，而不是客观研究的语境。(参见茨维坦·托多洛夫：《批评的批评：教育小说》，王东亮、王晨阳译，三联书店2002 年版，第 115 页。)

循两条线索来进行。一是关注弗莱的神话—原型批评与当代批评理论的互文性。这就要关注神话—原型批评诞生时所面对的理论世界，《批评的解剖》于1957年出版时，弗莱还在为"批评"应成为一门独立学科而呼吁，20世纪六七十年代之后，这一诉求已然成了现实。批评的学院化、体制化逐步完成，"批评理论"不仅是学院必修课，还逐渐成为学院生产并输出的商品。"原型批评"同20世纪众多批评话语之间存在着难以割舍的联系。尽管本研究的基本框架是弗莱本人的神话阐释空间，但同其他批评理论比较也是推进论述的重要力量。在理论互文中，我们看到原型批评实际上处于一种十分尴尬境地，成了一个人尽皆知的靶子，在批评理论"政治正确"的诉求下，其批评话语几乎代表了所有的不正确的方面。

二是在理论互文的语境中，神话阐释所开启的解释学空间。原型批评试图为文学批评寻找某种普遍性的概念框架，但其绝非单纯的模式或方法论，本身就包含着阐释维度，既是深入问题的视角，也是意识的理解方式与话语的整合效力，这是由神话的多重含义承担的。弗莱神话阐释的基本建构就是以神话为起点，并使之扩展成了语言、文学和文化的解释模式，并试图复活布莱克所代表的18世纪英国浪漫主义精神遗产。

批评理论与神话存在着某种对立，理论的一个重要职责就是解除神话的神秘性，从而达到相对客观的批判立场。弗莱的原型批评与神话阐释则强化了这样一种意识：批评不能奢求也不可能与"神话"划清界限，反而应该比任何一种写作模式都更加意识到批评话语总是与特定的"神话"相关。批评话语并不因为与"神话"的牵连而产生被诋毁的含混性，相反，批评本身就参与了神话话语的构造。在这一过程中，批评话语试图成为元语言的冲动是一种过于自大而不能完全实现的愿望，批评只是同各种神话斗争与协商的结果。批评话语的立场与视角也受制于某种文化模式或意识形态，但这一反思并不导向某种绝对怀疑或虚无。神话阐释的激进在于，它意识到任何一种批判理论终将在构成并塑造传统的意义上认出自身。神话话语不是论证话语的反面，甚至不仅是其补充，神话的内在叙事逻辑使其潜存于一切话语之中。理论与神话在本质上是共通的，"理论这个词的希腊原义就是节日观礼的意思，人们沉醉在阿波罗的现身中，这意味着神性之在安顿在此岸边，使人神共体，人不是神的奴仆而是神的共在物，人可以规定自己存在的性质，可以向自己提出什么是什么的问题。但悲剧却不允许这种阿波罗与人共在的场面，任何节日盛典都不过是神性的现时化而已。因为任何悲剧都要以神的现时化为前提，人们就只能把悲剧的起源理解为人被逐出神的周围，悲剧的存在就是被神驱逐出境的人的存在。"① 弗莱并未在其批评话语中详细区别神话与理论的差异，不过，构成其分类起点的"mythos/dianoia"分别指向侧重听觉的叙事性与侧重视觉的观念性，两者在知觉本源上不可分割的，也构成了神话与理论意识的不同知觉根基。

《批评的解剖》出版后，英语学界有关弗莱的各种争论就没有停止过。神话—原型批评是综合性很强的体系，但这一批评方法并没有突出的个性：对结构主义者和唯物主义者来说，其理论不够严格，没有充分立足于历史、事实和世界；从更为浪漫的心理视角来看，这一理论体系则过于学究气、普遍化和抽象，批评体系的建构和阅读文学的实际经验似乎毫不相干。然而，不可否认的是弗莱的重要性，他的著作引用率非常之高，对20世纪五六十年代北美的学院批评发生了重大的影响。有关他的研究论文与著作也是卷帙浩繁，对其批评也有诸多不同评价。② 弗莱获得了很多慷慨赞扬，但一些美誉却很少关注他究竟说了什么，赞扬本身似乎就是一种降尊屈贵，诸如"20世纪最后一位人文主义批评家"、"弗莱的重要性"、"博爱的诗学家"等；其

---

① 陈春文：《回到思的事情》，武汉大学出版社 2008 年版，第 63 页。

② 罗伯特·D. 德纳姆教授在 1987 年出版的弗莱传记中，归纳了批评界对待弗莱的几种态度：（1）给弗莱一些赞扬，却很少去关注他真正说了什么；（2）令人吃惊的批驳和谩骂；（3）关于文学能否进行价值判断的问题而对弗莱产生的一些误解；反对从外部对文学作品进行价值判断，因为价值判断很难摆脱主观倾向，不免受到时代意识形态和审美趣味的影响。但是，反对价值判断不代表不进行价值判断，批评是否是科学的问题并不如批评是否有真正的原则这般重要，弗莱从未说文学批评不能进行价值判断，只是价值判断不能成为批评的前提。当批评家以价值判断为前提时，对客观知识的探求就让位给了社会价值，这样一来批评极易沦为社会价值的修辞理性化。（4）认真地对待弗莱的理论批评。A. C. Hamilton, *Northrop Frye*: *An Anatomy of His Criticism*, Toronto: University of Toronto Press, 1990, pp.4-7.

批评体系似乎成了一个崩溃时代的道德象征，这种话语实际上是对弗莱的一种物化，并没有深入到其理论话语空间。与这一倾向相反，弗莱也遭到了严厉的批评。有论者批评他只专注于形式意义上的分类研究、过度概括倾向等；原型批评中所隐含的"中心"倾向也颇遭非议，将源自《圣经》阐释模式的西方文学形态推至一种"世界性"外观，其批评立场也掩藏着殖民意识的种种变形等。

　　弗莱并不是很好的理论分析家，批判意识在其批评话语中极度不足，但他是一流的综合家。尽管他试图为文学研究寻找某种概念框架，但在批评实践中，建构模式的冲动也常常让位于意义阐释的热情。依赖于特定模式，过于轻易地获取某种意义常常是思维懒惰或意识形态屈服的表现，并不能真正打开存在论意义上的阐释维度。在理论互文的阅读语境中，可以看到，原型批评和神话阐释面临的最大挑战就是阐释的话语政治问题，即神话—原型结构的普遍性声明与其对特定的神学文化模式之依赖的冲突。简言之，其神话—原型批评对整体文化想象的宏观视野很有启发价值，但针对具体问题时不免显得空疏。因此，追究这一批评模式的建构以及可能性条件也许要比将其运用于具体批评实践更有意义，这也是本书写作的路径。

　　本书的基本思路如下：以"文类"入手，勾勒原型批评内含的阐释空间，文类的双重身份（体裁的形式规范力和对某一意义视域的特殊阐明）使原型批评从模式建构与结构分析走向了意义阐释，这种阐释也受制于特定的叙述类型，是由传奇叙事形式化的"欲望"以及中世纪四重释经法促成的"中心"意识。这一模式也源自他对《圣经》阐释的关键术语（布道和预示论）的引申理解与应用，并使之扩展成了"隐喻同一"和叙事整体观念。对特定阐释框架的征引反映了弗莱对自然的重构与征引，以神话的多重含义（故事、叙事、话语、思想体系等）为基础，弗莱建立了以神话为起点的语言、文学与文化模式。最后，本书还将从描述性语言模式入手，分析弗莱的批评语言与文体风格，从语言意识形态角度为神话阐释的局限和引发的阐释冲突提供一种说明。在具体论述过程中，本书将使 20 世纪诸多批评理论（结构叙事学、解构主义、女性主义批评、后殖民主义等）进入弗莱的理论文本，在理论的比较阅读中挖掘神话阐释的可能空间。因此，本书的论述批评话语的交织的目标不是论辩，而是尝试找到那个所谓共识的基础。这个共识不是神话之神话性所保障的语言共同体，而是神话之起源时所绽放的存在意识。简言之，神话就是使 Chaos 那巨大的裂痕转而缝合的 Eros 之力，是声前一句。这完全仰仗于我们如何道说。然而，意识绝无此能力，需要转向一种本源发生。

在这一思路的引导下，本书的五个章节并不是对弗莱的综述性研究，而是选取特定视角深入理论文本，并与诸多批评理论进行互文比较的主题学研究。在理论互文的博弈中，神话阐释的意义空间将次第绽现。各章节大致内容如下：

第一章：以"文类"为视角，打开原型批评内含的阐释空间。《批评的解剖》中事无巨细的文学分类学使人印象深刻，不过文类在其中身兼二职：一是文学体裁的形式法则；二是对世界及存在的某种态度。本章将在当代叙事学语境下考察文类的这种转换，即如何从分类范畴转化为对存在视域的描述，从而在建构模式之余也开创了意义阐释空间，这一阐释向度的内在讽寓结构是由传奇承担的。

第二章：以"皇室隐喻"为起点，阐明权威和自由之间的文化批评空间。通过折中审美论和决定论，弗莱的文化批评话语体现了意识形态与乌托邦的辩证，神话则既区分又衔接了这一张力。由此，弗莱将 20 世纪 60 年代的学生运动看作反抗神话的集中体现，精神权威的实现则有赖于教育契约的达成。

第三章：弗莱批评体系中浓厚的中心意识和叙事整体倾向得自于他对《圣经》的独特言说方式（布道）和叙事结构（预示论）的引申，对这两方面的阐发呼应了其批评理论中的"隐喻同一"观以及传奇历史观，并展示这两个源自《圣经》阐释学术语的灵活与局限。

第四章：以自然与模式的经典冲突为框架，重构弗莱神话阐释学的存在论基础及其在语言、文学以及文化模式三方面的体现。弗莱对自然的建构主要来自两个方面：一是生存论意义上的"初级关切"；二是从布莱克那里得来的思想资源，使想象性的知觉行为和语言象征行动替代了作为起源的自然。

　　第五章：有关语言本性的看法上，弗莱是维柯的拥趸，看重语言的隐喻本性，这与洛克提倡的描述语言观形成了对立。本章试图在这两种语言观的对比中分析弗莱的批评文体，他的文体是以透明的描述式语言来支持隐喻。从语言意识形态角度来看，弗莱将洛克的语言自律理想推进至文学批评领域。这种受制于"描述性语言模式"的文体风格是由一种潜在的主体意识决定的。因此，本章还将从神话阐释的角度出发，对弗莱神话阐释的话语主体进行批判性反思。

　　神话是思想的模式并且构成了文学的母体，这是一个相当古老的观念。对弗莱而言，神话构成了文学值得珍视的语境，这种语境不同于将文学导向四分五裂的社会历史语境，相反，神话是文学的自我拯救。他在神话中发现了一般意义上被称之为"文学性"的东西，并将其指称为假设性的词语结构，这个过于空泛的定义，几乎是绝望地坚持着文学语言的自律理想，否则，理论应对的文本对象将湮没在多学科的角逐中。

　　文学是一座有待穿越的迷宫，批评则指引着迷宫中心。批评之所以敢如此设想自己的任务，是由于批评有意识地参与了神话传统，但神话传统从来不是现成的，而是经由现在的拣选和创造才得以生成。弗莱的神话—原型批评其实也意在复活传统，使之在当代精神生活中持续发挥作用。通过对神话学的技术化处理，他绘制了一幅广阔的想象地图：宗教与文学，圣经与传奇，自由与关切等等，都在一种经由信仰开启的精神权威之光耀下各安其位，形成了文学与神话、宗教的广义互渗空间。就神话阐释内在的冲突，即自然与模式的关系而言，两者并不是反映与被反映的关系，只是一种形式的推进，已有模式塑造了自然的形态，自然也在不断地抵制并拓展模式的边界。弗莱深刻地意识到了模式的塑造力，具体就表现在由神话所张开的语言、文学以及广义的文化批评维度。在建构模式之余，使得宗教、文学与文化形成了积极的互相阐释。这种泛神话阐释视角的优点在于形成了一种肯定能力，唤醒文化现状同传统的关联，充分显示历史文化传统对阐释模式的情境规定。从而，创造之重任也被赋予给读者们，使其在向心的凝聚中重获宛若初生的惊奇与自如。

第一章

规范与世界：文类的双重身份

如果我们否认抽象分类的理论价值，这并不是要否认那种起源学的、具体分类的理论价值，而且后者也不是"分类"，而更应该叫做历史。①

——克罗齐

每一个意义都是一个世界，也即，对所有其他意义来说都是绝对不可交流的，可是由于它建构了某物，所以它就通过其建构一下子就向其他意义世界开放了，并且和它们一起构成一个唯一的存在。②

——梅洛－庞蒂

论及弗莱的批评体系，不能不从原型（archetype）谈起。arche 意指不可见的源初或基础，type 则代表着可见的形式、形状、类型等。这个术语一直以不同方式被用来表达神话中的反复性单元，从新柏拉图主义到诺斯替的晦涩教义，也一直藏匿在人类的词汇库中，成为探照思想和文化深层秩

---

① 克罗齐：《美学概论》，转引自瓦尔特·本雅明：《德意志悲苦剧起源》，李双志、苏伟译，北京师范大学出版社 2013 年版，第 26 页。

② 梅洛－庞蒂：《可见与不可见》，姜宇辉译，商务印书馆 2008 年版，第 275 页。

序的支点。在当代神话批评领域，原型经由荣格（Carl Gustav Jung，1875—1961）的拓展而深入人心。他将原型和集体无意识相连，意指一些尚未经过意识加工的群体心理体验和集体表象，简言之，"原型是一种经由成为意识以及被感知而被改变的无意识内容，从显形于其间得到个人无意识中获取其特质。"① 父亲、母亲、阴影、自性都是集体无意识中潜藏的关键原型，这些原型贮藏着退行的心理能量，当人们被原型操控时，就会患上各种神经官能症，但另一当面，原型保存的心理能量也是治愈良药。不过，在遁入无意识领域之前，原型还有更为漫长辉煌的历史。荣格曾简要地梳理"原型"的语义变迁，原型早在斐洛犹太乌斯时代便出现了，原型意指人身上的上帝形象，上帝就是"原型之光"。② 柏拉图有关理念的思辨也是通达原型的路径，代表着绝对真实与至善之本源的原型理念是不可见的，用类比语言来描述的话，原型就是太阳在可知世界的类比物，是可见世界之可见性的神圣模板。③

　　简言之，原型可以从先验和心理两个方面得到规定，一是被当作世界起源的原型之光意象及其变体，一是集体无意识中潜藏的原型意象。不过，这两者并不割裂，荣格认为，心理学意义上的"自性"原型就是人类集体无意识将"上帝之光"的原型内化的结果。原型这一术语内化了人类寻求开端和起源的精神探索，其本质是非历史的，但绝不抗拒变化，尽管道阻且长，依旧溯洄从之。伊利亚德（Mircea Eliade，1907—1986）的一段话更好地说明了这种处境：

　　　　人类不管在其他方面多么自由，却永远是其自身原型直观的囚徒，

---

① 荣格：《原型与集体无意识》，徐德林译，国际文化出版公司 2011 年版，第 7 页。

② 荣格：《原型与集体无意识》，徐德林译，国际文化出版公司 2011 年版，第 6 页。

③ "这个给予知识的对象以真理给予知识的主体以认识能力的东西，就是善的理念。它乃是知识和认识中的真理的原因。真理和知识都是美的，但善的理念比这两者更美……正如我们前面的比喻可以把光和视觉看成好象太阳而不就是太阳一样，在这里我们也可以把真理和知识看成好象善，但是却不能把它们看成就是善。"（参见柏拉图：《理想国》，郭斌和、张竹明译，商务印书馆 1986 年版，第 267 页。）

在他第一次意识到在宇宙中地位的那一刻，这样一种原型直观就形成了。对天堂的渴望甚至在最平庸的现代人那里也能找到些许根基。人类关于绝对的概念是不能被彻底消除的，它只能被削弱。原始人的灵性仍然以其自身的方式继续存在，不是在现实的活动中，也不是在人们能够有效实现的事物中，而是作为一种乡愁，创造着那些本身具有价值的事物：艺术、科学、社会理论以及所有其他可资共享的事物。①

在伊利亚德的描述中，原型直观地被领会为对天堂的渴望、对永恒的乡愁等，这种终极渴望也是各种神学拯救话语的原型。这种渴望同样存在于弗莱的批评话语中，他青睐的"中心"隐喻就是这类话语的直观变形。不过在弗莱的语境中，"原型"既不是柏拉图意义上的形而上学理念，也不是荣格意义上的原始无意识心理积淀，而是文学归纳力的体现，是文学系统中的可交流单位，是反复出现的常规、意象和叙事。从某种程度上说，原型和神话其实就是一回事，只是涉及文学观念意义层面时用"原型"，涉及情节叙事层面时则用"神话"。原型和神话的重复性和可辨识性使文学得以和广阔的文化传统与历史语境相连，具体到文学批评领域，抽象而神秘的原型变成了明朗的 Genre②。作为文学批评的常规术语，"Genre"代表着文学的不同类型和体裁等，是对具体作品的分类和命名，文类批评亦有深远渊源，主要是从语言表达的角度来辨析文学作品参与的内在美学传统。

将文类批评看作文学分类学并无不妥，却是不够的。文类批评不只是个名称，不仅包含着文学常规和程式的形式流变史，也提供了从形式通向内容的重要途径。弗莱理解的原型就是文类，文类既不是某种普遍的形而上理念，也不是原始无意识心理积淀。因而他反对两种文类观，一是伪柏拉图观

---

① 米歇尔·伊利亚德：《神圣的存在：比较宗教的范型》，晏可佳、姚蓓琴译，广西师范大学出版社 2008 年版，第 404 页。

② Genre 的拉丁词源包括"general"，"genus"，"gender"，"genesis"，"generate"，"genius"，"gene"等，这个词产生于对基本现象范畴或范式的区分，在文本和交流领域，"genre"是被认可的话语类型，属于词语表现规范，应用至文学领域，则代表文学的体裁范畴。

念，将文类看作某种前在或独立于创造的观念；二是伪生物学概念，即将文类看作形式本身的自发生成与发展。① 这两种文类观其实也都接续着原型的形而上或心理维度，包含着意识不能穿透的神秘层面，弗莱试图将之剔除。他仅将文类的生成看作社会情境与文化需要的必然结果，文类是文学的可交流单位，承担着常规、叙事和意象的重复，这一重复的可辨识性也使文学得以和广阔的文化传统与历史语境相连。

纵观西方文艺理论史上形形色色文类划分②，都是不稳定的，随着社会历史以及语言模式变迁而发生新的变化，作家的创作一方面遵守文类规则，另一方面又总是打破文类规则，文类划分其实并没有固定界限，而是模糊游移的。相比于文类的具体划分，区分标准更值得探究，即面对一部文学作品，我们称之为小说、散文、诗歌或者悲剧、喜剧的依据是什么呢？这一依据其实是文类内含的规范性，这种规范性才是文类区分的价值所在，即"文学类型的理论是一个关于秩序的原理，它把文学和文学史加以分类时，不是以时间或地域（如时代或民族语言）为标准，而是以特殊的文学上的组织或结构类型为标准。"③ 这些区分的标准有时是根据话语的不同形式，有时是观众的类似性，有时是思维模式的类似性，有时是修辞情境的类似性。④ 但无

① Cf. Northrop Frye, *The Archetypes of Literature. Fables of Identity: Studies in Poetic Mythology.* Harcourt, Brace & World, inc, 1963, p.11.

② 热奈特在《广义文本之导论》中描述了西方文艺理论历史中各式"文类"划分，通过这一研究，他指出，奠定于语言模式的文类研究之不完备，只是经验性的归纳，总会有分类不能归纳的"空格"存在。热拉尔·热奈特：《热奈特论文集》，史忠义译，百花文艺出版社 2001 年版。

③ 雷纳·韦勒克、奥斯汀·沃伦：《文学理论》，刘象愚等译，江苏教育出版社 2005 年版，第257 页。

④ Cf. Carolyn R. Miller: *Genre as Social Action*, *Quarterly Journal of Speech*, 70 (1984), pp.151-167. 在这篇文章中，作者将文类看作行动，这一观点也延伸出四个基本看法，1. 文类是修辞行动的常规类型化话语，作为行动，文类从情境和社会语境中达成意义。2. 作为有意义的行动，文类通过规则得到阐释，文类规则在一个为象征交流的相对较高的等级上发生。3. 文类和形式不同，形式是在等级不同层面都可以使用的词语；文类是在特定形式层面上使用的词语，是低层形式与实质相结合的产物。4. 文类是沉思私人意图与社会的修辞手段，将私人和社会联系起来，单一性和重复性联系起来。

论如何，文类批评面对的首要问题就是分类，这使得粗糙的文类批评常常沦为化约的文学形态，或者是一些枯燥无用的分类学。不过分类却是理解和领会特定文本的第一步，也包含了文化理性的重要方面。

《批评的解剖》并不是一本专门的文类著作，但却是围绕着"文类"展开论述的。"修辞批评：文类的理论"就是专门贡献给文类批评的，在第一章"历史批评：模式的理论"和第三章"原型批评：神话的理论"中，也是以文类范畴（诸如神话、传奇、悲剧、喜剧、讽刺等）来阐明其具体批评模式的。那么，"修辞批评"、"历史批评"与"神话批评"中所使用的文类区分有什么不同呢？在《文学理论》中，韦勒克和沃伦即提出对文学基本种类的探讨规范趋向两个极端，"一个极端是依附于语言形态学。另一个极端是依附于对宇宙的终极态度。"[①] 这两个"极端"也形成了文类批评的两种路径：依附于语言模式的趋向是文类的外部研究，而依附于某种态度的文类批评则是内部研究。与这种观点类似的是，热拉尔·热奈特也指出文类有方式（mode）和体裁两种定义方式，"体裁是真正意义上的文学类型，而方式则是属于语言学的类型，或者更准确地说，属于如今叫做语用学范畴的类型。"[②] 他认为从方式，即语言模式上来划分文学样式，并不是真正的文类（即韦勒克所说的外部研究），语言的瞬息万变使得这种区分并不可靠，语言的自由运用在文学空间中总会召唤更灵活和精微的表达。因此，语言层面上的文类划分永不会完备，只能提供一种说明性和阐释性名称，可以描述文学形式的演变史，却不能成为规范作品的尺规。因此，热奈特曾提出"广义文本"[③] 来代替语言学模式上的文类划分，他特别指出弗莱是注意区分文类这两种不同含义的现代批评家，这一区分的重要意义在于，使得文类的内部研究凸显出来，语言模式的分类范畴问题转化成了对存在视域的描述。

---

① 雷纳·韦勒克、奥斯汀·沃伦：《文学理论》，刘象愚等译，江苏教育出版社 2005 年版，第259 页。
② 热拉尔·热奈特：《热奈特论文集》，史忠义译，百花文艺出版社 2001 年版，第 49 页。
③ 热拉尔·热奈特：《热奈特论文集》，史忠义译，百花文艺出版社 2001 年版，第 55 页。

　　有论者曾用对位法批评（Contrapuntal Criticism）① 来概括弗莱批评理论的特征，这意味着其既有理性结构的一面，也有神谕的一面，反映了人类智力中理性与神谕的相互游戏。理性的一面来自弗莱对批评之科学性的要求，而神谕的一面则其浓郁的宗教关切密不可分。一方面，弗莱要求批评以一种超然的客观态度来解析文学作品结构和类比；另一方面，批评也要时刻关注文学经验带来的语言狂喜和同一性体验。这种"对位"的双重要求体现在文类的双重身份上。文类为弗莱提供了探讨文学理论和批评的起点，一方面，文类是个规范性范畴，是对文学分类的描述，是考察文学世界中象征、意象与常规变迁的载体；另一方面，弗莱对"文类"的探讨逐渐转化成一种叙事性的意象格调，最终也转向为对存在视域和意义世界的描述。《批评的解剖》就是围绕着"文类"范畴来组织批评空间的，包含着一种从分类到叙事，再到阐释渐变和交融，分类是结构主义科学冲动的体现，叙事连接了结构所划分孤立文学空间，阐释则导向意义的开启。

第一节　分类、文类与叙事

一、分类的起点：Mythos/Dianoia

　　《批评的解剖》中的分类倾向使人印象深刻，这一倾向部分来源于弗莱对批评"客观性"的诉求："任何一门学科中，科学的存在都会改变其特性，使其由偶然的变为必然的，从随机和直觉的变成系统的，同时确保那一学科的完整性不致遭到外来侵犯。"② 当然，弗莱也意识到"科学"的含混，毋宁以系统性来代替，使批评从散乱的直观体验中摆脱出来而成为独立的知识系

---

① 　Cf. Caterina Nella Cotrupi, *Northrop Frye and Poetics of Process*, Toronto: University of Toronto Press, 2000, p.13.

② 　Northrop Frye, *The Anatomy of Criticism*, Princeton: Princeton University Press, 1973, p.7.

统。对此，有批评家也表达了赞同，"批评的目的是理智的认识。批评并不创造一个同音乐或诗歌的世界一样的虚构世界。批评是概念的知识，或者说它以得到这类知识为目的。批评最后必须以得到有关文学的系统知识和建立文学理论为目的。"① 对批评独立性的吁求，是要使批评走出文学的寄生地位，成为依照特定的观念框架（conceptual framework）形成的知识结构，批评的一个重要任务就是寻找到这种观念框架：

> 文学的整个历史使我们领略到这样一种可能性，可以把文学看成由一系列比较有限的简单程式构成的复合体，而这些程式在原始文化中都可以观察到。随后我们又意识到，后来的文学与这些原始程式的关系决不仅仅趋于复杂化，如我们所见，原始程式在最伟大的经典作品中也一再重现；事实上，就伟大的经典作品而言，它们似乎本来就存在一种回归到原始程式的普遍倾向。②

"原始程式"（primitive formulas）是大量文学作品中不断重复的常规和原型，也是文学纷繁现象背后的共相，可是如何获得这一共相呢？弗莱接下来表达了这样一种看法，即共相本身能被理解为观念中心，"……文学不仅随着时间推移而日趋复杂化，也是由观念空间的中心向外辐射的，文学批评便可定位于这个中心。"③ 作为观念中心的原始程式就是系统化批评的起点，这套原始程式已在文学内部形成了强大的象征网络，这个形式世界并不将外在世界作为模仿对象，而是以语言、意象或叙事的程式化再现将外在世界吸入文学空间。这构成了文学不受外部影响的内部空间，基于此，弗莱要从批评活动中悬置经验，变动不居的经验流是批评系统化的障碍。批评目标并不是捕捉经验，也不是传达经验，而是要辨认再现形式内在的象征结构，从而

---

① 雷内·韦勒克：《批评的概念》，张今言译，中国美术学院出版社 1999 年版，第 4 页。

② Northrop Frye, *The Anatomy of Criticism*, Princeton：Princeton University Press, 1973, p.17.

③ Northrop Frye, *The Anatomy of Criticism*, Princeton：Princeton University Press, 1973, p.17.

生成知识结构。混合着价值判断的经验不能直接传达和交流，却需要结构作媒介。一旦以结构来梳理阅读经验，阅读的意义就不限于审美或娱乐，更是知识的增长，并且能够达到某种客观性。弗莱不仅要在批评过程里悬置批评者个人阅读经验，还要驱逐"历史"经验：他将文学风尚史与批评严格区别开来，而所谓的公众批评家只能记下大众的偏见。对于这一点，韦勒克就不同意了，"把具体的批评、判断、评价一律贬为随意的无理性和无意义的风尚史，我看来这同近来有人想怀疑整个文学理论活动并把一切文学研究都纳入历史一样站不住脚。"① 为保证所谓批评作为一门学科的独立，弗莱试图将当代文化意识形态和风尚趣味的影响减低为零，这种纯化批评的努力带着一种掩耳盗铃式的徒劳。

对科学性、概念框架的强调，对经验的排除等，为文学批评中的"分类"程序清扫了道路，弗莱对"分类"的信心来自亚里士多德，在他看来，亚里士多德接近诗歌的方式宛若一名生物学家，"从中辨认出类和种，并系统地阐述了文学经验的大致法则；简言之，他仿佛相信，完全可以获得有关诗歌可理解的知识结构，这一结构并非诗歌本身，也不是诗的经验，而正是诗学。"② 《诗学》就是这样开始的："关于诗的艺术本身，它的种类、各种类的特殊功能，各种类有多少成分，这些成分是什么性质，诗要写得好，情节应如何安排，以及这门研究所有的其他问题，我们都要讨论。"③ 其实，弗莱是将亚里士多德的"诗学"作为文学理论的古老形式，由此，他将得自《诗学》的批评语汇与当代哲学、人类学、社会学、心理学等学科的术语衔接，广泛地采纳了跨学科的视角为文学批评制定了一个相对独立的文化语境，这一语境即是弗莱为文学批评伸张主权的地盘。

其实这种分类的可能性得益于一种旁观者的视角，由此需以知识规训和净化经验。弗莱强调的文学知识其实就是原型与神话的意象和叙事系统，

---

①　雷内·韦勒克：《批评的概念》，张今言译，中国美术学院出版社 1999 年版，第 5 页。

②　Northrop Frye, *The Anatomy of Criticism*, Princeton：Princeton University Press, 1973, p.14.

③　亚里士多德：《诗学》，陈中梅译，商务印书馆 1996 年版，第 27 页。

这一系统具备超越经验和历史的相对稳定性，由此生成了一个独立的想象空间。显然，这一出发点并不牢靠，知识的内涵不断变化着，"知识"是批评要探询和质疑而非直接引用的领地，知识的构成离不开权力，与知识相伴而生的分类系统制作和规训了经验文学的知觉模式，这与文学允诺的想象自由恰恰背道而驰。其实，《批评的解剖》中所体现出来的分类意识与知识理想几乎不堪一击，然而，弗莱仍然以缓慢甚至南辕北辙的道路通往难以企及之地：经验的整体。对经验的悬置只是权宜之计，最终在伦理批评的中心叙事中的到了接纳和救赎。任何知识体系都不能套死阅读经验，但经验却将在知识结构中获得某种印证。系统化的批评也要注重知识和经验的统一，批评要依赖知识来克服经验的偏袒，知识也只有和经验结合才能获得生命，即"一种在时间里的确定的经验概念，似乎成了批评依赖的假设。当然，批评就是为了重建那种我们能够和应该拥有的经验，并使我们与那种经验协调一致。"① 弗莱以艾略特的《空心人》（*The Hollow Man*）为例，来指称读者应该拥有的那种完整经验，这首诗反复出现的阴影意象正是那种距离的表征，"在概念和实际之间／在动作和行为之间／落下影子／因为王国是你的；在形成概念和创造之间／在情感和回应之间／落下影子／生命是漫长的；在欲望和痉挛之间／在能量和生存之间／在本质和遗传之间／落下影子／因为王国是你的。"（赵罗蕤译）弗莱不止一次地以诗中的阴影来意指知识和经验之间的距离和空隙，"经验及其投射的影子与一种同时发生的被自身所理解的理想体验始终构成了对照。"② 从这个意义上说，作为知识结构的批评是一种失败经验的纪念碑，是未完成的通天塔。

　　为分类清扫道路之后，随之而来的问题是分类的标准何在。在这个

---

① Northrop Frye, *The Critical Path: An Essay on the Social Context of Literature Criticism*, Bloomington: Indiana University Press, 1971, p.27.（中译参考诺思洛普·弗莱：《批评之路》，王逢振、秦明利译，北京大学出版社 1998 年版。本书引文参考中译并有所改动，以下不再注明。）

② Northrop Frye, *Words with power: being a second study of "the Bible and literature"*, San Diego: Harcourt Brace Jovanovich, 1990: pp.89-90.

问题上，弗莱援引了诗学术语。在《诗学》中，亚里士多德曾为悲剧下了一个著名的定义，即悲剧是对"一个严肃、完整、有一定长度的行动的摹仿"①。作为一种表达形式的整体，悲剧包括六个重要的成分，其中的情节（mythos）和思想（dianoia）构成了重要的分类原则。

在第一篇论文"历史批评：模式的理论"中，弗莱依据情节和思想分别区分了虚构和主题两类文学模式。虚构模式侧重于故事和叙事，包括小说、戏剧、叙事诗、民间故事等；而主题模式涉及的人物只有作者和读者，包括抒情诗，议论文，训诫演说等，致力于向读者传递观念，而不是具体的故事情节。不过，虚构和主题两类模式并非泾渭分明，"随着文学作品的重心由虚构向主题的转移，mythos 一词更多地是指'叙述'（narrative）而非'情节'（plot）了。"②在另一篇论文中，弗莱特别指出，情节和叙述两词都可用来翻译亚里士多德的 mythos，但亚里士多德"用 mythos 指我们所说的情节，而上述含义的叙述，更接近亚里士多德所说的言语（lexis）"③。当使用情节来翻译 mythos 时，主要指虚构模式；而用叙述来转译 mythos 时，则指主题模式——主题模式和虚构模式在叙事层面上是相通的。简言之，mythos/dianoia 之分构成了弗莱批评话语的一个基本分类依据，也构建了其批评体系的基本框架。无论情节或思想，主题或虚构，并不能截然分开，两者都统一于"叙事"观念上。

尽管弗莱将"原型"视为由仪式和梦幻构成的单个可交流的象征，但他并没有从人类学或心理学视角来考察其内涵。他使仪式对应于叙事，梦幻对应于观念。简言之，作为文学中可交流的象征，原型能够将读者的文学经验整合起来，原型批评就将文学视为一种社会现象、一种交流的模式，通过对程式和体裁的研究，力图把个别的诗篇纳入全部诗歌的整体中去。同样，仪式和梦幻在一种语言交流的形式中合为一体，即是神话。神话既赋予

---

① 亚里士多德：《诗学》，陈中梅译，商务印书馆 1996 年版，第 63 页。

② Northrop Frye, *The Anatomy of Criticism*, Princeton：Princeton University Press, 1973, p.53.

③ Northrop Frye, *Fables of Identity*：*Studies in Poetic Mythology*, Harcourt, Brace & World, inc, 1963, p.22.

仪式以原型意义，又赋予神谕以叙事的原型。因此，神话和原型就是同一个东西，当涉及叙事（仪式）时，则称为神话；当涉及观念（梦幻）时，则称为原型。因此，在第三篇论文"原型批评：神话的理论"中谈及观念的原型时，弗莱用的标题是"原型意义理论"，而谈及叙事的原型时，标题则是"叙事结构的理论"。

mythos/dianoia之分仅是一个开端，弗莱又进一步利用音乐的时间性和绘画的空间性来张开批评空间。"诸如叙述或mythos之类的词语给予我们一种经由听觉俘获的运动感，而意义或dianoia之类的词则给予一种经由视觉获得的同时感。"[1] 文学既诉诸视觉也诉诸听觉，当我们像欣赏一幅画那样看待文学时，关注焦点在于整体思想；而当我们如聆听乐曲一般阅读文学时，焦点则转移到了叙事之流。以语言为媒介的文学正是位于声音和图像之间的符号系统。

音乐的原则为文学叙事原型的分类提供了灵感，文学和音乐同属时间艺术，就像在音乐中可以找到奏鸣曲、赋格曲一样，也能找到一些类似的词语来描述文学。弗莱描述的文学调性似乎与音乐中五度音程存在一定的类似之处，这为原型叙事结构找到了参照：五种原型意象相当于五度音程，而二十四个叙事结构相位类似于音乐中的调式，后者正是叙事结构中的二十四相位，"音乐次序中二十四个互相联结的调式，正好为四个叙事结构的六个相位提供了模式，而这也恰好显示了作为词语秩序的文学。"[2] 将文学视作独立的词语次序，就直接和音乐形成了类比，也是使叙事获得媲美于音乐纯粹性的努力，是作为音乐总谱的词语结构的世界。

动态的音乐和静态的绘画分别对应着叙事和思想，音乐中二十四调式和原型叙事结构的二十四相位，这种批评结构中的"可怕的对称"令人吃惊而且相当牵强，这种分类的可操作性并不强，毋宁看作一个读者在整理自己

---

[1]　Northrop Frye, *The Anatomy of Criticism*, Princeton：Princeton University Press, 1973, p.77.

[2]　A.C.Hamilton, *Northrop Frye Anatomy of his Criticism*, Toronto：University of Toronto Press, 1990, p.132.

的阅读经验。分类即植根于两元论思维，是事物清晰地向目光展现的一种方式。弗莱混合了很多批评术语，诸多术语在 mythos/dianoia 的区分下得以排列：

> Mythos——神话——仪式——虚构——听觉——音乐性——时间——原型叙事结构（四季叙事）
>
> Dianoia——原型——梦幻——主题——视觉——绘画性——空间——原型意象结构（神谕形象、魔怪形象、类比形象）

二、修辞批评中的"空格"

《批评的解剖》包括四篇文章，实际上也只有第四篇"修辞批评：文类的理论"是字面意义上的文类批评。文类隶属修辞，涉及语言的运用，修辞又包含着劝说性话语与修饰性话语，前者涉及如何说服听众，对应于演讲术，更看重语言的交流性；后者涉及如何运用修辞格，更在意文字润饰。"修辞批评"中的文类划分是在"文学"名下进行的，可什么是文学呢？弗莱对文学的理解是"假设性的词语结构"，文学不是作品的堆积，而是一种词语秩序。弗莱虽然突破了将文学视为客体的局限，并将之扩展到了广义的词语结构。但他对"文学"的看法并没有动摇文学的本质性，文学／分文学的划分是强化文学本质最有力的二元区分，他仍然将文学当作一种现成的表述机制乃至偶像来看待，文学这一历史范畴的内部空间尚未被释放。

以劝说性话语为基础来区分文类，就涉及了诗人和公众、作者和读者之间的交流关系及形式。目的性的劝说似乎和宣传、说教或欺骗脱不了干系，关键目标在于更好地被接受。从这个意义上说，修辞的劝说和装饰的区分并无必要，所谓装饰也服务于劝说，也是触动人心的一种方式。话语，难道不都是向读者渗透的吗？

不过，作者和读者间的关系并不是唯一的区分原则，作品的语言节奏更值得关注。弗莱将之分为联想性节奏、语义节奏以及重复性节奏。联想节奏更注重诗歌本身同音乐和绘画的关系，使诗歌的样式更加接近于反复、有力的音乐节奏或者是绘画的集中静态情景，这将语言推进到了音声和静默之图像的某个中间地带。散文属于持续性节奏，散文体的产生是由于文学内部运用了推理或论断性文章的形式，故而其中语义节奏逐渐占据了主导地位。戏剧的特征是"得体"（decrom），"得体"并不是一种语义节奏，而是风格范畴，是对戏剧人物语言的扮演性提出的要求。根据受众与作者之间的不同关系，以及语言内含的音乐特质，弗莱区分了四种基本文类：即口述史诗（Epos）、散文（Prose）、戏剧（Drama）、抒情诗（Lyric）。

依据这四种基本文类，弗莱又划分了四种特定文类形式（specific generic forms）。在"模式理论"中，他曾论及插曲式和百科全书式两种形式。其中抒情诗和史诗的特定形式都属于插曲式主题，而百科全书式则是更具关切特征的作品，代表作品是创世神话或史诗等。文类的特定形式可以说是主文类的亚类，涉及文类存在的历史形态，如下表所示：

文类	特定形式	特定形式的分类
戏剧	戏剧的特定形式	神圣剧、悲剧、喜剧和假面剧 （神显、历史剧、哑剧和对话会）
抒情诗、口述史诗	特定的主题形式 插曲式	神谕诗歌（oracle） 超脱诗歌（outscape）
散文虚构	特定的连续形式	传奇、小说、自传、"解剖"（梅尼普斯式讽刺）
—	特定的百科全书形式	《圣经》、民族史诗

从原型到文类的化约显示了一种强烈的结构化和系统化冲动，作为知性的产物，文类这一形式范畴可以使文学批评尽快地归属于某种知识序列，这与当时盛行的结构主义思潮并行不悖。此外，还有一种方法上的诉求：要紧的事情不再是对真实发表看法，而要为再现真实锻造工具，真实让位于真实的诱捕工具。分类既是弗莱构建其批评空间的起点，也是基本方法。但是，这些分类绝不是某种现成工具，这些分类起到了导引的功能，使原本互不相关的术语在新的组合中不断衍生出了新路径。

但是，文类边界也是游移不定的。在《类型的法则》（*La loi du genre*）

一文中，德里达试图解构的就是依附于语言模式的文类，这一文类范畴的规范性（法）由语言规则和表达模式构成，但其边界从未明晰过，是变动不居的。德里达不断声明这一"规范"的非自然和文化构成性，文类不能仅仅被看作是形式的，更是形式内蕴的互融：

> 文学类型问题并不是一个形式问题：它涵盖一般意义上的法律主题，涵盖自然意义和象征意义上的谱系主题，涵盖自然意义和象征意义上的始源主题，涵盖世代差异、男性和女性的性别差异主题，涵盖两者之间的联姻主题，涵盖两者之间一种毫无关系的关系主题，涵盖男性和女性的某种个性和差异的主题。①

德里达试图表明，文类划分是一种人为而非自然限定，他想要打破的是文类所划定的不同体裁范畴，将文类区分的内部含混释放出来，从而回归到一种文本性概念。他对文类的看法表达了一种抽象的"法"概念，同时也将确立边界的法则予以解构。而且，他的目标不仅是文学内部的文类划分，而是解构哲学和文化所划定的写作规范，同时在梦想着一种不断越界并跨界的新文类。《类型的法则》解构的只是方式意义上的文类，消解的是文本内部由不同语言模式使用而构成的分类和界限，从而将不同种类体裁（不仅文学，更包括哲学、历史等）统一于书写和文本范畴上。

语言跨越边界和主体，从而在语言流动中不断生成新的视界。德里达的文类研究是对文类之法的区隔和划分的抽象思考，界限可以消除，不过不能消解的是文本内部所构筑的格调或者说"风格"。解构文类之后隐藏的目标是使不确定成为确定，这从反面证明了将文类研究和一种宇宙论、生存论意义相连的文类形式之重要。因此，这篇文章与其说是在质疑文类，不如说是在质疑叙述的可能性，任何一种叙述都有其语言音调所归属的法则，这种法则是书写与之游戏又不断僭越的界限。

---

① 雅克·德里达：《文学行动》，赵兴国译，中国社会科学出版社1998年版，第181页。

弗莱没有对分类的合法性进行反思，也并未深思过文类之法则。他是在文学这一文类的表述机制下，持续推进其批评话语之表述的，"修辞批评"就是这种分类思维的产物。不过，《批评的解剖》中最具特色的开创是以文类名称指代叙事调性，这使得文类从分类学范畴转化成了一种解释视域，季节变迁奏响了自然之音，文学成了音调的传达。游离在分类、叙事和阐释之间的文类批评，也势必冲破文类自身所划定的界限。

论及文学理论或批评，人们普遍存在这样一种想法，即需要在文学理论和文学批评之间建立划分，理论建构的目标是"诗学"，并不致力于评价或阐释，仅仅通过系统的连贯性以及其所追求的严格性被衡量。文学批评则对具体作品作出判断和评价。不得不说，这样的一种区分本身就是结构主义科学性理想的投射，并不致力于评价或阐释的科学视角本身就规划了阐释的视野和规范。可以看到，《批评的解剖》起初也试图建立一种观察者视角主导的诗学，但其理论叙事却是被传奇叙事主导的。尽管弗莱以规范性的文类范畴来构筑其批评体系，其话语已漫溢成了叙事格调。从这个意义上说，仅仅将文类理解为依据语言规范区分的类型是不全面的，区分不断地制造增补，这种增补将使分类跃升至更大的整体，而整体之无限性亦不可能被分类兼并。但以书写或文本性概念替代文类也是将一种新的不确定性奉为偶像。文类不仅仅是知性的分类产物，也是从人类存在经验中生长出来的调性，正所谓千古万代人，消磨数声里。

第二节　调性、季节与元叙事

一、历史批评中的移置和凝缩

将文类转化为文本主义并不能消解文类，这只意味着可以换个视角去看待文类。"文类"在《批评的解剖》中扮演的重要角色不只是分类，当文类变形为历史批评中"模式"（mode）或者原型批评中的"叙事结构"

（mythoi）时，文类不再是依照特定语言形式的规范，已然构成了存在视域的某种集合。弗莱在历史批评和神话批评中对待"文类"的方式，已超越了"文类"的语言标准。历史批评的五个阶段，神话批评的四种结构，都是弗莱所谓的"文类原型"，"这是一个结构而非起源的问题，和意象一样，文类原型（archetypes of genres）也是存在的。"①

　　尽管题为"历史批评"，弗莱无意于为文学作品编制历时序列，或者阐明文学发生、发展的外部环境，他只是以"模式"循环为考察文学史提供了一条路径。他将虚构文学的历史发展也归为几种"模式"，为文学在时空中划定了一个宏观坐标。这篇被称为"历史批评：模式的理论"的文章最早出现于1953年，即《朝向文化史的理论》（*Towards a Theory of Cultural History*）。此时，弗莱受斯宾格勒的很大影响，认为"文化史和文学史是一致的"②。

　　历史批评共有五种模式，即神话、传奇、高模仿、低模仿和反讽。这些模式不是文体而是"方式"，是以主人公（人类）和自然力量的比较来确定的。亚里士多德曾在《诗学》是根据主人公行动特征来进行伦理区分，"既然摹仿者表现的是行动中的人，而这些人必然不是好人，便是卑俗低劣者，他们描述的人物要么比我们好，要么比我们差，要么是和我们相似的人。"③"好"和"坏"带有鲜明的道德色彩，弗莱将这两个词语引申为"重"和"轻"，这样就不仅局限于道德观点，毋宁说表达了行动力量的大小，行动力是对自由的允诺。主人公的行动力量成了虚构作品分类的原则。

　　亚里士多德在共时意义上探讨主人公的行动力量，弗莱将其转变成了

---

① Northrop Frye, *The Archetypes of Literature. Fables of Identity*: *Studies in Poetic Mythology*, Harcourt, Brace & World, inc, 1963, p.12.

② 在1949年发表的文章中，弗莱还认为"英国文学史"这样的术语毫无意义，因为他没有发现文学史的形式并且这个形式可能也不存在，但四年后他认为这样的形式是存在的，并且认为"文学史和文化史的一致"。在这一点上，斯宾格勒对他有很大影响，即历史不是时间顺序的序列，而是看作许多不同种类的文化融合的过程。（Cf. A.C.Hamilton, *Northrop Frye Anatomy of his Criticism*, Toronto: University of Toronto Press, 1990, pp.24-26.）

③ 亚里士多德：《诗学》，陈中梅译，商务印书馆1996年版，第38页。

一种历时性：文学主人公的"自由"随着历史进程不断萎缩：神话的主人公是高高在上的神祇，其能力远超凡人和一般的自然环境；传奇的主人公是英雄，其能力超过人群中的他人和自然环境；高模仿的主人公则是人间首领及领袖，其能力超越人群却受制于自然环境；低模仿的主人公是普通人，不优越于他人更不能超过自然环境；反讽的主人公则低于普通人，被外在环境牢牢束缚。从神话到反讽，主人公的行动力量逐渐衰弱，但进入讽刺阶段之后会出现一种向神话回归的倾向，这样的一种循环模态也展现了文学史的一种可能形态。

弗莱特别指出，在模式转化移置过程中，存在着一种审查原则（censor principle），正是这种审查原则促使了神话模式间的不断移置（displacement），"若按照历史顺序来阅读文学作品，我们就会发现传奇、高模仿和低模仿等模式处于移置神话（displaced myth）的系列上，其神话结构（mythoi）或情节套式逐渐向相反的逼真一极移动，到了讽刺阶段，又开始向神话回归。"① 逼真和神话位于相反的两极，神话的移置则促发了模式的回归和转化。

"移置"这个词语来自弗洛伊德②，指梦境中精神力量强度的降低，在其释梦理论中，移置主要为了躲开"梦稽查"（censor of dream）的审讯。梦稽查是一种心理审查机构，梦内容如果过于怪诞或危险，就不会能够通过，做梦者会惊魇而醒，可见，即便在梦中人们也不能随心所欲。弗洛伊德发现，这样一种审查机构其实体现了强大的现实压抑力。为了躲避这种压抑，梦将以变形方式来构筑图像，变形的一种方式就是移置，即"一方面消除具有高度精神作用的那些元素的强度，另一方面则利用多重性决定作用，从具有低度精神价值的各元素中创造出新的价值，然后各自寻找途径进入梦内容中。如果真是这样，则在梦的形成过程中必然会产生一种精神强度的转移和移

① Northrop Frye, *The Anatomy of Criticism*, Princeton：Princeton University Press, 1973, p.52.

② 移置（Verschiebungsarbeit）和凝缩（Verdichtungsarbeit）都是弗洛伊德释梦的术语，弗莱使之成为了历史批评变迁的调节器。

置，构成了梦的显意和隐意之间的差异"①。简言之，"移置"在梦理论中有校正性功能，使梦能够通过现实原则的校验。弗莱则将移置视为作家的创作技巧，是为了使其故事变得"可信、合乎逻辑或道德上可被接受"②。经历审查之后，移置的神话会令创作变得越来越逼真。移置对神话具备稀释功能，能将神话中不切实际的虚构成分加以改造并使之适应日常经验意义上的可信性原则。从这个意义上说，移置其实就是现实施加给作者想象力的一种限制，创造性想象也绝非无约束的漫游者，依然不能脱离现实根基。但所谓现实其实是最为暧昧的说法，造就现实的是主体的感知模式，以及基于这一感知制作出来的世界，反过来，这个世界又变成了主体的乐园和牢笼。从这个意义上说，弗莱文中频繁出现的现实其实一种界限，既规约着创作者的移置方式，也制约着表现主人公的行动力。

在弗洛伊德的释梦理论中，与移置相反的程序是凝缩（condensation），即精神强度的集中，包含了多种符号、象征的集合，对解释者的要求也更高，即"梦中字句的畸形与妄想狂……癔症和强迫观念中。儿童所做的语言游戏有时把词句仿佛当作真实的客体，有时还创造新的语言和人造的符号联系形式，它们都是梦和神经症中这一类现象的来源"③。在《批评的解剖》中，弗莱并未直接论及凝缩。直到《神力的语言》，弗莱才将移置和凝缩作为两种相反原理一起提出，在文学语境中，"文学语境中的移置是指改变一个神话结构，使其变得更为可信并符合日常经验。……凝缩则是相反的运动，即日常经验中相似和有关联的事物变成了隐喻同一（metaphorical identities）。"④

简言之，移置是变淡，凝缩是变浓，浓和淡是相对于人类感知的可理

---

① 弗洛伊德：《释梦》，孙名之译，商务印书馆 1996 年版，第 309 页。

② Northrop Frye, "Myth, Fiction, and Displacement", *Fables of Identity：Studies in Poetic Mythology*, Harcourt, Brace & World, inc, 1963, p.36.

③ 弗洛伊德：《释梦》，孙名之译，商务印书馆 1996 年版，第 304 页。

④ Northrop Frye, *Words with power：being a second study of "the Bible and literature"*, San Diego：Harcourt Brace Jovanovich, 1990, pp.148-149.

解性而言。移置暗含着解神话和隐喻的倾向，凝缩则体现为神话和隐喻的强烈集中以及向神话回归的倾向。在现代主义文学作品中，诸如卡夫卡的《变形记》、乔伊斯的《芬尼根守灵夜》等，都可以说是凝缩的特例。如下表所示，神话成了连接文学与语言模式的中介：

文学模式	神话	语言模式
神话	未移置的	隐喻
传奇、高、低模仿（移置的神话）	移置	明喻（移置隐喻）
反讽（凝缩的神话）	凝缩	字面隐喻（凝缩隐喻）

以移置和凝缩这两个术语为枢纽，弗莱其实是将历史批评转换成了文学风格的批评，风格不是简单的修辞性表达，而是在一个高度抽象化了的文学世界中，主体形式发生的历史变迁，行动力量越来越衰弱的主体，远离了神话允诺的世界，神话吁求的原始同一化作了知觉碎片。其实，移置和凝缩也是两种不同的运思方式在文学与语言形式上的表现：

> 理智同一性特点恰恰与神话运思的精神直接对立。因为在神话形式中，思维并不是自由地支配直观材料，以便使这些材料彼此关联、互相比较；相反，这种形式的思维反倒被突然呈现在面前的直觉所复活。它滞留在直觉经验中；可以感知到的"现在"如此宏大，以致其他万事万物在它面前统统萎缩变小了。①

在历史批评中有一种不断变形的现实感，这种现实以移置和凝缩为调节器，这两个因素成了历史变化的技术力量，塑造着不同历史时期人们的感知方式，感知介入的方式直接关系到主体的能力大小。从这个意义上说，历史批评中的现实不是摹本意义上的现实，而是主体的意识感知视域。"现实感"在此成了一种尺度，拥有宽厚的弹性，连接着主体的感知形态，文学捕

---

① 恩斯特·卡西尔：《语言与神话》，于晓等译，三联书店1988年版，第59页。

捉并映现了这种微妙。

二、mythoi、季节叙事与替罪羊

在"原型批评：神话的理论"中，弗莱将原型批评分为意义理论和叙事理论。意义理论包括三种原型意象，即神谕意象（Apocalyptic imagery）、魔怪意象（Demonic Imagery）以及位于其间的类比意象（Analogical imagery）。神谕和魔怪意象可以具象化为天堂和地狱，是具有纯隐喻性质的认同结构，为文学表现确立了边界，但这一边界不是分离的两端，而是存在之链（chain of being）[①] 的表达。类比意象展现的世界则是生命劳作、兴盛与衰亡的过程，以及生与死的循环。如下表所示：

世界	主人公	过程
神祇世界	神	复活，转世，退隐
天体中火的世界	太阳神（英雄）	穿越长空，夜，旭日东升
人类世界	人	清醒与梦幻的双重生活
动物世界	动物	出生与死亡
植物世界	植物	四季轮回
诗的世界	诗人	文明更替，乌托邦想象
水的世界	水	水的循环

原型意象的循环其实仰仗于托勒密式的神话宇宙论，哥白尼革命之后，托勒密式的宇宙论已失去了科学性，但其仍然可以为文学想象提供象征语言，象征所需要的同一性、关联性和对应性都包含在其中了，这种接近于诗歌形态的宇宙论可以视为神话的分支，也是培根所说的"偶像剧场"（an

---

[①] "存在之链"（The Great Chain of being）这一术语出自洛夫乔伊，这一概念以上帝创造自然万物或世界本原的思想为基础，为存在物种划分等级，存在中的一切物种展现出不同的等级，因此形成了一个伟大的存在链条或阶梯，低到最不引人注目的物种，上至上帝自身，人则介乎动物和天使神灵之间。（参见诺夫乔伊：《存在巨链：对一个观念的历史研究》，张传有、高秉江译，江西教育出版社 2002 年版。）

idol of the theatre)。① 不过，这种伪科学的世界形态（三大精灵，四种体液，五种元素，七大行星，九重天，黄道十二宫）却构成了文学意象的语法。

在《符号的时代》（*The Times of the Signs*）这篇文章中，弗莱曾追溯了占星学与天文学在 15 世纪的分离，当时两者几乎是同一个学科；18 和 19 世纪之后，大多数受过教育的人已抛弃了对占星学的信念和兴趣，占星学逐渐变成了迷信。到了 20 世纪，占星学和天文学仍然保持着分离，但已成为公开出版和媒体中繁盛的工业，成为了科学共同体之外的娱乐产品，完全在科学共同体之外来娱乐人们。当前占星学再度流行，弗莱认为，"这表明了社会整体对诗人经常使用模式化的和对称模式思维的接受。"② 占星学完全是神话学的分支，尽管不断地发生转变，已不能传递更多的自然力，却仍然可以揭示出他者的精神。

占星学成了一种记忆装置，星盘构成了一个小型的记忆剧场。季节叙事的循环与黄道十二宫的轮回构成了隐约呼应。原型叙事理论引入四季变迁，神话叙事模式作为一个整体将人类力量和大地枯荣以及四季轮回结合了起来，中介就是仪式，文学和仪式的社会功能就是将人类的欲望和自然相融合，换句话说，文学即是语言的仪式，从而将人类和自然相连。与季节对应的喜剧、传奇、悲剧、讽刺的叙事结构比一般的文学体裁范畴更为广阔，可称其为阅读经验中的结构情调或是文类情节（generic plots），是作品中流露出来的能够和音乐相类比的叙事节奏。弗莱对叙事结构的分析并不具备结构叙事学的精确性和灵巧度，四种基本的叙事结构也并未被分解到语言符号或能指 / 所指地步，却形成了调性观念，传达着人在世的根本意绪，本身即构成一种意义连续体。

在历史模式理论中，从神话、传奇、高模仿、低模仿到讽刺的过程伴随着主人公行动力量的减弱，在讽刺中又有了向神话回归的倾向。在原型叙

---

① Cf. Northrop Frye, *The Anatomy of Criticism*, Princeton：Princeton University Press，1973，p.161.

② Northrop Frye，"The times of the Signs：An essay on Science and Mythology"，*Spiritus Mundi*：*Eassys on Literature，Myth，and Society*. Bloomington & London：Indiana University.1976，pp.74-75.

事结构中，行动的力量再次成为分类原则，四种叙事模式成了季节圆周上的片断弧线，在一个和人类疏远的自然世界中典型化了人类行动的可能性，每一种叙事结构的设置都表达了自然所允诺的人类能力，行动力在传奇中最大，在悲剧中开始缩减，在反讽中消失，在喜剧中则获得了再生。与行动力紧密相关的问题则是自由，尽管弗莱很少从伦理层面谈论自由，自由理念却构成了其批评话语隐而不显的根基。

喜剧、传奇、悲剧和讽刺（反讽）这四种原型文类其实是两种暴力张力之间的游戏。其一是等级制法则的暴力，其二是僭越这一法则时的暴力。由此，法则和秩序的压制力量以及对其反抗构成了弗莱叙事策略的主符码，不同叙事间的张力使也使得等级制形态不断发生变化。首先，这四种原型文类是一组等级对另一组的压制，因此就有了喜剧和传奇的"成功"以及悲剧和讽刺的"失败"。在喜剧中，新秩序战胜了旧秩序；在传奇中，是新事物持续不断的涌现及其庆祝；在悲剧中，秩序衰落了；在讽刺中，秩序完全瓦解了。这四种原型叙事结构包含着两种节奏：一是循环往复，一是矛盾对立。四季轮回是循环往复的节奏，喜剧与悲剧构成了社会秩序层面上的水平对立，传奇和讽刺则构成了超越社会意识的垂直视野。如下图所示：

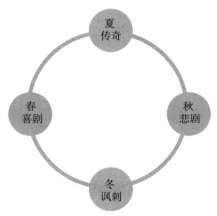

个体与群体（社会）的关系是弗莱进入喜剧和悲剧的入口。悲剧主人公与社会隔离，喜剧主人公则融入了社会。孤立／融汇之间的对立很好地描绘出了悲剧和喜剧投射的存在处境。喜剧叙事被朝向共同体的认同力驱动，"喜剧的运动通常由一个社会向另一个社会转移。……这叫做喜剧的发现（comic discovery），即 anagnorsis，或 cognitio。"① 那么在喜剧的群体转移过程中，被发现或识别的是何物呢？那就是喜剧收场时涌现的"社会"，通常代表着"一种道德规范，或是一个实在的自由社会"②。"自由社会"更多地指代了一种"共同体"的观念，共同体接纳了更多的成员，取代或更新了陈旧的道德规范，这一空间完全适应作为个体的需要，认同是多方面的：男女爱情的结合，个人对群体秩序的忠诚，乃至神秘顿悟的发生等。

简言之，喜剧是在识别和接纳结构中开展叙事的，悲剧却受制于排斥，主人公不仅被社会，而且被自然排斥。被社会排斥的悲剧更多地出现在低模仿文学作品中，其基本观念即是阐明"一个与我们相似的个体人虽竭力想从属于某一社会群体，最终仍被排除"③。另一方面，被排斥的主人公也打破了喜剧生成的规范，因而也不可避免地遭遇另一重隐含次序，弗莱用"自然法"（natural law）来表达这种虽不可见却内在地支配了悲剧主人公行动的法则。

弗莱借鉴了怀特海（Alfreal North Whitehead，1861—1947）在《科学与近代世界》中的说法，认为历史上悲剧的两次飞跃发生在公元前 5 世纪的雅典和 17 世纪的欧洲，恰好与爱奥尼亚和文艺复兴时科学的兴起同时出现。④这绝非偶然，悲剧的兴盛与人类自然感知的变化密切相关。自然一再蜕变，变成了异己的存在，变成了某种不可忤逆的必然性。在悲剧意识中，基本的自然法则就是生命与死亡的循环，每一次死亡都是自然对生命的一次复仇，这种封闭的循环令我们回想起阿那克西曼德箴言的悲怆回声："万物由它产生，也必复归于它，都是按照必然性；因为按照时间的程序，它们必受到惩罚并且为其不正义而受审判。"

在希腊神话中，复仇女神总是与正义女神一同出现。作为悲剧意识的

① Northrop Frye, *The Anatomy of Criticism*，Princeton：Princeton University Press，1973，p.163.

② Northrop Frye, *The Anatomy of Criticism*，Princeton：Princeton University Press，1973，p.169.

③ Northrop Frye, *The Anatomy of Criticism*，Princeton：Princeton University Press，1973，p.39.

④ 参见 A. N. 怀特海：《科学与近代世界》，何钦译，商务印书馆年 1959 年版。

核心，复仇超越了喜剧世界中的可见秩序，是悲剧试图与之认同的宙斯正义。悲剧主人公"把自然设想成囊括可见和不可见王国的秩序，这种平衡本身迟早必须矫正。这种平衡的矫正便是古希腊人所说的天谴（nemesis）"①。"天谴"是正义的愤怒和复仇，是由悲剧主人公的行动召唤出来的，也注定要承担其灾难性后果。

由此，悲剧可以从不可见与可见的两重秩序下得到解释。其一，悲剧体现了命运的无限威力；其二，悲剧主人公违反了人间或神界的（道德）法则，这即是亚里士多德所说的"缺陷"（hamartia），缺陷与罪孽或过错之间必定存在本质的联系。②弗莱认为，这两种悲剧观虽然部分地解释了悲剧的内在机制，却都与悲剧那神秘莫测的根源失之交臂了。将悲剧归为宿命论，没能充分意识到悲剧主人公巨大的行动力，正是这一点区分了悲剧和讽刺；悲剧中的无辜受难者挑战了道德层面的解释，源自神义论的归罪意识不能用来责问悲剧主人公。弗莱的反对理由是双方面的，既有逻辑推演，又潜藏着一个从宙斯正义到神义论，再到道德神学的变化，悲剧顶撞了这一范式变迁，因而悲剧主人公成了这一秩序的牺牲品，悲剧主人公始终被这些神秘的、可见的力量排斥在外，那么，使悲剧主人公深陷绝境的丧失到底什么？

将悲剧主人公排斥在外的秩序到底意指何物呢？就悲剧原型而言，根本原因是悲剧主人公从一开始就丧失了自由。弗莱借用弥尔顿《失乐园》中上帝对亚当的一段告白阐明了他的悲剧观：

> 人将会堕落，因为人愿意倾听讨好奉承的谎言，轻易违反唯一的命令，他服从的唯一誓言：因此，他和他背信弃义的子子孙孙将会堕落：谁的过错呢？除了他自己还能是谁的过错？忘恩负义，从我这儿，

① Northrop Frye, *The Anatomy of Criticism*, Princeton：Princeton University Press, 1973, p.209. Nemesis 本来为希腊复仇女神，是"正义的愤怒"的拟人化表达，她追逐并惩罚激怒神祇的人，后来引申为任何主宰命运及执行正义报应的人。

② Cf. Northrop Frye, *The Anatomy of Criticism*, Princeton：Princeton University Press, 1973, pp.209-210.

他应有尽有；虽然他又选择堕落的自由，然而我使他既正直又公正，足以抵抗堕落。我如此创造所有的天上掌权天使和精灵，包括两类：他们要么站着，他们要么站不起来；他们或站立就站立，或倒下就倒下，完全听凭自由。《失乐园卷三：93—103》①

"他已使人类足以站立起来，尽管给予他们堕落的自由。"这就是弥尔顿笔下上帝与亚当关系，也构成了悲剧的原型神话："若主人公没有站立起来充足力量，剧本模式就纯属讽刺了；若主人公没有堕落的自由，剧本模式又成了传奇。"② 弥尔顿把亚当的选择写成自由选择的结果：即运用自由去丧失自由。这貌似一个悖论，实际上却是自由的两种不同形态，人类运用的自由是理性赋予的勇敢去知和勇敢去做的自由；而失去的自由则是伊甸园中的源初同一状态。悲剧展现了这两种自由的冲突，也总是对神义论之艰难的严肃怀疑。亚当成为了悲剧的原型人物，不同于《创世纪》中的亚当和夏娃，弥尔顿的亚当是自由地失去了乐园的自由，伴随这种自由而来的则是与更大整体的分离，人类祖先亚当的这种处境就是悲剧的神话原型。

　　运用自由去失去自由——这是弗莱所理解的悲剧奥秘。这个说法也映现了自由的内在裂痕，其悲剧性的处境反映了两个世界的割裂：一是由人类中心视角所展开的行动与历史世界，就是人间喜剧与悲惨世界的交织，这个世界无论如何氤氲锦绣，都还是梦幻泡影。另一个世界则是伊甸园的自由，那是神允诺的黄金时代，流着奶和蜜的应许之地。人类悲剧性处境的缘由，部分是由于这个世界遭遇了遗忘乃至成了不可抵达之所。弗莱批评话语的中心诉求，即是要运用自由将人类失去的自由重新锻造出来。

　　喜剧是结合，悲剧是分离。这种结合和分离都涉及秩序，喜剧关涉可见的社会群体秩序，悲剧探及不可见的超自然秩序。喜剧与之认同，悲剧与之对抗，但无论认同或对抗，两者都尚未真正革命性地挑战这一秩序，悲剧

① 弥尔顿：《失乐园》，刘捷译，上海译文出版社 2012 年版，第 96—97 页。

② Northrop Frye, *The Anatomy of Criticism*, Princeton：Princeton University Press, 1973, p.211.

和喜剧中存在的大量替罪羊（pharmakos）角色都是秩序断裂的牺牲，是作为妥协的牺牲。季节叙事中暴力与秩序的互搏也不能离开替罪羊，替罪羊逻辑在悲剧和喜剧中均以不同样态存在着。

　　"替罪羊"构成了弗莱探讨喜剧和悲剧的一个重要参照，替罪羊拉近了悲剧和喜剧的距离，悲剧中的替罪羊通常就是主人公，其悲惨遭遇和命运会引起观众的恐惧和怜悯之情；喜剧中的替罪羊则是主人公的对立面，其遭驱逐或厄运则阿谀着读者。喜剧一方面接纳个体融入群体，另一方面也将害群之马驱逐出去，由此才能维护一体化，这种被排挤的个体即是喜剧中的"替罪羊"。《威尼斯商人》中的犹太商人夏洛克就是这样的角色，他并非无辜，但他遭遇的惩罚却大大超过了他应得的。因此，当替罪羊明显地出现在喜剧中时，讽刺的瓦解力立即浮现出来了，替罪羊是罪不当罚的，是掩盖秩序漏洞的创可贴，那种秩序一体化力量的虚妄本质就被觉察了。在悲剧中，替罪羊的功能更为隐晦，经常以牺牲来修复人类与超自然秩序的破败关系。

　　但诸神之白昼早已逝去，从牺牲到"替罪羊"，这一观念内含着解神话式的人类学思维，当我们使用这一观念来审视悲剧和喜剧时，已经撕开了神话的面纱，讽刺登场了，讽刺的肢解力是否定性思维的代表。弗莱区分了讽刺（satire）与反讽（irony），讽刺有明确的对象，带有抨击或斥责意味；而反讽却不传达明确态度，带着无根基的虚无感，瓦解力无所不在。反讽与传奇对应，"反讽叙事（ironic myth）作为一种结构，其基本原理是对传奇的戏谑性仿作"。① 反讽与传奇的内涵必须互相参照，反讽代表着一种无所不在的肢解力，传奇则代表着更大的结合。

　　那么，这个替罪羊就是在冬天被撕成碎片的神祇。就原型意象而言，替罪羊属魔怪意象。集独裁领袖与牺牲为一体的替罪羊形象可以从人类学角度得到阐释，J.G. 弗雷泽（James Georges Frazer，1854—1941）的《金枝》（*The Golden Bulf*）就描述了大量原始部落的替罪仪式，而这皆根源于想要转嫁灾祸的目的，"把自己的罪孽和痛苦转嫁给别人，让别人替自己承担这

---

① 　Northrop Frye，*The Anatomy of Criticism*，Princeton：Princeton University Press，1973，p.223.

一切，是野蛮人头脑中熟悉的观念。这种观念的产生是由于非常明显地把生理和心理的、物质的和非物质的现象混淆了起来。"① 那么，被转嫁的人或物不可避免地担当了释罪的牺牲品，但"罪"与"替罪者"又有根本不同：

> 我们假定死神不只是临死的"植物神"，而且是公众的替罪羊，过去一年中折磨人们的一切邪恶都放在它身上，那么，这些特点就立即清楚了。在这种场合表示高兴，是自然的、适当的；令人感到畏惧和憎恶的，本来不是将死的神，而是他所负担的罪过和不幸，如果他成了畏惧和憎恶的对象，那不过是由于很难区分负担者和负担物，至少很难划清两者的区分。负担物具有祸害的特点，人们畏惧并逃避负担者，好像他本人也充满着那些危险的因素，事实上，他不过是负载那些危险素质的工具而已。②

替罪羊是一种象征，担罪而使断裂的秩序链条重新焊接起来。作为负罪者，替罪羊常常被混淆成罪恶本身；作为一种献祭品，替罪羊又是纯洁的牺牲。牺牲很早就存在于人类生活中，牺牲是人与神的交流或交易。人们献出某物以便获得回报或平息神的愤怒，人们也将获得与超自然神力连接的可能。

弗莱从神学和人类学研究语境中挪用了替罪羊，使其嵌入到悲剧和喜剧的叙述机制中，类似于黏合剂，并成为推进叙事的重要助力。勒内·吉拉尔（René Girard，1923— ）则深入探讨了替罪羊机制内含的迫害模式，他将替罪羊视为神话叙事中的一个污点，"迫害者深信受害者有罪，迫害者耽于迫害的错觉中，这种错觉并非一件简单的事，我们已经看到，那是一个表述的真正系统。"③ 吉拉尔对神话的看法相当悲观，作为一种表述机制，神话合理化了原始谋杀，是迫害者意识心态的体现："神话的文化以及植根其上

---

① J.G. 弗雷泽：《金枝》，徐育新、汪培基、张泽石译，新世界出版社 2006 年版，第 510 页。

② J.G. 弗雷泽：《金枝》，徐育新、汪培基、张泽石译，新世界出版社 2006 年版，第 543 页。

③ 勒内·吉拉尔：《替罪羊》，冯寿农译，东方出版社 2002 年版，第 51 页。

的文化形式，如哲学与今日的人类学，几乎毫无例外地首先合理化创始性谋杀，其次抹除创始性谋杀的痕迹，使人们相信完全没有这么一回事。这些文化形式成功地使人相信，人性在其中是清白无辜的。然而《圣经》却相反，它试图回溯原初，再次考察这一转变是如何建构起来的，以便怀疑乃至废止这种建构，以便反对神话并揭开神话的神秘面纱。"①

从替罪羊本身，即受害者视角切入，更能勘察文化叙述机制的内在断裂。替罪羊是既内在又外在于文化机制的，作为暴力的牺牲品，却又显示了秩序的面孔，其存在总在人类与外边之间制造连接："这个受害者之所以能在死后施恩于杀害他的人，是因为他复活过来，或者他并没有真的死去。替罪羊的因果性如此有力地使人接受，以致于死亡本身不能停止他的存在。为了不抛弃作为起因的受害者，需要时，神话将他复活，使他不朽——至少在一个时期内，神话发明了我们称作超验和超自然的东西。"②替罪羊机制包含着因果性（因果机制），是人类寻找原因的本然冲动，但其包含的暴力因素又使其成为创世的隐蔽根基。

替罪羊机制是神话乃至任何表述机制不可或缺的部分，也间接促成了牺牲的合理化言说。吉拉尔对于替罪羊机制的揭露也表明了这样一种关切：耶稣就是来终结牺牲的，福音书叙事超越了替罪羊机制支配的表述机制。耶稣谴责了那种建立在替罪羊机制之上的文化，亚伯与该隐兄弟之间的故事成为吉拉尔勘测替罪羊机制的起点，耶稣既不是谴责该隐，也不谴责亚伯，他谴责的是那种文化，这是一种建立在冲突之上却以主权宗教来维持其延续性的文化。③从某种程度上说，人类兄弟仇杀是无可避免的，但是这种不可避免性不能被神话为一种必然性。因此，奠定在该隐基础的人类文明不能从血肉中清洗那暴力与罪恶的印记。

---

① René Girard, *Things Hidden since the Foundation of the World*, Stanford：Stanford University Press.1978, p.153.

② 勒内·吉拉尔：《替罪羊》，冯寿农译，东方出版社 2002 年版，第 51 页。

③ Cf. Lars Ostaman, "The Sacrificial Crises：Law and Violence", *Contagion：Journal of Violence, Mimesis, and Culture*, Vol. 14 (2007), pp. 97-119.

从这个意义上说，耶稣并不是替罪羊，替罪羊是巴拉巴（Barabbas），那位本应被处死却得到赦免的罪犯。[①] 耶稣经受的纯粹暴力本身挑战了人类文化机制得以建立的暴力，换言之，耶稣挑战而非重复了替罪羊机制本身。与之类似的是，弗莱将福音书叙事视作传奇，传奇的世界中没有替罪羊，无辜者不再获罪。耶稣基督被钉十字架以及随之而来的复活，使其成为了具有异教色彩的英雄原型。

海上怪兽利维坦（Leviathan）和陆上怪兽毕希摩（Behemoth）就是恶龙原型，海陆两怪代表着由撒旦控制的堕落自然秩序，这两个怪兽形象最早出现在于《约伯记》[②] 中，都归属于撒旦队伍。描述传奇叙事时，弗莱特别指出："在《启示录》中，海上怪兽、撒旦及伊甸园的巨蛇都互相认同。这一认同关系（identification）构成了基督教象征体系中杀龙隐喻的基础，在该体系中，主人公便是基督，恶龙是撒旦，年迈虚弱的国王是亚当；作为亚当之子，基督营救了教会新娘。"[③] 牺牲转化成了传奇的凯旋，耶稣以自身为诱饵制伏了尘世恶龙。[④] 随之而来的复活是从怪物巨腹中逃脱的历险，即"若利维坦就意指着死亡，英雄就得死去并进入死亡的躯体中，若主人公的历险探求最终得以完成，就生死循环意义而言，其最后阶段就是再生，也就

[①] "每逢这时期，巡抚照众人所求的，释放一个囚犯给他们。有一个名叫巴拉巴，和作乱的人一同捆绑。他们作乱的时候，曾杀过人。……彼拉多要众人喜悦，就释放巴拉巴给他们，将耶稣鞭打了，交给人钉十字架。"（《马可福音》15：6—7；15）

[②] "你且观看河马（Behemoth）我造你也造它，它吃草与牛一样。它的力气在腰间，能力在肚腹的筋上。它摇动尾巴如香柏树，它大腿的筋互相联络。它的骨头好像铜管，它的肢体仿佛铁棍。""你能用鱼钩钩上鳄鱼（Leviathan）吗？能用绳子压下它的舌头吗？你能用绳索穿它的鼻子吗？能用钩穿它的鳃骨吗？它岂向你连连恳求，说柔和的话吗？岂肯与你立约，使你拿它永远作奴仆吗？凡高大的，它无不藐视，它在骄傲的水族作王。"（《约伯记》41—42）

[③] Northrop Frye, *The Anatomy of Criticism*, Princeton：Princeton University Press, 1973, p.189.

[④] 基督教中世纪对利维坦的解释到经院哲学时期一直都完全受神学支配：有基督在十字架上的死，魔鬼在争夺人类中失利了，魔鬼被上帝隐藏在肉身中的谦卑形象所蒙蔽，想去吞食被钉在十字架上的神人，却因此被十字架钩住，就像被鱼钩捕获一般。魔鬼在此被描绘成利维坦，也就是被上帝诱惑并捕获的大鱼。（参见卡尔·施米特：《霍布斯国家学说中的利维坦》，应星、朱雁冰译，华东师范大学出版社年 2008 年版，第 45 页。）

是复活。"① 福音书叙事被视为传奇，这一阐释的讽寓结构也受到中世纪圣杯传奇与屠龙故事的影响，构成了传奇叙事的主导结构。从象征意义而言，传奇叙事是对恶龙的征服，从而在世间驱逐了恶，并重返伊甸。

以阅读体验为基础，弗莱为季节叙事勾画了特定的原型叙事，但他的技术立场使他没能在伦理视域下停留太久，他甚至审图净化这些内容，每一类原型文类都有特殊的调，但这些"调"也几乎是不可听闻的，都是人类思想史上最为艰深的难题与困境，被重重包裹在无数神话碎片中，在时间深渊中等待被唤醒。这些象征从未死去，他的解读提供了某种线索，却并不是成功的翻译。

三、元历史：超越反讽

"面对特定文学作品，批评家所做的最自然的事就是将其凝固，忽略时间中的运动并且将其作为其整体存在的词语序列。"② 这是弗莱观看文学的方式，为了看得更清楚，弗莱以季节"凝固"了时间。这种做法产生了这样一个后果，读者和批评者也轻易地将神话—原型批评机械化和程式化了。若这样简单化地理解弗莱的批评空间，可能忽略了弗莱空间化了的文学也可能是爱因斯坦式的空间，尽管其范畴经常游移于两级之间，却如时间本身一般游移不定。其批评中更有着刺激的、难以捉摸和游移的特性。③

通过春夏秋冬的叙事分析，弗莱为文学研究画定了一个人类学乃至宇宙论的结构框架。但是，他并未试图使四季叙事成为一种分析工具，只是赋予了叙事时间一种神话外衣。每一个季节又被分为六个相位，相位间的区分着眼于个人、社会以及自然的关系，边界是模糊的，并且形成了重叠和循

① Northrop Frye, *The Anatomy of Criticism*, Princeton：Princeton University Press, 1973, p.192.

② Northrop Frye, *Fables of Identity*：*Studies in Poetic Mythology*. Harcourt, Brace & World, inc, 1963, p.21.

③ Cf. Murray Krieger, "Northrop Frye and Contemporary Criticism：Ariel and the spirit of Gravity", *Northrop Frye in Modern Criticism*, Murray Krieger edited, New York：Columbia university press, 1966, p.4.

环。如此一来，季节叙事中的二十四相位既是对音程结构的模仿，也是为文学叙事定"调"的过程。但这也是一个异常困难的问题，这些调性其实是对内在体验的描述和规范。这些相位是文学语言所表达出来的音乐性，但语言的千变万化与歧义丛生如何承载这一抽象的"调"性呢？①

弗莱将这些几乎可比肩于调性的叙事结构称为超越体裁的叙事成分，是"神话和叙事结构的理论成为了一种将文学作品组织成词语序列的方法，不是通过其历史或意义序列，而是其'更大的文类形式'"②。正是从这个意义上说，其构建的批评空间也有着从视觉向听觉过渡的倾向，作为一种模型，这一建构可以"终结所有的解构，是终结所有替补的替补"③。弗莱以德里达式的语言委婉地表达了他的文学总体观，这一总体就是解构不尽的文学调性，是在场形而上学坍塌之后的余音袅袅。但遗憾的是，这种"调"只是一种静态的、经验式的分析，弗莱并没有指出这些叙事单位是如何在传统中积淀和改革的，"若没有指出叙事图解主义传统中改革和积淀的辩证，那么旨在通过语言的想象性和假设性而达到语言模式的整体性就是不能充分被接受的。"④

这种想象性的叙事结构分析也启发了海登·怀特（Hayden White，1928—　）在《元历史》中有关历史编撰学的写作策略，"占主导地位的比喻方式以及与之相伴随的语言规则，构成了任何一部史学作品那种不可还原

---

① 萨义德认为，《批评的解剖》的一个迷人之处就在于提出了设计和调性音乐（tonal music）之间的关联，但遗憾的是没有将之充分发展。（参见薇思·瓦纳珊编：《权力、政治与文化——萨义德访谈录》，单德兴译，三联书店 2006 年版，第 116 页；Bogdan. Deanne，"Musical/literary boundaries in Northrop Frye"，*Changing English：Studies in Reading & Culture*，Mar1999，Vol. 6 Issue 1，pp.57，23。）

② A.C .Hamilton，*Northrop Frye：Anatomy of his Criticism*，Toronto：University of Toronto Press，1990，p.123.

③ David Cayley，*Northrop Frye in Conversation*，House of Anansi Press Limited，1992，p.62.

④ Paul Ricoeur，"Anatomy of Criticism or the Order of the Paradigms"，*Center and Labyrinth*，edited by Eleanor Cook，Chaviva Hosek，Jay Macpherson，Patricia Parker and Julian Patrick，Toronto：University of Toronto Press，1983，p.12.

的'元史学'基础……史学思想家选择了概念性策略来解释或表现他的史料。这就是诗性的行为。"① 这也表明，看似描述性的历史叙事也受制于一种更大的文类规则，历史编撰绝非仅仅是对过去事件与史实的描述，更带有特定的美学形式。怀特从弗莱对叙事结构分析中获得了灵感，将一种叙事结构与其具体的历史、文化环境中所汲取的思想观念联系起来，将其稍作改动，应用到了情节化模式的分析中。

怀特所言的"元史学"预设即是以特定的原型叙事为基础，历史编撰不仅是材料取舍或事实的罗列，更是情节化的过程，将简单的事实凝结成具备特定意义形式，历史与叙事之间的复杂关系场域，构成了一种关涉表现的理论。"历史解释必定以不同的元史学预设为基础，这些预设与历史领域的本质相关，也产生了史学分析能够运用的解释类型的不同概念。"② 怀特对于弗莱的叙事理论十分赞赏，他曾谈到他们会面时所谈论的问题就涉及了调性问题，③ 这种调性其实就是后现代叙事所不能解构的元叙事。

神话与历史的密切关系自不待言，如列维－斯特劳斯（Claucle Lévi-Strauss，1908—2009）所言，"历史还是完全不可能脱去神话的性质。因此，在历史中成立的东西，不用说在神话本身中更成立。神话图示在极大程度上带有绝对对象的特性，而这种对象如果未受到外界因素的影响，便既不会失去其旧的组成部分，也不会获得新的组成部分。结果，当这图示经受某种转换时，它的一切方面便同时都受到影响。"④ 斯特劳斯以"绝对对象"来指称神话图示中的恒定特征，若将这一"绝对对象"转移为叙事学术语的话，就

---

① 　海登·怀特：《元史学：十九世纪欧洲的历史想象》，陈新译，译林出版社 2004 年版，第 2、3 页。

② 　海登·怀特：《元史学：十九世纪欧洲的历史想象》，陈新译，译林出版社 2004 年版，第 38 页。

③ 　Cf. Hayden White, "Frye's place in Contemporary Cultural Studie", *The Legacy of Northrop Frye*, Edited by Alvin A. Lee and Robert D. Denham, Toronto：University of Toronto press.1999, pp.28-39.

④ 　列维－斯特劳斯：《神话学：生食与熟食》，周昌忠译，中国人民大学出版社 2007 年版，第 21 页。

是元叙事。元叙事是对神话语意深渊的一次涤荡，其背后不再是某种坚执之物，而是叙事之流。元叙事以技术性命名赋予了神话透明内涵，但这种透明性恰恰是难以言明的。因而，绝对反而成了一个神话，但不是有待揭示的神话，而是以传奇式探询去印证的神话。

传奇和讽刺这两个调性始终并存于文学之中，两者构筑的垂直向度迥异于悲剧和喜剧的水平世界。传奇代表了愿望的实现，以此救赎了反讽的肢解性力量，怀特的归纳更为精当：

浪漫剧根本上是一种自我认同的戏剧，它以英雄相对于经验世界的超凡能力、征服经验世界的胜利以及最终摆脱经验世界而解放为象征，是那类带有基督教神话中圣杯传奇或基督复活之类的故事。它也是一种关于成功的戏剧，这种成功即善良战胜邪恶、美德战胜罪孽、光明战胜黑暗，以及人类最终超脱出自己因为原罪堕落而被囚禁的世界。讽刺剧的原型主题恰好与这种救赎式的浪漫剧针锋相对；事实上，它是一种反救赎的戏剧，一种由理解和承认来支配的戏剧。此处，理解的是人类最终是世界的俘虏而非它的征服者；承认的则是，由最后分析得知，就根本上战胜死亡的黑暗力量这一任务而言，人类意识与意愿永远是不够的，这种力量是人类永不消逝的敌人。[1]

这种传奇性就是弗莱神话理论的主导叙事，传奇诉求带来了超越反讽的要求。何谓反讽？反讽意味着超感官根基的缺失，认识和感受形成了断裂，个体与自我、他人和世界都形成了难以弥合的隔离感。从某种程度上说，对元历史的探求其实就是弥合隔离感的药剂，然而，这种药剂不是话语，叙事也过于苍白，这种"元"就是一种调性，正是构成文学性书写的那种神秘所在。弗莱认为传奇以象征形态将那种调性表征出来了。对反讽的超越其实就

---

① 海登·怀特：《元史学：十九世纪欧洲的历史想象》，陈新译，译林出版社 2004 年版，第 10—11 页。

是对反讽的接受，不存在噪音，所有的声音都可以被接受，都是隐晦难明的生存之调。将世界调性化并不完全等同于审美化，审美化总是导向或预设了一只观察之眼，调性却是对存在的应和。

尽管弗莱反复强调"调性"的重要，并以"文类"这一规范性概念推进其不偏不倚的论述。但实际上，他的批评并没有给"悲剧"留下地位。亚里士多德将悲剧看作是对行动的安排，戏剧的基础是在各种偏见下追求特定目的的性格，而这一偏见会在行动和识别中得到解决。弗莱认为悲剧只是"存在投射"（existential projection）的体现，人类悲剧性存在应该而且可能被传奇提升到一种更高的真实中，从这种被悲剧格调中奋起的"传奇性"体现了某种超越性。弗莱并未从神—人关系角度来解构自由为现代人带来的困境，也丝毫不涉及归罪意识，尽管自由确实已成为现代人不能承付的重担，他毫不含糊地认同了自由主义的基本理念，自由的激励与抱负都甩给了传奇。传奇是对能量的形式化救赎，这种内在救赎模式就是心理炼金术，那些穿越黑暗之心并带来礼物的人们是这个世界真正的英雄。

弗莱对文类的"使用"已越出了规范层面，一种文类就是一种世界，世界依托于人之存在，文类也预设了人在世界之中还是世界之外的问题。若世界仅仅是依照可见之光和视觉建构起来的，人就还是处于世界之外，世界只是人手头的摆置物，反而阻挡了主体进入世界的门径。从这个意义上说，历史批评就是视觉世界，是精神发展之永恒循环的断章。原型批评则是听觉与声音的世界，是从历史中脱身而出的循环模型。从更大的时空量级而言，历史模仿了原型，以循环现身的原型是更为本源之物。

第三节　神话—原型批评的肯定阐释维度

文类研究在现代批评领域已转换成了叙事研究，研究对象具体化为语言结构分析，通过对叙事中故事、话语的区分来建立种种模式。但经典叙事学也常常遭到罔顾历史的指责，以语言模式为基础的文类批评是不完善的，必须以文类的意义层面来补充之，即叙事结构分析必须与语义分析结合起来。如果说分类冲动代表了弗莱批评话语中规范性的一面，那么，文类包含的叙事调性观念则代表了阐释性的视界层面。有论者就指出，"弗莱的书标志着从小说理论向叙事理论过渡中的一个重要阶段。"[①]

从叙事学观点来看，弗莱没有严格的批评术语，当他采用"叙事"或"叙事结构"时，只是意指着和主题、意义、观念相对的叙事、情节一面。他又对叙事结构进行了一场风格化处理，四季叙事如同光谱，没有明晰界限，只是在渐变中显示了不同。原型叙事结构的分析尽管具备一些结构主义的分类和描述特征，只是对特定情节的经验辨析，类似于一种生存感觉的投射，并不构成严格的叙事理论。在原始神话中追寻情节结构的起源不同于对情节本身的研究。而且，严格的叙事分析也不满于对情节结构的类比性和比喻性说明，原型叙事结构分析也遭到了更为严格的寻求结构分析的叙事学的拒绝。叙事理论家对其缺陷提出了批判，即"试图在世界上所有故事中找到一个具有深层意义的单一情节的做法尽管吸引了不少人，但是却遭到了那些寻求一种严格的叙事结构分析的人的弃绝"[②]。不过，也正是这种略嫌粗糙的叙事分析为经典叙事学只关注模式建构而忽略阐释维度的倾向提供了某种参照。

经典叙事学将语言学的科学规范引入文学研究，即"把索绪尔语言学用作引航科学或'理论提喻'，塑造了作为一种研究框架的结构主义叙事学的研究对象、方法和总体目标"[③]。这固然为叙事研究提供了新范畴和术语，但也使之受制于语言学模式，批评陷入了语法化的技术分析，社会历史语境被忽视，意义问题得不到有效阐明。经典叙事学的一个重要不足就是不能调和模式（理论）和阐释之间的矛盾，即"在模式和历史之间，在理论思索和文本分析之间，存在着一场争优的殊死战斗，前者试图把后者改造成许多纯粹的例子，引以证明抽象的命题，而后者则继续冥顽不化地暗示说理论本身

---

① 华莱士·马丁：《当代叙事学》，北京大学出版社 1990 年版，第 8 页。

② 华莱士·马丁：《当代叙事学》，北京大学出版社 1990 年版，第 98 页。

③ James Phelan、Peter J. Rabinowitz 主编：《当代叙事理论指南》，北京大学出版社 2007 年版，第 17 页。

充其量是方法的框架"①。那么，有没有一种理论，能同时容纳模式建构与阐释呢？有学者认为叙事学的工具和思想与历史可能性天衣无缝地整合在一起是不可能的，批评实践就是在叙事学和历史主义之间进行切换。不少叙事学者建议在叙事学中将建构模式与具体阐释批评区分开来②，从而为经典叙事学的静态模式建构作出辩护，即"叙事学家们坚守雅各布森对诗学与批评的区分，将叙事代码置于代码所支撑的具体故事之上，力求建立一种叙事诗学，而不是叙事批评"③。将"诗学"与"批评"区分开来的做法十分诱人，也确实为经典叙事学形成很好的辩护，但是，叙事分析如何能够悬置阐释维度呢？赫尔曼就一针见血地指出，"从叙事学角度看，任何试图将指涉与评价分离的做法都是反直觉的。"④

简言之，经典叙事学受困于"语言的牢笼"，语言学不是解释学，以逻辑为基础的语法必定要向修辞发生偏移。于是在经典叙事学向后结构叙事学转化过程中，性别、种族、阶级、殖民等话语都转入了叙事分析中，叙事分析逐渐从句法层次分析转向语义以及语用叙事学，这是全面开放阐释维度网罗意义的努力。但另一方面，后现代叙事学特别强调文学叙事的政治维度，也促进了文学研究向文化研究的全面转型，叙事成为各种政治力量角逐的战场。马丁·柯里这样归纳 20 世纪叙事学的转变过程，即"第一阶段表现为一种集体意向：将文本解读作为语言学或语言学解读的讽喻；第二阶段表现为讽喻的政治化，在文本中找寻政治和意识形态的无意识。在第一阶段中，包括政治在内的一切统统在语言的视野之内，而在第二阶段中，包括语言在内的一切统统在政治的视野之内"⑤。无论将叙事定位在"语言"还是"政

---

① 弗雷德里克·詹姆逊：《政治无意识》，王逢振、陈永国译，中国社会科学出版社 1999 年版，第 7 页。

② 参见申丹：《叙述学与小说文体学研究》，北京大学出版社 2004 年版，第 9 页。

③ James Phelan、Peter J. Rabinowitz 主编：《当代叙事理论指南》，北京大学出版社 2007 年版，第 17 页。

④ 戴维·赫尔曼主编：《新叙事学》，马海良译，北京大学出版社 2002 年版，第 128 页。

⑤ 马克·柯里：《后现代叙事理论》，宁一中译，北京大学出版社 2003 年版，第 148 页。

治"视野内，都不能很好地解答叙事分析中的"阐释"问题。经典叙事学因其技术性和科学倾向使得意义局限于语法层次上，而后现代叙事学则走了另一个极端，意识形态式分析成为一种揭示权力、文化神秘运作的否定阐释方式，而无法达成肯定意义。

弗莱将叙事与季节相连的方式使其批评具备明显的主题化意蕴，不过在"反对阐释"的精神氛围中，尤其是后结构 / 解构主义所开创的批评潮流中，"主题化"常常成为不光彩的意识形态倾向或迂腐道德帮的代言，正如莫里·克里格（Murray Krieger，1923—2000）所言，"这种倾向一方面排斥本质而推崇方法，另一方面排斥意识形态而推崇结构，意在使我们回避主题学化行为而转向寻求某种纯粹。"①"纯粹"的批评要在无限差异中定义自身，要不断反思自身立场，就要和任何形式的"主题化"划清界限，这种顽固反主题化行为倾向于将批评看作纯粹的技术分析，一方面具有唯美主义的形式主义作风，另一方面也是盲目追求科学性的表现。

弗莱的文类批评为走出叙事学的阐释困境提供了一条路径。弗雷德里克·詹姆逊在《政治无意识》中对文类批评有新的解读，他将文类批评划分为句法分析和语义分析。弗莱和普洛普是叙事结构分析的两位奠基者，普洛普在《民间故事分析》中开创的是"句法"式叙事分析，这一分析致力于划分各种叙事结构，从而建立一般叙事模式，"提出对文类的机制和结构进行分析，并确定它们的规则和限制……主要目的并非发现文类机制或过程的意义，而是建构它的模式。"② 后来的叙事学分析基本上都在这样的模式下进行，分析文类以及具有普遍意义的叙事模式等等。而弗莱所代表的"语义的"则在另一个极端，"通过重构一种想象的实体说明一个给定文本的本质或意义——喜剧或悲剧的精神，情节剧或史诗的世界观，田园诗的感伤或讽

① Murray Krieger, *Words about Words about Words: Theory, Criticism, and the Literary Text*, Baltimore: The Johns Hopkins University Press, 1988, p.43.

② 弗雷德里克·詹姆逊：《政治无意识》，王逢振、陈永国译，中国社会科学出版社 1999 年版，第 95 页。

刺——仿佛它们是单个文本背后的一般化的存在经验。"① 如此一来，句法研究经常指责语义研究的印象主义，附着经验和意义，并且不够"科学"。

弗莱对神话叙事结构的分析就是詹姆逊所言的语义式文类分析，他并未试图将意义从叙事中割裂开来。喜剧、传奇、悲剧和讽刺等叙事结构并没有被分解到语言学的能指／所指地步，其中的叙事结构是一种超越体裁的叙事成分，是作品中表现出的可以同音乐的形成类比的叙事节奏，并且和大地枯荣以及四季轮回结合起来。这一原型叙事模式是依靠类比而非语言符号学建立起来的。

原型批评的语义叙事维度正是在叙事的"阐释"目标上提供了可以借鉴的理论视角。保罗·利科曾指出阐释学的两个方面，"在一端，解释学被解作展示和恢复以信息、声明或人们常常说的'布道'所表达的意义；根据解释学的另一端，它被解作去神秘化，对幻想的还原……语言今天不知不觉地所处的这种环境包括这种双重可能性，这种双重的诱惑和迫切性……"② 在第一种解释中，意义在特定语境中得以转换生成并认同某种权威（宗教、民族、国家等）。后一种解释方法则是批判理论的主题，积极意义在于挖掘现成意义的构成方式，反映出意识形态背后的政治权力之争。詹姆逊则由此提出了"肯定阐释"（positive hermeneutic）和"否定阐释"（negative hermeneutic）以对应于利科提出的两种解释学。否定阐释更为关注历史差异和断裂，并对占统治地位的意识形态去神秘化。而肯定阐释则从一种较为统一和连续的观点来看待历史与文化，能和传统与他人达成某种认同。这两种阐释方式不能孤立地实践，否定解释学若不和某一价值、立场相关，则会成为纯粹方法论式的，最终会抽空自身；而肯定解释学若失去了对差异的敏感，更会造成权力压制或道德教诲式批评。

---

① 弗雷德里克·詹姆逊：《政治无意识》，王逢振、陈永国译，中国社会科学出版社 1999 年版，第 94 页。

② 转引自弗雷德里克·詹姆逊：《政治无意识》，王逢振、陈永国译，中国社会科学出版社 1999 年版，第 271 页。

原型批评则提供了肯定阐释的范例，弗莱批评系统的驱动力"仍然是历史'同一'的观念：他对现代文化中神话模式的确认，目的是强化我们对现时资本主义文化与过去遥远的部落神话之间的近似感，从而在我们与原始人的精神生活之间唤起一种连续感。在这种意义上，弗莱的做法是一种'肯定'的阐释，倾向于滤去生产方式及其文化表现历史差异和基本的不连续性"①。为避免成为宣教或道德教诲式的东西，批评所张开的肯定阐释空间绝不是简单移植、认同某种现成的权威话语，而是要达成叙事结构整体的可理解性，即不能驻足于去蔽或揭露式的否定分析。在弗莱对叙事结构的分析中，传奇为叙事的肯定阐释提供了特别动力，传奇成为叙事的根本推动力和一切故事叙述的源泉和范式。这种以抽象欲望为核心建构的乌托邦意象在叙事中为历史矛盾提供了象征性解决，也是对现实异质性的综合。传奇的拯救观点可以视为通向乌托邦共同体的图景，以及朝向未来的希望和拯救。传奇叙事所包含的这种能量能够制约无所不在的意识形态，敢于肯定文学所提供的某种超越历史的乌托邦空间，批评对此不能默然视之，这种肯定意识是保持历史连续性并建立赖以生存神话的必备。

弗莱的原型批评和普罗普的民间故事分析一起构筑了叙事学的早期基础，分别代表着语义叙事和句法叙事两种途径。不过原型批评并未真正介入叙事学历史的脉络，在叙事理论史上，弗莱的名字并未出现。作为一种批评方式，原型批评的启发性大于可操作性和实践性，将原型批评置于叙事学的语境加以考察，以便重新认识文类批评的意义，有助于完善叙事学的模式建构以及阐释批评等问题。原型批评的语义叙事维度能够和叙事学理论发生积极的对话关系：就经典叙事学而言，原型批评补足了叙事分析的文化语境；对后现代叙事学而言，"传奇"文类所包含的乌托邦力量又能制约泛政治化阐释，从而在否定式的分析中获得肯定力量。

①　弗雷德里克·詹姆逊：《政治无意识》，王逢振、陈永国译，中国社会科学出版社 1999 年版，第 91 页。

第四节　浪漫主义、传奇与炼金术

悲落叶于劲秋，喜柔条于芳春。时光流转、四时变迁总会在人心感发无限兴味，这也是文学的恒定主题。弗莱拈取季节循环的自然现象，并以之命名的叙事音调不仅是情绪性的，更是观念性的。不过，这四种音调在其总谱世界中并不平等，弗莱偏爱的是传奇。对传奇孜孜不倦的论述贯穿着弗莱的批评生涯，在其理论叙事中，传奇的重要性仅次于神话，既是交流的乌托邦，也构筑了其批评话语的元叙事。

一、浪漫主义与感性时代

《批评的解剖》出版之前，弗莱对"传奇"的评价并不高，他追随斯宾格勒的看法，将传奇看作浪漫主义的副产品，其中心倾向表达了一种异化的主观个人主义，是碎片化的现代主义的标识之一，代表着一种颓败。[①] 传奇是"感伤"的，试图以审美方式征用无限，其核心意象是迷宫中的徘徊和游荡。这种看似无目的的游荡却摆脱不了对另一个世界的极度渴望。

对另一世界的辨认最早出现在《叶芝与象征主义语言》一文中，该文最先发表于 1957 年的《多伦多大学季刊》，1963 年收入批评集《同一性寓言》（*Fables of Identity*，1963）。顾名思义，该文的主要目标是阐释叶芝诗歌的象征主义语言，但在论述的过程中，弗莱发现了一个由非理性的意志和生命本能占据的世界，这个世界属于集体无意识，也是创造力的源泉所在。叶芝在《穿过温存寂静的月色》（*Per Amica Silentia Lunae*）一诗中对其表达了礼赞："为了成为创造力的媒介，思想得潜入意识之下，进入 anima mundi 的洪流中，这种创造力是种属或民族而非个人的，并能从种族记忆的洪流中带

---

① Cf. *Northrop Frye's Notebooks on Romance*，Volume 15，edited by Michael Dolzani，Toronto：University of Toronto press. 2004，p.xxiii.

来远古神祇和神话。"① 他将这种诉求称之为 "尼采和劳伦斯的浪漫主义"②。这样一个被意志所控制的世界就是弗莱所谓的 hyperphysical world。③ 这个世界也反映在弗洛伊德有关潜意识的心理学神话中。

在这篇文章中，弗莱不仅对传奇进行了空间定位，更追溯了这一空间得以诞生的认识论背景。早期浪漫主义的象征性语言就是康德式语言，这并非意味着哲学式表述，而是说浪漫主义者认可了康德哲学的基本区分，即现象界和本体界的区分。"浪漫主义诗人将现实分为经验世界（a world of experience）和知觉世界（a world of perception），前者即康德所说的本体（noumenon），可以通过诗歌来解释的；后者是现象的世界，是理性知识惟一的对象。"④

理智和感觉可以用来认识外在的现象世界，意识不可抵达的本体界借由想象或直观可以通达。但这种区分过于夸大了诗歌语言的功能，诗性阐释也不能直抵本体界（物自体），很多时候也深陷于现象和本体的鸿沟中，这成了浪漫主义的奇境以及迷恋的深渊，并逐渐演化为真实的镜像。这一真实在叔本华哲学"接替"康德哲学之后，变得愈发尖锐起来，"现象世界是人类意识的对象，于是本体世界便往往与潜意识联系起来，而意志的世界成了观念世界的基础。这样一个意志的世界是处在道德和理智标准之下的，因此人们从意识的角度出发，意志世界可以描写成邪恶及野蛮的。"⑤ 叔本华错在

---

① Northrop Frye，"Yeats and the Language of Symbolism"，*Fables of Identity：Studies in Poetic Mythology*，p.228.

② Northrop Frye，"Yeats and the Language of Symbolism"，*Fables of Identity：Studies in Poetic Mythology*，p.226.

③ 这个术语来自 Rudolf Otto：*Mysticism East and West*（1926），奥托认为 hyperphysical 是一种不成熟的想象，supernatural 才超越了自然。弗莱沿用了这种区分，hyperphysical 有圣化空虚（deification of the void）的倾向，是一种泛神论式的想象（polytheistic imagination），而 supernatural 才与创造性想象对应。（Cf. *Northrop Frye's Notebooks on Romance*，Volume 15，edited by Michael Dolzani，Toronto：University of Toronto press2004，p.xxiii.）

④ Northrop Frye："Yeats and the Language of Symbolism"，*Fables of Identity：Studies in Poetic Mythology*. p.227.

⑤ Northrop Frye："Yeats and the Language of Symbolism"，*Fables of Identity：Studies in Poetic Mythology*. p.227.

将意志当成了本体，而这一误置却极其符合浪漫主义的抒情声音。

理性知识不能认识物自体，诗性阐释同样也不能。其实，浪漫主义试图寻觅的奇境就是物自体的空间图像，但想象在此是失败了的，并未进入超自然的境界，仅仅卡在本体与想象之间的 hyper-physical 空间中。在弗莱的笔记本中，他如此评价康德的认识论遗产：

> 我认为这一世界的某些知识和力量确实是富有想象的，但其想象却是危险的，若不是将人们引领至魔鬼的地狱，也会是希特勒式的德鲁伊主义（Druidism），这是一个奇迹的世界，因为奇境就Beulah，……麻烦的根源就在于康德式的切割，因为物的世界就是一个纯粹客观的世界。①

这些生前不曾发表的文字带着不假思索的草率气息，却更为直接地袒露了弗莱的想法：新康德主义的视角是错误的，其后果导致了秘教主义的幻觉、法西斯主义的噩梦，以及艺术碎片化的当代危机。弗莱的目标并非仅仅借用康德哲学的重要区分（可知／不可知，现象／物自体）来阐明浪漫主义的象征语言和精神图像，更重要的是找出这一区分的深层根源，换言之，弗莱试图在神话宇宙论变迁的背景下认识康德在认识论领域发动的哥白尼革命。

《英国浪漫主义研究》（*A Study of English Romanticism*，1968）就展现了这种连接的努力。弗莱认为，浪漫主义不仅是个文化术语，也是个历史术语。从历史角度而言，浪漫主义主要指产生于 1780—1830 年间的文学、哲学和艺术作品，浪漫主义运动也伴随着法国大革命、拿破仑战争，以及接踵而至的希腊、意大利和德国的民族主义革命运动。对文学批评家而言，与其说是文学中传达的信仰、观念和政治运动发生了变化，不如说文学结构发生

---

① *Northrop Frye's Notebooks on Romance*，Volume 15，edited by Michael Dolzani，Toronto：University of Toronto press，2004，p.132.

了重大转变。透过这些转型中的文学结构，弗莱认为可以发现 18 世纪后半期文学经验中的"新感性"（a new kind of sensibility）①。弗莱所谓的新感性并非微妙的文学感觉，而是与神话宇宙论紧密相关的观念图示。

论及神话学结构时，弗莱首先回顾了西方思想史上两种重要的创世神话叙事，创世神话通常由两部分构成，一是关于世界起源的宇宙论神话，一是关于人类起源的神话。最早的创世神话是生殖性的，如同生命诞生，种子发芽，万物生长。大母神形象盘踞在生殖神话的中央，与"自然"息息相关，拉丁语 Natura 和希腊语 physis 的词源都将（创造神话）与成长和出生联系到一起了。另外一种创世神话则认为世界是被制造出来，由一位类似上帝的巧匠创造而来。犹太教神话、基督教神话和柏拉图的《蒂迈欧》篇中，都体现着这一思想，并由之发展了与天空相连的父亲神话。② 在对待死亡或恶的问题上，两者不尽相同。在大地—母亲的创世神话中，"死亡无需解释，因为死亡已经构筑到循环的过程中了。但在由智慧所造的世界却不能容忍死亡或恶，因而就需要堕落神话来完成它。"③ 这是两种不同的"起源"叙事，后来也逐渐演变为生机论与机械论的对立，这种对立明显地体现在浪漫主义思潮中。

浪漫主义神话学脱胎于中世纪基督教神话学，但其母腹已被创制神话（artificial creation myth）所占据。创制神话认为，人类和自然都是上帝的造物，自然中没有神灵，人类在自然中看见的只是上帝智性设计的证明。弗莱将这一神话视作封闭的神话学，浪漫主义则打破了这一封闭的结构，由此带来了两个重要转变：首先，神秘的自然力量复苏了。这一力量象征性地存在于爱若斯、狄俄尼索斯以及母亲意象上，其具体意象表现德国浪漫主义作品

① Cf. Northrop Frye, *A Study of English Romanticism*, The Harvester Press, 1968, pp.3-4. 同时可参见 Northrop Frye, *Towards Defining an Age of Sensibility*, pp.130-136。

② Cf. Northrop Frye, *A Study of English Romanticism*, The Harvester Press, 1968, pp.5-9.

③ Northrop Frye, *The Secular Literature*: *A study of the Structure of Romance*, Boston: Harvard University Press, 1976, p.112.（中译参见诺思洛普·弗莱：《世俗的经典传奇故事结构研究》，孟详春译，上海人民出版社 2010 年版。本书引文参考中译并有所改动，以下不再注明。）

中伪造的古代神灵，里尔克的新天使，劳伦斯的黑暗精灵等。其次，神秘的自然力量体现在生长性的无意识中，不断冲击着构造性力量，这是对创制神话的反抗，由此也形成了一种激进的革命态度。

这两个因素彼此联合，共同对抗着父权制的创制神话。其实，这种革命范型也频繁地出现在《神谱》叙事中，可以看到，从乌兰诺斯—克罗诺斯—宙斯三代神王的演进过程中，可以看到两次杀死父亲的革命运动，每次这样的革命也都获得了大母神（该亚、瑞亚）的秘密支持。当宙斯确立其奥林匹斯神系之后，将提坦诸神放逐或囚禁于永恒的塔尔塔罗斯。不过，宙斯确立的奥林匹斯神系秩序也是创制神话的一种形式，注定要遭受来自铭刻着提坦印记的神祇们的反抗。

弗莱认为，中世纪神话宇宙观就是一种十分严密的创制神话，是基督教与古典神话的有机融合，诗人在有机观念、神话结构以及存在之链或是托勒密的宇宙论中创造活生生的意象。这一神话宇宙论可以分为四层，如下表所示：

中世纪神话宇宙	时间	空间
天堂 Heaven	时间是完整的此刻和现在	空间作为整个的此地和真实的存在
天真世界 earthly paradise	时间成为充沛的内在活力（音乐、舞蹈、游戏等活动）	空间成为家园
经验世界 physical environment	时间成为彼时（线性循环）	空间成为彼处（客观环境）
地狱 demonic world	时间成为纯粹过程和毁灭之力	空间成为异化

弗莱以一种四层宇宙论图示化了中世纪的神话宇宙论，并以之查看作品意象的上升与下降。在浪漫主义时代，这一图式并没有被取消，而是被改变了。天堂—地狱附属的道德内涵消失了，天空意象从其永恒天堂位置堕入之中，而有关自然的两个层次的体验，即天真和经验则彼此交错着。这四个世界也对应着布莱克诗歌创作中的 Eden、Beulah、Generation、Ulro 的

四个阶段。

简言之，浪漫主义神话学仍然保留着一个虚化了的四层结构，这一结构不再与外在物理空间直接相连，却映射着现代个体的内在体验：天堂与地狱的话语逐渐被认同和异化的张力所替代，在中世纪基督教神话学中上升和下降的辩证变成了 within 和 without 的交错。① 初看上来，这种变化显示了一种历时变迁，实际却构成了时间双体。但一种钟表式的时间从往昔的神话宇宙观中拉扯出一种新的空间构架，并将时间深处的褶皱粗暴地熨平了，这一平面驱逐了深度，曾有的宇宙论框架成为了幻影王国的幽灵了。

其实，弗莱对浪漫主义的看法是相当含糊的，包含着意志世界盲目的爱与死，以及生命对秩序的冲撞，他曾以"醉舟"（drunken boat）来形容这种冲突：

> 小舟儿通常处于诺亚方舟的地位，是一位装载着感受性和想象力的价值的脆弱容器，受到下面汹涌着的一种混乱的和潜意识的能力的威胁。在叔本华那里，观念的世界在"意志的世界"之上作威作福，实质上以其道德上的冷漠吞噬了整个存在；在达尔文那里，意识和道德是从一种冷酷无情、竞争激烈地进化力量中产生出来的暂时的"消遣"；在弗洛伊德那里，有意识的自我挣扎着浮在力比多冲动之海上；在克尔凯郭尔那里，堕落的人类的所有"崇高"冲动升起，在一种巨大的无形的"恐惧"的表面上翻腾。在这种结构的一些变体中，沉浸在这种意识与毁灭性的因素之间的象征性对抗能够被克服和超越：海底有一座阿特兰特斯，变成了阿拉拉特（Ararat），供被大水围攻的小舟栖息。②

以"醉舟"为核心意象，弗莱将西方 18 世纪以来的思想倾向都归于浪漫主

---

① Cf. Northrop Frye, *A Study of English Romanticism*, The Harvester Press, 1968, pp.46-47.

② 弗莱：《醉舟：浪漫主义中的革命性因素》，常昌富译，《文艺理论研究》1991 年第 3 期。

义名下，由此，这样一艘岌岌可危的"醉舟"是人类意识孤立无援的象征，与传统的神话宇宙论失去了关联，但那被斩断的天堂和地狱意象却依然化作焦虑或压抑威胁着人们。对"醉舟"的性质，弗莱也有清晰的认识，他提到，在有关洪水的神迹剧中，诺亚的妻子并不顺服，她并不愿意进入方舟中。这让我们联想到方舟的一个较早的版本：生命的容器，是她的身体而不是他的造物。诺亚的方舟和妻子孕育生命的子宫——这种对比很容易让我们重新回到生殖创世与创制神话的区别，浪漫主义神话学宣布了创制神话的破产，一头扎进母性自然之日，就是醉舟粉碎之时。这确实是弗莱最不愿意看到的场面，于是他采取了折中：醉舟幸运地栖息于海洋底部的某处安全角落里，等待着东山再起的时机。"醉舟"意象表明了意识下行的过程，此刻，意识不再能从天堂中获得权威性的神谕，只能下沉到潜意识深渊中去获得救赎机会。对浪漫主义及其背后的母性神话，弗莱的态度是含糊的，他试图与自然和解，却只能在意识层面接纳自然，自然的种子落入意识这片贫瘠干涸的土地，并不能得到真正的滋养。对此，荣格有更为生动细致的描述：

> 当我们的天赋遗产被挥霍一空时，精神便一如赫拉克利特所言，已然从火热的高处陨落。但是当精神变得沉重时，它便化作水；借助魔鬼路西弗式的专横，智识篡夺了精神于其间受到尊崇的位置。精神可以合法地宣称对灵魂拥有家父权，尘世出生的智识却不能；智识只是人类的剑或锤，并非精神世界的创造者，灵魂之父。①

在这段描述精神陨落的诗意语言中，荣格提及了智识和灵魂的对立。精神之颓败部分地起因于智识的篡位，智识在尘世的位置就是康德的可知世界，这个可见可知世界将不可见不可知世界虚无成了幽灵之地，精神与灵魂只能在这片幽暗水域中静待上升时机。浪漫主义试图将这一幽灵之地实体化的努力也是失败的，尽管康德赋予了想象和象征以极高地位，但想象并不能通达本

---

① 荣格：《原型与集体无意识》，徐德林译，国际文化出版公司 2011 年版，第 6 页。

体，甚至可能是异化的。

弗莱是从文化有机体的角度对浪漫主义进行研究的，尽管他接受了斯宾格勒的文化循环论，却一直试图突破其悲观主义。在《批评的解剖》中，弗莱已抛弃了将传奇视为浪漫主义副产品的看法，他意识到作为一种文类的传奇比浪漫主义这一现代思潮古老得多，浪漫主义只是传奇诸多历险奇境中的一个停靠岛屿，最终，浪漫主义这艘醉舟还要靠传奇掌舵。

二、永恒之夏：传奇叙事结构

在《批评的解剖》中，传奇已经走出了浪漫主义的阴影，摇身一变为夏天叙事，尽管传奇只是四季节叙事中的一季，却是具有超强整合力的叙事结构，构成了肯定阐释的乌托邦视角，潜在地包含了另外三种，完整的"传奇"所经历的冒险和探求一共要经历四个阶段：即冲突，搏斗，肢解，复活，这四个阶段可视为一个起整合作用的叙事结构的四个方面，也包含了冒险和探求主题：

> Agon 或冲突是传奇的基础或原型主题，传奇之基础的就是一系列奇异的冒险。无论胜败如何，Pathos 或一场灾难都是悲剧的原型主题。Sparagmos，或英雄主义和有效行动的缺席，此时失败宿命笼罩一切，纷乱和无序统治世界，这就是反讽和讽刺的原型主题。Anagnorisis 或者说发现，在尚带有一点神秘色彩的主人公及其新娘周围，在一片凯旋中新社会诞生了，这便是喜剧的原型主题。①

弗莱曾将重生（rebirth）看作春天的神话叙事，夏天是探寻（quest myth），秋天是一个替罪羊（scapegoat）神话，冬天则是神话的破碎，讽刺的消解功能使得"神话"不再可能。这四种文类范畴既能表达叙事学意义上的结构概念，也形成了各自不同的视域。就这四种文类所包含的世界观来

_____

① Northrop Frye, *The Anatomy of Criticism*, Princeton：Princeton University Press, 1973, p.192.

看，传奇其实囊括了另外三种，传奇带有激进的乌托邦视角，使其成为对讽刺的否定，对悲剧的补偿，以及对喜剧的升华。

弗莱有关"传奇"的论述集中于 1976 年出版的《世俗圣经：传奇结构研究》一书中，本书是他在哈佛大学的讲座拓展而来的。当弗莱将"传奇"作为一种独立的文类体裁来研究时，他特别注重传奇与神话的对应，这种对应也是神圣与世俗的双线开展。从"世俗圣经"（Secular Scripture）这个题目来看，传奇构成了神圣叙事的对应物。本书第一节的标题是"Word and World of Man"，大写的"Word"源自《约翰福音》的首句："太初有道。"

由此，"神话"获得了一种权威内涵，这是社会中占据主导地位的关切、信仰、价值体系等构建的谱系系统，"神话凝聚在一起是由于文化力促使其如此：这些力量并不基本是文学的，神话体系主要作为信仰结构和社会关切而不是想象产品被接受。但正是神话的结构使这一过程成为可能，由于民间故事拥有相同的结构故而其也能凝聚到一起。"① 但随着文学的发展，世俗文学、民间故事也逐渐在文化中扎根并影响了"神话"，"神话对传奇的吸收使一个社会的中心神话逐渐有了政治和社会重要性，由于其他故事中的结构类似性使得神话帝国主义成为可能。"② 神话和传奇并非泾渭分明，由于结构上的类似性，神话也可以吸收传说和民间故事的成分。

从这个意义上说，传奇是神话的世俗对应物，传奇情节是对神话的移置，其中内含的探寻神话早已成为文学的中心形式，"传奇是所有虚构的结构中心，直接由民间故事发展而来，它比文学的任何其他方面把我们带向离虚构更近的地方，作为一个整体，作为创造物的篇章，人类将其生命视为一次探求。"③

---

① Northrop Frye, *The Secular Literature：A study of the Structure of Romance*，Boston：Harvard University Press，1976，p.12.

② Northrop Frye, *The Secular Literature：A study of the Structure of Romance*，Boston：Harvard University Press，1976，p.13.

③ Northrop Frye, *The Secular Literature：A study of the Structure of Romance*，Boston：Harvard University Press，1976，p.15.

　　弗莱将神话和传奇的这种对应称之为双重传统。这一双重传统是由布莱克带来的，一条是经由弥尔顿将其引向了圣经，另一条则是于斯宾塞、威廉·莫里斯相连的感伤传奇传统。① 我们必须看到这种对应，以及弗莱所谓的"双重传统"的意义何在。作为一个有丰富阅读经验的读者，弗莱充分意识到，文学和传奇距离更近。但作为一个有浓厚宗教意识的教育者和理论家，他对文学与传奇的这种亲近又甚为不安，文学亲近的传奇保存着异教世界的泛神论想象。说到底，他的核心焦虑是"文学本身是异教徒还是基督徒的问题"②。我们不能将"基督徒"理解为体制化的基督教，这里的基督徒和异教徒成了修辞意义上的类比，是中心与迷宫意象的延展。"基督徒"指代"同一性"，"异教徒"则是尚未达致"同一"的泛神世界。传奇之"异"并不能斩断自身与宗教之"同"的关联，可是，当"同"已经成为某种话语霸权的替身，成为普遍怀疑的镜像，这种煞费苦心的穿梭意义何在？

　　显然，弗莱试图回归创制性的父亲神话。他将传奇和母亲意象联系在一起，而把《圣经》等权威神话与父亲意象相连。这种连接绝非偶然，这关系到两种创世神话的序列竞争：生产性的母亲神话必定从属于创制性的父亲神话。这一倾向随后即转变成了批评与文学、宗教与文学的关系。有论者曾指出，"在弗莱的传教和文学理论家的生涯中，文学变成了教堂和新娘，文学理论同文学的关系就如同基督同教堂、亚当同夏娃的关系。这也印证了他经常说的一个观念：文学如自然一般是沉默的，她不能解释自己，需要依赖批评来解释自身，依赖'逻各斯'即男性原则去释放其意义。"③ 批评成了文学的宗教，宗教成为批评设立依据的来源，这一原则不是别的，就是"同一

---

①　Cf. Northrop Frye, *The Secular Literature：A study of the Structure of Romance*，Boston：Harvard University Press，1976，p.13.

②　Northrop Frye，*The Secular Literature：A study of the Structure of Romance*，Boston：Harvard University Press，1976，p.90.

③　Ross Woodman，"Frye，psychoanalysis，and deconstruction"，*The legacy of Northrop Frye*，Edited by Alvin A Lee and Robert D. Denham. Toronto：University of Toronto Press，1994，p.322.

性寓言"。

在诸多文类中，传奇隐含的叙事结构是最能体现"同一性"理想的，尽管传奇自身宛若迷途的蜉蝣生物，但又会将自身光芒汇聚到"言"的辉耀之下。传奇，总是拯救历史的世俗版本。由此，浪漫主义和传奇在其理论叙事中的关系昭然若揭：浪漫主义只是传奇叙事的一个环节，浪漫主义对母性自然的亲近和革命性都试图向一个更完美的意识层次复归。弗莱以传奇校准浪漫主义的自然想象，这是拯救叙事的世俗版本，传奇是对英雄史诗和悲剧之暗黑视界的拯救，尽管进化过程中有一些悲剧性时刻，但最终走向拯救。传奇叙事中的上升和下降原本是一条路，当传奇上升到顶点时，那个曾经断裂神话宇宙似乎复原了。

这种复原绝不是对一个往昔神话体系的接受，宇宙茫无涯际，人类置身其间并不能发现任何恒定不变的秩序，除非以一己之身牵引端点。"神话宇宙并不是有明晰秩序的等级体系，而是一个互相渗透的世界，每一个言语体验的单位都是反映其他的单子。人类这一景象与象征为《创世纪》中安息日的景象相同：它就是在自我崩溃之后世界的面貌。"① 简言之，神话赋予秩序和形式感，而传奇则使读者从个体层面感受到互渗（interpenetration），"这种释放是一种解放、复活、狂喜或者超越一切对立的处所，如同中世纪秘教传统对上帝的定义，是一个中心无处不在的圆圈，也是一粒砂中的世界。"② 弗莱更多的是从时空在场角度来理解传奇的创造性视野。"重新创造过去并将其呈现到现在是传奇运作的一半。另一半包括把潜在的或可能的东西（在此意义上，它属于将来）呈现到现在。这种对可能之物或者未来与理

---

① Northrop Frye, *The Secular Literature：A study of the Structure of Romance*, Boston：Harvard University Press, 1976, p.187.

② *Northrop Frye's Notebooks on Romance*, Volume 15, edited by Michael Dolzani, Toronto：University of Toronto press2004, p.xxvi. Robert D.Denham 就认为 interpenetration 是理解弗莱著作的关键词，可参见 "Interpenetration as a key Concept in Frye's Critical Vision", in *Reading Frye：The Published and Unpublished Works*, ed. David Boyd and Imre Salusinszky. Toronto：University of Toronto Press, 1999, pp.140-63.

想的再创造构成了传奇中的愿望实现因素。"①

　　传奇没有确切定义，毋宁说是一种情境，是由作者和读者的想象期待共同构成的。传奇之虚构性代表了其是愿望贮藏所，作为世俗文学的代表，传奇充满了冒险和奇遇，其实表达了人类最根本的爱和攻击性的本能，"伟大文学是眼睛所能看到的：无止境的冒险和欲望。我认为若欲望的漫游不存在的话，文学也不会存在。"② 这段话无疑为传奇确立了核心要素：欲望。詹姆逊对弗莱传奇观就有如下的精彩归纳："传奇是一种愿望满足和乌托邦幻想，旨在改变日常生活世界，以便恢复某个失去的伊甸园的状况，或期待一个从中将消除旧的死难和缺憾的未来王国。"③ 相比于其他叙事文类，传奇更能直接地承载欲望，并经常以极端形式表达欲望的挫折或满足，传奇叙事形成了一种抽象的"欲望人类学"④，欲望理论固然是任何超越经验论的人类学基础，但在弗莱的描述中并没有得到详细拓展，实际上仅是其文学理论的一个反映而非来源，构成了分类原则却没有同具体的经验情境相连。在这个意义上，原型也就是人类寻求愿望实现时的形式构造，神话结构的普遍性也依赖于人类欲望的结构与普遍性。

　　传奇叙事的欲望助力，具体表现在两个关键词上，一是被绑架的传奇（kinapped romance），即使传奇的意识形态融入上升阶级的意识形态中；一是传奇中的无产者特性。当弗莱将传奇与无产者相连时，主要有两个不同含义：首先，传奇作为一种文学形态，通常情况下不被严肃的主流文学所认可，其边缘身份与无产者类似；其次，传奇内含的革命能量与无产阶级的社会历史功能相连。这两个方面也道出了传奇的两个极端：传奇囊括了世俗文

①　Northrop Frye, *The Secular Literature：A study of the Structure of Romance*, Boston：Harvard University Press, 1976, p.179.

②　Northrop Frye, *The Secular Literature：A study of the Structure of Romance*, Boston：Harvard University Press, 1976, p.30.

③　弗雷德里克·詹姆逊：《政治无意识》，王逢振、陈永国译，中国社会科学出版社 1999 年版，第 97 页。

④　Eric Gans, "Northrop Frye's literary Anthropology", *Diacritics*, Vol.8, No.2. (Summer, 1978), p.28.

学中最保守和庸俗的意识形态。初看上去，传奇关涉的欲望十分抽象，不过"被绑架的传奇"这一说法已经将欲望的镜像繁殖归纳出来了，人们互为镜像，欲望在无止境的漫游中复制无数的自我与他者。被捆绑的传奇是意识形态化了的欲望，是人类社会中相互模仿并借此繁殖的欲望，这构成了传奇叙事的保守和混乱。但另一方面，传奇又是最具革命性的文类，其革命性表现在愿望的达成上。脱胎于无意识层面的欲望，更多地被人们的身体节奏而不是文化意识所控制。在传奇叙事中，英雄不畏艰险夺回的宝物，这个宝物不是道路、真理与生命，还会是什么？还有什么东西值得人们如此赴汤蹈火？传奇的深度愿望注定会超越被绑架的传奇所限定的界限。甚至可以说，前者是为后者设置的迷局和试炼，最终要迈进意识的更高层次。传奇的无产阶级特征也是隐喻意义上的无意识，传奇探求包含了无意识领域的探索，由此，人类生存经验中醒与梦的循环呼应着自然界的光明和黑暗的交替。

　　传奇中的欲望接近于心理分析中的"力比多"范畴，是一种超善恶的心理能量，在人格塑造中发挥着重要作用。欲望叙事其实就是后一种革命性的欲望净化、修正或取代"被捆绑的传奇"的过程。不过，弗莱对于力比多—欲望的理解更接近荣格而不是弗洛伊德，欲望固然与生理性本能相关，但作为愿望之达成的心理内驱力，更接近人类身心整合的生命能量。荣格对欲望的理解为弗莱的能量提供了一种参照，荣格曾竭力使力比多从弗洛伊德的性语境中脱身，使其含义从性动力逐渐拓展至更为宽阔的象征动能，如他所言："人类心理的生命能量，即力比多，以太阳作为自身的象征，或人格化地表现为具有太阳属性的英雄。"[①] 在传奇叙事中，主人公就是这样一位有着太阳光芒的英雄，经历无数磨难，最终实现其愿望，英雄之所以伟大，在于其愿望都是超个人的。关于太阳的神话和比喻也一直向人们表明，"人类心理能量就是众神的原动力。这是属于我们的永生。借着这个链接，人感到

---

① 卡尔·古斯塔夫·荣格：《转化的象征》，孙明丽、石小竹译，国际文化出版公司 2011 年版，第 173 页。

自己与一切生命的延续性融为一体。"① 在力比多能量的转向中，孕生着不同于唯理论的思维方式。

弗莱复原了传奇在人类想象中的重要地位，传奇叙事是一种诗性幻象的体系，呼应着春夏情绪的拥护者，是"黄金世界的浪漫歌者，伊甸园的追寻者"②。他将得自诗歌幻象的视界带入了文学批评，这是一种垂直性视角，表明了传奇的两极化特征，也区分了英雄和恶棍，天堂和地狱，显示了人类经验领域的纵深：

> 现实，不是自己的感觉，而是他者。我们一般将他者视为自然，或是人类的实际环境，但想象是他者的精神，是非我的力量和意愿。我们并非全都满意将神话遗产的中心部分视为来自上帝的启示……若神话宇宙是人类创造的看法毫无道理，那么人类永远不能从奴隶般焦虑和迷信中获得自由，用尼采的术语来说，即是不能超越自身的。但若一些未创造的，一些来自其他地方的力量不成立，人类也只是盯着自己镜像的那喀索斯，同样不能超越自己。有时，创造的圣经和启示的圣经（不管怎样称呼后者）不得不如雅各和天使那般搏斗，正是通过这种搏斗，精神真实和人类想象之间的信仰悬置，即我们自己的智力才得以成长。还有一个持续性的原则，传奇中不可能的、欲望、色情和暴力的世界提醒我们：废除梦幻的世界我们并不清醒，只有将其吸纳进来我们才清醒。③

但这样的一种"吸纳"不会是没有代价的，换句话说，仅靠意识不能

---

① 卡尔·古斯塔夫·荣格：《转化的象征》，孙明丽、石小竹译，国际文化出版公司 2011 年版，第 173 页。

② Murray Krieger, "Ariel and the spirit of Gravity", *Northrop Frye in Modern Criticism*, Murray Krieger edited, NewYork：Columbia university press, 1966, p.22.

③ Northrop Frye, *The Secular Literature：A study of the Structure of Romance*, Boston：Harvard University Press, 1976, p.61.

获得真实的黄金，传奇意味着转化，这种转化就是深入暗黑之腹并取回宝藏的过程，这一过程也是视界（神话宇宙论）的重组。

三、阅读作为炼金术：读者的个性化之旅

在伦理批评中，弗莱征用了中世纪四重释经法，然而，讽喻结构如何为自身的正当性辩护呢？如哈特曼（Geoffrey H. Hartman，1927—2016）所言："批评过程中应将批判评论和寓言评论区别开来，寓言所具有的那种非—表达的、原始的存在已不再可能。从艺术到艺术科学中所包含的东西并没有被真正地审查。"① 弗莱却不假思索地将这种权威赋予给读者，他相信每一个人都有获得内在权威的可能性。这种可能其实也是传奇之愿望实现和拯救视野得以成立的重要前提：理想读者的设定。

"读者"一直是弗莱理论体系的必要纬度，读者涉及的是作者与其受众的独特交流关系，弗莱以"audience"一词从接受角度来指示读者、观众和听众等。从读者的角度出发，原型批评给予了阅读重要地位，"如果'阅读'能成为文学经验的一个通称，那么解释在阅读习惯中发生的事情就成了批评的主要功能。……真正的读者明白，在进入一个连贯的经验结构之前，依据常规、文类和原型的形式来阅读文学，能更便捷地辨识那个结构。"② 阅读过程就是一个辩证经验结构的过程，这是弗莱为批评家和读者设定的任务，即要将单个文学作品置入由批评所构建的整体文学宇宙中去。这种经验结构就是可交流的单位，是相对客观的知识结构，或者说原型。当弗莱试图以知识进行交流时，又不得不求助于经验。这种经验是理想读者的阅读经验。简言之，这种体验就是总解批评所要达到的目标：同一性体验。要达到总解目标，原型又成为是不可缺少的结构，提供着观照文学的整体眼光和阅读模式。通过这一模式，读者的审美感受超越形式主义批评的审美阶段，将孤立

---

① 杰弗里·哈特曼：《荒野中批评》，张德兴译，天津人民出版社年 2008 年版，第 104—105 页。

② Northrop Frye，*The Critical Path*：*An Essay on the Social Context of Literature Criticism*，Bloomington：Indiana University Press，1971，p.29.

作品和整体作品联系在一起，也使批评知识融合至阅读经验中去了。打破了具体语言所树立的藩篱，开启了隐喻同一空间：

> 对这一世界的直接经验或领悟将是一种微观体验，是在某种可知或可想象的整体性中心之中重新发现自己的颖悟或想象，无论多么转瞬即逝，这一体验没有残留任何异化感受。因此，这是最终抵达和恢复了同一性（Identity）的体验。我们中的大多数人都没有抵达这一直接体验，假若这种同一性体验是可以抵达的，也只能通过清晰的类比（analogies）达到，文学是处于中心的方式之一。处于中心的一种。不管它是什么，它都代表着我们批评之路的终结，尽管我们还没有穿过这条道路。①

这种同一性体验即是总解批评所期待的"隐喻性认同"，"隐喻性认同"只能通过类比来达到，是人类在日常生活中偶然可以瞥见的伊甸园状态。经由阅读而体验到的无异化的隐喻性存在主要体现在想象（imaginative）、情欲（erotic）和迷狂（ecstatic）三个方面。② 不过，阅读所带来的恐怕不只是"隐喻同一"式的顿悟状态，更有无力控制的异化体验。当然，弗莱也注意到阅读会带来诸如堂吉诃德或包法利夫人那样的经典人物形象，他们混淆了想象和现实的差异，从而产生了"审美经验的病态倒错"③。但是弗莱并未全面考量审美经验的诸多层次，"理想读者"是理想设定，是从上升角度来考量阅读体验，恰当的阅读会指向批评的目标，即，隐喻性统一或欲望满足的乌托

---

① Northrop Frye, *The Critical Path*: *An Essay on the Social Context of Literature Criticism*, Bloomington: Indiana University Press, 1971, p.32.

② Cf. Northrop Frye, *Words with power*: *being a second study of "the Bible and literature"*, San Diego: Harcourt Brace Jovanovich, 1990, p.84.

③ "从阅读中获得的各种期待所遇到的却是一种异己的现实。诗歌中纯粹的情感和热情无法在生活中实现，却只能保存在与日常经验相对立的空想的虚幻世界中。"这样的一种状态就可称为"审美经验的病态倒错"。（参见汉斯·罗伯特·耀斯：《审美经验与文学解释学》，顾建光、顾静宇、张乐天译，上海译文出版社1997年版，第7页。）

邦世界。但这一次，他不再求助于四重释经法，阅读之隐晦汹涌的过程可以用炼金术的象征结构加以图示化，炼金术的个性化旅程就成了阅读之内在体验转化的类比物。

当我们谈论作为阅读的炼金术观念时，不得不关注弗莱与西方秘教传统的关联，弗莱去世后，研究者整理了他留下的大量笔记，可以看到他涉入秘教传统之深，其神话研究似乎就是为这种被拒绝的知识寻求一个合适的出口，炼金术就是这样的一条通道。在这条道路上，荣格是先行者。他曾坦言，是炼金术思维帮助他从与弗洛伊德决裂的阴暗泥沼中拯救出来。一般说来，炼金术试图处理变化的复杂性，并以此提升物质的层次：从一种状态或形式到另一种的变形；从种子到胚胎，或是从铁到银或者金，炼金术士相信在压力和热力下的瓶中土的变化。炼金过程试图模仿实验室的过程，但是这种外在或普通的物质工作和人格中内在的核心部分也紧密相关。炼金之火被视为一种神秘物质，既是在一个实际的烧瓶中被控制的物理之火，也是由沉思和想象所产生的热力。

炼金术的象征思维在最为困难时刻帮助了荣格，在面临心理适应问题时，从唯理论思维跃升至了象征思维。由此，隐喻与现实之间的思维隔阂被推翻了，那本是一堵虚构的墙。荣格清楚地认识到，推翻这堵墙壁的奥义并不在于任何外在的论证或工具，却是从自我（ego）到自性（self）的革命转化，这种转化被荣格视为个性化过程，荣格用这个术语意指无意识的一个过程，人通过这个过程称为心理学意义上的不可分割的（in-dividual），换言之，就是一个独立且不可分割的整体。更重要的是，炼金术为荣格的个性化观念提供了图型，同时也表明无意识之中也存在一个过程的观念，人格的中心就是从自我转移到自性这一真正中心的过程，对于荣格而言，个性化过程有一个消除内部紧张以及隐蔽痛苦的目标，并且能从旧的心理形式中创造新结构。在其心理分析中，由心理制造和引发的四种半自治的人格化特性，则转化成了心理生命的四种功能：思维、感情、直觉和感觉，自性则处于这四个端点的中心。

弗莱并未涉入炼金术的内在历史脉络，他关注其作为一种象征结构的类比效用，"炼金象征属于同一类的启示象征（apocalyptic symbolism）：自然的中心。深藏于地球里的黄金和宝石，最终将和天空的日月星辰汇聚；精神世界的中心，即人的灵魂将会和上帝融合。因此，世人灵魂的净化过程与泥土转化为黄金的过程紧密相关，这不仅是字面意义上的黄金，更是构筑天体的炽烈黄金精髓。"[1] 这是将异质性融为一体的过程，是终极融合的同一性体验，是秘密的开显。在读者导向的批评话语中，阅读过程就是意识淬炼的传奇之旅。弗莱所提及的认同方式，若不经过炼金术之黑暗甬道的水火淬炼，几乎是难以想象的。理想读者的英雄特质在于其可以"吞下经卷"，从而让上帝之言常驻心间"吞下经卷"的意象也来自于《圣经》：

> "人子啊，要听我对你所说的话，不要悖逆像那悖逆之家，你要开口吃我所赐给你的。"我观看，见有一只手向我伸出来，手中有一卷书。他将书卷在我面前展开，内外都写着字，其上所写的有哀号、叹息、悲痛的话。他对我说："人子啊，要吃你所得到的，要吃这书卷，好去对以色列家讲说。"于是我开口，他就使我吃这书卷。又对我说："要吃我所赐予你的这卷书，充满你的肚腹。"我就吃了，口中觉得其甜如蜜。（《旧约·以西结书》2：8—3：3）

"吞下经卷"是英雄行为，我们通过阅读获取精神营养正如依赖食物维持生命一样的不可或缺，其中食物隐喻的运用使人联想到"圣餐"，阅读甚至成为圣餐仪式中那种神秘的分享，由此阅读能为读者带来真正的转变：

> 一个人的阅读变成了自我创造和自我认同的一部分，我们一直在探索它，而它超越所有外界赋予的与社会、信仰或者自然的契合认同。当读者堕落至主体和客体的循环时，如赫拉克利特所说，我们消弭彼此的生命（die each other's lives）；当读者上升至自我认同时，我们就是

---

[1]　Northrop Frye, *The Anatomy of Criticism*, Princeton：Princeton University Press, 1973, p.146.

复活彼此的死亡（live each other's death）。这样的读者是一个摩西，他能够看到允诺之福地，而不是约书亚，只征服了迦南，就开始了堕落的轮回。①

但是，阅读并不容易，阅读试图唤起的那种同一体验是革命性的自我更新，在这一点上弗莱与荣格的个性化理论不谋而合。有研究者曾就荣格的个性化理论和弗莱的阅读理论作出比较，个体心理的内在探求类比于读者于阅读过程中获得内在转化，如下图所示②：

	第一阶段	第二阶段	第三阶段
荣格	灵魂，平衡点，阴影	阿尼玛，中心，人格面具	大母神，人格中心，魔术师
弗莱	情节结构，性格类型，主题阶段	文类，读者，常规	整体神话，顿悟时刻，神话世界

阅读的三阶段被类比为个性化过程的三个阶段，阅读的三个阶段比较清晰地展现了出来，是批评型读者吸纳文本的过程，这三个阶段与其说是阅读过程，不如说是批评程序。只有第三个阶段，提供了一种整体性的阅读视野，即"神话宇宙并不是一个有秩序的等级的体系，而是一个互渗的世界，每一个言语体验的单位都是反映其余单位的单子（monad）。这一景象与创世纪中的安息日类似：它是自我塌陷之后的世界面貌"③。这样就获得了一种瞬目千差的凝缩感。

个性化过程的关键是自我到自性的转化，按照保罗的看法，这一完美个性化人物的楷模就是耶稣。弗莱曾以艾略特的《小老头》（*The*

---

① Northrop Frye，*The Secular Literature：A study of the Structure of Romance*，Boston：Harvard University Press，1976，p.186.

② Cf. Ford Russell，*Northrop Frye on Myth*，New York and London：Routledge，1998，pp.120-121.

③ Northrop Frye，*The Secular Literature：A study of the Structure of Romance*. Boston：Harvard University Press，1976，p.187.

Gerontion)① 一诗来阐明这一过程，即"不论是现在还是过往的安息日中，那个被吞咽、吃掉、切割、喝干血的基督将潜在个体埋葬于自我的墓穴之中，并使之成为唯一的安息者。当这一个体觉醒时，我们将走向复活。复活节到了"。② 这首诗含有个性化之旅的内在图式，获得个体的人物不再是孤立的原子式个人，重新成为不可分割的整体，个人与群体不再充斥敌意和忿恨。弗莱特别指出，"他与之认同的群体并不是他作为部分归属的整体，而是说，这个群体代表了他的另一个维度，用传统的转喻语言来说，是与其本质相应的另一个人格。"③ 因此，个体要与另一层面发生融合，就要历经死而复生的过程，死去的是自我，从自我的墓穴中诞生的则是个体。

弗莱清楚地意识到，从自我到自性的转化是个性化之旅的关键，但他无力抵达这一转变。尽管他对荣格的著作颇感兴趣，却强迫自己直到完成自己的著作后才认真地研读荣格，否则就会完全被淹没。这种影响的焦虑也是一种根本分歧的反映，他和荣格走在相反的道路上。弗莱的阅读理论致力于意识扩张，服务于扩大认识论的需求，他倾向于以意识之光照耀无意识深渊，目标是为了意识拓展，从而获得智性解放的自由，自性的光芒反倒成了一道羸弱的纸上映像。在荣格个性化理论中，自性是不可能被意识俘获的，那是从黑暗的无意识深渊中生长出来的救赎力量，沉重、闪耀又危险，并不能允诺任何东西，只是纵身虚无的赌博。在这种对比中，意识只是个性化之旅的一个阶段，是不断被突破的外壳。这是一个虽然敞亮却局促的神话世界，神话的深度尚未被打开，弗莱本人根深蒂固的意识中心提防并禁锢着神话世界的精灵们。

---

① 艾略特的《小老头》（The Gerontion）创作于 1919 年，起初，艾略特试图以这首诗作为《荒原》的序诗，后来放弃了这一打算。这首诗采纳了基督意象，也是人格炼金术的一个断章。

② Northrop Frye, The Great Code：The Bible and Literature. San Diego：Harcourt Brace Jovanovich, 1983, p.101.（中译参见诺思洛普·弗莱：《伟大的代码——圣经与文学》，郝振益、樊振帼、何成洲译，北京大学出版社 1998 年版。本书引文参考中译并有改动，以下不再注明。）

③ Northrop Frye, The Great Code：The Bible and Literature, San Diego：Harcourt Brace Jovanovich, 1983, p.101.

第二章

权威与自由：文化批评的双重维度

> 我们真正的尊严并不源自我们属于一个身体的部分……当我们处于我们每个人都被召唤的完美状态时，不再是我们自己而是基督居于我们之中；从这个意义上说，经过完美基督变成了我们每一个人，他完全存在于每一个寄体身上。这些寄体也并不是基督身体的部分。[①]
>
> ——西蒙娜·薇依

由于对传奇叙事的关注，一些评论者已将弗莱看作逃避型批评家，他是如此恐惧和厌恶真实历史和权力斗争，仅仰赖纯粹想象建构了一个基督教或柏拉图式的象征世界。[②] 在个体领域，这种理想主义是一种炼金术式的意识修炼，在社会文化领域，则构成了对精神权威（Spiritual Authority）的探询。弗莱在当代文化批评领域的重要性已得到了肯定，他从未将批评局限于文学领域，其批评本身就是一种社会文化理论，不仅涉及文学阅读的学术研究，也包括广义的文科与人文教育。不过，弗莱的文化批评与种种流行文化

[①] 转引自 Northrop Frye, *The Great Code*：*The Bible and Literature*，San Diego：Harcourt Brace Jovanovich, 1983, p.100. 弗莱援引薇依的这段话来阐明个体与群体的关联。

[②] Cf. Frank Lentricchia, *After New Criticism*, Chicago：The University of Chicago Press, 1980, p.26.

理论有很大区别，① 既不同于一般意义上以研究通俗文化和大众传媒为目标的文化研究；也不同于批判学派从哲学角度审视文化批判技术的做法，弗莱的文化批评是文学批评的有机延伸，这种延伸具体表现为一种向心／离心模式的交织。弗莱曾不遗余力地为批评的独立性辩护，反对批评寄生于文学的看法。不过批评总是包含两个方面，一是文学经验与结构，二是构成文学社会环境的其他文化现象。这两者应该互相均衡，若任何一方被忽视，都会产生谬误：

> 一个是决定论的离心谬误，认为除非无视文学的结构，除非文学内容同某种非文学的东西联系，否则文学就缺乏一种社会的参照。……
>
> 另一个极端就是向心的谬误，我们不能把文学批评与前批评的直接经验分离开来。这将导致一种评价的批评，批评家将时代偏见和焦虑所形成的价值观强加给了整个过去的文学。②

"向心"（centripetal）和"离心"（centrifugal）最早出现在《批评的解剖》中，用来代表一个词语单元的两面：外向的离心力指向具体事物，显示语言的描述功能；内向的向心力仅仅关注词语本身，是字面的言语成分，并试图从词语结构中引申出更大的言语模式。在《批评之路》中，弗莱重申并拓

---

① 第一，弗莱有意远离文化研究，他有自己的一套研究术语。在当代文化理论家中，雷蒙·威廉斯被归类为社会主义者，弗里德里克·詹姆逊是马克思主义者，阿兰辛菲尔德是文化唯物主义者，霍米·巴巴是后殖民主义者，但我们很难将弗莱归为哪一类。第二，弗莱不像有的文化批评家那样是出于对形式主义的不满才转向文化批评的，他作为一个文化批评家的立场是一贯的。他的文化意识和将文学作品置于特定的文化背景之中的观点是根深蒂固的。他首先将文学作品置于特定的文化背景之中，再将这两者置于西方文化的大背景之中来考察乃至探讨它与其他文化的关系。第三，有些文化批评家运用文学来阐释或强化自己的理论，弗莱则与他们不同，他将文学本身看成是处于文化中的整体。（参见汉密尔顿：《作为文化批评家的诺思洛普·弗莱》，王宁、徐燕红编：《弗莱研究：中国与西方》，中国社会科学出版社年1996年版，第4—5页。）

② Northrop Frye, *The Critical Path: An Essay on the Social Context of Literature Criticism*, Bloomington: Indiana University Press, 1971, pp.32-33.

展了向心／离心模式，两者分别对应于想象性的文学语境和普通的意图性语境。向心力意味着对文学形式进行审美研究的能力，离心力则能对文学的社会语境加以阐释。在弗莱的视域中，两种语境并不是对等的，想象性的语境优越于意图性的语境，向心／离心两种倾向其实也对应于文学的内部和外部研究，文化批评是在外部的离心倾向上发展自身的，这一倾向发展至极端也会淹没文学之为文学的根由。因此，其文化批评的一个核心关切就是，文化批评内部是否存在有效制约离心倾向并对抗决定论的机制呢？

弗莱是在神话中获取这种制约的，其文化批评也是神话阐释的构成部分。如前所述，神话除了拥有故事、叙事含义之外，还意指一种宏观的文化模式，表现为特定的信仰、观念和价值体系的总和，反映了一个时代的总体思维和感觉倾向。在总体混杂的意识状态下，弗莱认为"现代批评家的主题并不是纯粹的文学，而是由神话语言参与并建构的与信仰相关的领域"①。这一领域不是与任何宗教意识形态直接关联的信仰，毋宁说是一种验证，验证其批评开端即已颁发的"中心"预设。

能够抵制文化批评之离心倾向的制约机制就是这种中心意识，这种中心意识不是某种源始始基，而是不断重复自己的神话结构，也是诸法无常的音调。这是从芜杂的欲望之噪声中提炼出来的调性，也是对叙事之法的肯定。弗莱本人的理论叙事被传奇所规约，传奇为现代个体的欲望漂泊之旅提供了一种革命形态，而且社会将允许个体进行这样的探索。但这种受到鼓励的传奇性却存在一个困难，即"如何将社会主题与个人启蒙话题融合到一起。浪漫主义已到达这样的一种社会意识，即只有通过个体化社会本身才能发展，因而社会充分允许个人在其中实现其自身认同，即便这一认同行动会削弱社会的惯例习俗价值"②。那么，个体寻求内在超越的炼金术之旅如何与凝聚群体的力量连接呢？纵观弗莱的文化批评，其核心问题就是，文

---

① A.C.Hamilton, "Northrop Frye as a Cultural Critic", *The legacy of Northrop Frye*, Edited by Alvin A Lee and Robert D. Denham. Toronto：University of Toronto Press, 1994, p.6.

② Northrop Frye, *A Study of English Romanticism*, The Harvester Press, 1968, p.48.

学领域中那难以听闻的音声，如何在社会群体领域转化成精神权威的问题。但是，这种权威势必面临来自个人信仰领域以及权力而来的质疑，这正是现代自由主义的重大缺口，即公／私、内／外之别，施米特（Carl Schmitt，1888—1985）曾将这一"缺口"追溯至霍布斯，"霍布斯所埋下的那粒种子——因为其私人的信仰保留意见和分别内在信仰和外在认信，不可抵抗对发展壮大，并且成了统领一切的信念……内外公私的分离不仅支配法律思想，而且也与所有有教养者的一般信念相称。"① 这种区分几乎构筑了自由主义思想的集体无意识，在内在信仰的自由与外在认信的权威制造了不可取消的紧张。

　　弗莱毫不含混地将自己定位于一个自由的人文主义者（liberal humanist），而且是资产阶级的自由主义者，他意识到任何写作都不能脱离作者植身的社会语境。他认同资产阶级"自由"名义下的严肃社会理想，比如人身自由、自由言论、平等的公民权以及容忍异己的能力，他也不断反思自由的含义以及这种理想在特定社会机制下的实践过程，其写作延续了约翰·弥尔顿（John Milton，1608—1674）、约翰·斯图特·穆勒（John Stuart Mill，1806—1873）以及马修·阿诺德（Matthew Arnold，1822—1888）开创的英国自由思想传统，其文化理论构成了自由主义教育思想的组成部分。

　　通过对精神权威的讨论，弗莱的文化批评激励着这样一个问题：即自由的获得，是否必然要树立一个对手，将其驳倒，从而享受击破锁链的快感？这是弗莱对 20 世纪 60 年代学生运动的一个漫画式概括，他将学生运动看作是"反抗"神话的践行者。这种反抗意识将批判视为不言自明的立场，弗莱的疑问是，谁来审查这一立场呢？谁赋予权威呢？弗莱所言的精神权威实际上是一场戒律内在化过程，是自我治理。因此，自由是在效忠而非对抗的形态中获得的，就是同精神权威的认同，这一精神权威需要基督教语言创世观与乌托邦意识的紧密配合，与之相关的教育理想也成了审美乌托邦的变体。

---

① 卡尔·施米特：《霍布斯国家学说中的利维坦》，应星、朱雁冰译，华东师范大学出版社 2008 年版，第 97 页。

第一节　作为隐喻的中心：解构视角下的伦理批评

　　弗莱以原型批评而闻名，以致读者常常忽略了《批评的解剖》所论及的另外三种批评方式：历史批评、伦理批评和修辞批评，只有将这四种批评方式联系起来才不至于将原型批评仅仅理解为从文学内部机械地寻找相似意象和母题的活动。尽管弗莱将"历史批评：模式的理论"作为第一篇文章，实际上"伦理批评：象征的理论"才是其批评理论得以展开的基础。弗莱说："客观上存在的若干种行之有效的批评方法，用一种单一的理论便可将它们都概括入内。"① 这种"单一的理论"就是伦理批评，伦理批评致力于探讨文学的多义性及其实现过程，能将历史批评、原型批评和修辞批评囊括在内。

　　克里斯蒂瓦（Julia Kristeva，1941—　　）曾如此评价："弗莱给予作为象征的原型以特殊的注意，这种象征把一首诗与其他的连接起来从而能够整合我们的文学经验——对我来说这确实是一种伦理的要求：不能忽略修辞戏剧所带来的内容，并将这种内容归置在西方形而上学的传统中，同时也把文学看作宗教的不可或缺的对应物。人类知性相对于动物而言，并不具备更大的优越。但人之为人的本性和尊严，却是借由想象而跨入的实践理性领域。这个领域在弗莱那里并不是伦理道德论证，而是文学艺术的幻象所开启的世界。"② 这一段论述强调的就是弗莱批评文本中的伦理性，伦理归属"意义"领域。弗莱是将伦理批评当作意义理论来建构的，一般说来，意义理论属于象征逻辑和语义学领域，弗莱声称要摆脱两者，仅从文学内部来考察意义。他援引了"象征"一词，象征是"为了批评目的，能从文章中分离出来的文

---

① 　Northrop Frye，*The Anatomy of Criticism*，Princeton：Princeton University Press，1973，p.73.

② 　Julia Kristeva，"The importance of Frye"，Alvin A. Lee & Robert D. Denham，eds.，*The legacy of Northrop Frye*，Edited by Alvin A Lee and Robert D. Denham，Toronto：University of Toronto Press，1994，p.336.

学结构单位"①。此外，他还认为现存的文学理论术语都不足以完全指称"文学作品"，而"诗"这一称呼包含的韵律特征似乎又将散文排除在外，于是采用了"假设性词语结构"（hypothetical verbal structure）这一稍嫌拖沓的词组来指称文学作品。如此一来，"象征"就成了文学作品中的"假设性词语结构"，"假设性"也成为文学的一个根本特征。本节要考察伦理批评的意义建构方式，在一种结构和结构的双重视域下分析其依赖于中世纪四重释经法的"中心"意识，通过这一分析，可见两种相距甚远的批评话语也存在相通之处，而伦理批评的"中心"也是弗莱为神话阐释保留的意义空间。

一、隐喻同一与延异：中心的确立与破除

在伦理批评中，弗莱创造性地结合了中世纪四重释经法（medieval exegesis），从字面的（literal）/描述的（descriptive）、讽喻的（allegorical）、道德的（moral）和总释的（anagogic）五个方面来考察文学意义的实现过程。不过，伦理批评并不完全和四重释经法相对应，他改造了释经法的字面层次，将其一分为二：字面的意义拥有一种假设含义，描述的含义才相当于释经法的文字层次；形式阶段相当于讽喻层次；神话阶段包括了道德和转喻意义；总释阶段则对应着意义完全达成后的神秘境界，在神学语境中关联到神应许的未来。

字面意义上的"象征"显示词语的内向向心力，仅仅是字面语言成分，弗莱借用了一个音乐术语"母题"（motif）来称呼这类成分；描述阶段的象征是"符号"（sign），显示词语的外向离心力，有指示与描述外部世界的能力。"象征"能够承担形式、原型以及总释各个层面的意义是由于象征在字面/描述阶段已建立的假设（向心力）和实际（离心力）之间的差异。"象征"成了文学内部的交流符号，一方面对应着释经法，另一方面也对应着《批评的解剖》论及的另外几种批评类型，这种对应并不严密，存在叠合之处。使得结合了释经法的伦理批评显示了整合效力，并使弗莱的批评理论具

---

① Northrop Frye, *The Anatomy of Criticism*, Princeton: Princeton University Press, 1973, p.71.

备了整体的阐释维度。如下表所示：

释经法	象征	象征的表现形式	批评类型
字面的	字面阶段	母题 motif	修辞批评
描述的	描述阶段	符号 sign	历史批评
比喻的	形式阶段	意象 image	修辞（历史）批评
道德的	神话阶段	原型 archetype	原型批评
总释的	总释阶段	单子 Monad	总释批评

　　象征经过了母题、符号、意象、原型到单元的过程，伴随着意义的逐步释放，只到"总释阶段"意义才充分实现。"从总释角度看，象征也就是个单子，一切象征都统一到一个无限、永恒的言语象征体系中去，这一体系作为要旨（dianoia）便是逻各斯，作为情节（mythos）便是全部创作行为。"① Mythos/dianoia 是其话语分类的基础，情节如何去表现的原理属于形式结构的一面；而思想、要旨则是表现了什么的问题，属于内容意义方面；两者分别在伦理批评的神话阶段和总释阶段获得了整体形式，弗莱特别看重由这两个阶段发展而来的批评类型，只有原型批评和总释批评才为文学提供了一个更广阔的语境。神话阶段在《批评的解剖》中被扩展为"原型批评：神话的理论"，春夏秋冬四个季节代表了不同的叙事结构，形成了循环，有鲜明的叙事学意义。

　　但弗莱并没有为"总释阶段"另辟专章，总释阶段只是为文学意义的实现提供了总体性语境并提出了要求，即"文学批评是一种知识，批评非不断地谈论自己的课题不行，因此它发现了一个事实，即词语的秩序存在着一个中心。如果不存在这样一个中心，那么任何东西也无法阻止由程式和体裁所提供的许多相似之处激起我们无穷尽的自由联想；这些联想也许仅属暗示，甚至可望不可即，但它们始终形成不了一个真正的结构"②。文学批评的

---

① Northrop Frye, *The Anatomy of Criticism*, Princeton：Princeton University Press, 1973, p.121.

② Northrop Frye, *The Anatomy of Criticism*, Princeton：Princeton University Press, 1973, pp.117-118.

稳定结构需要中心来保障，若文学批评不存在"中心"，则"要么文学批评是一团飘忽不定的鬼火，一个无出口又走不到尽头的迷宫，要么我们就得认定文学具有一个整体的形式，而不是把现有的文学作品仅仅堆砌到一块"①。对弗莱而言，文学并非大量作品的简单堆积，而是拥有一定的结构原则和形式的词语序列，为阻止其淹没于无尽的词语迷宫的倾向，就需要一个"中心"。纵观弗莱的批评理论，有对文学批评系统和秩序的寻求，有对概念框架的坚持，还有在批评活动中驱除直接经验的做法等等，都和伦理批评的"中心"倾向一样，是结构主义"科学"冲动的体现，从不甚严格的意义上看，弗莱也是个结构主义者②，结构主义者对结构整体的假设与寻求确实需要"中心"的保证和参与。

当结构主义试图在系统中寻求和确立中心时，解构主义已对这个中心作出了瓦解的要求，伴随这一"去中心化"倾向的是对"逻各斯中心主义"（logocentrism）的激烈批判。1966 年，雅克·德里达在约翰·霍普金斯大学作了《人文学科话语中的结构、符号和游戏》（*Structure，Sign and Play in the Discourse of Human Sciences*）的报告，他对人文学科话语中的"中心"作了猛烈抨击，"中心是那样一个点，在那里内容、组成部分、术语的替换不再有可能。……中心化了的结构概念，其实是基于某物的一种游戏概念，它是建构某种始源固定不变而又牢靠的确定性基础之上的，而后者本身则是摆脱了游戏的。"③ 德里达看来，相对于边缘而存在的中心和在场形而上学、逻各斯中心主义以及语音中心主义紧密相连，传统的哲学观念认为存在着关于世界的客观真理，而科学和哲学的目的就在于认识这种真理，因而也就假定

---

①　Northrop Frye, *The Anatomy of Criticism*，Princeton：Princeton University Press，1973，p.118.

②　特里·伊格尔顿曾指出，从不甚严格的意义上说，弗莱的著作可以说成是"结构主义"的，并且恰好与欧洲传统结构主义的发展属同一时期。结构主义注意结构，而且特别注意考察结构赖以发生作用的普遍规律。和弗莱一样，结构主义也倾向于把单个现象仅仅归纳为这种规律的一些事例。（参见 Terry Eagleton，*Literary Theory：An Introduction*，外语教学与研究出版社 2004 年版，第 82 页。）

③　雅克·德里达：《人文学科话语中的结构、符号和游戏》，载《书写与差异》（下），张宁译，三联书店 2001 年版，第 503 页。

了具有中心的静态结构。结构系统的"中心"在不同的哲学叙述中均有不同的表现，可被命名为实体、物自体、理念、存在等，这些概念似乎就是逃脱了能指符号的先验所指（transcendental signified）。德里达严厉质疑了这一先验所指，他指出，"存在的意义并非先验所指或超时代所指。而是前所未有的确定的能指痕迹。"① 不存在先验所指，只有能指痕迹，因为任何话语、体系乃至真理都不能逃脱符号的网络，先验所指的历史仅是真理幻觉的历史。

在这样的哲学立场上，德里达解构中心的策略就是使"中心"成为和边缘同质的东西，中心不具备异质优越性，仅仅是符号化了的结构概念，那么传统意义上弥漫于语言、事物、符号之外的某种支配性精神也就被否定了。通过取消中心解放禁锢于在场幻觉中的语言符号，能指就进入了无限的语言游戏中。"先验所指"的缺席使德里达认定所有用来指代"先验所指"的符号都是"替补"而已。由此，他将中心替换为"延异"（différance），延异是差异（différence）的变体。德里达借这个生造的同音异形词来表明语言符号运动中无所不在的差异，他特别强调"延异"不是一个词，也不是概念，无论在空间或时间上都有拖延推迟之含义，并且"延异"自身总是已被替补的存在。这篇报告产生的影响是巨大的，人文学科真理确定性的概念被置换成了能指游戏。此后批评界避谈中心似乎成为心照不宣的约定，批评成为能指而非所指的批评，意义问题悬而不论，对中心的渴念也似乎成为逻各斯中心主义的种种变体。

再来看弗莱的伦理批评，其中心诉求和解构主义的去中心化倾向形成了表面的针锋相对。两类批评对"中心"的不同态度显然昭示着不同的批评倾向，但刻意强调两者的森然对立对理论思考毫无用处，关键是探究其理论术语如何盘亘交错，由此形成了怎样的阐释空间。实际上，两个不约而同出现的"中心"都是隐喻，在各自理论语境中拥有不同的内涵。德里达以"延异"破除"中心"，"中心"从一种客观精神中被解放出来，并参与了符号的语言游戏，任何试图从结构、话语中发现超越符号本身的固定本质的行为都

---

① 雅克・德里达：《论文字学》，汪堂家译，上海译文出版社 1999 年版，第 31 页。

是徒劳的。

弗莱的伦理批评的确奠基于德里达所反对的中心化结构观念，在一次访谈中，他曾这样说道："作为一个批评家，我是以字面意义的一般假设开始我的批评活动的，即德里达所说的先验所指。"① 他笑称自己是个逻各斯中心主义者。"逻各斯"这个哲学术语多次出现在弗莱的批评文本中，在伦理批评的总释阶段，他指出"艺术的要旨（dianoia）已不再是对理性的模仿（mimesis logou），而是逻各斯（logos）本身；logos 这个具有塑造力的词，既指理性，又如歌德笔下的浮士德所思考的那样，指行动（praxis），也即创造性的行为"②。弗莱谈及的"逻各斯"是由亚里士多德的"dianoia"（思想、观念）发展而来的，他认可其中所包含的理性和创造行为本身。但"逻各斯"本身就是个歧义丛生的哲学词汇，含有理性、判断、关系、根据之意，以上诸种说明又都是通过话语或言谈来展示给人看的，即"让人看某种东西，让人看话语所谈及的东西"③。弗莱采纳这个术语时并未做如此周全考虑，他只是将其拉回到《新约·约翰福音》起首那句"太初有言"（In the beginning was the Word）的语境中来思考，并采纳了 Word 的希腊词（λσγοξ）含义来扩展其批评。弗莱将 logos 作为话语来看待，并且只能作为话语来看待，并修正了早期的看法，特别指出"偶像崇拜的认识论基础正是浮士德把'言'误译成'为'的认识基础"④。即，逻各斯只能作为话语本身来理解，话语可以展示某种观念或行动，但一旦将话语所展示的东西固定化，或者将其和起源、基础相连，使其成为真理本身，就危险了，这也是德

---

① David Cayley, *Northrop Frye in Conversation*, House of Anansi Press Limited, 1992, p.52.

② Northrop Frye, *The Anatomy of Criticism*, Princeton: Princeton University Press, 1973, p.120.

③ 马丁·海德格尔：《存在与时间》，陈嘉映、王庆节译，三联书店 1987 年版，第 37—40 页。

④ Northrop Frye, *The Great Code：The Bible and Literature*, San Diego: Harcourt Brace Jovanovich, 1983, p.61. 我写上了："太初有言！" / 笔已停住！没法向前。/ 对"言"字不可估计过高，/ 我得将别的译法寻找，/ 如果我真得到神的启示。/ 我又写上："太初有意！" / 仔细考虑好这第一行，/ 下笔绝不能过分匆忙！/ 难道万物能创化于"意"？/ 看来该译作："太初有力！" / 然而就在我写下"力"字，/ 已有什么提醒我欠合适。/ 神助我也！心中豁然开朗，/ "太初有为！" 我欣然写上。

里达致力于抵制的东西。

　　简言之，弗莱所谓的"逻各斯"是创造的而非存在的，哲学家希望逻各斯有确切规定性，但这种抽象和普遍化的要求被证明并不适合于事物和世界的一般形态，被哲学所抛弃的逻各斯可以在艺术中得到实现，但"批评的整个逻各斯，本身绝不会变成一种信仰对象或本体论中人的存在（ontological personality）"①。文学批评中的逻各斯体现一种展示原则，接下来我们看一下弗莱的伦理批评中，"逻各斯"或"中心"是如何确立的。

　　弗莱语境中的"逻各斯"或"中心"，并不是德里达反对的那种客观精神或内在本质，而是表现在话语中并基于符号化的中心观念，这和他对语言假设本性的信念是一致的。体现到"象征"这一假设性词语结构上，就是由象征的隐喻功能实现的同一。在伦理批评的五个阶段中，象征从母题、符号、意象、原型到单元的过程，都靠隐喻的连缀，隐喻就表现为两个象征之间的关系，在伦理批评的不同阶段有不同体现：

　　　　在意义的字面层次上，隐喻以字面形态出现，仅仅是两个东西的并置；在描述的层次上，需要双重视角，一是言语结构，二是言语所涉及的对象。从描述的角度看，一切隐喻都是明喻。在形式的层次上，象征便是形象或被设想成物质或内容的自然现象，这时隐喻成了与自然相称的类比。从原型层次看，象征则成了联想簇，这时隐喻把两个个别形象合二为一，每个形象都代表着一个种类或类型（genus）。而到了总释阶段，隐喻的根本形式"A是B"才变得名副其实。②

字面阶段的隐喻是没有谓语的并置词语（如 A；B），这种形式经常表现在诗歌里；在描述阶段，隐喻变成了一个明喻，形式就是 A 象（like）B，是相似

---

①　Northrop Frye，*The Anatomy of Criticism*，Princeton：Princeton University Press，1973，p.126.

②　Northrop Frye，*The Anatomy of Criticism*，Princeton：Princeton University Press，1973，pp.123-124.

或类同关系的修辞性陈述；到了形式阶段，类比概念又被引入了，假如 A 和 C 的关系类似于 B 和 D 的关系，恰巧 B 和 D 享有某种共同特征，那么 A 是 (is) B，形式阶段的类比促进了总释隐喻；原型阶段的隐喻表现为个体与其属类的认同；总释阶段则形成了假设的同一性的陈述，系词形式隐喻得到了实现，即 A 是 (is) B。"隐喻的地位，隐喻的最内在和最高的地位并不是名词，也不是句子，甚至不是话语，而是'是'这个系动词。隐喻的'是'既表示'不是'又表示'像'。"① 象征在总释阶段形成的"总释隐喻"（anagogic metaphor）就是拥有系词形式的隐喻结构，"是"的语法结构得到了践行。"总释"这个词带有浓厚宗教色彩，此时文学几乎成了宗教的替代物，宗教的语法是"是"，而文学的语法是"可能是"，前者关乎存在状态的确认，后者则属于隐喻。"假设性"一直是弗莱对文学语词结构的基本规定，由文学象征开启的隐喻是无限接近却永不抵达的"是"；但到了总释阶段，假设变成了实存，从而实现了隐喻同一（metaphorical identity）。

对象征内涵的改造以及对隐喻结构的大胆利用，使伦理批评成为颇具生机的一种批评类型，通过中世纪四重释经法，弗莱使批评和阐释相结合，从而在伦理批评中创造了"中心"或"逻各斯"，这是由隐喻结构支撑的肯定阐释空间，而弗莱的"逻各斯中心主义"其实体现了"隐喻同一"的原则，"隐喻同一"和德里达的"延异"概念能够形成对比，前者并不是粗暴地消除差异，而是包含了"差异的同一"。这种"差异的同一"亦体现在隐喻的字面阶段，即字面隐喻（literal metaphor）上。"字面的"在弗莱的语境中不再是描述性准确，而是朝向词语内部的观念，即除了在词序中的位置之外不指向任何东西，即词语"向心力"。那么就出现了两种字面隐喻②，一类是明显隐喻（explicit metaphor），由系动词来连接，这类明显隐喻和总释隐喻拥有相同的"是"的结构；另一类是含蓄隐喻（implicit metaphor），"是"

---

① 保罗·利科：《活的隐喻》，汪堂家译，上海译文出版社 2004 年版，第 6 页。

② Cf. Northrop Frye, *The Great Code: The Bible and Literature*, San Diego: Harcourt Brace Jovanovich, 1983, p.63.

并不出现，也被称作并置隐喻①（metaphor by juxtaposition）。并置隐喻和"延异"一样，是充满差异的，并置隐喻并没有废除差异，而是将拥有差异的事物并列到了一起。"延异"是差异本身，是消极的呈现，并置隐喻则保留了创造的一面，仅仅并列词语就是一种创造。

弗莱对隐喻理论的援引，有效地捍卫了伦理批评的"中心"或"逻各斯"，使其成为某种形式的在场，体现了话语的自由互渗模式。这种奠基于隐喻之"是"结构的方式，也支配了弗莱的文学批评实践，使其批评文本某种程度上成为"同一性寓言"②，神话—原型批评成为在文学系统内部寻找相似结构和意象的活动，文学当然是展示差异和斗争的空间，而批评是从中寻求肯定和同一的成分，由此批评家才能成为教育的急先锋和传统的塑造者。弗莱批评理论的驱动力量就是这种"同一"观念，通过对文本中神话模式的确认，强化了当前文化情境与过去遥远的部落社会神话之间的近似感，在精神生活之间唤起一种连续感。

二、符号学与语义学中的隐喻

尽管弗莱和德里达都采纳了"中心"隐喻构建其批评理论，但"中心"在各自的语境中有不同的内涵。作为一个哲学家，德里达对在场形而上学，以及那种统治了西方哲学传统的真理确定性幻觉提出了批判。而作为一位文学批评家，弗莱的批评原则是由文学作品的想象性词语结构归纳而来的，他以明显的隐喻在场代替了晦涩的形而上学。其批评理论的主导性结构是"某种形式的在场，在场是话语的自由互渗模式而不是可掌控的本质"③。不过，

---

① 比如庞德那首《在地铁车站》（In a Station of the Metro The apparition of these faces in the crowd; Petals on a wet, black bough）就是并置隐喻的绝佳例证。

② 同一性寓言"*Fables of Identity*"是弗莱出版于1963年的一本批评文集，这一标题显示出他的批评活动始终伴随着"同一性"寻求。

③ Eleanor Cook, Chaviva Hosek, Jay Macpherson, Patricia Parker and Julian Patrick ed., *Center and Labyrinth: Essays in Honour of Northrop Frye*, Toronto: University of Toronto Press, 1983, p.60.

弗莱和德里达至少在一点上是一致的：即对语言隐喻特征的重视。他们的重大分歧集中在隐喻能否再现在场这个问题上。尽管哲学声称要废弃隐喻，但其语言和观念根基都奠定在隐喻基础之上，而哲学观念也不能脱离隐喻的原动力。德里达将弥漫于本体论哲学内的中心修辞还原成一种隐喻，从而指出了中心话语的虚幻性与建构性，哲学的任务就是揭示"中心"名义下掩藏的对立与差异。但弗莱在德里达看到缺席和断裂的地方坚持在场和同一，他所言的"中心"是由文学作品的想象性词语结构归纳而来，他充分利用了中心修辞所包含的隐喻能量，使隐喻成为语言克服断裂、表达关切的主要手段。

　　德里达用"延异"驱逐了中心的所有替补，延异撒播于文本中，也瓦解了概念性术语试图捕捉真理或绝对意义的能力。不过取中心而代之的延异是个符号学概念，以索绪尔普通语言学为基础并强调符号的差异效果，其能指（声音）和所指（意义）永不会重合，这一断裂是解构的基础，无限的差异原则成了主导话语的基本结构，也断定了"是"的不可能。弗莱的理论思考与此相反，他坚持的"中心"需要隐喻之"是"为前提。那么，弗莱是靠什么来对抗"延异"的差异功能从而达成"是"呢？在一次访谈中，弗莱曾用德里达式语汇说了一句颇耐人寻味的话，即"隐藏于任何事物之后的真正替补，是不断重复自己的神话结构"[1]。德里达的解构策略依赖于"替补"逻辑，先验本质不存在，所有在场都是缺席，所有试图占据在场的东西都是替补而已。当弗莱采纳"真正替补"这样的术语时，"神话结构"就和"延异"形成奇妙对应，但需要注意的是，"神话结构"不仅仅是符号，就神话的词根 mythos 而言，含有叙事、情节之意，至少包含了一个述谓结构。这就保存了隐喻认同的可能性，从而具备了以缺席唤醒在场的能力。

　　作为隐喻，"中心"代表着某种更高层次的理性，德里达去除这一符号理性时，并未将其放置到叙事层面，而是用一个能指和所指总是发生错位延宕的新符号"延异"来取代。"延异"不能把握在场，所得到的只是踪迹而已。由"延异"张开的话语差异游戏并不能走向语义层面的陈述。简言之，

①　David Cayley, *Northrop Frye in Conversation*. House of Anansi Press Limited, 1992, p.64.

解构主义的隐喻理论是奠定在符号学之上隐喻替代理论，仅仅将隐喻放在词语层次上考察，属于专名问题。当弗莱以"神话结构"或"隐喻同一"来替代"中心"时，"中心"不再是一个符号所占据的点，专名转化成一种述谓关系，总释隐喻的基本形式（A 是 B）含有一个述谓成分，这使其包含了叙事的整合力量，能够指向意义的实现。① 弗莱的隐喻理论建立在语义学基础上的相互作用理论，隐喻不仅是语言命名游戏，和更广阔的述谓活动发生联系，从而能够给予叙述整体以意义。

保罗·利科（Paul Ricoeur，1913—2005）曾将弗莱的"中心"诉求归结为想向给人文学科的游戏概念注入统治科学的那种逻辑性要求的表现②，这一需求正是在总释阶段得到实现。这绝不是哲学的形而上学真理，而近似于亚里士多德赋予诗的"普遍性"："诗是一种比历史更富哲学性、更严肃的艺术，因为诗倾向于表现带普遍性的事，而历史倾向于记载具体事件。所谓'带普遍性的事'，指根据可然或必然的原则某一类人可能会说的话或会做的事——诗要表现的就是这种普遍性……"③ 这一"普遍性"不是理论理性，而是和伦理以及政治秩序相关的实践理性：通过理性构造行为，把散乱的事件、情景和结局联系到一起从而组成情节，使其成为可理解的，这种构造行为中对异质性的综合恰是叙事的意义所在。

和解构主义一样，弗莱关注语言的隐喻和能指特征，由此认可广义的词语游戏，但游戏不是随心所欲的能指狂欢，最终都要指向词序中心。由于取消了中心，解构主义者倾向于将文本实践看作是没有中心的能指游戏，能指不能保证所指的确定或充沛的意义。弗莱对"中心"的坚持使他确信意义

---

① 当然，隐喻在词语层次的替代理论以及语义层次的相互作用理论是不可截然分开的，但在不同的隐喻理论中，会有不同的侧重。利科特别提到隐喻陈述的一个假设，也是符号学和语义学之争，即话语语义学无法归结为词语实体的符号学。保罗·利科：《活的隐喻》，汪堂家译，上海译文出版社 2004 年版，第 90 页。

② Cf. Eleanor Cook, Chaviva Hosek, Jay Macpherson, Patricia Parker and Julian Patrick ed., *Center and Labyrinth*：*Essays in Honour of Northrop Frye*，Toronto：University of Toronto Press，1983，p.1.

③ 亚里士多德：《诗学》，罗念生译，商务印书馆 1996 年版，第 81 页。

的实现，若没有伦理批评的"中心"，意义会在虚无中四处逃逸。坚持"中心"，就是坚信语言创造的意义充沛的世界。而要达成意义，弗莱将其隐喻理论置语义学之上，注重隐喻陈述的独特作用。德里达曾提出"不存在先于隐喻的原义。也没有修辞学家会注意这种隐喻"①。解构主义的"去中心"其实就是揭示自以为是原义的隐喻，任何自诩为"原义"的信念背后都有原教旨式狂热的危险，解构主义是一种不断向自身立场进行质疑与批判的行为。但在理论的对话中，不能据此简单地将弗莱的"伦理批评"斥为固定中心和意义的教条式批评，或是某种宗教意识形态的伪装。必须看到，通过总释隐喻或神话结构的反复运作开启的词序中心在弗莱的语境中不是某种原始本义，更是话语构建意义的积极力量。

两种大相径庭理论叙述，实际都很关注"中心"隐喻下的意义问题。伦理批评将意义引向一种建造的中心，而解构主义竭力反对二元对立的思维模式，以及由此造成的意义等级化或僵化，但当符号学的差异原则被无限扩大时，解构甚至有堕入虚无主义的危险。其实德里达谈论解构时，他只是解放了统治哲学的自明性，并且强调对不可言喻的本质进行命名时遭遇的危险，显示了一种坚定的自我批判意识。但解构主义在文学领域的运用却使人忧心，暗合了一个没有中心的时代，能指游戏难免放逐了责任意识。但这并不意味着"中心"的寿终正寝，否定固定的有待被发现的中心，穿越重重语言迷宫，批评的首要任务就是要创造中心。这一创造中心的努力体现在弗莱"伦理批评"的各个环节中，伦理批评的中心是种积极假设，批评活动从某种意义上说正是预设整体和修订中心的过程。因此，伦理批评对批评理论中蔓延的无止境游戏也是种有效的抵制。无论如何，要在言语无限漂流中找寻相对静止的点，那个点，就隐喻而言，就是"中心"；就语法而言，是将文学中的"可能是"转化为"是"的技巧和勇气，以中心为归属的批评就成了"同一性寓言"。

---

① 雅克·德里达：《论文字学》，汪堂家译，上海译文出版社 1999 年版，第 401 页。

第二节　皇室隐喻与精神权威

　　精神权威呼吁认同，与认同相伴而生的是顺从和赞美。但是，弗莱清楚地意识到，自由诉求以及与之相伴而生的反讽精神才是时代精神的宠儿，那么，这两者如何与精神权威对抗、斡旋，并走上一条并生之道呢？更重要的是，精神权威隐含着个体与共同体之休戚与共的关系，皇室隐喻为这种撕扯提供了某种弥合之道。

一、权威与反讽

　　理查德·罗蒂（Richard Rorty，1931—2007）曾区分了形而上的自由主义者和反讽的自由主义者，两者的区别主要在于使用的终极词汇（final word）不同，形而上的自由主义者常常用诸如"真"、"善"、"终结"、"人性"等富有弹性但空洞的词语，这种概念提供了模糊但富有启发性的假想焦点；而反讽的自由主义者则倾向于使用更具规定性的词汇比如"基督"、"职业标准"、"仁慈"、"进步"等等。[①] 反讽者认识到语言本性是偶然的，通过终极语汇来定义本质和存在这样的努力是不可能的，假如思想存在进步或发展的话，必定伴随着词汇隐喻的不断更新而不是本质的不断揭示。形而上学家试图确证本质，仅仅将词语看作表达本质的形式，他们对事物的描述不能摆脱追根究底的习惯，执著于寻求共同基础或本质；反讽者却在词语实践中时刻保持着怀疑，即"始终意识到他们自我描述所使用的词语是可以改变的，也始终意识到他们的终极语汇以及他们的自我是偶然的、纤弱易逝的，所以他们永远无法把自己看得很认真"[②]。

---

① 参见理查德·罗蒂：《偶然、反讽与团结》，徐文瑞译，商务印书馆 2003 年版，第 105—106 页。

② 理查德·罗蒂：《偶然、反讽与团结》，徐文瑞译，商务印书馆 2003 年版，第 106 页。

　　弗莱使用的文化批评词汇大多也都具有普遍性色彩，诸如理性、想象、总体、整体、幻象等，从这个意义上来说，他似乎就是罗蒂所言的"形而上的自由主义者"。其普遍性话语执著于抽象的理性和本质，企望建立整体性的精神权威，却不能详尽阐释具体文化现象。不过，反讽也是贯穿其批评活动的关键术语，是冬天叙事的独特声调。

　　若要探讨反讽在其批评话语中的轨迹，就要先从"解剖"（anatomy）说起。《批评的解剖》书名中的"解剖"即来自罗伯特·伯顿的《忧郁的解剖》①，弗莱对这本书评价相当高，"杰出的梅尼普斯式讽刺（Menippean Satire）作品，其结构原则便是创造性地展示博学。"② 解剖原是医学术语，令人联想到冰冷手术室里器械的泠然之光，在此却被引申为对待文学的理智方式，即以一种科学中立的姿态一览无余地探讨批评的总体可能性。弗莱的第一篇长论文是《散文虚构中的解剖》（*The Anatomy in prose Fiction*，1942），就以"解剖"为题，探讨作为一种散文虚构体裁的"解剖"文类。随后他又发表了《散文虚构的四种形式》（*The four forms of Prose Fiction*，1950），在这篇文章中，他将"解剖"和传奇、小说和自传等并列作为散文虚构的四种特定形式。看上去，"解剖"只是一种文类，归属于散文虚构，但作为媒介的文类始终折射着世界和宇宙的光谱，解剖与冬季的讽刺音调相关，其讽刺对象针对人们的思想态度，以单一的智力结构展示世界样貌，由此搅乱了叙述的惯常逻辑，拥有从反面看待事物的力量，并在瓦解的过程中进行修辞性建构。

　　解剖中包含的"智力模式"（intellectual pattern）似乎对弗莱颇有吸引力，这种智力宛若一把锋利的手术刀，精确地切割对象，一方面使某种隐藏着的恒定秩序绽露了出来，另一方面也使维系英雄力量的权威观念持续地崩溃着。由"解剖"文类发展出来的讽刺精神也是冬天叙事，排除了情绪和情感，成为一种不折不扣的零度风格，这种"零度"赋予文学中立性，并排除

---

① 　中译可参见罗伯特·伯顿：《忧郁的解剖》，冯环译，金城出版社 2012 年版。

② 　Northrop Frye，*The Anatomy of Criticism*，Princeton：Princeton University Press，1973，p.311.

了明言、暗示乃至武断的成分。由此，反讽在创作中捍卫着一种"创造的超脱"（creative detached），这种讽刺态度"既不是哲学的，也不反哲学，而是艺术的假定形式。对各种观念的反讽是一种特殊的艺术，它捍卫自身在艺术中的超脱"①。弗莱将反讽描述为一种不介入的超然状态，却颇为可疑，这并不是一种阿波罗式的审美超脱，而是以知识免疫于情感，是对科学之客观性理想的攀附。在其写作中，他不止一次地强调讽刺的超脱和客观性，"过去的一个世纪，文学中渗透了讽刺的视角，即用一种类似描述性文章的超脱态度观察作品的话题、主题、人物以及环境。讽刺无法达到科学的中立性，但伪装客观也是惯用技法。这种特定技巧用以强化那些描述模式的形象，并聚焦于客观世界的物性。"② 这种超脱是百科全书式的胜利，既瓦解了作者权威，也瓦解了作为终极作者的上帝权威。不过，反讽并没有无限权柄，并不能无往而不胜。冬天叙事是这样结束的："悲剧和悲剧性反讽将我们带入了地狱核心，最终是作为万恶之源的个人形象。悲剧不能带我们走得更远了，但若我们继续采纳讽刺和反讽的叙事结构，我们将跨越死亡中心，最终看到一个带有绅士派头的倒栽葱的黑暗王子。"③ 这位黑暗王子的形象，处于地狱中心，是噩运的极点，却并未因此摆脱命运之轮的掌控，只是处于转折的临界点上。借助于循环，可以更好地理解到，反讽不是瓦解循环的动力，却是循环的一个环节。

作为存在处境被接受的"作者之死"，以及随之而来的主体之死，在弗莱的文本中只是象征之轮的一段乐章。深陷于反讽的悲怆确实毫无必要，如果我们愿意并且可能抬头，似乎还能看到那个端坐于云端的无所不知者，像是万有的允诺，消解着反讽为世界投下的不幸阴影。弗莱之所以能达到这一视野，仰赖于文化循环论的思想。这种有机整体的文化观来自于斯宾格勒（Oswald Spengler，1880—1936）的影响，其历史哲学是一种"文化形态

① Northrop Frye, *The Anatomy of Criticism*, Princeton：Princeton University Press, 1973, p.231.

② Northrop Frye, *Words with power：being a second study of "the Bible and literature"*, San Diego：Harcourt Brace Jovanovich, 1990, p.87.

③ Northrop Frye, *The Anatomy of Criticism*, Princeton：Princeton University Press, 1973, p.239.

学"，他并不用年代顺序来把握历史，而强调每一种文化的独立价值。他将文化视为"生命有机体"，可以按照出生、成长、从衰老到死亡的生命过程来理解文化循环。他充分利用前现代时期的象征结构，这种"利用"是通过对神话体系的技术化处理达到，但技术赋予的能量是一种幻肢般的赠予，其能量带有一定的虚假性，那些象征结构并未真正地内化到其思想深处。

统观弗莱的批评话语，也很难在其中找到一个面目明晰的"作者"，其批评话语以智力结构为主导，一方面带有对科学之客观和透明理想的攀附，一方面却声嘶力竭地呼吁着传奇式的庆祝。这种姿态本身难道不更是反讽的吗？在反讽的地狱中仰望，我们可以选择与时代精神的风车妥协、认同或者作战，却无力摆脱。从这个意义上说，所谓的"反讽的自由主义者"是不可能的，只是犬儒精神的一个异名。自由人从不反讽，反讽者并不自由，自由始终是形而上学的。当弗莱将自己的写作归为解剖时，他也不可避免地深陷于反讽泥淖，他接受了这一处境，并与之共存，但话语探索并未就此终止。

二、权威与自由

仅从字面上来看，权威与自由存在着难以阻抑的冲突，自由的渴望与冲动总是试图冲破权威的法权领地。"摆脱束缚和限制"也许是最能激发自由想象的词语，但随心所欲的自由也是最能引发混乱和歧义，去除了外部限制的自由只能导致无政府主义的混乱。弗莱的这种看法和 20 世纪 60 年代的学生运动紧密相连，他认为 20 世纪 60 年代的学生运动就是误解"自由"的一个后果。他同情学生运动，但并不认同，他甚至将 1968—1971 年称作"歇斯底里的时代"①。他在其中看到了一种盲目而不加控制的热情，这种热情是滥用自由的后果，而且滋生了一种反抗神话。这一时期最为原创的思想都是在思考这样一个问题：我们如何免于被统治的自由？弗莱的文化批评思想却几乎反其道而行之：我们如何安于被统治的自由。

---

① Northrop Frye, *Spiritus Mundi*：*Essays on Literature*，*Myth*，*and Society*，Bloomington：Indiana University Press，1976，p. viii.

　　基于这样的立场，弗莱反对以争取自由进步为口号的革命运动。革命和关切神话紧密相关，关切的中心问题也是人类如何获得拯救的问题，革命的目标是要通过改变社会而使人类获得拯救。任何一种宗教、主义、运动似乎都在宣称只要相信某种原则，拥有一种信仰或者采取行动，生活就能得到改善，生命也将会得到拯救似的。当关切和革命意识联到一起时，就充满了生机和力量，而当革命成功，其本身成为统治者企图占有的关切神话时，关切神话就从反抗的革命意识蜕变成统治意识。因此弗莱指出，"热衷于革命的人都是叛徒，并非因为他们要推翻现存的权威，而是因为他们只有通过许诺一个并不能得到保障的自由才能成功。"① 换句话说，一旦革命取得成功，必然要背叛当初的自由理想，"自由"不可能完全仰赖政治实践获得实现。

　　从对待革命的态度上来讲，弗莱是个不折不扣的保守主义者，他认为也许革命会带来社会政治改善，但并不能实现其所允诺的自由，这就是革命的失败。伊格尔顿曾揶揄弗莱的"反革命"态度："弗莱告诉我们，唯一的错误是革命者的错误，他天真地把自由的神话错误地解释为在历史上可以实现的目标。革命者纯粹是个拙劣的批评家，他把神话错当作了现实……"② 革命者的自由口号仅仅作为一种"神话"有激励作用，并不能化为现实。其实，弗莱只是切断了自由和革命的线性关联，他并未否认革命的意义。自由的障碍并不仅是外部限制的问题，即便打破了社会外部，推进了制度变革，还有内在阻碍的问题。

　　打破这种窒阻的重要环节在于对"自由"的体认。弗莱不断地强调自由超然的一面，"自由这个词暗示了一种对于真理的超然的追求，这同将其控制或纳入一种社会目标服务中截然不同。"③ 在这种界定中，自由获得了

---

① Northrop Frye, "A revolution Betrayed: Freedom and Necessity in Education", *On Education*, Michigan: The University of Michigan Press, 1988, p.90.

② 特里·伊格尔顿：《现象学，阐释学，接受理论——当代西方文艺理论》，王逢振译，江苏教育出版社 2006 年版，第 91 页。

③ Northrop Frye, "Trend in modern culture", Jan Gorak ed, *Northrop Frye on Modern Culture*. Toronto: University of Toronto Press, 2003, p.257.

一种独立性，这种独立性与人类的智力和想象范畴密切相关。自由是一个认识的、反思的、美学的过程，而不是行动的目标，即"自由存在于幻象（vision）之中，而不是达到种种幻象的手段"①。进入幻象领域时，自由和权威的对立就瓦解了，自由成了重塑权威的能力和过程。

不过，"精神权威"并不是群体或社会的外在建构，只有当个体内在地体验到这一权威的力量时，自由主义思想中个人和群体的矛盾才得以消解，才能恢复 individual 的原始含义，即一种不可分割的整体关联性。② 弗莱曾用皇室隐喻（royal metaphor）来阐明精神权威的意蕴，从字面意义上来说，皇室既是统治的象征，也是群体的效忠对象，是维系社会整体的黏合力量，而个人之于是国家和教会就像一个细胞之于我们的躯体。

精神权威只有在上帝之国才能完全实现，那个"王"是头戴荆棘王冠的耶稣基督，他一方面自称是"犹太王"，另一方面又如仆人一般为众生赎罪。"人类有史以来所关注的主奴辩证关系（master-slave dialectic）在耶稣身上瓦解了。一个人既可以是主人，又可以是奴隶，成为了一体。"③ 这样一来，一个完整的"极权"隐喻转化成了去中心化的民主意象，整体存在于每一个个体身上。当保罗说"Not I but Christ in me"时，弗莱解释道，保罗的意思是他身上通常所言的"自我"已经死去，是逻各斯的整一性，或者说内在的基督才使他真正成为个体，此时个体成为权威性力量的通道。

---

① Northrop Frye, "A revolution Betrayed: Freedom and Necessity in Education", On Education. Michigan: The University of Michigan Press, 1988, p.90.

② 雷蒙·威廉斯对自由主义及其与个人主义关系有过这样的描述，自由主义是在中产阶级的社会里所发展出的最高形式的思想，并且与资本主义息息相关。Liberal 一词包含着自由和限制的混杂概念，Liberalism 必然包含各式各样的自由，同时它基本上也是一种有关个人主义的学说。从 individual 到 individualism 的词义变迁也都围绕在个体与群体的关系之上，最初 individual 指"不可分的"，注重一种整体关联性，而现在谈及个人时，更注重和整体以及他者的差异。（参见雷蒙·威廉斯：《关键词：文化与社会的词汇》，刘建基译，三联书店 2005 年版，第 264、231 页。）

③ Northrop Frye, The Great Code: The Bible and Literature, San Diego: Harcourt Brace Jovanovich, 1983, p.91.

　　"皇室隐喻"与弗莱对精神权威的探求休戚相关，隐藏在语言隐喻力量中的权威必定是不可见的，一旦试图将这种不可见转化为可见的形式，则又容易成为僵化和压迫的力量。因此，在基督教中确立一个与民主政治理想相对应的形象十分重要，唯此，精神权威与个体自由之间的冲突才得以消解。这样的理想状态就是"伟大的神谕根本用不着在这种非此即彼的问题上纠缠，而是游刃于社会与个体相互渗透（interpenetrate）的皇室隐喻之中。甚至处于完全被孤立状态下，受害者仍可以从反面认同那些迫害他的人"①。初看上来，权威意识与民主理念似乎难以兼容，但弗莱反复强调，就根本而言，民主意味着"在一个超越原始和统治的社会中保存法律和秩序。比如在大不列颠，若国王是治理而非统治的，那君主制也可能是民主的"②。

　　互渗不仅是理解皇室隐喻的关键，也在弗莱的整体思想脉络中发挥着重要作用。在《双重视野》中，弗莱承认其有关"互渗"的想法主要有两个来源：③一是怀特海的哲学观念，一是大乘佛教的观念。就哲学层面而言，互渗提出了一个几乎不可能的要求，即"In a certain sense everything is everywhere at all times"，这主要涉及浪漫主义对 18 世纪科学物质主义的反应，倾向于将物质视为特定时空中的特定方位。怀特海则认为不能完全信任这些主观位置，必须重新返回到身体经验和知觉性上，我们必须承认身体是个有机体并且规划着我们对世界的认知，知觉领域的整体也是身体经验的整

① Northrop Frye, *The Great Code：The Bible and Literature*, San Diego：Harcourt Brace Jovanovich, 1983, p.90.

② Northrop Frye, "The Ideal of Democracy", *Northrop Frye on Modern Culture*, Edited by Jan Gorak. Toronto：University of Toronto Press, 2002, p.235.

③ Robert D. Denham 则认为有三个来源，除了弗莱提及的怀特海与佛经之外，也不能遗忘斯宾格勒的影响。因此，互渗观念的形成，可从三个方面得到说明：一是弗莱阅读斯宾格勒《西方的衰落》时所获得的启发：文化的有机生命以及斯宾格勒对艺术形式命运的沉思。斯宾格勒帮弗莱初步构成了这个概念，怀特海则帮弗莱清晰化了这一范畴。第三个来源则是大乘佛教的经典《华严经》和《楞伽经》，弗莱阅读的是 1932 年铃木大拙的译本。经由这三个来源，互渗的历史、哲学与宗教面向都呈现了出来。(Cf. Robert D. Denham, *Northrop Frye：Religious Visionary and Architect of the Spiritual World*, Toronto：Victoria college press, 2004, pp.35-37.)

体。在意识到身体经验时，我们必须意识到整个世界的时空结构也被映射于我们的身体生命中。过程哲学试图超越各种二元论：主体和客体、思维和精神、个体与群体等，最终可以导向一个巨大象征。与这种外部象征相伴而生的则是个体的自在感，弗莱曾援引《九章集》中的一段描述来传达这种"互渗视界"：

> 这就是"安逸的生活"（live at ease）。对诸神来说，真理就是他们的母亲、养育者，就是他们的是和粮。他们所凝思的一切不是生成的一切，而是包含真是的一切，他们在其他事物中看见自己。因为那儿的一切都是透明的，没有任何黑暗或阴晦。每一事物相互之间都通体透彻，因为光之于光怎能不透明。在那个世界，每一物都包罗万象，都可在任何他物中观照万物，因此每一物都无处不在，每一物都是全，都有无边无限的荣耀。①

《华严经》中玲珑七宝塔的意象也令弗莱印象深刻，这是完美的互渗意象，"将现实结构表象为无限的珠宝之网是一个微妙又有力的隐喻——以诗人的方式将抽象的具体普遍能量化了。"② 由此，被视为禁令和法网的权威意识已被穿透，不再是僵化的限制或序列观念，而是言语开启的在场，"弗莱的主导性幻象或结构是某种形式的在场，不过这种在场是某种自由的互渗模式而不是可掌控的本质。"③ 正是反讽的参与使话语自由互渗成为可能，这也塑造了弗莱著作中的一个基本观点：即教育和文化必须去寻找一个去权力化的地点，精神权威其实也就是诗性正义：

---

① 普罗提诺：《九章集》，石敏敏译，中国社会科学出版社 2009 年版，第 631 页。

② Robert D. Denham, *Northrop Frye：Religious Visionary and Architect of the Spiritual World*, Toronto：Victoria college press, 2004, p.54.

③ Michael Dolzani, "The Infernal Method：Northrop Frye and Contemporary Criticism", *Center and Labyrinth* edited by Eleanor Cook, Chaviva Hosek, Jay Macpherson, Patricia Parker and Julian Patrick, Toronto：University of Toronto Press, 1983, p.60.

我要让所有的人都知道，

当一切毁灭时，诗歌却将称快：

像一只播种的手，像迸裂的豆荚；

是受难者在神圣的火焰中暗喜，

是上帝在粉碎的世界中狂笑。①

第三节　审美论和决定论的折中

对"精神权威"的追寻是弗莱文化批评的重心，这一核心要通过迂回的反讽叙述策略来达到。这种既尊重精神权威又不丢掉反讽力量的理论言说，使其文化批评暗合了美学理论中一直存在着的经典张力：自律和他律的张力，这其实也是决定论（determinism）和审美论（aestheticism）之冲突的体现。弗莱的立场不是二选一，他要在两者之间寻找一种调和，"既/又思维是唯一可用来解释这些悖论和矛盾的方法：自足性与社会/历史语境之间的张力，评价与解释之间的张力，超然与介入之间的张力，普遍与局部之间的张力，以及国际与国家之间的张力。"② 但弗莱的中和并不是"和稀泥"，他的倾向性仍然相当明显。

决定论者强调社会语境施加于文本的种种影响，即"可以决定事件过程的先决条件以及一般的外部条件"③。并倾向于将文本都视为社会关系的集合体或个人心理的投射。弗莱不会接受这一论调，他不同意将文学视为

① 诺思洛普·弗莱：《叶芝与象征性语言》，载吴持哲编：《诺思洛普·弗莱文论选集》，中国社会科学出版社 1997 年版，第 400 页。

② 林达·哈琴：《弗莱新解：后现代性与结论》，载王宁、徐燕红编：《弗莱研究：中国与西方》，中国社会科学出版社 1996 年版，第 133 页。

③ 雷蒙·威廉斯：《关键词：文化与社会的词汇》，刘建基译，三联书店 2005 年版，第 121 页。19 世纪以来，"决定论"这个词逐渐固定在"外部的决定特质"、"基本的外在因素"等意义上，而马克思主义就是经济决定论的强调者，强调由经济产生社会、政治和文化结果。

历史事件、社会权力或集团利益之斗争的结果，文学中必定存在超越外部现实以实践自由的想象力量。不过，弗莱同审美论的关系则相当暧昧，很难将其致力于隐喻同一的批评努力与审美乌托邦的诉求撇开关系，但弗莱批评目标并不是审美自治或超越，而是一种"宗教意识形态"，如伊格尔顿所言：

> 这一理论方法的美在于，它将极端的唯美主义与有效地进行分类的"科学性"的灵巧性结合起来了，从而在按照现代社会的条件使文学批评受到尊敬的同时，又将文学作为现代社会的一个想象性的替代维持下来。它像一个偶像破坏者那样轻快地对待文学，以计算机般的效率把每部作品投进其事先定好的神话学小孔，但是它又将此与种种最浪漫主义的渴望混合在一起。从一种意义上说，它是轻蔑地反人本主义的，将个别主体从中心位置移开，却使集合性的文学系统本身成为一切的中心；从另一种意义上说，其又是一个献身于基督教人本主义者的著作，对他来说，推动文学与文明的力量——欲望——只有在上帝的王国中才能最终实现。……文学成为宗教意识形态的必要补偿品。①

伊格尔顿相当敏锐地指出了弗莱理论体系中的矛盾及其修补矛盾的方式——将文学与其宗教根源连接。但他的评价并不公允，弗莱不是要使文学成为"宗教意识形态"的替代品，他只是从中汲取了"信仰"的力量，并使人类重新意识到自身的根源，从而重获穿越存在迷雾的力量。伊利亚德曾将自身与 homo religious 分离的人类称为非—宗教人，转而拥戴一种非超越性的哲学："非宗教的人拒绝超验性，接受了现实的超验性，并且逐步怀疑意义的存在……现代非宗教的人采取了这样一种存在立场，他单独将自己

---

① 特雷·伊格尔顿：《二十世纪西方文学理论》，伍晓明译，北京大学出版社 2007 年版，第90 页。

视为历史的主体和行动者，并拒绝对超验的诉求。换句话说，在人类处境之外就拒绝接受任何人类模型，似乎人类处境能够通过不同历史处境得以澄清。人类制作了自身，他完全按去世俗化的方式来制作自身和世界。神圣变成了通向其自由的首要障碍，当他完全解神话之时他才能变成自身。除非他杀死最后一位神，否则他不会自由。"① 在现代性思想氛围中，宗教失去了对人类灵魂的监护权，审美话语提供了一种现代救赎方式，对此，弗莱的态度是矛盾的，一方面，他充分利用了审美论的乌托邦潜能，并以之克服决定论的贫乏；另一方面，他又试图以神话范畴包容审美主义话语的内在冲突。

一、决定论 vs. 审美论

审美主义话语的兴起与美学学科的成立紧密相关，简言之，就是感性认识要为自身的认知权利辩护。一般说来，美学学科的成立以鲍姆加登（A.G.Baumgarten，1714—1762）于 1830 年发表《美学》为标志，他把人类认知结构分作知、情、意三块，分别对应着逻辑学（认识）、美学（感情）和伦理学（意志），而"美学（自由的艺术的理论，低级知识的逻辑，用美的方式去思维的艺术和类比推理的艺术）是研究感性知识的科学"②。这种区分提升了感性认识的地位，认为其中并非全然充斥着幻想和不确定，带有一种非思之思的力度。美学创始之初就被当作一种认识方式来把握，这种区分认知模式的认识论方案在康德那儿更为明显。此前，"美"常常被人们从本体论的角度来把握和寻找，而柏拉图的一句"美是难的"早把种种所谓"美在比例"、"美在和谐"、"美是蛇形线"乃至"美在关系"等论调囊括在内了，唯有从认识论的角度才能开辟美的存在空间。

康德将人类的认识能力分作知性、理性和判断力，审美属于判断力范

---

① Mircea Eliade, *The Sacred and The Profane*：*The Nature of religion.* Translated from the French by Willard R. Trask. San Diego：Harcourt Brace Jovanovich，2001，p.203.

② 鲍姆加登：《美学》，李醒尘译，载刘小枫主编：《人类困境中的审美精神》，东方出版中心 1994 年版，第 1 页。

畴，审美想象力是使知性和理性协调的能力。康德有关美的分析① 使美的独立成为可能，纯粹美强调美的形式，似乎可以不依傍他物而存在；依附美则可视为"美是德性的象征"。康德坚持认为，纯粹美的理想是无关乎道德和认识的，是一种无功利、不涉及任何认识的单纯审美愉悦。纯粹美的观念也就成了审美自治理念，顺应了美学学科的独立要求。不过，从纷繁复杂的现象中区分出一个独立的审美王国，这种区分从逻辑上来看似乎可能，并且能够指引研究的方向，但在实践中却难以实现，辖制并弱化了艺术与美的存在理由。对审美自治的过分强调终将走向反面，美反而成为一种负面价值。审美自治看似印证了美学自身的纯正，但实际上只是一个幻影，不过是把社会的、历史的、自然的实在内容都在转化成了抽象的形式。形式美在康德那儿尽管具有先验的审美特质，但一旦运作于具体实践，就需要附着在种种物质或精神样态上。即，美的先验形式绝对无力表现自身，需要附着在种种具体形态上。这恰恰表明美只是一个手段而非终极目的，而美的本质其实只是一个通道，寄身于善恶之间，寄身于精神与物质之间。也许存在着一个美本质，但我们不得不遗憾得承认，美的本质是一个零，其存在需要依附与委身，只能存在于关系中，就类似零所进行的简单的四则运算一样，美既可以增殖，也可以使它们贬值为零。由审美自治所带来的后果，也许可以带来所谓美的独立，但同样也会带来灾难。

詹姆逊曾提道："通过把艺术与非艺术分开；通过排除它的外在因素，例如社会学和政治的因素；通过从实际生活、商业和金钱、资产阶级日常生活，以及围绕它的一切污泥浊水中恢复美学的纯洁性，肯定可以保障艺术的自治。但是在我看来，它根本就不是这么回事，即使美学理论以那种方式说明了他们的成就，把美学从一切非美学（和所有其他学科）当中分离

---

① 康德从质、量、关系、模态四个方面分析了美，"鉴赏是通过不带任何厉害的愉悦或不悦而对一个对象或一个表象方式作评判的能力。一个这样的愉悦的对象就叫作美。""美是那没有概念而普遍令人喜欢的东西。""美是一个对象的合目的性形式，如果这形式是没有一个目的的表象而在对象身上被知觉到的话。""美是那没有概念而必然被认作一个必然愉悦的对象的东西。"（康德：《判断力批判》，邓晓芒译，人民出版社 2002 年版。）

出来，他们立场的基础以及美学自治的定义本身也得不到保障。"① 这样的洞见证明了所谓美学价值无非是社会权力、意识形态领域的角斗场，"美的自治"决非超然之物。不过，对审美论的批驳往往会走到另外一个极端：决定论。那就是不再承认"本质"的东西，一切都是社会关系、文化利益和意识形态的角斗所。这确实是一些文化研究所极易采取的立场，和后结构/解构主义时代的去中心化，反本质主义的思想潮流也是一致的。诚然不存在有待被发现的本质，真理，固定不变的中心，但是这个称之为中心也好、本质也罢的东西是可以建构出来的，并且能够在某种程度上超越决定论的框架。对"中心"和"本质"的拒绝，某种程度上使文化批评陷入循环论证，"文化批评进入了循环论证的问题：若文化批评所研究的意识形态是'无意识的'，并被置于所有的主体之内，那么文化批评研究者如何知道是什么更深的意识形态激发了他们的研究？有趣的是，文化批评者通过一个弗莱所不喜欢的比喻来回应这个问题：位置的隐喻。批评者自己的位置由这个问题所决定。但这只是展示了循环论证的问题：即使我确定了自己的位置，一定存在一个我不知道但是被无意识所反映出来的更深的位置。"②

在一个以 post- 为前缀的时代中讨论美的本质似乎显得特别不合时宜。美学在经历了本体论、认识论以及语言学的转向之后，"本质"早已消解，早已成为漂浮的符号能指。传统美学对美本质的种种探讨也确实表明并不存在一个本体论意义上的有待发掘的"本质"，所谓"美的本质"，毋宁说是美学学科话语的建构，毋宁被看作是一组具备"家族类似"特征的概念，能从不同层面和角度对美作出规定。因此，无论被称为客观主义美学，主观主义美学还是实践美学，诸多美学流派对所谓本质的探讨，尽管曾经都获得了阐释的合法性，但都不能达到令人满意的程度。

---

① 弗雷德里克·詹姆逊：《时间的种子》，王逢振译，江苏教育出版社 2006 年版，第 223 页。

② Imre Salusinszky, "Frye and Ideology", Alvin A. Lee & Robert D. Denham eds, *The Legacy of Northrop Frye*, Toronto：Buffalo：University of Toronto Press，1994，p.82.

作为话语符号，"美本质"尽管没有实体，不能被具体化，却是美学的结构性中心，这个没有实质的中心概念若按照德里达式的解构主义方式来理解，即"中心是那样一个点，在那里内容、组成部分、术语的替换不再有可能"①。不能替换的"中心"也是拒绝被符号化的空地，一旦被符号化就难免要加入话语的游戏中，从而失去了中心特有的稳固性。美的本质作为"中心"可以说是美学学科的先验所指，规定着美的内涵和外延，也指引着美学研究的对象和范围，尽管不能被定义，却可以被描述，而且能够从各种美学形态中"区分"出来。

弗莱对审美主义话语的亲近也是其中心意识的一个体现，是对想象之再创造能力的确信，也是在承认"审美无区分"的前提下进行"审美区分"的一种表现。② 其实，在其批评理论中，并不存在一般称之为美学或艺术理论的东西。美并不是其关注重心，对美的追求比真和善更为危险，因为美对自我的诱惑更强烈，"艺术中的美就如同幸福一般，虽然可能伴随行动而来，却不能成为行动的目标；一个人同样也是无法追求幸福的，能追求的仅仅是能带来幸福的东西。"③ 在其四层批评宇宙论中，美对应于布莱克所谓的天真世界，却尚未达到天启意象开启的视域，美若没有同天启意象的中心相连，则会导向遗忘乃至精神瘫痪。

现代意义上的审美自治是一种僭越，内部包含着对法和主权范畴的执念。这一执念同样盘踞在弗莱的理论叙事中，他并未超越现代性留下的思想

①　雅克·德里达：《人文科学话语中的结构、符号与游戏》，载《书写与差异》（下），张宁译，三联书店 2001 年版，第 503 页。

②　"审美区分"（ästhetische Unterscheidung）和"审美无区分"（ästhetische Nicht-Unterscheidung）这两个术语均来自伽达默尔。"审美区分"指意识的一种抽象活动，一是使审美地教化了的意识从其共同体中抽象出来，以使一切判断的确定标准成为零；一是使艺术作品从其世界抽象出来，以致艺术作品成为一种纯粹的艺术作品。显然，审美理解不可能完全局限于审美区分所规定的反思快感中，审美区分割裂了美和认识的联系，而美与认识和真理的关联要由"审美无区分"来重新获得，这种联系必定要和特定的社会语境联系到一起。（参见伽达默尔：《真理与方法》，洪汉鼎译，译文出版社 1999 年版，第 109、833 页。）

③　Northrop Frye, *The Anatomy of Criticism*, Princeton：Princeton University Press, 1973, p.114.

谜团，其困境在于，在现代性视角下探讨神话和原型，若不将其压缩为风景明信片或是博物馆展览式的东西，又该如何使之恢复之生机呢？他的方案是不厌其烦地征引前现代的阐释方式，并使神话意蕴突破那试图掌控一切的法权。在弗莱的文化批评中，决定论和审美论之间的张力是通过拓展神话的文化阐释力达到的，最终汇聚在神话包含的创生力上，成了能够超越文化帝国主义话语模式的通道。

二、关切神话 vs. 自由神话

审美论与决定论之间的张力可以进一步具体化为关切神话和自由神话之间的辩证，弗莱是从口头文化与书面文化的区分切入关切与自由神话之争的。口头／书面这一区分聚焦于媒介，重启了口语与书面文化由来已久的纷争：

> 塞乌斯来到萨姆斯这里，把各种技艺传给他，要他再传给所有埃及人。萨姆斯问这些技艺有什么用，当塞乌斯一样样做解释时，那国王就依据自己的好恶作出评判。据说，萨姆斯对每一种技艺都有褒有贬，一样样都说出来太冗长，我就不说了。不过说到文字的时候，塞乌斯说："大王，这种学问可以使埃及人更加聪明，能改善他们的记忆力。我的这个发明可以作为一种治疗，使他们博闻强记。"但是那位国王回答说："多才多艺得到塞乌斯，能发明技艺的是一个人，能权衡使用这种技艺有什么利弊的是另一个人。现在你是文字的父亲，由于溺爱儿子的缘故，你把它的功用完全弄反了！如果有人学了这种技艺，就会在他们的灵魂中播下遗忘，因为他们这样一来就会依赖写下来的东西，不再去努力记忆。他们不再用心去回忆，而是借助外来的符号来回想。所以你发明的这帖药，只能起提醒的作用，不能医治健忘。你给学生们提供的东西不是真正的智慧，因为这样一来，他们借助于文字的帮助，可以无师自通地知道许多事情，但在大部分情况下，他们实际上一无所知。他们的心是装满了，但装的不是智慧，而是智慧

的赝品。这些人会给他们的同胞带来麻烦。"①

《斐德罗》篇中的这段文字，悖论性地展示了口头与书面、记忆和书写的关系，由此成为后世理论家讨论书写问题时不断返回的源头。争论的焦点在于，被塞乌斯视为"治疗"的文字到底是改善还是削弱了记忆？其实，塞乌斯和国王所说的记忆并不是同一个，塞乌斯所说的记忆类似于一种技术式的艺造记忆②，这是人们对经验领域诸事物进行排演和萃取技能；而国王所说的记忆接近于一种本源记忆，是缪斯之母记忆女神赐予的神圣源头。这段文字也是柏拉图捍卫灵魂记忆的一种表达，他认为知识的源头不是感官印象，而是记忆中的的潜在原型和真实模式，知识目标就是灵魂记忆中所铭刻的本源。文字不仅不能使灵魂返归这一本源，还会使之误入文字的歧途与迷宫。这两种不同的记忆方式也分别关涉着口头和书面传统，这种区分使我们可以从媒介角度来看待———一种较为技术化的视角来看待记忆的双重性及其不同再现模式：神圣（自然）记忆与口头传统息息相关，活生生的言语得以传达；艺造记忆则隶属记录口头表达的书面传统。

柏拉图借苏格拉底之口完成了对文字（书写）的贬抑，这种贬抑与《理想国》中驱逐诗人的理由类似：诗人以模仿混淆真实与虚构的行动类似于文字替补本源的僭越行动。进一步说，文字与模仿都破坏了柏拉图在真理与意见、可知世界与可感世界之间确立的分界。在《柏拉图的药》（*Plato's Pharmacy*）中，德里达也将记忆的权威视为单一起源的神话，这是形而上学贬抑文字以确立声音在场的逻各斯中心主义，不过文字的双重身份（既是记忆之解药也是记忆毒药）显示了本源不断被替补的真相。由文字的无限延

---

① 柏拉图：《斐德若》，载《柏拉图全集》（第二卷），王晓朝译，人民出版社 2003 年版，第197—198 页。

② France Yates 在其记忆理论著作中划分了人工记忆（artificial memory）和与真实对应的记忆（memory based on truth），这两种记忆理论的代表人物分别是亚里士多德和柏拉图，经院哲学与中世纪记忆术与亚里士多德相关，文艺复兴时期的记忆术与柏拉图相关。（Cf. France Yates：*The Art of memory*，London：Routledge press. 1999，p.39.）

异所构成的替补性运动就是文字"无父"（fatherless）的真相，德里达试图解构的就是"给文字设定一个逻各斯之父的阴谋"①。

因此，这段文字常常被用作柏拉图反对书写的证据。但实际上，有论者却持相反意见，"柏拉图的整个认识论无意之间注定要排斥口语文化这个古老的、口头的、热烈的、人与人互动的生命世界（这个世界的代表是诗人，可他不允许诗人进入他设计的共和国）……他的理念是识字人对迟迟不肯退场的口语世界作出的反应，或者说是过分的反应。"② 这种反应与面对新媒介之时的恐慌之情如出一辙。每次媒介革命都伴随着惊恐，新事物如密码般悄然而至，却都是死亡意象。人们提前为那即将消失的东西哀悼。令人担心的是：世界最终会不会被夷为平地，就像电脑中二进制的交替？技术的好处是使事物明晰，然而，却不透明，障碍还是障碍。不过翁也提醒我们注意这种悖论，起初的口语世界和一切后继的技术转化之间的关系，都受到这种悖论的困扰，其原因也许在于："智能有难以压抑的反射性，即使它赖以运行的外部工具也要被'内化'，也就是要成为它反思过程的一部分。"③ 在文字这一技术化视角下，至此，也许被称之为记忆之权威的东西其实是一种绝对的内在性，不可能被视觉性的理论思维俘获，只能在声波中以心传心，技术似乎成了一场驱逐内在性的长征，换句话说，也是将内翻转为外的过程。

因此，在神话研究中强调"口头性"的重要，不仅仅是要回到字面意义上的前书写时代的神话和史诗等，其中"口头性"意指尚未被书写象征的技术力量（文字、印刷、电子等各种媒介）僵化和简化的那种源初的、活生生的交流。因此，将关切神话与口头传统相连，其实就赋予了关切神话一种无可比拟的权威，"早期的口头文化由故事构成。随着时间的推移，一些故

---

① 陈晓明：《"药"的文字游戏与解构的修辞学——论德里达的柏拉图的药》，《文艺理论研究》2007 年第 3 期。

② 沃尔特·翁：《口语文化与书面文化：词语的技术化》，何道宽译，北京大学出版社 2008 年版，第 61 页。

③ 沃尔特·翁：《口语文化与书面文化：词语的技术化》，何道宽译，北京大学出版社 2008 年版，第 61 页。

事会呈现出一种中心和经典的重要性：人们相信它们真得发生过，或将其解释为对一个社会的历史、宗教或社会结构极其重要的事情。"① "极其重要的事"其实就是关切神话的中心，那是人与他人，人与神之间的连接，关切神话的根源就在宗教，后来才逐渐进入文学、社会、政治之中，宗教的终极关切也使其处于整个关切神话的中心。

关切神话表达了共同体共同的信念和希望的表达形式，倾向于交流，但同时也是和焦虑十分接近的情绪，这种焦虑来自对连贯性和持续性的执着。对受制于关切视角的个体而言，真实来于对社会之权威象征所作出的信念反应，由此，"任何处于关切神话中心的个人，其生命就处于布道主体（a body of teaching）的语境，从而已达到了某种确定的真理层次。"② 这种真实并不是符合论意义上的客观真实，而是一种信念真实，这使得关切神话犹若涟漪中心，将群体震荡紧密环绕。弗莱特别强调关怀神话的信念特征。

弗莱文化批评的初衷是要寻求某种对抗离心倾向的力量，关切神话完美地保存着这种力量。但是，关切神话的绝对向心力反而令他不安，他认为关切神话占据主导地位的社会其实是宗教法权社会，其向心力构成了封闭神话，封闭神话倾向于规定信念，并消除异见。他在关切内部发现了一道裂痕：令人焦虑的并不是关切神话的向心力与直接性，而是这种向心力普遍化之后会产生的暴力后果。

与关切神话的封闭性相比，自由神话则是一种开放神话。弗莱将自由神话安置在口头文化向书面文化过渡阶段中，"书写文化带来的心理习惯在关切中做了适度调整，凝聚社会的驱动力松弛了一些，个体可以考虑自身了。不仅作为一个群体的组成部分，而且还面对着一种客观世界或自然秩序。"③

---

① Northrop Frye, *The Critical Path*: *An Essay on the Social Context of Literature Criticism*, Bloomington: Indiana University Press, 1971, p.34.

② Northrop Frye, *The Critical Path*: *An Essay on the Social Context of Literature Criticism*, Bloomington: Indiana University Press, 1971, p.122.

③ Northrop Frye, *The Critical Path*: *An Essay on the Social Context of Literature Criticism*, Bloomington: Indiana University Press, 1971, p.43.

这段描述中出现的"个体"就是伴随着书写文化的兴盛逐渐发展起来的，这一个体并不能将自己从群体中剜除，此刻，外部环境不再是关切神话中具备凝聚力的巨大象征结构，反而成了横亘于个体与世界之间障碍，群体中凸起的"个体"不断地感受到其施加的强制和敌意，并逐渐向内在性逃遁。

关切神话和自由神话的张力也是口语文化和书面文化不同的文化生态所决定的，即"对口语文化而言，学习或认知的意思是贴近认识对象、达到与其共鸣和产生认同的境界。文字把人和认识对象分离开来，并由此确立'客观性'的条件，在这里，所谓'客观性'就是个人脱离认识对象，并与之拉开距离"①。简言之，在关切神话中，自我感是不强烈的，个体与群体有较好的融合。但书面文化却制作了内向型的自我。自由神话诉诸更能自我确证的标准，由此也演化出客观性、判断推理、容忍和尊重的个人态度等，代表着民主化趋向，但这一趋势又远离了关切神话的中心：那种作为直接性和内在性的中心。

关切和自由也是向心和离心模式的拓展，弗莱并未完全投入关切神话光晕，仍在极力寻找一种中道，能容忍异议的社会必定要承认自由和关切之间的张力。批评的社会功能出现的地方，需要以自由神话的标准来讨论关切神话。"当关切神话占据一切时，就变成了除自身策略外，没有道德原则可以逃避的卑劣专制，以及从其困扰中逃离出来的对人类生命的敌意；而当自由神话占据一切时，它就变成了权力结构懒惰而自私的寄生物。"② 前者由极端关切发展为了绝对专制，后者则是自由神话之放任的虚无和暴力。两种神话之间的张力与矛盾在其论述中是难以消解的："自由神话产生于关切，但其并不能够取代关切或独立于关切而存在；自由神话还是创造了一种相反的张力。当以自由神话标准看待关切神话时，这一张力必然发展为两种权威的

---

①　沃尔特·翁：《口语文化与书面文化：词语的技术化》，何道宽译，北京大学出版社 2008 年版，第 34 页。

②　Northrop Frye, *The Critical Path: An Essay on the Social Context of Literature Criticism*, Bloomington: Indiana University Press, 1971, p.55.

对撞。"① 自由神话经由想象提供了人类自由的新维度，这一维度将自由等于选择力量的诱惑，并不得获得实现。弗莱颇具反讽意味地指出："实际上我们只能选择使我们能够承担义务的东西，这就意味着我们如同伊甸园中的亚当一样，只有通过消灭自由才能表达我们的自由。"②

在关切神话和自由神话之间，并不存在一劳永逸的立场。尽管关切神话最能呼应弗莱批评意识的中心诉求，但是，当这种中心即将被捕获时，又被自由神话开辟的想象疆域扯开了。尚未获得一种整体性视野之前，折中是无济于事的，折中是无力作出决断的表现。两种权威的博弈没有结果，关切神话和自由神话的动态关系必须推进到神话和意识形态话语的论辩。

三、神话 vs. 意识形态

"弗莱的名字没有出现在当今关于意识形态的讨论中，然而，毫不夸张地说，他的著作，以《批评的道路》作为开端，预言了当前重视文化和重视艺术与社会——政治领域之交互作用的趋势。"③ 弗莱有关意识形态的论述和其语言模式理论是结合在一起的，意识形态是介于概念和修辞之间的语言模式，目的是说服，使受众产生确信反应。简言之，意识形态属于关怀神话，既可以产生基于存在经验之上的团结感，又常常表现为权力自我合法化的话语系统。弗莱对意识形态的看法包含着雷蒙·威廉斯曾论及的三个方面，首先，包括一个阶级或群体的信念系统；其次，与真理或科学知识相对应的虚假的观念或意识系统，最后，制作观念和意义的过程。④

当代文化研究在研究语言的意识形态方面倾注了极大的热情，弗莱基

---

① Northrop Frye, *The Critical Path: An Essay on the Social Context of Literature Criticism*, Bloomington: Indiana University Press, 1971, p.131.

② Northrop Frye, *The Critical Path: An Essay on the Social Context of Literature Criticism*, Bloomington: Indiana University Press, 1971, p.132.

③ 裘·阿丹姆森：《弗莱与意识形态》，载王宁、徐燕红编：《弗莱研究：中国与西方》，中国社会科学出版社 1996 年版，第 31 页。

④ Cf. Jonathan Hart, *Northrop Frye*, *The theoretical Imagination*, London and New York: Routledge press, 1994, p.195.

于神话角度的考察容纳了意识形态的不同面向，既注重了神话能够为社会意识形态服务的一面，也反复申明神话的隐喻之力正是突破意识形态禁锢的力量所在。神话相对于意识形态有一种优先性，文学批评的首要任务在于将神话从意识形态中识别出来，以此重建一种语言的神话。神话的多重意涵构成了一个螺旋圆环，最外围的是形形色色的故事和叙述单元，夹层则是被弗莱称之为"应用神话体系"的思想、情感、价值和观念的总和，反映着时代的思维态势和感觉倾向，这是最接近意识形态的观念形态，"意识形态好像是个三角洲，所有的文字结构最终都在此汇聚……一种意识形态具有一种沦为专制或暴民统治的倾向，因此其权力最小时才是最有益处的。"① 神话螺旋的核心就是受到意识形态表面上承认，实际却予以排斥的能动性。神话核心是一种被排抑的能量，与语言模式变迁隐蔽地交缠在一起。意识形态无处不在，借由这种能动性神话具备穿透意识形态的动力，因为"故事，而不是论点，居于文学和社会的中心。社会的基础是神话性和叙述性的，而不是意识形态的或辩证的"②。

在神话和意识形态的辩证中，我们很容易发现乌托邦的影踪。乌托邦是将神话中压抑的动力拉扯出来的动力，是将事物之潜能带向实现的能力，征用这种创生力可以越过意识形态牢笼，但吊诡的是，神话之潜能一旦实现，也就"沦落"为新的意识形态了。在弗莱的辩证语境中，意识形态如空气般存在，妄图摆脱一切意识形态生活于纯粹真理世界的愿望是一种妄想，是所有意识形态中最糟糕的一种。当然，存在一个经由神话启明的真空地带，那里不是利刃藏身所，却是含纳一切的器皿。

"乌托邦"一词来自托马斯·莫尔（Thomnas More，1478—1535）的政治学著作《乌托邦》，以平均主义理想来批判资本主义，是促进民主平等的幻想物，也成了科学社会主义和共产主义的基础。乌托邦的种种政治实践在

---

① Northrop Frye, *Words with power*: *being a second study of "the Bible and literature"*, San Diego: Harcourt Brace Jovanovich, 1990, p.19.

② 乔纳森·哈特：《弗莱新解：后现代性与结论》，载王宁、徐燕红编：《弗莱研究：中国与西方》，中国社会科学出版社 1996 年版，第 112 页。

"王室隐喻"中有所体现，即个体和群体的平等融合，而这种你我均系一体的隐喻，构成了自柏拉图至今的大多数政治理论的基础。历史上关于乌托邦社群的实践虽然有很多，最终却无不以失败告终。① 乌托邦的失败常常因其高估了人性中团结的一面，而忽略了那无所不在的私欲和欲望，乌托邦实践有时甚至和极权主义仅一步之遥。"同 18 世纪启蒙运动中的乐观主义和合理的人道主义一样，乌托邦的错误也源于同样的哲学根源：相信一旦改善了教育和生存环境，人会重新表现出初期的善良和追求完美的能力。乌托邦在试图摆脱邪恶奴役的同时，很快受到了人性缺陷的制约。当他们认为摆脱地狱时，正在让自己重新走进地狱。"②

不过，弗莱对待"乌托邦"的态度和对"自由"一样，将其从政治实践领域拉回到反思领域。尽管作为政治实践的乌托邦遥遥无期，但语言乌托邦却是可期待的。"乌托邦是个进程，它总是用批评现实的方法来定义美好。凭本性而言，这种界定从来不会由于一些人（少数人）代表另一些人（多数人）而实现，只能由于多数人代表他们自己的利益而实现。"③ 简言之，乌托邦是使神话之隐化为意识形态之显的动力，这种实现既是一个目标，也是一个"终结"，是文学艺术等想象性作品的根本所在，如通衢大道般敞开的幻象，引向一个未堕落的黄金世界，一段从前开始之前的时间：

> 所有的想象性创造活动，都是想要建立布莱克所说的超越时间的永久性的结构 Golgonooza，而这个结构一旦建成，自然会被踢开而人类会永久地居住在里面。Golgonooza 是上帝之城，新耶路撒冷是人类文化和文明的总体形式。所有英雄、牺牲者、预言家、诗人们在过去

---

① 参见伊曼纽尔·沃勒斯坦：《否思社会科学——19 世纪范式的局限》，刘琦岩、叶萌芽译，三联书店 2008 年版，第 201—218 页。

② 让-克里斯蒂安·珀蒂菲斯：《十九世纪乌托邦共同体的生活》，梁志斐、周铁山译，上海人民出版社 2007 年版，第 5 页。

③ 伊曼纽尔·沃勒斯坦：《否思社会科学——19 世纪范式的局限》，刘琦岩、叶萌芽译，三联书店 2008 年版，第 217 页。

的努力都不会白费，所有无名的和未被承认的贡献都不会被忽略，在这个上帝之城中，保存了好人们付出的一切，并且终结了他们的希望和即将去做的事情。①

这段叙述是终极救赎的梦想，充溢着神正论的气息，将现世的不义投射到了未来的希望正义。Golgonooza② 是一个象征，对应于启示录之后的新世界，新耶路撒冷，是诗人对未来的期许。那么，艺术包含的想象性能量与乌托邦究竟是怎样一种关系呢？艺术并不谋求乌托邦的实现，只是构造乌托邦的种种欲望形式。一旦乌托邦成为现实，艺术将会终结，艺术谋求废除自身。艺术创造是撒旦的狂欢，常常反映并贮藏着种种受挫的古怪欲望，如布莱克所言，艺术是眼睛的贪欲，身体的欲望和心的骄傲。尽管如此，布莱克依旧赞同想象性艺术，艺术毕竟是生命能量获得完美形式的过程。从这个意义上说，艺术就是为了"终结"而努力，在"终结"的可能性中，艺术达到了"先验所指"或者说整体性的"词"。"终结"固然与死亡相关，却不同于壮志未酬的夭折，是事物在达到自身目标之后的自然消亡和寿终正寝。在此，时间或历史本身并没有终结，只是呼应了某种目的理念。

弗莱要肯定的并不是乌托邦的意识形态力量，而是乌托邦召唤的光芒，那是催生行动力的东西。乌托邦则是征用神话之创生力并以之更新意识形态的中介物。弗莱以神话制约意识形态的文化批评方法很有启发意义，当代许多文化批评多集中于社会关切神话方面，还有将批评意识形态伪装成纯粹形式主义的倾向。但在以完全成熟的结构主义批评来平衡激进的社会批评缺席的情况下，现在的一些令人迷惑的去道德化，已经使一些文学评论变得黑暗。文化研究也倾向于将所有文学样式仅仅视为意识形态的容器，这使得一些批评家对文学（除了作为修辞）丧失了兴趣。比起别的理论来，弗莱的文

①　Northrop Frye, *Fearful symmetry*, Princeton：Princeton University Press, 1969, p.91.

②　Golgonooza 是《耶路撒冷》的一个意象，"And they builded Golgonooza：terrible eternal labour！/What are those golden builders doing？Where was the burying –place of soft Ethinthus？……"

化理论更是对这种倾向的一种抵制。

第四节　语言乌托邦与教育契约

弗莱的文化批评始终处于审美论和决定论的张力之中，为应对决定论将一切文学经验或想象模式都化约为社会意识形态塑造模式的结果，他的应对策略是指出一种审美经验，即词语的向心力引导读者所达到的同一性体验，这一体验正是由文学和批评所开启的想象空间的基础。同一性经验的价值，不仅在于其提供的个人反思自由，还在于一旦将其纳入到社会语境中来，就会转化成巨大的教化力量，并潜移默化地重塑权威。

一、教育与闲暇

弗莱关注的教育不是以社会分工为导向的职业或知识技能教育，而是广义的人文教育，人文教育是一次"寻觅称心词句"（The search for Acceptable Words）的过程，那些渗透性的美好言辞，可以促使受教者发生根本转化。教育的施行固然不能离开特定的社会情境，为避免其教育理论仅仅成为一种海市蜃楼式的想象，弗莱论及了教育的一个基点：闲暇。随之而来的一个问题是，闲暇是教育的先决条件，还是教育的最好结果？

亚里士多德在《形而上学》中就指出："……既不为生活所必需，也不以人世快乐为目的的一些知识，这些知识最先出现于人们开始有闲暇的地方。"[①] 人类基本需要满足之后，闲暇才能被允许，才能使游戏、艺术、思考、知识等成为可能，闲暇似乎成为求知过程的一个先决条件。这个先决条件从起源就奠定了不平等，处于不同历史情境与社会阶级的人群并不拥有同等的闲暇机会。若将闲暇视为教育的前提，教育的不平等性昭然若揭，并非人人都拥有同等的可支配时间。

---

① 亚里士多德：《形而上学》，吴寿彭译，商务印书馆 1959 年版，第 3 页。

随着社会和技术进步，教育的民主化使得闲暇成为一个需要得到保障的公共问题，如何利用和分配闲暇不仅是个人的选择问题，更是社会权力与文化空间再配置的途径。弗莱意识到，闲暇结构正日益成为现代社会的重要构成部分，也是教育关切所在，以教育为引领来贯通整个社会文化生活的公共空间：

> 　　闲暇结构是被社会忽略的一块，我们对它是可以无限效忠的，它的确满足了人类全部的非物质性的需要。但是，我们也没有理由认为，闲暇结构在其社会重要性日益增长的过程中，能比经济或政治产生更好的社会机制：我们所能希望的，充其量只是一个制约和平衡的系统，使我们新划分的这三个范畴中的任何一个都不至于变得过分强大。①

相对于政治和经济结构，闲暇结构似乎属于上层建筑，不过弗莱将闲暇视之为可以无限效忠的结构。这是个极其含混的论断，其实，闲暇在弗莱的语境中并不仅是与资本主义的经济结构和政治结构比肩的第三种结构，更带有深远的神学意蕴。闲暇令我们回想起创世纪中的第七日②，第七日即是安息日，弗莱也曾将安息意象（Sabbath vision）视为自我崩溃之后的世界样貌。③尽管他没有清晰地勾画劳动、闲暇以及安息之间的关系，作为安息日意象的闲暇并不是教育的前提，而是结果。因为，沉思或教育本质上与劳动并无差别，闲暇恐怕是劳动分工制造出来的最大神话，似乎存在一种以闲暇为前提的工作：沉思。可是，闲暇只是沉思的成果或报偿。谁能透支未来的酬报呢？谁能将一种微乎其微的可能性当作出发的地平线呢？因此，当未来被占

---

① 诺思洛普·弗莱：《现代百年》，盛宁译，辽宁教育出版社1998年版，第70—71页。

② "天地万物都造齐了。到第七日，神造物的工已经完毕，就在第七日歇了他的一切工，安息了。神赐福给第七日，定为圣日，因为在这日神歇了他一切创造的工，就安息了。"（《创世纪》2：1—3）

③ Cf. Northrop Frye, *The Secular Literature*: *A study of the Structure of Romance*, Boston: Harvard University Press, 1976, p.187.

用并用来补全现实的不完满时，这种透支也许是投资，但失败与成功全凭机遇。

弗莱的论述中同时交织着这两种闲暇，他既将闲暇当作教育的必要前提，又将闲暇视为教育结出的最美果实，只有历经学习才能心有余裕地享受闲暇。人人只能享受自己的劳动成果，没有不劳而获的愉悦，最大的愉悦是闲暇给予的。这种宝贵的闲暇不是以各种教育机构填满那些空余的时间，相反，却是在既有的时间结构中不断创造出来剩余时间。这才是教育契约的实现以及语言乌托邦的开启，由此，受教者才真正获得词语的滋养，也部分地超越存在的限制。从这个意义上说，闲暇同时兼具神圣与世俗两个含义。就神圣层面而言，闲暇是人类劳动的报酬和奖赏；就世俗层面而言，闲暇只是人类为了提升人类自我价值应当具备的前提。从神圣到世俗之堕落的缘由之一，就是人类将可能性的硕果预先征用并据为己有，并将之视为天经地义。

二、教育契约与语言乌托邦

以闲暇为目标的教育不同于职业导向的实践教育，其核心仍是自由人文主义教育，要实现这一目标，关键在于教育契约。弗莱认为，社会神话可分为社会契约和乌托邦两个极，这两个概念都有着基督教背景，分别来自堕落之人的异化神话以及上帝之城的实现神话。① 人类在伊甸园中的生活就是乌托邦状态，人类堕落之后，上帝与人定了约，这可以看作社会契约的宗教根源。从这个意义上说，契约神话显示了社会权威的转移，社会契约反映了现存的权力结构。除了以财产状况为区分的社会契约之外，弗莱强调的是以文化为基础的"教育契约"：

> 人类依附的制度大多是关切的产品，它们构成了临时权威的综合。人们也许会就此在这一关切语境中渡过一生，但在一个复杂社会中受

---

① Cf. Northrop Frye, *The Critical Path：An Essay on the Social Context of Literature Criticism*, Bloomington：Indiana University Press, 1971, p.158.

过教育的人，还会意识到另一种权威，这种权威只有内在或固有的强制性：诸如理性论辩、精准测量、反复实验、振奋想象的权威等。由此也产生出一个诉诸文明之非神话（non-mythical）特征的群体，这暗示了一个当前社会及其敌人之外的环境，并形成了自由神话的基础。这个群体在社会里构成一种真正律法或精神上的权威。因此，理想的国家是将精神权威的源泉在未来的投射，其居于社会中心并构筑在自由神话之上，我将其称之为教育的契约（educational contract）。①

教育契约是使"精神权威"获得实现的方式。因为社会成员通过关切神话获得的教育只是对社会原则的理解，教育契约通过培育反思和批判能力，将自由意识赋予共同体成员。弗莱始终认为，自由教育的关键在于使受教者对构成社会文化的神话根源有清楚认知。但是，如果缺乏对特定传统的依偎和认同感，即便获得对自身神话根源的清楚认知，这种认知也可能因虚无而变得廉价，这确乎是一个不小的代价。

作为一种权力结构，社会契约是以个人财产为根基的，教育契约则以文化为根基，能够将私人财产转化为社会文化的共同财富。在这一点上，弗莱完全同意马修·阿诺德"文化谋求废除阶级"的论调，他也认为每个阶级都有贡献给无阶级文化的观念，他至少在两个方面接受了阿诺德的论调，一是文化的概念，二是批评的社会目标。② 他赞同文化是社会之终极权威的说法，"有关审美的讨论都不当局限于孤立的艺术作品的形式关系上，必须让作品进入到社会目标的视野中，即完整的、无阶级的文明理想。这种完整文明的观念也就是伦理批评始终隐含的道德标准，与任何伦理体系迥然相异。"③ 在此，弗莱重申了伦理批评的目标，同时也服务于未来之平等社会的

---

① Northrop Frye, *The Critical Path: An Essay on the Social Context of Literature Criticism*, Bloomington: Indiana University Press, 1971, p.162.

② Cf. Perkin J Russell, *Northrop Frye and Matthew Arnold*, Uuniversity of Toronto Quarterly, Summer 2005, vol.74, issue, p.312.

③ Northrop Frye, *The Anatomy of Criticism*, Princeton: Princeton University Press, 1973, p.348.

理想。

　　由财富和权力缔结的社会契约决定着文化的阶级属性，但文化不仅实施区隔，固化差异，更是广义的黏合剂以及阶层流动的通风口。当然，通过教育和文化来废除阶级的希望只是一种理想，"文化内蕴的自由社会的观念永远无法表述出来，更别说将其如社会一般确立下来了。文化是一种现存的社会理想，是我们教育并解放自己以达到但却永远达不到的理想。"① 这种达不到的理想是人类想象力超越历史和存在限制的人类想象，这种能力不会被剪除，却是语言乌托邦远航的起点。因此，基于个人财产基础的社会契约尽管部分地决定了教育契约的实践方式，却并不能阻挡教育契约的推动力量，教育契约是一个持续着的未完成过程：

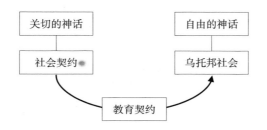

　　从这个意义上说，乌托邦理论家也是教育理论家，乌托邦要得到实现，就要坚信"人性"通过教育能够变得更好，能够在文化中达成沟通。教育是不可或缺的伦理实践，通过艺术和科学研究，教育在社会中建立了一种精神权威，是那种能够凝聚群体的力量，而不是仅从外部施加的权威。通过想象、扩展思维和意识并解除束缚的人，是更好的人，这和席勒在《审美教育书简》中对审美幻象王国的描述也是一样的：

　　　　但是，真的存在着这样一个美的假象国家吗？在哪里可以找到它？按照需要，它存在于任何一个心绪高尚的灵魂之中；按照实际，就像纯粹的教会或共和国一样，人们大概只能在个别少数卓越出众的人当中

---

① Northrop Frye, *The Anatomy of Criticism*, Princeton：Princeton University Press, 1973, p.348.

找到；在那里，指导行为的，不是对外来习俗的愚蠢的摹仿，而是自己的美的天性；在那里，人以勇敢的天真、质朴和宁静的纯洁无邪来对付极其错综复杂的关系，他既不必为了维护自己的自由就得伤害别人的自由，也不必为了显示优美就得抛弃自己的尊严。①

教育契约得以实现的关键则是语言，而弗莱也将通过教育契约而达到的乌托邦视为寻觅称心词句的过程②，也就是"传道者专心寻求可喜悦的言语，是凭正直写的诚实话。"（《传道书》12：10）从这个意义上说，教育和批评的最终目标是一致的，最终都在对语言的想象性意识中融合了，恰如先知所说，精神王国降临的标志就是"纯粹语言"（pure speech）③的恢复："这种纯粹不是逻辑的抽象纯粹或描述性精确，更不是一种与他者隔绝的存在语言，而是一种简朴言谈的纯粹性。只有当我们听到并充分领会了语言的外在意义时，parable 或 aphorism 才开口，从外在意义开始，纯语言其所表达和澄清却并没有'说出'的一切中，激发着遥远的神秘涟漪。"④纯语言这种既透明又神秘的特性昭示着一种没有圣物的神圣性，这也是普通语言的自我倾空，以容纳万有。⑤

　　表面上是在谈语言，实际上通过语言的转化，背后有更为重要的意识变形。乌托邦只有被理解为一种语言共同体才是可能的，在语言中消除界限和隔阂，这也就是教育的最高目标。弗莱心仪的语言乌托邦属于"上层建

---

① 席勒：《审美教育书简》，冯至、范大灿译，上海人民出版社 2003 年版，第 240 页。

② Cf. Northrop Frye, "The search for acceptable words", *Spiritus Mundi*: *Essays on Literature*, *Myth*, *and Society Bloomington*: Indiana University Press, 1976, pp.3-27.

③ "pure speech" 在合和本中译为"清洁的语言"，此处用"纯粹"更恰当。参见《西番雅书》（3：9）"那时，我必使万民用清洁的语言，好求告我耶和华的名，同心合意地侍奉我。"

④ Northrop Frye, "The double vision: language and meanings in religion", Alvin Lee and Jean O'Grady eds, *Northrop Frye on Religion*, Toronto: University of Toronto Press, 2000, p.234.

⑤ Cf. Garry Sherbert, "Frye's 'Pure speech': Literature and the Sacred without the Sacred", *Northrop Frye*: *New Directions From Old*, Edited by David Rampton. Ottawa: University of Ottawa, 2009, pp.143-165.

筑"的领域，他期待一场自上而下的革命，似乎只要在语言领域获得某种顿悟，就可以得到永久的和平似的。正是在这个意义上说，乌托邦应该是一个进程而非结果，"乌托邦是个进程，它总是用批评现实的方法来定义美好。凭本性而言，这种界定从来不会由于一些人（少数人）代表另一些人（多数人）而实现，只能由于多数人代表他们自己的利益而实现。"① 乌托邦成了教育契约的同义词。乌托邦不是要奔赴的目标，更不是认同现实之必然性，而是始终朝向某种可能性的开启。这种可能性伴随着敏锐的纯语言意识，拥有以理想审视现实的批判激情。

　　弗莱的教育理论显示其介入社会的一面，但是，当他以闲暇结构抹除阶级差别，以语言乌托邦来指代教育的最终目标时，他省略的不仅是具体的社会历史情境，更有个体禀性欲望的差异。欲望被整合进所有的辩证体系中了，这个在其文学批评中已相当明显的缺陷，在文化批评中会变得更加危险。并不是所有的欲望都能长出翅膀，变成爱智慧。诉诸语言权威的解决方案是过于高远的理想，纯语言那浓厚的思辨磁场并不向每一位个体开放。不过这恰好体现了其教育思想中浓厚的"德育"特质：必须以德性来武装和教育自由人的心灵，如果他们不能做到都是有德性的，至少在追求财富与享乐时，会在心头掠过一丝惭愧：这世上有更为珍贵和清白之物，而我竟与之无缘。

---

① 伊曼纽尔·沃勒斯坦：《否思社会科学——19 世纪范式的局限》，刘琦岩、叶萌芽译，三联书店 2008 年版，第 217 页。

第三章

预示论与布道:《圣经》与文学

对拥有信心的人来说,信心是他们身上的一道魅力光环,但对那些先要理解才能相信的人来说,信心并不是解决之道。此乃个人的禀性差异,不应将其斥为品性鄙劣。因为,归根结底,就连虔信者也相信,神赐予人思考的能力,本意是要人用它来做些比说谎和欺骗更高尚的事情。尽管我们从来就没有能力自然而然地相信象征,但我们还有能力理解它们,实际上,对那些没有被赐予信心光环的人来说,这也是唯一可行的一条路。[①]

——荣格

在讲授英国文学课程时,弗莱迫切地感到了将文学与《圣经》联系起来的必要,《圣经》对西方文学经典的构成有决定性影响,这种影响也包含着西方文明共通的想象性经验。将《圣经》作为文学来分析的著作已有很多,弗莱强调的是圣经和文学的关系,他生前出版了两本圣经研究著作,分别是《伟大的代码》和《神力的语言》。在这两本著作中,他均以"和"来

---

① 卡西尔·古斯塔夫·荣格:《转化的象征》,孙明丽、石小竹译,国际文化出版公司 2011 年版,第 197 页。

连接圣经和文学，其关注点是圣经的整体化原则以及这些原则如何重现在文学中，由此构筑宗教与文学的牢固关系。

弗莱认为，《圣经》的整体化原则也就是文学的整体化原则。如前所述，神话—原型批评的基本观念主要包含两个方面：一是叙事结构的连续性，叙事结构拥有类似音乐调性的观念图示，是时间的重复节奏；二是"隐喻统一"的激进观念，即"A 是 B"这样的隐喻表达能够展现存在的终极关切。这两者都可以在《圣经》中找到源头：预示论（typology）与布道（kerygma）。

作为一种圣经阐释原则，"预示论"的核心要素是《旧约》和《新约》之整体性关联。《伟大的代码》一书就是依靠预示论的双面镜结构来组织全文的，并为语言、神话和隐喻提供了一种时间维度。"布道"则专指福音书的言谈，不是在修辞中迫使听众屈服的技巧，也不服务于神学的单一权威，却在一种激进的隐喻理论中开启话语的论辩空间，"布道"结构所开启的假设和关切的辩证显示了隐喻再现在场的能力，这也是弗莱对语言本质的看法。布道在《伟大的代码》中已经出场，其元语言特质可以完满地再现在场，布道与存在关切的紧密关系在《神力的语言》中得到了更为细致的描摹。

弗莱持续地关注着人们如何理解有关世界的经验，《圣经》为这种理解提供了代码或次序，并提供了经由叙事和语言的救赎方式。《圣经》包含着古老神话体系的综合，解释者的任务并不仅仅是以现代思维可接受的模式来将这些《圣经》神话重新梳理，并给出某种意义，而是探究其中反复出现的原型，结构，范式如何深深塑造了人类的心理和文化结构，从而成为认同或对抗的根源。从语言和叙述模式来考察圣经文本结构的做法，可以说既是神话—原型批评的起点，也是其产物。

由此，预示论和布道这两个源自圣经的术语与当代文学批评获得了融合，爱德华·萨义德（Edward Wadie Said，1935—2003）的一段描述很能说明这种起源于《圣经》的批评态度，即"一切文本的取代权力最终都源自《圣经》的取代力量，其中心性、潜力和主导先在性形成了全部西方文学的品格"①。萨义德主要是从后殖民批评视角来反思"宗教批评"话语的权力征用，但弗莱却充分化用了预示论和布道的阐释效力，通融了宗教与文学的内在紧张关系，将世俗化的神圣图像变成了精神化的世俗图像，通过阐释《圣经》，他也再创造了自己的《圣经》。②

当弗莱从预示论和布道中为其文学批评理念寻找潜在资源时，他其实是在同一个时代的精神倾向作战：即文化和文学研究中对"元叙事"的拒绝，尽管这种拒绝经常被视为本质主义或在场形而上学批判的一部分，但他并未轻易接受这一前提。对布道和预示论的阐发使弗莱坚持神话在场，不是在场形而上学，而是叙事可理解性。神话是意识的基础和模式，任何试图突破神话的努力都将在"科学"的掩护下再次堕为一种"神话"。"元叙事"并不能仅仅被消极地理解为权力意识形态的宏大叙事，更是前意识阶段象征建构的积极力量，这正是的神话宝贵赐予。预示论是不可见之重复的可见形态或模式，布道则体现了一种语言直接性的理想。预示论和布道是弗莱试图将本源之力拖拽而出的渠道。

第一节　预示论与双面镜

"预示论"向来是圣经批评的重要术语，也包含诸多丰富缠绕的语意。③其中，《旧约》和《新约》之关联的整体性阐释原则可以说是预示论的核心要素。如保罗·利科所言："《新约全书》与《旧约全书》的关系是什么？两种契约之间的关系是什么？也就是在此问题上出现了基督教意义上的象喻

---

① 爱德华·W. 萨义德：《世界·文本·批评家》，李自修译，三联书店 2009 年版，第 74 页。

② Cf. Steven Marx, "Northrop Frye's Bible", *Journal of the American Academy of Religion*, (Spring, 1994), Vol. 62, No.1, pp.163-172.

③ 预示论这一词语至少可以包含到九个以上的含义：1. 阅读《圣经》的方法；2. 在基督教圣经中将《旧约》和《新约》联系起来的整体性原则；3. 释经（exegesis）的原则；4. 言谈的比喻；5. 思想的模式；6. 修辞的形式；7. 历史的视野；8. 艺术构造的原则；9. "互文性"的表现等。

(figural) 问题。"①

　　在《圣经》阐释领域,预示论思想渊远流长。自诞生之初,预示论就显示了《新约》和《旧约》的紧张关系,甚而成为两部经书的"自我防卫"手段:预示论既是《新约》为了抗御来自诺斯替主义和犹太人的攻击而实施的阐释策略;也是早期教父神学家为护卫《旧约》不被早期基督教异端去除的手段。②简言之,预示论是将多种不同的《圣经》之书连成整体经典的方式,并不互相排斥,同时包含着《旧约》和《新约》之间的差异。预示论的根源早已存在于《旧约》中人类同上帝及历史关系的阐释中,并用以反对希腊化时代犹太主义的《圣经》阐释,是对《旧约》的实现。

　　严格说来,预示论是基督教中心主义的,表达了《新约》作者(福音书作者)对历史的理解。对他们来说,历史是事件的持续之链,最终指向堕落生存状态的拯救。《旧约》的解救者来自弥赛亚,其到来终将为上帝选民开启永久的和平与繁荣。《新约》作者认定耶稣就是弥赛亚精神的化身,弥赛亚允诺的一切都在耶稣身上都将获得实现。预示论的渊源可以在保罗写的书信中找到,他以人类救赎英雄的戏剧方式展现了亚当和基督之间的关系:

　　　　然而从亚当到摩西,死就做了王,连那些不与亚当犯一样罪过的,也在他的权下。亚当乃是那以后要来之人的预像。只是过犯不如恩赐。若因一人的过犯,众人都死了,何况神的恩典,与那因耶稣基督一人恩典中的赏赐,岂不更加倍地临到众人吗? 因一人犯罪就定罪,也不如恩赐;原来审判是由一人定罪,恩赐乃是由许多过犯而称义。若因

① 保罗·利科:《论布尔特曼》,李哲汇译,载刘小枫选编:《海德格尔式的现代神学》,华夏出版社 2008 年版,第 47 页。

② Cf. Linda Munk, "Northrop Frye: Typology and Gnosticism", *Frye and the Word: Religious Contexts in the Writings of Northrop Frye.* Edited by Jeffery Donaldson and Alan Mendelson. Toronto: University of Toronto Press.2004, pp.151-163. 在这篇文章中,作者描绘了早期基督教 "异端" 马里安(Marcion) 试图将新约从旧约中分离出来的企图,预示论则是抗御这种分离的阐释手段,早期教父神学家如德尔图良等,都在不断地寻找证据,以证明耶稣的生命和死亡早已在《旧约》中被预示了。

一人的过犯，死就因这一人做了王；何况那些受洪恩又蒙所赐之义的，
岂不更要因耶稣基督一人在生命中做王吗？如此说来，因一次的过犯，
众人都被定罪；照样，因一次的义行，众人也就被称义得生命了。因
一热的悖逆，众人成为罪人；照样，因一人的顺从，众人也成为义了。
（《罗马书》5：14—15）

"预像"在希腊文是"τνποξ"（tupos），其拉丁文和英文译名分别是
"forma"、"figure"。这个术语表达了亚当和基督之间存在一种 typical 或者
typological 的关系。亚当，由于违约，从伊甸园恩典状态中堕落了，并成了
死亡的后裔。基督，作为新亚当的代表，完美地服从上帝诚命，通过十字架
的牺牲，使人类重获乐园。如保罗所暗示的，从亚当到基督的历史回溯运动
早已铭刻在每一位基督徒的灵魂中，努力从罪的束缚中摆脱，并赢回本己的
救赎之路。① 亚当和基督的独立行动在拯救历史上具备深刻意义，一件事情
的意义因为另外一件的存在变得更为重要，缺少任何一方，其救赎圆环将是
不完整和无意义的。由此，预示论是《旧约》和《新约》的互相成全，并且
深深植根于历史。亚当和耶稣并非是通过历史形象获得认同的，而是通过预
像和反型，预像和反型之间的关系本身又是历史的。

　　这种预示关系通过一些细节得以建立，《旧约·诗篇》（118：22）有这
样的经文："匠人所弃的石头，已成了房角的头块石头。"彼得就将耶稣视作
弃石的反型（antitypos），这一预示关系也多次出现在《新约》文本中。②
亚当与耶稣这种植根于历史的类型（typos-antitype）关系，已体现在很多

---

① "因为知道我们的旧人和他同钉十字架，使罪身灭绝，叫我们不再做罪的奴仆。"（《罗马书》
6：6）

② 耶稣说："经上写着：'匠人所弃的石头，已做了房角的头块石头。这是主所作的，在我们眼
中看为希奇。'这经你们没有念过吗？所以我告诉你们，神的国必从你们夺去，赐给那能结
果子的百姓。谁掉在这块石头上，必要跌碎；这石头掉在谁的身上，就要把谁砸得稀烂。"
（《马太福音》21：42—44）"他是你们匠人所弃的石头，已成了房角的头块石头。"（《使徒
行传》4：11）"我在锡安放一块绊脚的石头，跌人的磐石，信靠他的必不至于羞愧。"（《罗马书》
9：33）

创作中。比如弥尔顿的《失乐园》与《复乐园》开篇就是这种预示关系的展示:

> 说起人啊,他的第一次违和禁树之果,
> 它那致命的一尝之祸,给世界带来死亡,
> 给我们带来无穷无尽的悲痛,从此丧失
> 伊甸园,直到一位比凡人更加伟大的人
> 使我们失去的一切失而复得,赢回幸福
> 生活的世界。①

第一个忤逆之人是亚当,由此将死亡带向了世界,那位比凡人更加伟大的是耶稣,他将赎回失去的乐园:

> 我先前曾讴歌那快乐的庭园,
> 那庭园只为一人违逆天命而丧失了;
> 现在又来歌咏这为人类而收复的乐园,
> 这乐园只为一人严守神旨而复得,
> 经过种种诱惑,试探,
> 抵抗诱惑者一切的诡计,
> 终于追奔逐北,握取最后的胜利,
> 在广漠的荒野中复兴伊甸。②

经由于弥尔顿的创作,两部经书之间的预示论关系得到了固化,并且以隐喻形态深刻地影响了弗莱对双重视野的看法。

---

① 约翰·弥尔顿:《失乐园》,刘捷译,上海译文出版社 2012 年版,第 1—2 页。
② 约翰·弥尔顿:《复乐园·斗士参孙》,朱维之译,上海译文出版社 1981 年版,第 3 页。

一、Typos/Figura：时间的种子

20世纪以来，预示论不仅在《圣经》阐释领域①，在文学领域也发挥着重大作用。预示论这个术语和洛夫乔伊的"存在之链"观念一样，是理解前启蒙时期文学的重要途径。② 弗莱就将预示论思想当作一种特定阐释方法加以拓展。《圣经》批评中占据主导地位的历史分析研究对他影响甚微，倒是中世纪的类型学和宗教改革评论对他产生了重大影响。③

---

① 20世纪以来，较有影响的预示论著作有几下几种：（1）Leonard Goppelt 的 *Typos：Die Typologische Deutung des Alten Testaments im Neuen* (1939)（Typos：The Typological Interpretation of the Old Testament in the New. Trans. D. Madvig. Michigan：W B Eerdmans 1982）本书是20世纪初最有影响力的预示论著作之一。这本著作主要包含了三个方面：在希腊化时期的早期基督教中，预示论是不为人所知的；预示论是在犹太教环境中被发现的，早期原则是末世学（Eschatology）；犹太教预示论的根基存在于《旧约》末世学中。（2）Gerhard von Rad 在1952年出版的《旧约中的预示论阐释》（*Typological Interpretation in the Old Testament*）一书中曾指出，预示论不仅是一种神学手段，还是人类思维模式和阐释的基本功能，没有这种类比式的思维方式，任何诗都不能产生。预示论的一致性不能被证明，只能由信仰来检验，是信仰对过去事件的解释性见证，因此，预示论总是与历史问题紧密相连。（3）在 Robert C. Dentan 看来，预示论不仅是《圣经》不可分割的一部分，也是《圣经》的世界观；其次，预示论提供了掌握圣经想象性整体框架的钥匙；再次，若上帝是"终极作者"（ultimate author），预示论则是理解其工作模式的路径。他对预示论的保留意见主要在于：学习预示论不能导向一个幻觉的世界，对模式的追寻不能忽略鲜活的肉体，圣经的主要关切在于关系而非实例。（4）1966年，A. C. Charity 出版了《事件及其来世：圣经与但丁的基督预示论辩证法》（*Events and their afterlife：the dialectics of Christian Typology in the Bible and in Dante*），他反对那种传统、教条、类比式的预示论观念，他将之称为"应用的预示论"。因为这种预示论机械地将过去应用到了现在，使得现在成为过去的奴仆。他指出了一种更为广义的预示论的定义：预示论和事件而非观念相关，对他而言，神学与文学批评的任务是一致的，就是使存在意义上的词语被听见，人类必须为其生存作出决断。(Cf. Tibor Fabiny："Typology：Pros and Cons in Biblical Hermeneutics and literary criticism (from Leonhard Goppelt to Northrop Frye)"，*Rilce* 25.1 (2009) 138-152.)

② Cf. Robert E.Reiter："On Bliblical Typology and the Interpretation of Literature"，*College English* Vol.30，NO.7 (Apr.，1969)，pp.562-571.

③ Cf. Northrop Frye，*The Great Code：The Bible and Literature*，San Diego：Harcourt Brace Jovanovich，1983，pxvii. 弗莱之所以更为青睐宗教改革评论，也存在下述原因：作为一种特

以预示论为重要环节，弗莱强调两部经书的连续性，这种连贯性主要体现为超越的词语秩序意义上的连贯。《马太福音》中有这样一条警示：即使律法被超越了，也不该被摧毁或消除。① 这样的一条警示被弗莱用来支持《新约》和《旧约》的连贯性，试图割裂两部经书之内在关联的做法则是危险的，"诺斯替倾向于认为基督教与犹太教是不连贯的，甚至于认为旧约中的上帝是邪恶的存在。"②

就《圣经》内部关系而言，预示论将《新约》看作《旧约》应许的实现。弗莱喜欢用"双面镜"（double mirror）的隐喻来说明《新约》和《旧约》之间的关系，"我们如何得知福音故事是真实的呢？因为它们印证了《旧约》的预言。但我们又如何知道《旧约》的预言是真实的呢？因为它们又被福音书故事证实了。这样，所谓的证据就像网球一般在两部经书之间回旋，我们再得不到别的证据。《新约》和《旧约》构成了一个双面镜，彼此映照着对方，而不是外部世界。"③《伟大的代码》一书就是按照预示论的双面镜结构来安排章节的，形成了一种首尾相接的镜像对应。预示论在文本内部形成了一套封闭系统，不仅是一种修辞手段，更是一种思维方式。

该书分别从语言、神话、隐喻三个角度切入《圣经》文本的叙事和意象，这三个部分预演了"预示论"的出场，也增加了一项时间维度。弗莱将《圣经》文本视为一个整体，以预示论为桥梁，并将《圣经》叙事分为创世、革命、律法、智慧、预言、福音和启示七个方面。U 形结构成为一种形态原

定阐释模式，预示论的发展更多地与基督教释经史相关，教会释经成了理解《圣经》的必由之路，神学教义成了中心。但宗教改革颠倒了这种关系，使预示论的意义问题再度成为中心，《圣经》成为信仰的语言而非教义的证明。（参见梁工主编：《西方圣经批评引论》，商务印书馆 2006 年版，第 413 页。）

① "我实在告诉你们，就是天地都废去了，律法的一点一画也不能废去，都要成全。"（《马太福音》5：18）

② Northrop Frye, *The Great Code：The Bible and Literature*, San Diego：Harcourt Brace Jovanovich, 1983, p.84.

③ Northrop Frye, *The Great Code：The Bible and Literature*, San Diego：Harcourt Brace Jovanovich, 1983, p.78.

型，《圣经》中的人物和叙事都受到这一结构支配。不难看出，这一 U 形叙事呼应着传奇叙事，也构成了上升与下降的情节突转，世俗传奇对应的神圣叙事，诸如耶稣的复活，约伯的体悟，甚至保罗的皈依等都可以在一结构中得到解释。

双面镜隐喻形象地说明了预示论的历史观。"作为一种思维方式，预示论指向一种历史理论，更准确地说，是对历史进程的研究。预示论假设历史具有某种意义和特点，之后发生的一些事件会表明这些意义和特点为何，由此，这些事件就变成了先前发生之事的反型（antitype）。"① 预示论不把历史仅仅看作事实与材料，更看重这些事实与材料的结合方式和意义关系。在尚未成为系统学科之前，历史学并没有一个所谓的客观标准。坚持预示论就是在坚持一种历史元叙事，借助预示论视角，可以整合历史叙事的不连续性，"对于不连续性的执念是一种狭隘的历史观，不能理解真理、意义并不依赖于事情的连续性或外在事实的标准。"②

预示论揭示的历史观到底是怎样的？弗莱的论述过于概括，并不能提供太多洞见。奥尔巴赫（Erich Auerbach，1892—1957）发表于 1938 年的"*Figura*"一文仔细梳理了预示论的来源及其阐释原则。这篇文章一共分为四个部分，第一部分主要考察了基督教兴起之前预像（Figura）的几种含义，从纷繁的语义学角度而言，其含义包括可塑、流变的形状、理型、影子、印记等，西塞罗和昆体良则将这一术语引入了修辞学。第二部分则讨论了早期教父神学家对预像的多重解释。德尔图良将其解释为一个历史事件指向另一个历史事件，主要从基督之血与肉的角度将这种历史性具体化为在世性与肉身性。俄利根则将 figura 发展成了寓意阐释，更看重抽象的精神性。作为古典世界的终结者，奥古斯丁中和了这两种趋势，他将《旧约》视为《新约》的豫像，《新约》又是终末启示与审判的预像。在第三部分，奥尔巴

---

① Northrop Frye，*The Great Code：The Bible and Literature*，San Diego：Harcourt Brace Jovanovich，1983，pp.80-81.

② Northrop Frye，"History and myth in the Bible"，Alvin A Lee and Jean O'Grady eds. *Northrop Frye on Religion*，Toronto：University of Toronto press，2000，p.18.

赫回顾并梳理了预像的历史和神学起源,并且界定了预像阐释的内涵:

> 　　预像阐释在两个事件或人物之间建立了关联,第一部分不仅意指自身也意指了第二部分,同时第二部分也包含或实现了第一部分。预像的两个极端在时间中是分隔的,但两者在历史生命之流中也都是真实的事件和形象。……两者(预像和对型)都是历史事件;但两者都还是随机和未完成之物,两者互相指涉并均指向未来,有一些将来之物,是实际、真实而且确定的事件。①

　　为了进一步阐明预像阐释(Figural interpretation)的历史性,奥尔巴赫又引入了寓意阐释(Allegory interpretation)和神话象征阐释(Myth and symbol interpretation)。寓意阐释方式意欲从具体推出一般,并且具备道德化倾向,并指向普遍的精神化。因此在以此物指代彼物的类比关系中,切断了历史情境,奥尔巴赫始终强调,预示论的历史动因不能忘却,"即基督教与犹太教的分离,以及向外邦人的传道的热情。"② 因此,预像的独异性不能导向寓意的普遍精神化。

　　预像阐释与神话和象征阐释有交叉之处,但差异也更为显著。神话与象征阐释则充满了魔力,直接与自然相关,朝向涌动不息的自然世界,对应于人类心理的集体无意识层面,亘古以来的涌动并却排抑了历史性的时间。预像阐释则与历史和文化更为复杂地交缠在一起,是介于神话阐释和寓意阐释之间的中间物,是将自然引渡进历史的力量,这种力量穿梭于不同时空,彼此呼应,通过激进地遁入现在,发明传统并朝向未来,为历史整合提供了

---

① Erich Auerbach, "Figura", *Time*, *History*, *and Literature*: *Selected Essays of Erich Auerbach*, Edited by James I.Peter, Trans by Jane O. Newman. Princeton: Princeton University Press, 2014, p.96.

② Erich Auerbach, "Figura", *Time*, *History*, *and Literature*: *Selected Essays of Erich Auerbach*, Edited by James I.Peter, Trans by Jane O. Newman. Princeton: Princeton University Press, 2014, p.98.

整体性视野，保藏着时间的种子。

　　奥尔巴赫更为看重预示论存在的神秘之处，预示论观念昭示着这样一种观念，即世上并不存在封闭的时间，发生的事件保持开放和不确定，并指向某种晦而不明之物，那么，"与这种事件保持某种关系中的个体就生活在希望、信念和期待之中。预示论理解中事件的偶发本性不同于现代的历史进程观念，历史的偶发本性被阐释为未来事件的永不消失的地平线。在预示论理解中，意义必须从上方垂直地寻求，事件被个体地理解，不是一个不曾中断序列的部分，而是从另一序列中撕裂的部分，总是等待着已被允诺的尚未出现的第三者出现。现代线性进展的事实观念则保证了其自律，但其意义是不完整的，在预示论阐释中，事实从属于先前固定的意义，他们根据将来的事件模式（尚未被完全允诺）来引导自身。"①奥尔巴赫认为，预像是永恒时间的偶发形式，它并不意指事实，总是指向需要被阐释的某物，在未来会得到实现的某物。

　　预示论的历史性在于其总是指向意义的实现，历史总是朝向未来的，并不存在一劳永逸地封闭着的历史事实。从叙事层面而言，预示论启示的历史观与弗莱著作中的传奇叙事十分接近，这种向往超越的历史观背后有预示论思想的支撑。②如前所述，《圣经》文本的叙事结构是由传奇文类决定的，故事以亚当—以色列为中心，起初处于流放和束缚中，然后恢复、甚至更新至初始状态。喜剧经常在"识别场景"中达到高潮，之前的隐匿事件恢复了，《圣经》中的隐藏英雄即是弥赛亚，和福音书中的耶稣相认同，构成了《圣经》的识别场景。③作为一种历史哲学，预示论深深地植根于基督教思

---

① Erich Auerbach, "Figura", *Time*, *History*, *and Literature*: *Selected Essays of Erich Auerbach*, Edited by James I.Peter, Trans by Jane O. Newman. Princeton: Princeton University Press, 2014, p.96.

② 《批评的解剖》中就有一种混合的方法论，线性历史和诗人想象性的仪式分期，就是将"神圣时间"投入了历史之中的结果。(Cf. Angus Fletcher, "Utopian History and the Anatomy", *Northrop Frye in Modern Criticism*, Murray Krieger edited, New York: Columbia university press, 1966, p.73.)

③ Cf. Northrop Frye, "Pistis and mythos", Alvin A Lee and Jean O'Grady eds, *Northrop Frye on Religion*, Toronto: University of Toronto press, 2000, p.3.

想，坚信历史的作者是上帝。从这个意义上说，预示论是上帝的语言，那些选择预示论作为表达媒介的作者其实是在模仿上帝，也为读者揭开了潜藏在日常经验下的古老的拯救范式。

预示论提供了一种与现代历史完全不同的理解方式，现代线性历史观受制于因果律，倾向于将历史看作线性序列事件，"因果律是建立在理性、观察和知识的基础上的，并且与过去相连，从原则上来说，这个过去是我们真正或系统地知道的。"① 但预示论却是指向未来的，并且与信念、希望和视野相关。这两种不同的时间向度导致了不同的"过去"：因果律视角下的过去是已然成型的不可更替的过往，是沉落在时间深渊中的地基；在预示论视角下，逝去之物并未真的逝去，现在的激荡能改变过去的航道，并将新的可能赋予未来。

简言之，预示论能在多维时空进行联想与类比，是激进地面向未来的。这种时间向度上的差异引向了因果倒置，"面对诸多现象，因果律型的思考者将其视为结果（effects），然后再寻找先前的原因（causes）。这些原因是结果的反型（antitype），也就是说，原因揭示了结果的真正意义。这种从果到因的反向运动使我们联想到柏拉图关于知识就是回忆或记忆的观点，并将新事物认同于旧有之物。"②

在对时间的领会方面，预示论将现在视为原因，尽管在时间发生序列上晚于过去，却是导向这一结果的起因。预示论翻转了时间寻列中成形的因果之链，并赋予现在一种绝对的责任，同时朝向过去和未来，通过激进地遁入现在，改变过去并将塑造未来。如何理解预像所激发的现时涟漪？也许，需要借助弥赛亚时间观念让隐蔽的时间慢慢彰显。

如阿甘本（Giorgio Agamben，1942—　）所言，预示论昭示的时间是

① Northrop Frye, *The Great Code: The Bible and Literature*, San Diego: Harcourt Brace Jovanovich, 1983, p.82.

② Northrop Frye, *The Great Code: The Bible and Literature*, San Diego: Harcourt Brace Jovanovich, 1983, p.82.

与流俗时间相异的弥赛亚时间，他用预兆（typos）和统摄（recapituation）①
两个术语来表达弥赛亚时间。弥赛亚时间不同于流俗时间，不仅在于弥赛亚
时间具备的末世性，更重要的是，弥赛亚时间使过去在现时显形了，这种
显形不同于线性时间表象中的序列，却是预像在现时开出的永恒之花，这
朵花并不依此预定未来，未来也向现时深情颔首。预示论关系使时间发生
了变形，"涉及到一种张力，它将过去与未来、预兆与影像在一种不可分
割的格局中紧紧扣在一起并使只形变。弥赛亚事件不只是指这种预示论关
系里的一两个词语，它就是这种关系本身。这就是保罗讲的我们这些正面
遭遇末世的人的意思。过去世代与将来世代两个终结彼此缩减到对方之中，
但并不重合，这种面对面遭遇，这种缩减，就是弥赛亚时间，此外什么也
不是。"②

过去世代与将来世代的两个终结就是弥赛亚时间的末世性，末世性并
不仅仅是终结和结束的含义，这个术语更多包含着某种目的论原则的实现，
末世论与死亡有关，但不同于夭折，是目的实现之后的自然消亡和寿终正
寝。这样一种目的论原则也是本雅明制定的历史阐释原则，即"并不是对过
去的认识指引着对现在的认识，也不是反过来；而是说，在意象内，已有的
东西一瞬间和现时结合在一起，构成一个整体——意象便是这样的东西。换
言之：意象是停止的辩证法。因为尽管现在对过去的关系是纯粹时间性的，
但过去已有的对象对现时的关系则是辩证的：其性质并非是时间的，而是意
象的［bildlich］"③。这一段引文是本雅明《历史哲学论纲》中的段落，其中

---

① 规定"统摄"（απολντρωσιξ）范畴的段落是"要照所安排的，在日期满足的时候，使天上地
上一切所有的，都在基督里面同归于一。"（《以弗所书》1：10）"统摄无非就是弥赛亚时刻在
当下与过去之间建立的预示论关系的另一面。可以说，整个过去总体上都包含在当下中，这
表明我们不仅仅是仅仅在处理一种预像，而是在讨论两个时代之间的格局和一种准统一性；
这是我们主张一种作为全体的剩余的深层基础。"（乔治·阿甘本：《剩余的时间》，钱立卿译，
吉林出版集团2011年版，第96页。）

② 乔治·阿甘本：《剩余的时间》，钱立卿译，吉林出版集团2011年版，第93页。

③ 乔治·阿甘本：《剩余的时间》，钱立卿译，吉林出版集团2011年版，第177页。

关键词意象（Bild）就是德语圣经中对"预像"的翻译①，意象引发的火花构成了一种不同于流俗时间的本真时间，双双塌陷于现在的过去和未来已经终结，现在构成了一种统摄性的同时性观念，存在着时间的原型。

二、隐喻、原型与预示论

《伟大的代码》出版之后，获得了极高关注，但这也是一本毁誉参半的杰作。当弗莱征用预示论，并将其拓展至文学阐释的普遍性框架时，不可避免地存在着以同一压抑差异的阐释暴力。这本著作的主要批评者来自希伯来《圣经》研究学者 Robert Alter，他一方面赞赏弗莱的图示化想象，另一方面不满其中武断和随意的阐释，他选择性地梳理了《伟大的代码》之中的一些阐释段落，并提出了尖锐批评。

Alter 颇为敏锐地指出了弗莱的《圣经》批评在语言学上的立足点，即隐喻语言暗含着语言的自我指涉性，但他不能完全同意的是随之而来的另外一个论断，即这种自我指涉的语言将我们从世界拉回到文本。在他看来，隐喻，并不是完全为自身存在的一种词语结构，隐喻不仅没有将自身封闭于词的静默之中，更根本地，隐喻是传达殊异身体经验的通道。在此，引起争议的是隐喻之自我指涉的观念。作为一名传统的圣经研究学者，其研究方法是语文学的，弗莱进行理论话语之建构的基本假设丝毫不是他的关注所在，反而成为某种可以轻易移除的障碍。这个障碍就是弗莱死死抓住的隐喻之向心力中所包含着的"自我指涉"意义，在语文学的沉思中，这种颇具神秘色彩的"自我指涉"是一个伪命题，所有的词语都是指向世界与他人的，将自身的闭锁的语言归属于现代性的文学观念，《圣经》则远远超越了文学。不过，弗莱却在文学性的设定中找到了《圣经》和文学的共通领域，这是"词"（Word）的世界，这样的词语秩序正是宗教与文学之联合共通期待的那个乌

---

① 路德把《罗马书》5：14（以后要来之人的预像）翻成 welcher ist ein Bilde des der zurkünftig war. 其中，预像（typos）及其反型（antitypos）分别被翻译为"Furbild"和"Gegenbild"。（参见乔治·阿甘本：《剩余的时间》，钱立卿译，吉林出版集团 2011 年版，第 172—173 页。）

托邦世界，会紧随着启示到来。

有关预示论阐释的合法性问题，其实就聚焦在隐喻理论之上。弗莱对隐喻思维的滥用的确令某些解读变得牵强。例如，他曾以《创世纪》中罗得之妻化为盐柱的叙事，表明《圣经》之变形的独特性。这一错误在《路加福音》中也得到了强调："你们要回想罗得的妻子。"（《路加福音》17：32）"回头看"的意象蕴含着某种不彻底的转变，几乎成了一个神话素，主人公即将奔赴新世界之时，总是不能谨遵"不要回头看"的禁令，从而再次落入命运深渊，变为无机物，魔怪世界凝固了向它投注的目光。弗莱比较了《圣经》中的"变形"与奥维德《变形记》的不同。作为经典的异教文本，《变形记》中的变形是一种堕落，"理智之人变成了自然界的沉默客体。这种变形有时是作为一种报答，有时是作为一种惩罚。但结果总是人变成了不再能言语或反应的东西。"① 简言之，堕落意味着人与自然的隔离，以及人向自然界乃至无机界生成。从这个意义上说，一神教视野维持的精神序列要远远高于泛神世界的万物平等。于是，散落在《圣经》中的变形叙事是一种反向运动，是赋予物体以人之特性的变形，从而成为一种"高级"变形的证明，"你们必欢欢喜喜而出来，平平安安蒙引导。大山小山必在你们面前发声歌唱。田野里的树木也都拍掌。"（《以赛亚书》55：12）

这种解读是有吸引力的，并且提出了一种超越性的意义视野。但这一解释的武断性也是显而易见的，《圣经》文本中的历史情境或文化细节都被简化为神话原型序列了。而且，"在这样的阅读中有一种说教感，因为一种诗性的夸张被翻译成了一个精神程序的程序化框架，是一个显示《圣经》之整体的神话情节。"② 在这篇文章的结尾，Alter 如此总结："《圣经》作为西方文学的基础性文本，是阅读命运的范例。由于几个世纪的基督教替代主义

---

① Northrop Frye, *The Great Code*：*The Bible and Literature*，San Diego：Harcourt Brace Jovanovich，1983，p.97.

② Robert Alter，"Northrop Frye between Archetype and Typology"，*Frye and the Word*：*Religious Contexts in the Writings of Northrop Frye*，Edited by Jeffery Donaldson and Alan Mendelson，Toronto：University of Toronto Press，2004，pp.140-141.

(supersessionism)，希伯来《圣经》已经系统地偏离了土壤，仅仅被看作福音书的预兆，而福音书是对其实现。无论对《圣经》还是对世俗文学而言，这并不是一个我们试图复兴的阅读策略。"① 这才是重点所在，这种立场的申明，也表达了作者转向对作为一种阐释方法的预示论的不信任，以预示论角度来解读《圣经》的做法被认为是基督教替代主义的表现。

简言之，Alter 的批评主要集中于两个方面。一是从语言角度提出的批评，即隐喻思维的滥用，导致了对原型和预示论的混淆，其解读不免牵强武断；二是弗莱将整部《圣经》看作隐喻之书，若叙事没有在微文本层面提供隐喻，那么隐喻可以从故事背景和材料中被唤起，以诗性同一之名，却对具体的历史与文本造成了遮蔽。但要进入弗莱的批评话语，至少要先接受文学性的假设。弗莱与现代美学共享着一个偶像，语言。他将文学定义为假设性的词语结构，所谓"假设"其实就是将语言的意指功能与其交流功能分割开

① Robert Alter，"Northrop Frye between Archetype and Typology"，*Frye and the Word*: *Religious Contexts in the Writings of Northrop Frye*，Edited by Jeffery Donaldson and Alan Mendelson，Toronto: University of Toronto Press，2004，p.150. 有学者支持这一观点，"由于基督教秉持'取代论，'希伯来圣经'被系统地带离了对于特定历史生活的多样性表达，意在使它成为对'福音书'的全面预示，'福音书'则被解释成它的最终实现——弗莱则将这种反科学的阅读方式堂而皇之地冠以原型批评的美名，引进文学批评的殿堂。今天，无论在《圣经》文学还是世俗文学研究领域，这种阅读方式潜在的危害性都是应予揭露并抵制的。"（参见梁工:《试议弗莱原型批评的缺失之处》，《南开学报》（哲学社会科学版）2011 年第 1 期。）当然，也存在不同声音:"预表法的互文性破除了类型与对型的阻隔，削弱了类型的自主和自足性，使它不再是原作者业已完成了的意义的载体，而是呈开放态势，永远地指向他者。这一他者是一个不在场的在场，是类型永远缺乏的一部分，是次要的、边缘的类型所反映的首位的、中心的对型。没有'对型'这一他者。类型的意义永远处于不完善的悬置状态，因而从它产生之日起便在等待这个'他者'对自己的填充和完善。然而，由于神意的隐秘和不可知，为类型填充'他者'的工作就主要依靠释经者的解读，而释经者在用预表的方法阐释《圣经》时，又难免会受到自己思想意识中的某些'先结构'的影响，他们所持有的宗教、政治等立场往往会预设出某种类型或对型。弗莱的预表思想正是受到其总体批评观这一'先结构'的影响。借助预表法的互文性和他者性，弗莱将预表法视为一种思维模式和修辞手法，冲破了圣经解释学的清规戒律，把《圣经》纳入到西方文化、文学和政治的恢宏视野中来审视，极大地拓展了预表法的阐释维度。"（参见侯铁军:《诺斯洛普·弗莱的预表思想研究》，《外语学刊》2014 年第 4 期。）

来，从而也是语言之向心审美力的筹码。Alter 并不欣赏这种划分，这种划分如果说不是完全无意义的，至少也是误导性的。语言的自我指涉性也就是语言的绝对向心力，其实是将语言符号的内在意义与指示和交流功能区隔了开来。由此，纯粹语言保有了某种神秘意义，一种我们总是与之失之交臂的意义。但这却是现代性文学自治观念设立的文字迷宫，弗莱跌落其中，并试图从预示论和隐喻同一的关系经由布道的疏导才得以清朗，后文将重回这一问题。

基督教替代主义的批评是相当严厉的意识形态批评，再次体现了两希文明的冲突，也是批评领域内诸神之争的体现。弗莱从不避讳其批评意识核心的基督教思想，奥尔巴赫和弗莱都将一种奠基于犹太和基督教之历史连续性的阐释方法引入了文学批评领域，从叙事方面连接了宗教和文学。哈罗德·布鲁姆（Harold Bloom，1930—　）则攻击这种预示主义的复兴，他将自己视为认为《新约》的敌人：

> 我们都陷入了历史中，而基督教的胜利是一个野蛮的事实。但我拒绝接受由其激发的一种理想化的阐释模式，从早期的基督教预示论到近年来奥尔巴赫的形象的复兴，再到弗莱的布莱克式的伟大代码。无论世俗或宗教，没有文本能够实现另一个文本，坚持这一观念则仅仅看到了匀质化的单一文学。①

布鲁姆既不认同也不欣赏奥尔巴赫和弗莱的预示论批评，他认为，《伟大的代码》一书仅仅说明了《新约》对《旧约》的胜利，那是基督教对希伯来《圣经》的征用和篡改的陈旧重复。布鲁姆的不满固然有文学阐释之独异性的诉求，阐释原则背后更有复杂的诸神之争。从《旧约》角度而言，固然

---

① 转引自 Linda Munk，"Northrop Frye：Typology and Gnosticism"，*Frye and the Word：Religious Contexts in the Writings of Northrop Frye*，Edited by Jeffery Donaldson and Alan Mendelson，Toronto：University of Toronto Press，2004，p.155。

有充足理由指责预示论的基督教替代主义,然而自预示论自诞生之初,就是将诸多不同的《圣经》之书纳入到一个单独的、整体性经典的方式,当然也包含着《旧约》和《新约》之间的差异。这一整体性的词语序列并不排斥差异,关键在于,差异是在总体中被辨认还是被总体所消灭。换言之,被称之字面意义的东西是在总体性的讽寓象征中得到拯救了呢,还是就此彻底销声匿迹了呢?弗莱对预示论的征用不仅是基督教历史哲学的还魂,更是一种重复诉求。

三、预示论与重复

弗莱曾指出,"神话和预示论的思考都不是理性思维。我们必须习惯于与普通范畴截然不同的分类观念,即液态而非固态的观念,也不是气态观念,因为气态倾向于保持总量而非形式。"① 在这段描述中,他非常形象地区分了思考的三种形态:固态、液态、气态。这确实不同于观念性的范畴分类,不过从物质形态属性上去看待思考的样式,恰恰也是最"自然"的一种区分。这种灵光乍现的区分将水流意象赋予了预示论思考,逝者如斯,时间正是预示论的核心要素。

论及预示论时,弗莱又颇有意味地提及了克尔凯郭尔(Soren Kierkegaard,1813—1855)的《重复》。这看似闲来之笔包含着预示论和重复的一种关系,其背后有更为深刻的认识论机缘和一以贯之的探求,从哲学意义上说,预示论是"重复"的一种形式。作为一个渊远流长的哲学概念,重复汇聚着巨大的思想能量和阐释效力。那么,预示论和重复有什么关系,被重复者为何?或许就是弗莱念兹在兹的"同一性",由此,以预示论为核心的历史哲学也可以转译为同一和差异的哲学思辨。

促使克尔凯郭尔思考重复的动因是生命中婚约的破裂事件,在这本小书中,叙事声音一分为二,分别阐述了重复以及重复的例外。"重复,它是

---

① Northrop Frye, *The Great Code: The Bible and Literature*, San Diego: Harcourt Brace Jovanovich, 1983, p.174.

现实，并且是生存之严肃。那想要重复的人，他是在严肃之中成熟。"① 在这本小书的开端，重复和回忆得到了划分，"重复和回忆是同样的运动，只是方向相反；因为那被回忆的事物所曾是的对象；向后地被重复，真正的重复则向前地被回忆。"② 重复和回忆的差别通过时间向度得以确定：向前与向后。

> 重复的辩证法是很容易的；因为那被重复的东西曾存在；否则的话，它就无法被重复，而恰恰这"它曾存在"使得重复成为"那新的东西"。古希腊人说，所有的认识都是回忆，那么他们就是在说，整个存在着的存在曾存在；而一个人说生活是一种重复，那么他就是在说：那曾经存在的存在现在进入存在。如果一个人没有"回忆"或者"重复"范畴，那么整个生活就消释在一种空虚无物的喧嚣之中。③

"曾经存在的存在"是重复和回忆的核心要素，生命中的曾在者略去了附着在重复之上的枯燥，重复甚而成了一种祝福。米勒（J. Hillis Miller，1928—　）曾在《小说与重复》中援引了德勒兹在《感觉的逻辑》中的段落，以阐明西方思想史上两种重复的差异：

> 让我们思索一下这两个命题："仅仅那些与自身相像的事物之间才有差异"；"只有存在差异，事物才彼此相像"。这是一个对世界进行两种不同解释的问题：一方面要求我们在预先设定的相似或同一的基础上思考差异，另一方面正相反，它恳请我们将相似、甚至同一看作是一个本质差异的查无。前者精确地将世界定义为摹本或表现，它将世界视为图像；后者与前者针锋相对，将世界定义为幻影，它将世界本身描绘成幻象。④

---

① 索伦·克尔凯郭尔：《重复》，京不特译，东方出版社 2011 年版，第 5 页。
② 索伦·克尔凯郭尔：《重复》，京不特译，东方出版社 2011 年版，第 3 页。
③ 索伦·克尔凯郭尔：《重复》，京不特译，东方出版社 2011 年版，第 25 页。
④ 希利斯·米勒：《小说与重复——七部英国小说》，王宏图译，天津人民出版社 2008 年版，第 7—8 页。

在这段援引之后，米勒如此总结:"德勒兹所说的'柏拉图式'的重复根植于一个未受重复效力影响的纯粹的原型模式。其他所有的实例都是这一模式的摹本。对这样一个世界的假设催生出如下的观念:在各种事物间真正的、共有的相似（甚至同一）的基础上，可提炼出隐喻的表现方式⋯⋯尼采的重复样式构成了另一种理论的核心，它假定世界建立在差异的基础上，这一理论设想为:每样事物都是独一无二的，与所有其他事物有着本质的不同。相似以这一'本质差异'的对立面出现，这个世界不是摹本，而是德勒兹所说的'幻影'或'幻象'。它们是些虚假的重影，导源于所有处于同一水平诸因素间的具有差异的相互联系。某些范例或原型中这种根基的缺乏意味着这第二种重复现象的效力带着某种神秘色彩。"① 有关重复的讨论其实也是同一与差异、一与多这一哲学难题的变奏。无论将世界视为唯一的摹本还是幻象。摹本与幻象并无本质区别，两者本为一物，恰如水与波的缠绕:水不离波，波不离水。

德勒兹曾指出，重复就是差异，是绝对的没有概念的差异。重复的本质在于根本不会有什么东西得到一成不变的重复，但也正是这种绝对的差异语境构成了重复的"概念"语境。这些没有概念的差异却要依赖概念得到拯救，于他而言，"创制概念就是拯救概念，目的是回到原生态的'差异'，使'差异化'真正显现。这里的一个重要任务就是拯救时间。"② "拯救时间"是德勒兹赋予概念的一项任务，在时间之河中截断纵流，天然地带有对永恒的诉求。哲学之任务即是将这种存在诉求转化为思维之必须抵达的任务，"概念"这一带有明显视觉意味的术语是瞬间的目击者，在瞬目千差的闪回中直观时间的本质。在《重复与差异》中，德勒兹描绘了三种"时间的综合形式":

第一时间综合意在说明知觉的当下性如何可能。面对本来处于离

---

① 希利斯·米勒:《小说与重复——七部英国小说》，王宏图译，天津人民出版社 2008 年版，第7—8 页。

② 李河:《哲学中的波西米亚人——德勒兹的"重复"概念刍议》，《哲学动态》2015 年第 6 期。

散状态的事项，休谟通过联想让我们在心理上建立了某种习惯性的关联。这种关联性联想具有收缩功能，即把并非同时出现的对象联系和收缩于当下知觉，因此因果的本质就是习惯。现在的问题是，与习惯对应的当下总要流向过去，而与流逝相对抗的心理形式当然就是记忆，因此以及成为德勒兹第二时间综合的主题。记忆是带着不同强度的当下经验的储存器，它等待重复的出现和再体验，并与当下一道成为稳定的经验得以成立的条件。

如果仅仅局限于前两种综合，整个经验就不可避免地会陷入同一性、表象论的圈套，意识便处于对象之外，生命屈从于可测量的尺度。为了真正恢复意识和生命的自主性，德勒兹建构了第三时间综合。这是一种由期待引导的朝向未来的时间形式，作为物体所予形式的经验隐去了，可度量的时间退场了，让习惯于记忆出现各种遗漏的真正时间登台亮相。一切都正在发生，发生就是差异化。因此世界不再仅仅是事物的总和，它依靠涌动的力量而延续。世界像个巨大的变形虫，它依靠一个差异引发无数差异的事件而存在。①

其中第三种时间综合方式就是德勒兹认可的"重复"，也是克尔凯郭尔所谓的朝向未来的时间。这种时间之所以能够朝向未来是因其在重复中从未放弃过去，并经过当下的时间综合改变了过去，突破了因果性的时间框架，时间的织体——记忆由此获得了救赎。

这三种时间形式与弗莱对预示论的论述存在一种类比性：对因果论的反思可以看成是对第一种重复之僵化模式的反思，记忆很少作为动力性因素参与其理论话语，作为与时间之对抗的中介者，记忆被两股力量拉扯着，一是过去，一是未来，朝向过去的记忆重复因果论模式的给予，朝向未来的记忆提供救赎希望。朝向过去和未来的这两股记忆洪流却将在正确地踏入循环的

---

① 李河：《哲学中的波西米亚人——德勒兹的"重复"概念刍议》，《哲学动态》2015 年第 6 期。此处引用参考了作者在文中对《重复与差异》一文第二章的精要概述。

时候相遇。作为重复的一种形式，预示论的核心也是时间，预像为本质时间保驾护航，时间经由"重复"被带至近旁，预示论以重复穿越了朝向流逝与死亡的时间之流，是时间的神学救赎模式。

第二节　布道与解神话：信与可信性

"布道"专指福音书的言谈，是传统上称作启示内容的媒介，上帝之言的载体，"布道是一种修辞，是隐喻与存在主义的混合物，但又不同于所有其他形态的修辞，布道不是靠比喻（figural）表达伪装起来的论证。而是我们传统称之为启示内容的传播媒介。"[1] 布道一词的用法主要限于福音书，但弗莱认为这一语言模式同样适合于《圣经》其他部分，他将原本限于福音书的语言模式扩展为《圣经》的标志性语言模式。尽管弗莱论述语言模式时没有区分言语和文字，但当他论及布道的时候，这种区分无论如何就是十分必要的了。布道原本就专指宣讲式的言辞，带有庄严恢宏风格的气概，十分注重言辞对听众产生的心理效果，借助声音的交流宣讲者与接受者形成一个共同体。其实这样来理解《圣经》的语体风格也不足为怪，《圣经》一直就被理解为上帝传达的讯息，圣灵启发的话语，故而强调布道中的言谈与声音成分是相当重要的，而形诸文字后则是对"圣言"的忠实纪录。

因此，若回溯布道的源头，则要设定时间和空间的在场，布道有开端和结束，是面对"终结"和"启示"进行的。许多宗教讽喻都为时间赋予了边界，创造是时间的开端，而启示是时间的结束。因此，布道的一个结构性因素就是对末世论的期待，"对于末世的期待和希望完全是《新约》的布道和核心。"[2] 只有当末世图景降临之后，真实的时空才会开始。"真实的空

---

[1]　Northrop Frye, *The Great Code*: *The Bible and Literature*, San Diego: Harcourt Brace Jovanovich, 1983, p.29.

[2]　布尔特曼：《耶稣基督与神话学》，李哲汇译，载刘小枫选编：《海德格尔式的现代神学》，华夏出版社 2008 年版，第 2 页。

间是永恒的'这儿'，我们所在的地点即是宇宙的中心，而我们事件的外围则是宇宙的周长，正如真实的时间是永恒的'现在。'①真实的"这儿"和"现在"是属于声音的理想在场状态，无论时间或空间都没有延宕的发生。当然，这只是一种设想，是异化之前或乌托邦实现之后的时空状态，而此世的时间和空间总不在场，弗莱不无遗憾地指出，"时间的中心是此刻（now），但是我们能指出时间的每一刻部分地又是过去或将来的一个令人感到疏远的彼时（alienating then）。同样，空间的中心虽然是此地（here），但空间的每一个真正的点却总在彼处（there）。"②不过为了给"布道"设定理想时空状态，弗莱按照神话的四层宇宙论将时空也分为四种状态。

布道所属的时空层次就是天堂，当然，这只是预设的神话式时空观下的理想状态，对于这种"在场"根本不必苛求其是否存在，关键是其作为一种思想模式启发了布道产生的语境，只有这种完美时空的存在才使布道获得生命，布道所占据的位置就是在场的语言中心。但是，毕竟人是通过阅读来理解《圣经》的，文字的可理解性比抽象的时空在场更为重要。况且，通过布道作为中心在场的体验就从来不是直接的，而是在无限的解释过程中发生的。要使对布道的体验成为可能，翻译是必不可少的一环。无论希伯来文《旧约》与希腊文《新约》，都要通过翻译才得以传播和接受。其实这里也包含着无数难以逾越的距离：最初的见证和记录之间、声音和文字之间、不同文字的翻译之间等等，这些距离都暗示了"布道"作为中心在场的理想状态和自然起源概念一样，仅仅是个构造。但弗莱并不急于拆穿这一构造，他要充分利用这一构造所开启的话语力量。

作为传达信仰与存在关切的语言模式，布道是宗教语言与文学语言的交汇处，理解并激活布道的内在意蕴是弗莱赋予文学批评的首要任务。但是，由于不断受到受到历史事实和逻辑真实的质疑，布道内含的信念真实

---

① Northrop Frye, *Fearful Symmetry: A Study of William Blake*, Princeton: Princeton University Press, 1969, p.48.

② Northrop Frye, *Words with power: being a second study of "the Bible and literature"*, San Diego: Harcourt Brace Jovanovich, 1990, p.178.

并不容易传递。德国新教神学家鲁道夫·布尔特曼（R. Bultmann，1884—1976）的"解神话"（demythologize）主张就是对《圣经》布道在当代遭遇理解危机的一种神学阐释方案，布尔特曼认为古老的神话学体系必须被清除，以便让真正的布道被拯救。弗莱有关"解神话"的评述散见于两本《圣经》研究著作中。弗莱赞同解神话的宗旨，即释放布道的象征意蕴，传递真实信念，他本人的批评也是传译布道的话语实践；但他坚决反对消解神话，神话不是布道的障碍，而是开启布道的媒介。弗莱如此关注《圣经》独特语言模式，是由于其展示了一种完美在场的方式。"布道"坚定了弗莱对语言隐喻本质的信心：隐喻能再现在场。布道结构所开启的假设和关切的辩证显示了隐喻再现在场的能力，这一特征也渗透到文学作品中去了，《圣经》中的"预言"（prophetic）一词"既指明了潜伏在文学中的元文学（metaliterary）倾向，也说明了人们将布道渗透到寻常语言惯用法中的方式"①。

　　信仰并不必然和体制性宗教相连，教导和语言问题唇齿相依。"宗教日益被理解为诗性的而非理性的语言，对宗教而言，更有效的方式是想象而不是教义或历史。想象本身并非关切，但对一种有着高度发展的事实感和经验限制的文化而言，通向关切之路的必经之途是想象的语言。"② 信仰的获得不能依赖自然或外在启示，而是一种自我说服的语言事件，故而信仰危机也常常表征为语言危机。从这个意义上说，弗莱的批评事业可以理解为重树信仰的"布道"实践。教师职业下，弗莱身上始终潜存着一个牧师形象，但他对"布道"的重视和任何原教旨主义无关，和具体宗教教义无关，和教堂仪式无关，他只是强调"布道"所开启的语言空间。而文学语言的隐喻特征和"布道"在本质上是相通的，两者源头都包含在神话中。

---

① Northrop Frye, *Words with power: being a second study of "the Bible and literature"*, San Diego: Harcourt Brace Jovanovich, 1990, pp.117-118.

② Northrop Frye, *The Critical Path: An Essay on the Social Context of Literature Criticism*, Bloomington: Indiana University Press, 1971, p.116.

一、布道与语言模式的演进

弗莱是将布道作为一种能够"再现在场"的特殊语言模式来看待的，布道既内在又外在于语言模式的变迁，这种能力使其在语言模式的演进过程中发挥了元语言的参照作用。所谓语言模式，意味着在一种或明确或模糊的秩序中将相关的对象表象为互为关联的语言对象的系统，在《伟大的代码》中，弗莱借鉴了维柯（G. Vico，1668—1744）有关历史循环三阶段的划分，提出了自己的语言模式发展观，[①] 如下表所示：

维柯		弗莱		
历史分期	语言模式	语言模式	修辞手段	
神话时代	诗歌体 poetic	象形或诗意文体 hieroglyphic or poetic	隐喻 metaphor	多神论
英雄时代	英雄或贵族语体 heroic or noble	宗教或寓意文体 hieratic or allegorical	转喻 metonymy、提喻 synecdoche	一神论
凡人时代	通俗体 Vulgar	通俗或描述文体 demotic or descriptive	明喻 simile	无神论

借用维科的历史分期，从比喻的角度入手，弗莱将语言三阶段分别称为语言的隐喻、转喻和明喻阶段。神话时代的语言模式是象形或诗体的，柏拉图以前的大多数希腊文献，《荷马史诗》以及近东的《圣经》前文化都属于这个阶段。这一时期的大多数词语都十分具体，抽象的观念不曾发展起来，依靠隐喻能连接主体和客体，隐喻的表达核心则是"神"（god），是诸如太阳神、战神或海神这样的表达，语言的隐喻阶段对应着多神论，在万物有灵的世界中，"神"不仅意味着词语魔力，更是人与自然的神秘连接。当

---

① 维柯在《新科学》中指出，思想和语言的发展过程是同步的，分别对应于三个时代和三种语言序列：象形符号（神的语言），象征或比喻的语言（英雄的语言）和书写或凡俗语言（人的语言）。依照这三种序列，弗莱将之改进为三种语言模式，分别为象形或诗意文体、寓意文体和通俗文体。（参见维柯：《新科学》第四卷，朱光潜译，《诸民族所经历的历史过程》，人民文学出版社 2008 年版。）

语言从象形或诗体文体走向寓意文体时,语法和逻辑逐渐发展起来了,语言表达的隐喻基础(A 是 B)变成了转喻(A 指的是 B)。这就在"是"的世界之上建立了一个"指"的世界,思想逐渐和自然相分离,在隐喻关联中将人类思想和想象力统一起来的诸神灵逐渐变成转喻意义上的上帝(God),即"一种超验现实或所有词语类比指向的完美存在"①。这导向了一神论观念,即使这一阶段的著述家们没有提到"上帝",其文本运作也不会脱离"上帝"观念的隐匿运作,诸如柏拉图的"理念"、亚里士多德"不变的推动者"等,都是转喻思维的第一原理。语言的明喻阶段则受制于经验主义的认知模式,主体以对象化方式认识客体,语言主要被用来呈现外部世界,理想语言的标准就是成为透明中介。这一模式的极端形式将反对超验诉求,也斩断了语言救赎之路,并"宣布形而上学的不可能,并宣称所有宗教问题都是无意义的"②。语言的三个阶段其实也展现了人类思维与自然的不同"联结"方式。简言之,在语言的隐喻阶段,人和自然实现认同,是一个万物相齐的的世界;语言的转喻阶段是人服从"上帝"权威的世界,自然被精神所囊括;语言的明喻阶段是人类臣服于自然的世界。布道则是在语言之隐喻阶段向转喻阶段变迁时产生的。

在描述性语言模式占主导地位的时代中,词语仅仅是表述思想或事物的工具,试图把语言中的隐喻和神话驱除干净,达到一种透明的描述。这实际已将语言带离了成长土壤,使之处于无根漂浮的状态。弗莱对此并不悲观,语言模式变迁在他看来不是线性进化而是一种循环,"从荷马时代至我们所处的时代,也许已经走完了一个巨大的语言循环。在荷马时代,词语使人联想到事物,而现代则是事物呼唤词语。而且我们就要开始另一轮循环了,因为我们现在似乎又再次面对一个主体与客体都共有的能,它只能通过

---

① Northrop Frye, *The Great Code*: *The Bible and Literature*, San Diego: Harcourt Brace Jovanovich, 1983, p.9.

② Northrop Frye, *The Great Code*: *The Bible and Literature*, San Diego: Harcourt Brace Jovanovich, 1983, p.13.

某种形式的隐喻来加以文字表达。"① 对弗莱而言，不同的语言模式展现了人与自然的不同"联结"方式，简言之，隐喻阶段是一个混沌又平等的世界，人和自然实现认同，这种认同毋宁说是人类将自然隐喻化的结果；转喻阶段是人服从"上帝"权威的世界；而描述阶段则是人类臣服于外在自然的世界。按照这一循环论的观点，语言终究还要走向一个新的"隐喻"阶段，对语言描述阶段的反思恰好给人们重新思考语言提供一个契机，被压抑的神话和隐喻必定在一个恰当的阶段爆发或返回自身，如此方能重建人与自然、主体和客体间割裂的联系。弗莱对语言模式的描述勾勒了词语在西方文化传统上的使用，使语言的认识论结构得以彰显。

在《神力的语言》中，弗莱则以逆序的方式，整合并改进了《伟大的代码》中有关语言模式的论述。三种语言模式变成了四种，分别是描述性模式（descriptive mode）、概念或逻辑论证模式（conceptual or dialectic mode）、修辞性模式（rhetoric mode）和想象性模式（imaginative mode）。② 在《伟大的代码》中，语言模式之间的转化并没有得到清晰阐明，只是以不同语言形态确立边界；在《神力的语言》中，弗莱不仅注目于不同历史时期的区别性原则，更注重模式内部的横向连接，揭示了不同模式转换的深层动力，这种动力被称为"被排斥的能动性"，这个表达颇为费解，代表着不同语言模式的焦点变换，焦点在前一个语言阶段未被识别，却会成为下一语言阶段的重心。描述性语言模式致力于描摹外在现实，语言自身创造词序的过程却被排斥了；到了概念或逻辑的语言模式中，由语法规范的词序成为焦点，可以更好地构造概念，但客观观念之后的人类主体却被隐藏了；到了修辞和意识形态阶段，主体性成为中心，语言被用来阐明并理性化人类主体的权威理念，这一次被排斥的是神话。当语言从修辞性模式迈向想象模式时，神话就

---

① Northrop Frye, *The Great Code*: *The Bible and Literature*, San Diego: Harcourt Brace Jovanovich, 1983, p.15.

② 描述性模式对应描述文体，概念或逻辑论证模式和修辞模式一起对应着寓意文体，想象性模式则对应着象形或诗意文体阶段。

是"受到意识形态表面上承认,实际却予以排斥的能动性"①。当神话变成了语言之想象模式的焦点并得以释放时,就进入了"布道"阶段,这是一个创造"赖以生存之神话"(myths we living by)② 的阶段。"布道"是人类赖以生存的神话的实现,意味着精神生命从意识形态和语言牢笼中的解放,也展开了弗莱试图挽救的那种神话视野。

从想象性模式到修辞模式,再到逻辑论证模式和描述模式,语言的表达模式看似越来越客观和明晰,但其实都不能摆脱最初的神话起源。但在语言模式的演进过程中,这一根基却不断受到漠视、抑制和排挤,最后竟以为,描述性语言可以透明地再现外部实在序列。当代语言哲学早已证明这不过是一种幻觉而已:人们渴望用一种透明语言来再现世界,却失落了世界的根基。

二、解神话之内在冲突:信与可信性

布道保存着"被排斥的能动性",但限于描述性语言模式的客观性要求,其象征能量并不能得到释放,这就是弗莱对信仰危机的诊断。信仰危机就是信仰语言的理解危机,这一危机源自语言的某种资源被耗尽,从而抽空了转喻思维中的"上帝"观念。③ 信仰不可能有证明,只是一种内面地确认。在一个描述性语言模式占主导地位的时代里,空洞地谈论"上帝"不仅是不合时宜的,而且是迷信的。以描述性的语言模式的标准来检验寓意和神圣文体的真假,即是否能找到客观对应物,那么再宣称上帝的实存就是匪夷所思的了。但这并不意味着终止信仰,信仰的形成在于用语言及其他媒介努力争取一种通过理解的和平。弗莱表示他并不关心上帝是否死了或过时了的问题,而只是关注语言的什么资源也许已经枯竭或废弃了的问题。目前放弃描

---

①　Northrop Frye, *Words with power: being a second study of "the Bible and literature"*, San Diego: Harcourt Brace Jovanovich, 1990, p.23.

②　Northrop Frye, *Words with power: being a second study of "the Bible and literature"*, San Diego: Harcourt Brace Jovanovich, 1990, p.117.

③　Cf. Northrop Frye, "Pistis and Mythos", Alvin A Lee and Jean O'Grady eds. *Northrop Frye on Religion*, Toronto: University of Toronto press, 2000, p.3.

述语言是不可能的，只能将描述语言与文字表达的更广的范围联系起来，才能破解这一僵局。"解神话"就是对"布道"在描述性语言模式下遭遇理解危机的一种解决方案。

"解神话"（demythologize）由德国新教神学家鲁道夫布尔特曼提出，在《布道与神话学》（*Kerygma and Mythos*）中，布尔特曼以对《新约》宇宙观的描述开始了论述："《新约》中耶稣布道时假定的世界概念在总体上是神话式的，即世界建构分为三层——天堂、人间和地狱；……我们说这幅世界图景是神话式的，因为它不同于发轫自古希腊以来科学的形成和发展，并为现代人广泛接受的世界概念。在有关世界的现代概念中，因果关系是基本的。"① 对现代人而言，这些神话学语言勾勒了一个废弃的世界观，这使得布道不再可信，神话已然成了障碍物。因此，布尔特曼自问：《新约》是否包含了一种完全独立于神话设置的真理？若果然如此，神学则必须承担将布道真理从其神话学框架中解救出来的任务。作为一种释经学的解神话，就是要将神话从福音书布道中分离出来，而"一旦做到了这种分离，福音实质性的信息就会直接向我们宣告，它指向上帝之道相对人的生存论意义"②。

作为一种重要的神学阐释路径，解神话曾引起长期争论，弗莱并未介入这一神学论争，他只是坚定地认为，对福音书进行解神话是不可行的，因为"对《圣经》中的任何部分解神话就等于是取消《圣经》"③。"解神话"过于仓促地向可信性（credible）屈服了，由描述性语言模式的客观再现原则决定的"可信性"其实只是一个假想物。布尔特曼试图废除一个过时的神话世界观，这种做法恰恰反映了思维的受限，"摆脱不了半个世纪前流行的那一个视宇宙为封闭的伪科学观的影响，在他看来，任何与人们默认的这个世

---

① 布尔特曼：《耶稣基督与神话学》，李哲汇译，载刘小枫选编：《海德格尔式的现代神学》，华夏出版社 2008 年版，第 3 页。

② 何卫平：《伽达默尔评布尔特曼"解神话化"的解释学意义》，《世界宗教研究》2013 年第2 期。

③ Northrop Frye, *The Great Code：The Bible and Literature*, San Diego：Harcourt Brace Jovanovich, 1983, p.30.

界图景不相容的东西，都是现代心灵不能接受的。"① 布尔特曼高估了神话设置的理智障碍，弗莱对解神话的批评主要在此：为布道之传达造成障碍的并不是神话，而是解神话不断屈就的可信性。即使一个废弃的神话宇宙论依然有其不可替代的象征功能，并保存着信念的语式和图型。弗莱有关解神话的评论其实都指向了这一阐释原则内含的基本张力：信与可信性。这其实体现了真实的不同维度：可信性代表着描述意义上的真；信仰之真则是个体与圣言相遇时发生的内在确证。但如果为了可信性而剔除神话，也就切除了布道的媒介，最终也将摧毁《圣经》。

　　当然，解神话也包含着诸多层次，如保罗·利科所言，"布尔特曼论述的身份不仅表明他是受科学洗礼的人，同时也表明他是生存论哲学家以及上帝的话的聆听者。"② 作为科学主义者的布尔特曼试图废除一个过时的神话世界观，但作为哲学家的布尔特曼绝非要使信仰陈述屈从世界观的可信性霸权。相反，他要剪除世界观的稳靠性从而达致信仰的纯粹。"信仰本身需要摆脱人的思想构造的世界观，无论是神话的还是科学的世界观。因为人的全部世界观都使世界对象化，忽视和排除我们个人生存中的际遇的意义。这一冲突表明，在我们的时代信仰还没有找到适当的表达形式时，我们的时代便没有意识到其根基和对象的一致性，便没有真正理解作为一种作用的上帝的超验和隐匿。"③ 解神话要解除的是作为一种作用的上帝的可见性，反对以对象化和客观化的方式来理解上帝。因而，"解神话"之"解"并不仅是解除，更是解释与翻译，把神话确认为神话，不是要剥除它，而要释放其象征基础，"在此被解构的，不是神话，而是束缚着神话的次级理性化……这个发现的动机，就是要获得由神话藏匿在客观化面具背后的启示性力量；这种破

---

① 麦奎利:《存在主义神学：海德格尔与布尔特曼之比较》，成穷译，道风书社 2007 年版，第189 页。

② 保罗·利科:《论布尔特曼》，李哲汇译，载刘小枫选编:《海德格尔式的现代神学》，华夏出版社 2008 年版，第 58 页。

③ 布尔特曼:《耶稣基督与神话学》，李哲汇译，载刘小枫选编:《海德格尔式的现代神学》，华夏出版社 2008 年版，第 34 页。

坏的积极面，就是要从一个起源出发去建立人类生存，这个起源是人类生存所不能操控的，但却是在一种创造性言语中象征性地向人类生存宣告的。"①如此一来，解神话其实来自基督教释经学传统本身，即"通过在古代《圣经》内部来实现意义转变的办法，让人们理解《圣经》本身"②。意义转变行动正是解神话的积极意义所在，信仰成为在理解和解释布道过程中的重大语言事件。布尔特曼解神话主张最有创造力的方面即是与存在主义哲学话语的结合，从而将有关上帝和信仰的超验陈述转译为与个体存在相契合的本真性言说。不过，布尔特曼的核心身份是神学家，他要布道。当他布道时，上帝及其行动的超验陈述再次成为核心，他必须面对基督教信仰系统的核心象征：十字架与复活（Cross and Resurrection）。十字架与复活事件被布尔特曼认为是福音书布道的"非神话"核心，他致力于将此核心奥秘转译为存在主义的语言。

弗莱不同意解除神话，却赞同解释神话。与布尔特曼一样，他同样关注布道的实现与上帝之言的开启，他是在文学批评领域推进这一目标的。布尔特曼以"解神话"主张试图达致的信仰，被弗莱置换成了"隐喻同一"观念。在《批评的解剖》中，弗莱曾借助中世纪四重释经法来阐明文学意义总体，这一伦理中心实现于总释（anagogy）层面上，假设性一直是弗莱对文学词语结构的基本规定，由文学象征开启的隐喻是无限接近却永不抵达的是，但到了总释阶段，假设变成了实存，从而实现隐喻同一。弗莱甚至认为，"总释就是批评的科学，研究 Word（上帝之言）如何在神话、文学和文化的相互关联形式中展开。"③

---

① 保罗·利科：《解释的冲突》，莫伟民译，商务印书馆 2008 年版，第 414 页。

② 保罗·利科：《论布尔特曼》，李哲汇译，载刘小枫选编：《海德格尔式的现代神学》，华夏出版社 2008 年版，第 48 页。

③ *Northrop Frye's Notebooks on Romance*，Volume 15，edited by Michael Dolzani，Toronto：University of Toronto press，2004，p.49. 有论者干脆也将弗莱的批评作品视为对总释（anagogy）或布道（kerygmatic）的研究，从这个意义上说，弗莱的作品是启示人文主义的。（Cf. Gill Glen Robert，*Northrop Frye and the Phenomenology of Myth*，Toronto：University of Toronto press，2007，p.201.）

信与可信性的鸿沟显示了布道在当代精神生活中的困厄,"解神话"其实是一场突围,试图突破现代描述性语言模式和现代科学世界观联手构筑的可信性围墙,从而使上帝之言被听到。弗莱的文学批评也面临这堵墙,但他认为构筑这堵墙的神话原料本身也容纳着无言的教诲,并不能被完全摒弃。尽管弗莱对解神话主张颇有微词,但他与布尔特曼的终极目标并不背离,两人的分歧主要集中在对神话的不同理解上。

三、神话:障碍 vs. 媒介

"解神话"在当代遭受的非议主要与布尔特曼对神话的消极看法有关,布尔特曼持一种启蒙式的神话认识论,将神话看作某种描绘超自然之物的言谈,"神话常常被说成是一种前科学,它旨在把各种现象和偶然事件的产生归结于超自然的原因。"① 与真实的信仰相比,神话不仅无关紧要,而且对信仰的传达构成了障碍,其释经原则中有一种"皮肤脱落尽,唯有一真实"的力度,这种"真实"与存在主义的个体本真性言说相契合,却不能突破个体言说的困境达致上帝之言的开启。但是,当有关存在主义的抽象言说替代了上帝言说的普遍性时,对福音布道不可避免地产生一种个人主义式的化约,生存论解释也局限于此。"如果不联系到生存,那神话和象征的意义就会被误解,但这并不是说,我们就能毫无保留地把它们翻译成生存论的陈述,因为宗教性的神话还可能蕴含着一种超验的陈述,这种因素固然与人的生存有联系,但却不可化约为人的生存。"② 布尔特曼以解神话的方式来敞开信仰,他试图言说的奥义被包裹在"十字架与复活"的象征中,但本真性之锤无法勘探其全部奥秘,神话象征是不可穷尽的。

对弗莱而言,与其寻找这种真实,不妨借假修真,每一种"假"都保存着神话庇护的真实能量,神话不是信仰的障碍,信仰经由神话才得以传

---

① 布尔特曼:《耶稣基督与神话学》,李哲汇译,载刘小枫选编:《海德格尔式的现代神学》,华夏出版社 2008 年版,第 5 页。

② 参见麦奎利:《存在主义神学:海德格尔与布尔特曼之比较》,成穷译,道风书社 2007 年版,第 273 页。

达。弗莱对神话的看法具有很大的包容性，神话固然包含着对超自然事件的描述，这种描述却归于一种广义的叙事性，神话是"mythos，情节（plot），叙事（narrative），或者概括地说就是词语的按顺序排列。……因此，从原本的意义上说，所有的词语结构都是表达神话的"①。因而神话是无法取代的，神话不是语言或思想的装饰模式，却是构成一切思维的框架和语境，内在地结构了人类的生存根基。即使在把神话的真实意图完整地充分表述为言说人的本真实在的语言中，也同样存在着神话叙事成分，神话是排斥不尽的，神话就是周流于语言模式之间的能动性。

　　有论者曾用果壳和洋葱的隐喻来比较这两种不同的神话主张。布尔特曼将神话视为外壳，剪除神话和隐喻的外壳，似乎就能发掘信仰的内在隐秘核心。维科则将神话视为洋葱，若层层剥开神话和语言积淀，最后却一无所获，因为神话语言和共通体是复杂地交织在一起的。② 弗莱的神话观是维柯式的，他也认同维科的基本观念，即一切文字结构，都是由诗歌和神话演变而来的。相比于布尔特曼追索意义，启迪存在信仰的努力，弗莱似乎更愿意说：瞧，这一切都是自然而然的存在，只是我们遗忘了而已。不错，神话断裂确实指向了一种致命的遗忘或盲目，但"解神话"并不能寻回这种记忆。现代人误解了记忆，也就遗忘了如何在神话中生存。

　　弗莱对"解神话"的不满还有更微妙的原因：追究福音书布道的深意当然是神学家的重要工作，但同"布道"本身的意蕴相比，这种追究总是不完备的。任何一位阐释者都不能脱离其前理解，也就是合法性前见。但是，这种探究在面对"布道"的隐喻本质时却不得不以失败告终。超越理性的信仰

---

① Northrop Frye, *The Great Code: The Bible and Literature*, San Diego: Harcourt Brace Jovanovich, 1983, p.76.

② Cf. A.J.Grant, "Vico and Bultmann on Myth: The Problem with Demythologizing", *Rhetoric Society Quarterly*, Vol. 30. No 4（Autumn, 2000）, p.50. 有论者也曾指出，弗莱对能量的看法类似于洋葱。我们期待弗莱发掘圣经意象的核心，但核心总是表现为创造性能量的纯粹潜能，这也是弗莱批评话语的本体论假设。（Cf. David Cook, *Northrop Frye: A vision of the New World*. Ontario: Oxford University, 1985, p.28.）

语言必然依赖隐喻，但是有关信仰的教义却倾向于转喻式的观念传达，即：

> 在基督教义中有一种超理性的信仰观念，即使放弃理性信仰仍将持续下去。这种观念与这样的语言学事实密切相关，即传统基督教的许多核心教义只能通过隐喻才能合乎语法地传达出来。即：基督是上帝和人；在三位一体中三个人格其实是一个；在真在之中（real presence）身体和血就是面包和酒。当这些教义被精神实体之类的观念理性化之后，这种隐喻就转变成了转喻并得到了阐明。但是这些解释在知识上有一种强烈的必死性，它们早晚会消失，而源初隐喻会再次出现。①

作为启示的媒介，"布道"超越了任何形态的解释，是辉煌的在场，是隐喻和转喻之间的永恒连接。作为布道的焦点，神话和隐喻则创造了我们赖以生存的神话，词语序列变成我们的一部分，读者经历了"源初话语在场的复活"②。布道为信仰提供了语言通道，降临中的信仰使得布道封存的"能量"得到了释放，个体在魔法中重生——这其中的奥秘难以尽叙。弗莱不是神秘主义者，他要捍卫布道之为布道的结构稳固性，这一稳固性就是布道的言语字面性，若将这一信仰阐释为某种具体内容，则早晚会消失，他情愿用布道将这种能量封存，而不愿用解释使之挥霍一空。解释者的任务并不是以现代思维可接受的任何模式来将这些神话重新梳理，并给出某种意义。"意义"只有一种，那就是被"被排斥的能动性"，也是神话和隐喻内含的象征能量，被每一个经验到此种能量的主体所体验，呈现不同样貌却几乎难以言传。

"被排斥的能动性"还有一个别名，即"无异化的能量"（energy without alienation）。这个术语出现在弗莱对《圣经》功能的表述上，圣经所具备的宇宙论图景能使人们领悟到一种形变，从而使人类从与自然的异化关系中

---

① Northrop Frye, *The Great Code：The Bible and Literature*, San Diego：Harcourt Brace Jovanovich, 1983, p.55.

② Northrop Frye, *Words with power：being a second study of "the Bible and literature"*, San Diego：Harcourt Brace Jovanovich, 1990, p.114.

解脱出来。① 弗莱对能量的理解也可以在威廉·布莱克的诗句中找到渊源："能量是来自身体的唯一生命；理性是能量的束缚或外围。能量是永恒的欣悦！"② 能量成了本体论意义上的基本设定，人类就是探求形式的能量，能量获得形式就是一个从自然到文明和文化的过程。在能量的形式化过程中，语言无疑是重要环节。从这个意义上说，作为神话的"被排斥的能动性"，其实也就是语言本身的创造性潜能，是被符号所引导、保存、削弱甚至终止的那种活生生的能量。而《圣经》在当代精神生活中的重大作用，就是经由布道传达的在场能量来修复人与自然的异化关系，尽管能量在语言模式的转换中经常面目全非，却几乎完美地保存在以布道为核心的启示媒介上。要理解福音书布道，某种程度上就是复苏封存在布道内的能量，这构成了以布道为核心的隐喻阐释学。

四、布道字面性与隐喻同一

布尔特曼的神学关切也是弗莱的文学批评试图回应的，不过他采纳了相反的路径：布尔特曼摒弃的神话质料是弗莱仰赖的重要武器，布尔特曼看重的个体与圣言的相遇，弗莱将之转化为一道非个体化的隐喻洪流。弗莱是在布道的隐喻结构而非解神话的存在式释意中，发现了可以寄托于语言的更新力量。从语言的描述模式开始，到语言的布道模式结束，语言经历了对现实的重述到对现实的再创造的变化，布道抵制着语言模式演进过程中不可逆转的能量异化。弗莱并没有从《圣经》释义的角度诠释布道，他是从言语结构角度来解析布道的，布尔特曼曾借助存在主义哲学的本真性之锤来砸开布道的信仰因子，弗莱则将这一努力完全放置到布道的字面性上。

---

① Cf. Northrop Frye, *The Great Code：The Bible and Literature*, San Diego：Harcourt Brace Jovanovich，1983，p.76.

② "Energy is the only life, and is from Body；and Reason is the bound or outward circumstance of Energy. Energy is Eternal Delight"，*The Marriage of Heaven and Hell*, The Complete Poetry and Prose of William Blake. Edited by David V. Erdman. Berkeley and Los Angeles：University of California Press，1982，p.34.

作为一种特殊的语言模式,"布道"包含初级意义和次级意义,如前所述,初级意义就是字面意义,也是诗和隐喻的意义;次级意义则是"从离心角度产生的,以观念、断言、建议或一系列历史与传记事件出现,而且总是从属于隐喻的意义"①。要理解"布道"所言为何,关键在于"字面意义"(literal meaning)。"《圣经》原本的和字面的意义就是向心的和诗的意义。只有当我们像阅读诗那样阅读《圣经》的时候,我们才会认真对待'字面的'这个词,毫不迟疑地接受文本中的每个词。这个原本意义是完全从词与词之间的联系中产生,也就是隐喻意义。……我猜想,在头脑中保持这样一种中心化的语境观念(centralizing sense of context.),就是保罗通过信心的类比所指的事物之一(《罗马书》12:6),不过我是把这条原则用于批评而不是用于信心。"②弗莱强调了布道的字面含义,并将其与"信心"相连——"按我们所得的恩赐,各有不同。或说预言,就当照着信心的程度说预言。"(《新约·罗马书》12:6)可见,弗莱所谓的"信心",不是基督教的"唯信"原则③,而是批评家或读者头脑中的"中心化理念",这是一个不完美却清晰的类比:得自于"恩赐"的"中心化"理念,由布道的字面性来承担。

当弗莱以"信"为"可信性"奠基时,所谓的"信"就是布道的字面性。要释放布道奥义,则要正确地理解布道的字面意义。一般说来,字面意义被理解为描述意义上的精确,语言如镜子摄取影像般再现外在事物,但这种字面性恰恰是弗莱反对的,这仅仅是描述性语言模式视角下的字面性,布道的到字面意义却要在隐喻中探求。对"布道"的信仰中却隐含着弗莱对语言本性的某种深刻洞察,在布道的隐喻结构而不是"解神话"式的种种解释

① Northrop Frye, *The Great Code: The Bible and Literature*, San Diego: Harcourt Brace Jovanovich, 1983, p.61.

② Northrop Frye, *The Great Code: The Bible and Literature*, San Diego: Harcourt Brace Jovanovich, 1983, p.61.

③ 布尔特曼的解神话就是以"唯信"(sola fides)作为合法前见的,"唯信"本身高过任何凭证,"信"即是诠释学所说的"成见"(prejudice)。尽管很多人将圣经视为不合法的成见,但是对信仰者而言,通过基督徒信仰群体而得到共同见证的信仰遗产告诉我们,唯信是合法的。(参见曾庆豹:《上帝、关系与言说》,华东师范大学出版社2008年版,第116页。)

中，弗莱发现了可以寄托于语言的宝贵力量。弗莱并不反历史，他只是强调超历史。他尤其强调将布道带回到其诞生之初的语境中去理解，但这一语境并不是具体的历史语境，而是文本语境，从语言模式发展的历史视角来看，布道是从寓意文体向神圣文体过渡时产生的，对应着多神论向一神论的转化。因此，圣经的字面基础就是神话和隐喻，而不是历史事实和逻辑假设意义上的描述真实。而且，圣经和语言的隐喻阶段很大程度上是同时存在的，弗莱特别指出，也许"隐喻并不是圣经语言的偶然装饰，而是圣经语言的一种思想控制模式"①。

　　就布道诞生的语言语境而言，布道就是从语言之隐喻阶段向转喻阶段过渡时产生的，弗莱曾用"文学字面主义"（literary literalism）② 这一拗口术语来概括自己的批评原则。这种字面主义充分尊重词语的向心力，除了传达自身之外并不指称他物，正是在这种自治的字面性中，弗莱发现了隐喻，尤其是并列隐喻③（不以谓词"是"来连接的隐喻）的运作。那么，字面地理解《圣经》首先要理解字面隐喻。"字面的"当然不是描述性准确，而是朝向词语内部的观念，即反复在弗莱文本中出现的"向心力"一词，除了其在词序中的位置之外部指向任何东西。有两种字面隐喻，一是明显隐喻，一是含蓄隐喻，后者也可以称为并列隐喻（metaphor by juxtaposition）。两者之间的区别在于是否以"是"相连接。而字面地理解隐喻和理解诗歌的

---

① 　Northrop Frye, *The Great Code：The Bible and Literature*, San Diego：Harcourt Brace Jovanovich, 1983, p.54.

② 　Northrop Frye, *Words with power：being a second study of "the Bible and literature"*, San Diego：Harcourt Brace Jovanovich, 1990, p.xv.

③ 　弗莱区分了两种字面隐喻，一是明显隐喻（explicit metaphor），一是隐含隐喻（implicit metaphor），后者可以称为并列隐喻（metaphor by juxtaposition），两者之间的区别在于是否以谓词"是"进行连接。有论者曾将这种没有用谓词"是"来连接隐喻与的德里达的延异（différance）范畴相比较，都具有符号的书写（écriture）特征。不同在于，德里达强调的字面隐喻的差异性，弗莱却强调其同一性，字面的排列本身就是一种精神创造。（Cf. Michal Happy, "The reality of the Created：From Deconstruction to Recreation", Jeffery Donaldson, Alan Mendelson eds, *Frye and the Word：Religious Contexts in the Writings of Northrop Frye*, Toronto Buffalo London, University of Toronto Press Incorporated, 2004, p.83.）

原则是一样的，关键是要理解词语的向心力所生产出来的意义，而这种意义的产生要依赖于同义反复原则，字面意义或者说诗的意义的达成依靠重复。

不过，仅仅有字面隐喻体现出来的词语向心力是不够的，字面地理解一个词语结构是批评之前整体理解的不可交流性，始终站在批评的外围。"布道"不拘泥于字面的初级意义，更包含了字面之后的伦理关切目标，即字面隐喻包括了假设和关切的统一，意义逐渐由向心转向离心，这也就指向了语言的转喻描述，"A 是 B"这样的隐喻模式逐渐转化为"A 指的是 B"的转喻模式，而语言模式的逻辑概念论证以及意识形态用法都在这个层面实现，这可以视之为应用的和实践的隐喻。而布道的初级意义和次级意义在实践中两者是难以截然分开的，两者的关系可以看成是字面 / 字面之后（literal-metaliteral）的辩证，恰好体现了布道的多义性。

然而，"布道"绝非是抹去了差异的语言模式，弗莱也没有否定隐喻的差异，并列隐喻其实和延异一样，也是充满反讽和有差异的。不过，延异是差异本身，是消极的呈现，而字面隐喻保留了创造的一面，仅仅排列词语就是一种创造，是差异的集合。有论者认为，弗莱关于隐喻的字面基础的论述加强了德里达的书写"écriture"观念，因为"其包含了维柯的一个信念：我们只知道我们制作的东西。——这一原则对弗莱而言是一个首要的推论：对一个我们已制作了的东西的想象性再创造允许我们超越被当代批评所确认的语言意识形态动力从而产生的文学的相遇"①。事实上，布道是从"差异中的统一"（identity-in-difference）原则而来的，隐喻就提供了这么一个超越差异的统一，超越解构的建构。

当弗莱以隐喻来指称布道的字面性时，隐喻也成了一个隐喻。如尼采所言："对于真正的诗人来说，比喻并不是一个修辞手段，而是一个代表性

---

① Michal Happy，"The reality of the Created：From Deconstruction to Recreation"，Jeffery Donaldson，Alan Mendelson eds，*Frye and the Word*：*Religious Contexts in the Writings of Northrop Frye*，Toronto Buffalo London，University of Toronto Press Incorporated，2004，p.83.

的图像，它取代某个概念，真正地浮现在它面前。"① 隐喻"见证"了能量进入经验认知次序之前的发生和涌动，铭刻了主客体共通的能量涌入言辞或符号时的行迹，是能量的直接可传达性以及初次被铭刻的图像，批评的任务就要辨认并重述这一过程，由此关注人们如何理解有关世界的源初经验，从而削弱精神异化并感通生命。

将布道的字面基础安置在语言的隐喻阶段上，这个看似简单的要求却带来了艰难的任务。语言模式的转变绝非变换一种语言工具那么简单。弗莱在语言模式变迁中安置了认识论模型，即人类的知觉现实依赖于知觉在语言中被构造的方式。从这个意义上说，现实是意识的一种功能，弗莱认可的"现实"就是布道释放的象征能量，即"被排斥在想象和诗歌以外的能动性，也即那种引导人们进入布道领域的原理，便是由文学创作及对文学反应所产生的'现实'原理"②。弗莱将这种现实视为信念的力量，"信念是将幻觉转化为现实的创造能量。这一信仰既非理性也非意识形态，却从属于想象的某方面。"③ 想象再造现实的这种能力，正是布道最美的赠与。

于是，当弗莱深入到描述性语言模式的认识论结构时，他意识到经验主义哲学制作了一种截然不同的现实，这正是瓦解神话封锁布道的元凶，约翰·洛克成了靶子。《可怕的对称》以"反对洛克"（The case against Locke）开篇，弗莱梳理了布莱克对洛克的认识论反驳，两种不同的认识论也代表着两种现实的对抗。④ 洛克将人类大脑视为白板，人类认知的先验起源被切断了，知识仅仅来自感觉（sensation）和反思（reflection），感觉直接由知觉（perception）而来，反思对感觉进行分类并将其抽象化。与源初知觉的

---

① 弗里德里希·尼采：《悲剧的诞生》，孙周兴译，商务印书馆 2013 年版，第 64 页。

② Northrop Frye, *Words with power：being a second study of "the Bible and literature"*, San Diego：Harcourt Brace Jovanovich, 1990, p.128.

③ Northrop Frye, *Words with power：being a second study of "the Bible and literature"*, San Diego：Harcourt Brace Jovanovich, 1990, p.129.

④ Cf. Northrop Frye, *Fearful Symmetry：A Study of William Blake*, Princeton：Princeton University Press, 1969, pp.3-28.

丰富性相比，反思的抽象活动不过是一种阴影般的记忆，割裂了认识主体和对象，并制作了一个独立于主体而存在的自然—客体世界。"分裂的想象"（Clove fiction）是布莱克对这一世界的称呼，这是悖离知觉的非真实存在，由之产生的知识是幽灵性的，唯有融汇想象的创造性知觉行动能救赎分裂，并将其重新纳入统一的真实象征中。尽管弗莱认同布莱克对洛克的批判，但他并未完全抛弃洛克的感知世界，这表明他其实接受了洛克的认识论，也接受了一个将自然对象化的科学领域。① 这种接受也在弗莱的表达中制造了感觉与理智、神话与理性、自然与想象等区分，以及朝向同一的辩证观念。这种二分也导向其著作中"双重视野"② 的划分，以神话拯救布道的批评之路就是自然视野向想象视野的转化之路。

　　通过布道与解神话的交织，弗莱的批评话语张开了信与可信性的斡旋空间：在描述性语言模式占据主导地位的时代，可信性是由描述性语言模式构造出来的共通经验，但布道之隐喻根基常常颠覆可信性的惯常序列，使得"可信性"成为一种看似稳固的虚设物。由此，可信性不再是描述性语言模式搭建的言谈魔方，而是从"信心"生发出来的语言，这种语言逃脱了"可信性"的禁锢，从而开启了真正的言说。解神话的内在冲突其实是信与可信性之矛盾的表现，弗莱将这一矛盾归结为信仰语言的理解危机，信仰总是存在于关系中的语言，以及语言唤发行动的力量。在弗莱的思路中，为布道造成障碍的不是神话，而是受制于经验主义认识论的描述性语言模式，这种语言制作了一个独立于主体而存在的自然—客体世界，这是主—客割裂的痛苦根源。人并没有选择语言的能力，相反，却是语言织体暴露了主体的认识型构。

---

① 对布莱克而言，接受这一世界是疯狂的，弗莱则认为拒绝这一世界同样是疯狂的。（Cf. David Cook：*Northrop Frye：A Vision of the New World*，Ontario：Oxford University，1985，p.51.）

② 弗莱去世后的出版了《双重视野：宗教中的语言和意义》，标题中的双重视野分别是自然视野和想象视野，前者是对客观世界的经验感知，后者则是融汇了源初知觉的创造性想象，第三节将深化这一主题。（Cf. Northrop Frye, *The double vision：language and meanings in religion*. Alvin Lee and Jean O'Grady eds，Northrop Frye on Religion，Toronto：University of Toronto Press，2000.）

　　于是，弗莱以"隐喻同一"来追溯主客尚未分裂的源初知觉，并以此指称布道或总解奥义实现之后的充盈世界，这就是神话激活布道的批评之路。不过，隐喻只是个无力的名字，其本质关乎将事物本源处的不可见之物以象征方式呈现出来，不存在一成不变的根隐喻，隐喻犹如蝴蝶振翅般更新存在，总是对事物之可见与不可见关联的重组。但对于已无力直观这一本源变化的现代认识论而言，"隐喻"成了修辞术，意味着生成和本源的隐匿，与之相关的神话则成了思维试图清除的阴影。"隐喻同一"所标识的其实是一种失落了的直观能力，只有这种直观能够唤回其批评试图挽救的神话视野，但这是一项未完成的苦役，他树立了一面旗帜却尚未开始真正行动。渴求隐喻的人其实是哪儿也去不了的字面主义者，字面尚未化为精意，只好画地为牢。对此，弗莱充满遗憾，"从智力上而言，我是我的职业的囚徒，对我而言，知道某物就是为其寻找一个词语结构。以上代表了我一直知道但尚未真正知道的东西。"①"一直知道但尚未真正知道的东西"正是弗莱归于"隐喻同一"的名下的东西，这正是一位民主时代的批评家所实施的唯名论教化。

第三节　双重视野：知识与生命

　　在教师与批评家的职业下，弗莱身上还潜藏着一个牧师形象，其全部著作都存在一个潜在目的，即拯救《圣经》。当然，被拯救的《圣经》并不是字面意义上的《圣经》文本，也不是基督教文学，更不是体制性的基督教信仰，甚至也不只是《圣经》在当代文化环境中的重要功能，而是能够指引人类"从堕落状态向更高的状态，即文明挺进的过程"②的能力，这种指引

① Robert D Denham，*Northrop Frye：Religious visionary and architect of the spirit*，University of Virginia Press，2004，p.36.

② David Cook，*Northrop Frye：A vision of the New World*，Ontario：Oxford University Press，1985，p.21.

涉及弗莱著作中一个核心模式，即知识树与生命树的交织：

> 耶和华神将那人安置在伊甸园，使他修理看守。耶和华神吩咐他说："园中各样树上的果子，你可以随意吃，只是分别善恶树上的果子，你不可吃，因为你吃的日子必定死。"（《创世纪》2：15—17）

知识树与生命树的神话已耳熟能详，其阐释的丰厚雄浑更令人望而却步。人类的堕落竟然起因于"知识"，分辨善恶的知识，包含着人类意识尺度的知识。在本雅明（Walter Benjamin，1892—1940）的阐释中，从命名语言到判断语言的过程就是一种堕落，这种堕落从三个方面得到了描绘：首先是走出命名语言的过程中，人们将语言变成了工具和途径；其次，命名的直接性遭到破坏后，转嫁到了判断之上；最后，判断的直接性是一种抽象，这是最深的堕落。[①] 由此，善恶进入世界，并以罪建构了人类道德世界，而伊甸园总是超善恶，并使万物皆相见的魔力世界。弗莱的理论思考也植根于堕落神话，他改造了知识与生命之悖离神话命题，善恶的伦理问题退居其次，他从认识论角度谈论了从名称魔力到抽象判断的"堕落"。

　　纵观弗莱的全部著作，对经验主义认识论的反驳一直是潜在的重要主题。在其去世后出版的《双重视野：论宗教中的语言和意义》一书中，他又重申了这一主题。其中，"双重视野"（Double vision）这个说法来自布莱克，来自布莱克写给友人的一封信：

> For double the vision my Eyes do see,
> And a double vision is always with me.

---

① "能够传达的抽象的直接性存在于判断之中。在人的堕落过程中，他放弃了具体含义传达中的直接性——即名称——并堕入所有交流中的间接性的深渊，作为手段的词语的深渊，空洞词语的深渊，最终，堕入空谈的深渊，抽象传达过程中的这个直接性成为判断。"（参见瓦尔特·本雅明：《论语言本身和人的语言》，载陈永国、马海良编：《本雅明文选》，中国社会科学出版社1999年版，第287页。）

With my inward eye'tis an old Man grey；

With my outward， a Thistle across the way.

双重视野分别指自然视野和想象视野，前者代表着对客观世界的经验感知，后者则是融汇了源初知觉的创造性想象。在自然视野之下，语言、自然、时间和上帝都是对象化的存在，语言是交流的媒介，自然是独立于人类意识的存在，时间则是一去不返的线性时间流，上帝成了"一"的专制。自然视野与想象无缘，但从经验性的自然视野跃迁至想象性的神话视野是从知识复归生命的道路。

这条道路的障碍就是经验主义的认识论，描述性语言模式与偶像崇拜（Idolatry）的三位一体。前两者前文均以涉及，论及偶像崇拜则不能不提摩西诫命，"不可为自己雕刻偶像；也不可作什么形象仿佛上天、下地和地底下、水中的百物。不可跪拜那些像；也不可侍奉它，因为我耶和华你的神，是忌邪的神。"（《出埃及记》20：4—5）这一诫命本身主要是上帝不可见的禁令。"偶像崇拜，从诫命本身来看，指的是将人造的物体视作神的在场，当上帝之外的任何事物成为绝对权威，或者人们试图用形象甚至语言来限制上帝的绝对时，这就是偶像崇拜。其中的关键是：上帝不可表现。"①

"上帝不可表现"的禁令维护的是不可见者的权威，将不可见者可见化的行动也就去除或抹平了神秘莫测的始基。对弗莱而言，偶像崇拜是一个不言自明的错误。"偶像崇拜的危险在于其暗示着我们极易重新陷入我们试图摆脱出来的前意识状态，只要偶像崇拜存在，人类就将自然当作镜子，形成了模仿自然的'原始社会'。"② 此前，"偶像崇拜的认识论基础正是浮士德把'言'误译成'为'的认识基础。"③ 这并不是对行动的悬置，只是表明行动

---

① 王嘉军：《偶像禁令与艺术合法性：一个问题史》，《求是学刊》2014 年第 6 期。

② Northrop Frye, *The double vision：language and meanings in religion*, Alvin Lee and Jean O'Grady eds, Northrop Frye on Religion, Toronto：University of Toronto Press, 2000, p.187.

③ Northrop Frye, *The Great Code：The Bible and Literature*, San Diego：Harcourt Brace Jovanovich, 1983, p.61.

并不能模仿言辞，言辞本身就是行动，以言辞为摹本的行动本身已经是刻舟求剑。当弗莱借用"偶像崇拜"这一术语时，他并未关注犹太神学背景，只是借用了"具体化误置"（misplaced concreteness）这一观念来直击其谬误，这一说法也来自怀特海的过程哲学，表现为固定化、客体化或物质化权威，事物是普遍联系的，没有事物是孤立的物质成分，若将事物视为孤立，则是将抽象误认为具体的谬误。弗莱将其引申为将上帝视为名词的错误，上帝之名与本质性的语言经验休戚相关，是动词而非名词。①

但是，严格说来没有偶像崇拜就没有神话，神话研究并不是破除偶像的行动，而是将保存或囚禁于偶像中的魔力辨认出来。于是在弗莱理论书写中，始终存在这样一种矛盾性张力：一方面，是对偶像崇拜的反对，试图将信仰和神话寄身的物质客体剔除干净；另一方面，又试图通过语言的意识光芒再造权威。可是，将偶像置换为精神权威不过是掩耳盗铃，这只能使得精神与物质的两极分化更为尖锐。于是弗莱不得不引渡一个新偶像：语言。

与偶像同源的权威意识将在纯粹语言中被截获，文学语言成了新偶像。萨特曾区分了诗的语言和散文的语言，非交流性的诗歌语言是文学的光荣徽章，"诗歌根本不是使用文字；我想倒不如说它为文字服务。诗人是拒绝利用语言的人。因为寻求真理是在被当作某种工具的语言内部并且通过这个工具完成，所以不应该想象诗人们已发现并阐述真理为目的。……事实上，诗人一了百了地从语言—工具脱身而出；他一劳永逸地选择了诗的态度，即把词看作物，而不是符号。"② 与之相对，"散文在本质上是功利性的；我乐意把散文作者定义为一个使用词语的人。"③ 弗莱对诗性权威的坚持也让他和萨特共享着同样的观念，对诗性语言的这种膜拜几乎成了以文学为业的人群心照

---

① Cf. Northrop Frye, *The Great Code: The Bible and Literature*, San Diego: Harcourt Brace Jovanovich, 1983, p.17.

② 让－保罗·萨特：《什么是文学》，载《萨特文学论文集》，施康强译，安徽文艺出版社1998年版，第74页。

③ 让－保罗·萨特：《什么是文学》，载《萨特文学论文集》，施康强译，安徽文艺出版社1998年版，第79页。

不宣的约定。弗莱看似非常谦卑地将语言自律置于"字面意义"之上，他不断追问的是：《圣经》的字面意义究竟是什么？可是，什么是字面意义？这几乎难以回答。追究字面意义就是追究本意，或者说追究圣书作者留下这些言语到底意谓如何。弗莱并未用本意，却以字面意义替代了带有追本溯源之思的本意。这并非偶然，其呼应着其理论话语的读者中心倾向：并不存在一种单一的神圣本意，却存在着更多被铭刻着的充满差异的字面意义。从这个意义上说，与其说存在着字面意义，倒不如说字面意义是一种假设。字面意义的成立依赖于文学与非文学性的区分，尽管这种区分不再具备完整的合法性，却仍有一种功能性，即在词语的权威诗性含义与描述交流含义之间作出区分。

可见，所谓的字面意义绝不是历史或文化事实，而是隐喻和想象的，对弗莱而言，《圣经》的真正的字面含义正是一种富于想象的诗性含义。由此，他得出了"字面即隐喻"这样的结论，宛若一个同义反复，将语言从字面隐喻的喑哑中释放出来几乎成了批评责无旁贷的任务。这种翻译也是保罗在阐释夏甲和撒拉的关系之后所说的，"基督释放了我们，叫我们得以自由，所以要站立得稳，不要再被奴仆的轭挟制。"（《加拉太书 5∶1》）此处的"释放"就是"翻译"，就是所谓译者的任务。① 在弗莱的观念中，字面和隐喻是同一个事物。字面构成了隐喻的基础，隐喻又可以转译并提升字面层次，意义似乎不费吹灰之力即可达成。本雅明对隐喻没有那么信任，也不相信意义（纯语言）可以如此轻易地实现，纯语言观念背后同样有一种分离倾向，试图将精神与囚禁精神的肉身区隔开来的二元论。于是，本雅明一方面要求译者在翻译中照看纯语言的成熟，另一方面也认为纯语言在直译的囚禁中被保存，在意译的转换中反而被挥霍一空。纯语言或意义也就是在翻译中成熟并丢失的东西，这种丢失之物如同上帝的记忆。翻译，总是试图复原这种记忆，但失败是不可避免的，接受这种失败就是要在破碎的字面翻译中去承受

---

① 　参见瓦尔特·本雅明：《翻译者的任务》，载陈永国、马海良编：《本雅明文选》，中国社会科学出版社 1999 年版，第 291—303 页。

意义的丧失。这是一项噬尾蛇式的无望循环，循环并不能解开它，需要的是时间。

不过，弗莱并未在其隐喻理论中植入预示论的时间种子，他只是从共时性的角度坚持这样一个看法：神话和隐喻构成了一切言语的基本结构。《伟大的代码》意在阐明一个问题：语言之根存在于神话和隐喻中，唯有把握神话和隐喻，才能更好地领会语言，这本著作可以看作是对隐喻的现象学基础探究的初步成果。归于"布道"名下的这种语言模式最终表现为诗性语言的权威。作为《圣经》之书的延续，《双重视野》已部分地脱离了语言的牢笼，进入到知觉经验的探讨中，讨论重心转变为语言和身体的关系。"道成肉身"观念为语言和身体之间的连续性提供了神学与哲学认识论的双重基础，唯此，知识与生命之间的循环叙事才得以持续。

以语言和经验为桥梁，使知识复归生命，这既是《圣经》之书的显见主题，又是弗莱寄寓文学批评的厚望。预示论和布道是解开经验和语言之缠绕的利器，神学术语进入文学批评之后，能够为文学之隐疾、异化和破碎性体验提供一种黏合途径。来自释经传统的术语宛若不同时空被赋予生命力的种子，在变异的时空中不断激发新的可能性。布道和预示论是实施视野转换的重要媒介，可惜，这种可能性并未化为现实性。因为在其论述中，两种视野之间的转换是互通的，宛若可以摘脱的两幅眼镜，正是这种双向互逆的自如转换制造了内部的分裂。也就是说，一旦真正进入神话性的知觉视野，那个依赖外部感觉的自然世界其实就不复存焉，这是一条单向道。可是，弗莱写作的认识论基础仍旧立足于自然世界，在想象视野下才绽放金羽的神话世界只能变形为未来的乌托邦或遥远的黄金时代，却从未被真正被抵达过。

第四章
自然与模式：神话阐释之建构

　　罪责不仅仅栖居于那些为了获得知识而背叛世界的寓言式观察者身上，它也栖居于其冥思的对象上。这一观点的基础是造物堕落的教义，造物让自然也随之堕落；这一观点也酝酿了深刻的西方寄喻，这种寄喻与东方修辞的寄喻式表达方式是截然不同的。因为堕落了的自然是静默的，所以它悲伤。不过，这句话如果反过来说会更深刻地指出自然的本质：自然的悲伤导致了它的静默。在所有悲伤中都存在陷入无语的倾向，而这绝不仅仅是不能或不愿诉说。悲伤者逐渐觉得自己被不可认知者所认知。①

——本雅明

　　自然与文化的关系向来是神话理论的核心，自然也始终是雄踞于神话中心的芒刺，当我们试图进入弗莱的神话阐释学时，不可避免地仍要以自然为切口。当人类以客观化方式不断摆置这个进步的世界时，"自然"的哪些方面被粗暴地征用或是无情地离弃了？本章并不打算对"自然"这一术语作

① 瓦尔特·本雅明:《德意志悲苦剧起源》，李双志、苏伟译，北京师范大学出版社 2013 年版，第 279 页。

谱系学式的分析，而试图将布莱克的自然观与弗莱对"初级关切"的探讨连接起来，并以类比方式来探究"自然"话语如何参与并构造了弗莱的理论话语。

进行这一探讨时，有必要请出 18 世纪的一位"自然"拥护者—让·雅克·卢梭①（Jean Jacques Rousseau，1712—1778），卢梭与"自然"的亲密关系也是许多学者不断征引的对象。当卢梭在书信体小说和自传录中不厌其烦地描绘着对自然风景的沉醉时，"自然"开始以客观对应物的方式进入了人们的审美视野。卢梭对自然的偏爱随处可见，他不假思索地为"自然"献上了最美的颂辞，诸如"出自造物之手的东西，都是好的，而一到了人的手里，就全变坏了。"②"大自然让我看到的景观既和谐又匀称；而人类让我看到除了混乱和无秩序之外什么也没有。"③"在人做的东西中表现的东西完全是摹仿的，一切真正的美的典型是存在于大自然之中的。"④ 卢梭的情感和思想在自然那里得到了共鸣，人类原始的自然状态被他视为"黄金时代"，他将"自然"和"起源"联系在一起，试图标记人类最初背离自然的时刻，即到底是什么引起了人类的堕落。而现代人类之所以如此不幸，乃因为背离了神圣的自然开端：这种背离导致了人类的不平等，伤风败俗的科学和艺术乃至暴君独裁。

卢梭秉持这样的"自然观"当然有现实意义：他很早就和启蒙哲学唱起了反调，启蒙主义所宣扬的科学、理性、进步无非给人类套上了新的枷锁，作为反击对手的他必须寻找一个坚实堡垒："自然"就成了不能被掀翻的源头。卢梭企图用"自然"对抗启蒙进步神话，以此克服启蒙理性的内在危

---

① 弗莱的著作中涉及并评论了很多重要思想家，但弗莱对待他们的方式是形式主义的，并不关注他们具体说了什么，而是察看到底是什么样的"神话结构"塑造了其思想模式。这一论述方式和福柯论及的"话语分析"有异曲同工之妙，不过"话语"更为关注权力制作的现实，比笼统的"神话叙事"、"神话结构"更有分析力度。本章就以卢梭作为"自然"话语的承载者，来探究"自然"话语在塑造弗莱的理论来源及框架方面的作用。

② 卢梭：《爱弥尔》，李平沤译，商务印书馆 2001 年版，第 5 页。

③ 卢梭：《爱弥尔》，李平沤译，商务印书馆 2001 年版，第 397 页。

④ 卢梭：《爱弥尔》，李平沤译，商务印书馆 2001 年版，第 502 页。

机。他意识到了人类理性的局限，所谓进步不过是人类分裂疾病的征兆。但恰恰是这个"自然"成了后人不断攻击和解构的对象，当卢梭将"自然"建构为起源时，他的文本固然得到了深层的驱动力和敏锐的批判意识，但同时也呈现了多面的暧昧和模糊：一方面这个驱动力本身就得自启蒙运动的话语构造；另一方面也被后现代思想家解构为支配传统形而上学的逻各斯变体。

本章将把布莱克和德里达对卢梭的不同解读也勾勒出来，在三人的类比中，弗莱的态度将会清晰浮现。布莱克反"自然"的态度就是弗莱的重要思想来源之一；德里达对卢梭的解构则为考察弗莱在当代批评界的位置与话语策略提供了一个参照，通过这种类比，弗莱神话阐释的特征将得以彰显。

第一节　自然的多面像

一、布莱克：从自然到想象

伴随着牛顿科学和自然神学的兴起，17、18 世纪的英国，"自然"已逐渐成为文化讨论的中心。这一时期的"自然"拥有许多互相缠绕却不排斥的意义，既是理性科学分析以及技术控制的对象，也被看作感性、道德乃至宗教的价值发源地，提供了想象与审美的规范。从科学视角来看，自然的建构是 17 世纪科学革命的重要产物，自然指现实的结构、事物的本质、现象的原因等，在这一层次上，"自然"是可观察和把握的事实，科学解释由此建立了自然现象的次序和结构化知识，自然被当作法则建构并向人类的理解开放。在美学意义上，自然则被看作超越性的美学范畴，和人类文明创造物相对，是纯洁的开端以及搁置乡愁的空间，人们渴望并制作一个虚构的自然，从而超越历史。① 不过，成长于这一思潮背景下的布莱克并没有与之分

---

① Cf. P. M. Harman，*The culture of Nature in Britain*（*1680—1860*），New Heaven：Yale university Press，2009，p.334.

享相似的看法，他不仅反对培根意义上的作为实验科学对象的"自然"，也激烈地反对人们赞美自然并试图返回自然的倾向。不过，布莱克却接受了自然和文化的区分，并在其诗歌中大量运用了这一区分所形成的性别隐喻。布莱克反"自然"的理由是什么呢，当弗莱接受这份遗产时，他又做了怎样的重构？

　　18 世纪流行着一种原始主义生命力的崇拜，一个假设的"自然"成为了成长中的生命机体，这一潮流还试图割裂其同想象的关系，因为想象偏离了自然。① 这一赞美高贵的自然人而贬低人类想象的原始主义的代表人物就是卢梭。一向捍卫想象权利的布莱克对此相当反感，其长篇预言诗《耶路撒冷》的第三个部分，他的矛头就直接对准了"自然神论者"，伏尔泰（Voltaire）、卢梭、吉本（Edward Gibbon）名列其中：

> Titus! Constantine! Charlemaine!
> O Voltaire! Rousseau! Gibbon! Vain
> Your Grecian Mocks & Roman Sword
> Against this image of his Lord!
>
> For a Tear is an Intellectual thing；
> And a Sigh is the Sword of an Angel King
> And the bitter groan of a Martyr's woe
> Is an Arrow from the Almightie's Bow! ②

　　《耶路撒冷》（Jerusalem，1808）是布莱克后期创作的一首长篇预言诗，具有浓厚的教诲意味。一共分为四个部分，分别为公众、犹太人、自然神论

---

① Cf. Northrop Frye, *Fearful Symmetry*：*A Study of William Blake*，Princeton：Princeton University Press，1969，p.36.

② W.H . Stevenson ed, *William Blake*：*Selected Poetry*，Published by Penguin Group，1988，p.229.

者和基督徒而作。在第三部分中，布莱克攻击了自然神论，他不仅把"自然神论"同伏尔泰和卢梭联系起来，而且和理性时代的文化乃至一切"返回自然"的口号联系起来。在他看来，自然神论就是自然崇拜，这是偶像崇拜的变体，是将神圣性归于某种客体或客观精神原则，而这是对基督信仰的最大损害。①

尽管卢梭在启蒙阵营内部发出不同的声音，但他对"自然"的征用和启蒙主义者描述式地构建世界的方式是最为一致的，当卢梭将自然作为一个实在的、可以把握的概念来应用时，他认为存在着"自然"这样的起源和场所。这种思维方式至少在两个方面和启蒙主义时期的流行意识形态（观念）是一致的：一是自然神论的倾向，二是经验主义的认识论，两者具有不可分割的内在关联。②

自然神论者大都免不了要设定一个外在于人类而存在的"自然"或"上帝"，卢梭在《一个萨瓦省的牧师述》中就对第一原因十分关切，当他思考物质运动的时候，也设定了一个支配运动的意志或力量，"我相信，有一个意志在使宇宙运动，使自然具有生命。这是我的第一个定理，或者说我的第一个信条。"经过一系列推理，他表达了自己的第二个信条："如果运动者的物质给我表明存在着一种意志，那么，按一定法则而运动的物质就表明存在着一种智慧，这是我的第二个信条。""我认为世界是由一个有力量和有

---

① Cf. *William Blake*: *Selected Poetry*, Edited by W. H. Stevenson, Published by Penguin Group, 1988, p.227. 在"序言"中布莱克写道，"Your religion, O Deists, Deism, is the worship of the God of this World by the means of what you call Natural Religion and Natural Philosophy, and of Natural Morality or Self-Righteousness, the selfish Virtues of the Natural Heart."

② 赵林曾提到，英国自然神论是英国经验哲学的孪生兄弟，可以说，经验论哲学、实验科学和自然神论在近代英国文化中具有一种"三位一体"的微妙关系，即"在方法论上，英国自然神论所运用的基本方法是以经验为基础的归纳和类比法。从经验的立场出发，我们在自然界中并不能发现上帝的身影，但是运用自然理性的因果分析方法，我们却可以从充满秩序与和谐的大自然中推出一个无限智慧的创造者。这种因果性的推理，由于建立在以经验证据为出发点的归纳和类比之上，因此一直到休谟对因果联系的必然性提出根本怀疑之前，一直被自然神论者们当作是毋庸置疑的有效方法。"（参见马修·廷得尔：《基督教与创世同龄》，李斯译，武汉大学出版社 2006 年版，第 5、21 页。）

智慧的意志统治着的，我看见它，或者说我感觉到了它，我是应该知道它的。"① 这些表述展示了他和自然神论者的内在思想关联，即试图在人类之外寻找一个统治世界的意志力量，这个意志力量通过其所创造的世界而存在，而"上帝"可以被用来说明因果起始之链的最初原因。为了证明上帝作为一个全能意志的存在，自然神论者对于上帝存在的一些证明，比如设计论的证明、数学的证明，或者就仅仅把上帝当作完美的善——这些在布莱克看来都是站不住脚的。上帝不是依靠证明或是某种抽象的规定得来，对一个客观化的上帝的信仰在布莱克看来是十分荒谬的，"人与其神性继承之间的障碍即是在一个堕落的世界中对一个客观化的上帝的信仰。"② 任何试图将上帝客观化的信仰归根到底就是偶像崇拜，对人类之外的某种神秘力量的依附和膜拜反映了人类的盲目，偶像崇拜的危险在于将力量和神圣的源泉归结于外部事物。而对外在力量的信仰使人类将"上帝"客体化，忽略了真正的奇迹存在于人自身之内的。自然神论的影响发展到极端，就是无神论，这也从另一方面导致了工具理性的升级，上帝终究不能通过证明而显身。

要理解布莱克的宗教观，就要先从其反经验主义的认识论说起。布莱克早年曾阅读过约翰·洛克的《人类理解论》，对于经验主义认识论他大加鞭挞。洛克把经验分作感觉（sensation）和反思（reflection），感觉直接由知觉（perception）发展而来，反思一方面是对感觉的分类，另一方面又将感觉发展成了抽象观念。布莱克则认为，所谓"反思"不过是"记忆"（memory）而已，而有关事物或意象的"记忆"是要远远少于知觉本身的，因此反思的抽象化过程使认识主体和对象割裂开了，是被动的，也削弱了知觉的丰富性并低估了知觉的能力。洛克的反思观念将主体从客体中撤离，以阴影般的记忆代替了真实存在，在布莱克的象征体系中，这种反思的人格化形象就是一种"幽灵"（spectre）。所谓的"幽灵"哲学是受抽象冲动驱使的

---

① 卢梭：《爱弥尔》，李平沤译，商务印书馆 2001 年版，第 389、391 页。

② Northrop Frye, *Fearful Symmetry: A Study of William Blake*, Princeton: Princeton University Press, 1969, p.19.

文化，最终引向一种死亡冲动，产生的是对现实的无尽怀疑。为了矫正这种过度抽象，布莱克赋予知觉更多力量。知觉不仅是关乎感觉的，不只是被动接受感官印象的能力，还是一种智力行动，具备主动的综合能力，被知觉到的人是形式（form）或意象（image），而知觉着的人则是形式者（former）或意象者（imager），因此布莱克经常用"想象"（imagination）来表示行动着、知觉着的存在。这种行动和知觉着的"想象"对应于洛克的"反思"，被知觉就意味着被想象，作为认识之源头的知觉行为绝不是感官印象的杂乱混合，知觉本身已经主动地参与到构造事物的形式和意象活动中了。

经由想象参与的知觉行为能够克服经验主义认识论中主体和客体的分裂，这种分裂也一直困扰着布莱克的诗学想象。对他而言，"存在即被感知"的贝克莱式断言包含着更多的真理。布莱克赋予了知觉更大的能动性，而且将想象作为构成知觉的不可缺少的成分，想象奠定在知觉丰富性的基础上，因而认识活动就是以想象的方式去构造和把握现实。正如有论者指出，"思维方式的变化是布莱克思想的核心概念，而并非客观世界本身的什么变化所致。"① 在《思想旅行者》（The Mental Traveller）一诗中，布莱克还特别指出，"改变的目光使一切改变（the Eye altering alters all）"。

经验论者对"想象"态度可就谨慎多了，他们将想象看作是扰乱认识的一个因素，属于虚构和不切实际的行为，反而使人不能清晰和有效地把握客观现实。由于对自然的固执，卢梭是反想象的，尽管他本人的想象极其旺盛。他的教育学著作《爱弥尔》可以看作是用熄灭想象之火的方式来抑制欲望的反复说教：在所谓自然的状态下，欲望呈现一种平衡状态；而想象一旦发挥作用，则导致了欲望和希望的距离，欲望的满足总是被延迟，由此产生了痛苦。卢梭认为想象不仅不能增进幸福，反而总是带来苦恼，想象导向了永不餍足的欲望和永恒痛苦。"真实的世界是有界限的，想象的世界则没有止境；我们既不能扩大一个世界，就必须限制另一个世界；因为，正是由于它们之间的唯一的差别，才产生了使我们感到极为烦恼的种种痛苦。除了体

---

① 丁宏为：《灵视与喻比·布莱克魔鬼作坊的思想意义》，《外国文学评论》2007 年第 2 期。

力、健康和良知以外，人生的幸福是随着各人的看法不同而不同的；除了身体的痛苦和良心的责备以外，我们的一切痛苦都是想象的。"① 想象还促进人类拥有完善化的能力，逐步超越自然并使自然向文明的转化，这一转化则引发了堕落。

布莱克却赋予想象极高的地位，他认为想象是形式化的能量，构成认识方式的想象不仅内含着欲望和能量，还拥有秩序和理性的形式。布莱克更进一步，将想象认同于上帝，而与上帝相认同的人类想象就是人本身的超越性潜能：想象能把人类从自然的野蛮和"自性"（selfhood）的深渊中解放出来，上帝观念集中体现着为人类的创造性想象行为，故而神性就构成了人身上超越性的一部分。② 布莱克给好友的信中这样写道："具有想象力的人另有所见，在他的眼中，自然就是想象本身。人之不同，看之不同。目光所及，取决于其形成的方式。当你说幻觉的画面不可能在这里的世界存在时，你显然犯了个错误。对我来说，整个世界完全是一个幻觉或想象的画面，连续而完整，而若有人将整个告知于我，我会感到得意。是什么使荷马、维吉尔和弥尔顿在艺坛上稳居如此高位呢？为什么《圣经》比其他任何书籍都更富有意趣和教益？难道不正是因为他们都诉诸作为精神感觉（Spiritual Sensation）的想象，而只是间接地依赖理解力和理性么？"③ 在想象

---

① 卢梭：《爱弥尔》，李平沤译，商务印书馆 2001 年版，第 75 页。

② 这种有关神圣和人类神性的观念在宗教史学家的观念中也能得到印证："简而言之，'神圣'是意识结构中的一种元素，而不是意识史中的一个阶段。在文化最古老的层面上，人类生命本身就是一种宗教行为，因为采集食物、性生活以及工作都有着神圣的价值在其中。换言之，作为或成为人，就意味着'他是宗教性的'。"（参见米尔恰·伊利亚德：《宗教思想史》，晏可佳、吴晓群、姚蓓琴译，上海社会科学院出版社 2004 年版，第 3 页。）

③ "To Dr. Trusler", 23 August 1799, William Blake, The letters of William Blake, Ed. Geoffery Keynes, Cambridge.Mass: Havard UP, 1970, p.30. 转引自丁宏为：《灵视与喻比：布莱克魔鬼作坊的思想意义》，《外国文学评论》2007 年第 2 期。在这篇文章中作者指出了布莱克思维方式转变的一个技术原因，即蚀刻版画的影响："日复一日地铜块变成画面和诗语的经历会影响一个人的思维方式，让他认识到以穿透的方式看事物是可行的。"而弗莱也曾表示："人们为了能由物质世界转向精神世界，必须劈开自己的头脑，把里面的东西都翻出来，若用文明的一点的话来说，便是发挥自己的想象力，借助艺术作品，学会如何使自己正常的视角倒过来。"

的创造力方面，人类和上帝是类似的，想象就是"human from divine"，如此一来，布莱克将人类想象的本质方面认同于上帝也就不足为奇了，他甚至认为"我们像上帝那样知觉，但我们不能知觉到上帝"①，但这是不是种狂妄呢？布莱克是这样解释的，"像上帝那样知觉"即是普遍对特殊的知觉（the universal perception of the particular），《天真之歌》就是这种视角的产物；而经验主义认识论则是一种抽象，是个体对一般（the egocentric perception of the general）的知觉，《经验之歌》以这种视角观察世界。布莱克以天真和经验区分了两种不同的认识方式，普遍的知觉如上帝一般，但这种知觉并不意味着全知全能，而是将自身与对象融合为一体的认识方式，没有分裂的鸿沟。

　　想象的创造性特征顺理成章地把人引导到和上帝创世相类似的活动，这种创造就体现在了语言上。对布莱克而言，对想象的强调就是对"上帝之言"的珍视，按照创世纪的说法，生命的诸多形式是由上帝说了才产生的。词语的力量体现在圣子所说的话里："耶稣不是努斯而是逻各斯，不断地把混乱的宇宙再创造为充满美和引人入胜的词语世界。"②在《可怕的对称》第一部分中，这种过渡是顺序进行的，经过自然、想象以及上帝，弗莱经由布莱克的引领终于来到了他所关注的中心：词语，即"太初有言"。想象保存的词语独立于自然而存在，词语是人类思维的序列而非自然的序列。简言之，词语不是对世界的模仿，而是对世界的创造。正如弗莱所言，"对于《圣经》来说，大自然本身再无超自然的东西，不存在什么神灵。大自然是人类的同伴：企图在自然中发现神灵不过是迷信，对神灵的仰慕则是偶像崇拜。按照《圣经》的说法，人类只有依赖自己，关注自己的制度设施，尤其是它们关于文字启示的记载，方才能为自己所肩负的'创造'重任找到结

---

① Northrop Frye, *Fearful Symmetry*: *A Study of William Blake*, Princeton: Princeton University Press, 1969, p.32.

② Northrop Frye, *Fearful Symmetry*: *A Study of William Blake*, Princeton: Princeton University Press, 1969, p.52.

构原理。"① 尽管布莱克反对从外部寻找上帝，也坚决否定了人格化的上帝观念，但他并没有否定"上帝"本身，他将人类想象认同于上帝。这样的"上帝观"是相当激进的，上帝不再是一个神学存在论的证明问题，而是人类想象的本质方面，"上帝"仅仅成了一个语法功能。弗莱曾指出，"对布莱克来说，没有上帝只有耶稣，耶稣是人类，但他既不像历史上的耶稣那样存在于过去，也不像犹太弥赛亚那样在未来临近，耶稣就在现在此刻，真正的过去与未来都包含于其中，'永恒'一词对布莱克意味着此刻的现实。"②

　　卢梭以"高贵的野蛮人"来对抗文明人，前者是质朴的，只要求满足基本的生存需要而不奢求更多，但这种自然生活状态在布莱克眼中则是撒旦式的，是不配称为人的，只有经过文化塑造的生存才是人性的。布莱克认为，堕落的自然是异化本身，是人类遭受奴役的可怜境况。以布莱克设定的存在四个层次来看卢梭的"自然状态"，这一状态不仅不是黄金时代，还是想象被禁锢的低级生存层次；布莱克心目中完美的自然只能是伊甸园，是人类通过努力才能重新返回的地方。诚然，人类走出伊甸园是一种堕落，但那种堕落是作为进步历程的必须的堕落。"堕落后的世界，艺术是装饰，超越了必需品，但所有的生命都在向装饰迈进，装饰是自由的而必需品却受制于需要。"③ 艺术所具备的装饰作用在布莱克看来是自由的一个表现，堕落之后的堕落就有了超越的意义。他接着补充："《圣经》上说文化的生活是最先存在的，未教化生活才是随撒旦而来的，而文化的生活由需要，食宿，以及整个生活的装饰构成，撒旦最先拿走了装饰，接着是食宿，然后人类就成为了需要的主人。"④ 如果人类仅仅为基本需要而生活，而没有装饰的话，就是贫

① 诺思洛普·弗莱：《文论三种·创造与再创造》，刘庆云、温军、段福满译，内蒙古大学出版社 2002 年版，第 121 页。

② Northrop Frye, "Blake's introduction to Experience" (1957), *Blake: A Collection of Critical Essays*, ed. Northrop Frye, Englewood Cliffs, N.J.: Prentice Hall, 1966, p.25.

③ Northrop Frye, *Fearful Symmetry: A Study of William Blake*, Princeton: Princeton University Press, 1969, p.90.

④ Northrop Frye, *Fearful Symmetry: A Study of William Blake*, Princeton: Princeton University Press, 1969, p.90.

瘠的野蛮状态。布莱克的理想是文明的高度发达形式，他是以正面方式来谈论这一切的。

无论卢梭或布莱克，都梦想一个天堂般的黄金时代，但不同的是，卢梭通过"还原"来达到，即自然的起源状态；但布莱克却是通过"复归"来达到，只有对自然状态作彻底的克服和超越，才能重新寻回。布莱克将想象定义为人的本质，而卢梭将自然定义为人的本质，这个自然本性经过详细地规定之后是基于需要之上的同情，而这同情要得到控制以免使其发展到想象。想象在布莱克那里是同一和整合的功能，在卢梭那儿则是分裂的意志。布莱克信仰源自圣子之口的语言之流，认为正是词语赋予自然以生命。卢梭却要求用自然来取代第一的宝座。因此，布莱克不断地捍卫想象的权利，不仅是认识论上的要求，同时也是其艺术观的核心和基础，在想象的基础上，才有上帝、词语以及一个经过词语构造的有次序的"自然"。

当然，布莱克对经验论者和卢梭的批判也是有局限的，他没能留意卢梭自身的不断抵抗，布莱克攻击卢梭比卢梭攻击启蒙运动要容易得多，毕竟，卢梭和启蒙者属于同一阵营。布莱克的哲学阅读并不全面，不管对于洛克还是卢梭，布莱克的批判是抓住了某种思想共性，却忽略了他们个性的色彩①，但他却敏感地抓到了问题的核心。布莱克以想象和与想象相认同的上帝为武器来反击经验主义认识论和自然神论的偶像崇拜倾向，其意义何在呢？布莱克和洛克、卢梭的争斗，可以看作是"自然"话语兴起之时与文化与自然交战的新形式，而他们的不同思想倾向很大程度上是由他们使用的话语，以及个人对这一话语的重新定义与改造息息相关。

---

① 布莱克对卢梭的不满带有相当大的"贴标签"的方式，他将卢梭归入自然神论的阵营，从而将自然神论的种种缺陷也归之于卢梭，但实际上尽管卢梭秉承自然宗教，但其宗教信仰和布莱克还是有相似之处的。布莱克只是粗略勾画出卢梭思想中的"自然"倾向，并对这种倾向反对之，他眼中的卢梭并不是卢梭的真实面目。有关卢梭的宗教思想，可参见崇明：《卢梭社会理论的宗教渊源初探》，载《现代政治与自然》，上海人民出版社 2003 年版，第 55—126 页。

二、德里达：从自然到文字

卢梭据为基石的"自然"同样遭到了现代哲学家的无情解构，最著名的莫过于德里达在《论文字学》里的阅读策略。由于对"自然"的激赏，以及对自然状态下人类将会更有德行从而也更幸福的信念，卢梭攻击并贬低属于文明的一切：艺术、技艺、摹写、描述等等。他难免被理解为一个怪人，装模作样的道德家，要回归原始去亲近他的自然。难怪伏尔泰要这样的挖苦他："为了把我们描绘成动物，谁都还没有动过这么多的脑子；但当读到你的论文时。你会巴不得希望用四肢爬行的。不过……我感到我已经不能恢复这种习惯了。"① 然而，卢梭不会用四脚爬行的方式去亲近自然，他的道路是迂回的，尽管他认为自然超越诸多对立之外，自足地属于永恒在场，然而"自然"绝不是等待被唤醒的实体，而是被构造和重现的痕迹。

德里达揪出了卢梭文本中的"自然"，依靠文本的符号踪迹来解构自身。卢梭称赞自然，认为言语的呼声表达了纯洁的感情，因而自足地属于在场，而文字仅仅是言语的记录，是低于文字的。但是这不过是表里不一的游戏而已，卢梭本人就是一个写作者。他不遗余力地运用文字却又偏偏否认文字，于是他不得不把自己的写作也当作堕落进程的一个部分，唯有这样才能保证"自然"的起源神话。由于对"自然"的珍视，卢梭对"起源"问题情有独钟。在两篇涉及"起源"的论文——《论人类不平等的起源》和《论语言的起源》——中，卢梭都控诉了由文字引起的最初堕落。

不过，一旦涉及具体文本，卢梭言语优先的立场就不确定了，在语言和文字之间摇摆不定。在《论语言的起源》中，卢梭认为言语的发明应该归功于激情而不是需要，"倘若只有自然的需要，言语或许就不会形成，因为手势语言足以使人进行完善的交流。"② 手势语言可以满足简单的交流需要，而言语的诞生则归于情感的因素。可见，不属于需要行列的自然情感催生了

---

① 蒋孔阳、朱立元主编：《西方美学通史》第三卷，上海文艺出版社 1999 年版，第 663 页。
② 卢梭：《论语言的起源》，洪涛译，上海人民出版社 2003 年版，第 6 页。

语言，而人类最自然的感情则是基于自我保存基础上的怜悯。这种感情在自然状态下"代替着法律、风俗和道德，而且这种情感还有一个优点，就是没有一个人企图抗拒它那温柔的声音"①。那么，在自然需要产生的手势语言和自然情感产生的言语之间，哪一个更本源呢？很明显，手势语言先于言语。卢梭写道："古人的最有力的表达方式，不是言辞，而是符号；他们不是去说，而是去呈现。"② 视觉符号有助于更精确的摹仿，声音则能更有效地激发听者的意欲。这里的"符号"和"视觉符号"正是言语发生之前手势语言，可见，手势语言（需要的产物）是比言语（自然的呼声）更本源，而前者正是诉诸视觉的文字系统。关于文字相对于言语的优先性，维柯的看法可做一个参照："因为给语法（grammar）下的定义就是'语言的艺术'，而grammata 就是文字，因此语法的定义原来应该是'书写的艺术'……语法本来就是'书写的艺术'，因为一切民族都先以书写的方式来说话，他们本来都是哑口无言的。至于文字或字母是指音响，形状，范本，而'诗性文字'确实来在有发音的字母之前。"③

可见，尽管卢梭努力想要证明源自情感的言语的优先地位，但源自需要的手势语言，即最早的文字系统还是潜在言语的基础之下的，那么声音无论如何都是不能占据本源的纯洁地位的。那么这种先于言语的文字是什么？就这样德里达发现了"原始文字"或者说"原始分延"："从这一更广泛的角度来看，文字就是一种'原型文字'（arch-writing）。它是包括文字和言语在内的一切语言现象的先决条件。它是语言的基础而不是某种后来添补上去的附庸。它是建构意义的生产模式，而不是先已成形的意义的某种载体。"④ 若肯定这种原始文字的存在，就必须承认：文字先于语言又后于语言，文字包含了语言。卢梭也不得不承认："文字艺术完全不依赖于言说艺术。文字艺术依赖于一种有差异的自然的需要，这种需要或迟或早的发展，有赖于境

---

① 卢梭：《论人类不平等的起源和基础》，李长山译，商务印书馆 1962 年版，第 103 页。

② 卢梭：《论语言的起源》，洪涛译，上海人民出版社 2003 年版，第 3 页。

③ 维柯：《新科学》，朱光潜译，商务印书馆 1989 年版，第 213 页。

④ 陆扬：《解构之维》，华中师范大学出版社 1996 年版，第 23 页。

遇。"① 但是，言语之后的文字却成为补充物，没有原始文字那样的优越性，"人们指望文字使语言固定（具有稳定性），但文字恰恰阉割了语言。文字不仅改变了语言的语词，而且改变了语言的灵魂。文字以精确性取代了表现力。……一种书写的语言无法像那种仅仅用来言说的语言那样，始终保持活力。"② 声音代表着自然情感以及在场，而文字则代表着理性的力量，仅仅是对声音的完善和补充。

　　卢梭追本溯源的理想并没有实现，因为"自然"的梦想也不过是替补的产物，作为最自然的代表的人类情感之前已经有代表需要的文字系统，而要保证自然起源的纯洁就要抹除原始文字，"起源概念或自然概念不过是补充的神话，是通过成为纯粹的附加物而废除替补性的神话。它是抹去痕迹的神话，也就是说，是抹去原始分延（originary différance）的神话，这种分延既非缺席也非在场。既非否定也非肯定。原始的分延是作为结构的替补性。结构在此意味着不可还原的复杂性，在这种复杂性中，人们只要能改变或回避在场或缺席的游戏，即，能产生形而上学而又不能被形而上学所思考的东西。"③ 可见，原始分延才是更本源的东西，分延更本源，但它亦不是本源，只是产生分延的动力。原始文字正是分延的别名。"德里达是赋予了文字某种哲学本体论的意味，将它设定为一种以差异为其本质特征的虚拟构架了。这样一种异中生同的原型，在他看来无疑也是一切文化形式的源出所在。"④

　　"自然"不再具备起源优先性，不过是"原始分延"的替补而已，"替补不仅具有通过意象为一种缺席的存在拉皮条的力量；当它通过符号的指代为我们拉皮条时，它与这种存在仍然保持距离并且主宰这种存在。因为人们既追求这种在场又害怕这种在场。替补既违反这一禁令又尊重这一禁令。正是这一点使文字成了言语的替补。但它早已使言语成了一般文字的替补。"⑤

---

① 卢梭：《论语言的起源》，洪涛译，上海人民出版社 2003 年版，第 32 页。

② 卢梭：《论语言的起源》，洪涛译，上海人民出版社 2003 年版，第 32 页。

③ 德里达：《论文字学》，汪堂家译，上海译文出版社 1999 年版，第 240 页。

④ 陆扬：《解构之维》，华中师范大学出版社 1996 年版，第 23 页。

⑤ 德里达：《论文字学》，汪堂家译，上海译文出版社 1999 年版，第 225 页。

这里的"一般文字"正是原始文字，可见，书写文字作为替补确实替代了声音语言，但是在这场替补行动发生之前，声音文字早已替补了"一般文字"。那么，这种一般文字，抑或其别名，延异、原始分延、原始文字等，究竟是书写还是声音？这个问题没有答案，"原始分延"是超越了形而上学并造就了二元论的东西。

"卢梭强行使自然进入形而上学。"德里达在卢梭的文本中发掘了一种模棱两可的技巧，对在场似是而非的忠诚："每当致命的替补限制在场形而上学时。这种在场形而上学却不断出现在卢梭的著作中并被简要地勾画出来。以在场的替补来补充被掩盖着的在场始终是必要的。"① 自然在源头就已经不纯洁了，卢梭要寻找突破的路径，为替补谋划名正言顺的专名，卢梭的写作揭示了自然的不纯粹、起源的不可能，在场的永恒缺席——但他绝不强调这一点，相反，他让替补去做替罪羊，他让替补承担这一切罪责，既然它曾经充当代理人（representer）。因此有了卢梭对一切"不自然"的东西的谴责：科学、艺术、文明、文字、戏剧……这个名单还可以列得更长，然而在这个世界上我们还能找到不是"替补"的存在么？此刻，"替补"的横行霸道证明了在场的彻底死亡。另一方面，完美的替补就是文字，替补的世界就是文字的世界，卢梭要把文字这一既完美又危险的替补纳入到"自然"的位置中去。

尽管卢梭言语优先的立场不能得到确定的保证，但是文字的罪行却得到了足够的揭露。因为卢梭在文字的起源问题上找到了人类背离自然的关键一步。词语作为符号，理想上应该是能指和所指的统一，但这种统一只是语言一直绝望地寻找却从未曾实现的：词语的起源诞生于一种有差异的自然。故而文字的补充一旦形成，社会的堕落就是不能逃避的命运了。人类不平等的起源和基础被卢梭描述为私有制，私有制的产生不可避免，因为"这种私有观念不是一下子在人类思想中形成的，它是由许多只能陆续产生的先行观念演变而来的"②。而观念的产生又归功于语言的使用，这么说来，私有制产

---

① 德里达：《论文字学》，汪堂家译，上海译文出版社 1999 年版，第 449 页。

② 卢梭：《论语言的起源》，洪涛译，上海人民出版社 2003 年版，第 112 页。

生的罪魁正是语言及其补充物——文字。文字是差异的系统，这种描述差异的系统使得人类对自然随机给予的特质进行品评比较，自然状态下的差异和不平等并不可怕，而表现这种差异的话语与符号渐渐丰富，奴役人们的力量形成，而致命的不平等也就出现了。随私有制而发展起来的制度、法律、文明、戏剧、城市、政治等都有赖于语言和文字。如果说语言还和自然的呼声保持着联系，而文字作为语言的补充，则成为一切腐败堕落的根源。德里达把文字的这种替补解释为卢梭的历史观："堕落的替代有时被描述为历史的起源，被描述为历史本身以及自然欲望的第一次偏离。有时被描述为历史之中的历史堕落，这种堕落不仅是替补形式中的腐败，而是替补性的腐败。"①

　　文字是指代性重复的堕落，是激起欲望，预示享乐并重新保持享乐的模仿。卢梭既谴责文字的堕落又在文字中寻求解放。它以符号重复享乐。而卢梭一本正经地拒绝了符号游戏，他要追寻那个不变的源点，每当卢梭试图把握一种本质（以本质、权利、理想的界限的形式），他始终引导我们回到完全的在场。他感兴趣的不是现在，不是此在，而是现在的在场，是它的自我显现和自我保持着的本质。尽管在这一过程中他遭遇了挫折和彷徨，但是他追寻的踪迹却留下了解构形而上学的最好范例。德里达则用他的写作使这一踪迹明朗化。文字，属于形而上学吗？文字从一开始就参与形而上学的构造，是共谋。卢梭的文本反复证明了这一点，没有替补的参与，也许就不曾有形而上学或自然这回事。但文字作为符号却不属于形而上学，是延异们的巡回往返的不断穿梭，被禁锢在在场幻觉之内的文字却是死亡的。因此掀翻这个世界所有根深蒂固的二元对立之后，倒是可以简化为阅读/被阅读的关系的。讽刺的是，卢梭寻求自然，最后却回到了最危险的增补——文字——的怀抱，德里达就是这样理解卢梭的，卢梭谴责文字是在场的毁灭和言语的疾病，但又恢复了文字的地位，使它重新获得言语所丧失的东西。文字代替了自然并且开始行使着自然的功能，作为不再纯粹的起源和开端开启着符号与话语的游戏。替补设置了重重屏障，卢梭同自然永远隔着层峦叠嶂，这种

---

①　德里达：《论文字学》，汪堂家译，上海译文出版社1999年版，第257页。

延迟的会晤增加了欲望，透支了享乐，最终甚至取消了死亡，文字里的在场是死亡的无限临近和永不抵达，卢梭在写作中抒发着他对起源挥之不尽的乡愁。

在德里达的解构阅读下，卢梭的"自然"不过是一个烟幕弹而已，他对作为起源的自然有着狂热追求，但自然的处所却是空缺，自然召唤的是一连串替补逻辑。这既是卢梭的技巧，也是一切书写的必备，书写所要表达的在场是不复存在的所指。"自然"在卢梭的文本中名存实亡，自然由文字所替代。并且，文字将文化自然化了，并使自然作为文化契机来起作用。

三、弗莱：作为"初级关切"的自然

对弗莱而言，神话的真实性或起源问题绝非首要目标，他关注的是神话的现象学意义，即神话对于人类生存的重要意义。因此，他以神话作为阐释起点，并使之扩展成为语言、文学和文化的解释模式，随之而来的问题是，以神话作为阐释起点，实际是将某种特定模式当成了现成的解释工具，这是否遮蔽了更源始的本源？海德格尔曾这样质疑卡西尔的象征符号哲学："卡西尔把神话的此在变成了哲学解释的课题，对某些概括的指导线索进行了探索，可供人们用于人种学的研究。但从哲学问题的提法方面看尚有疑问：解释的基础是否充分透彻？……或者说这里是否需要一个新的源始的开端？"[1] 弗莱的神话阐释路径也受惠于卡西尔[2]，海德格尔对卡西尔的质疑同样适用于弗莱，神话作为一种解释开端仍需生存论意义上的"起源"保证。这个起源其实就是散落在弗莱文本中的"自然"，弗莱无意给"自然"做详细规定，他要澄清的是理解自然的方式，"自然"不是实体概念，而是作为"神话"乃至"文化"的对立面出现的。"自然"作为一个专门讨论对象出现在弗莱的最后一本著作《双重视野：宗教中的语言和意义》中，谈论"自然"时弗莱常将其转换成"初级关切"（the primary concern），这一转变有

---

① 海德格尔：《存在与时间》，陈嘉映、王庆节译，三联书店 1987 年版，第 60 页。

② Cf. Ford Russell，*Northrop Frye on Myth*，New York；London：Routledge，2000，p.85.

深远意义。弗莱曾指出，"神话的首要兴趣不在思辨，也不是事实，而是一种实际的关切结构。"① "关切"是神话的基本结构，是从生存的希望与恐惧角度去把握人类的境况，初级关切包含了人类食物、性、财产以及人身自由② 四个方面的基本生存需要，而且，这是经由"生活得更丰裕"来阐明的。

弗莱将"自然"具体化为初级关切，实际上是将自然包含在人类关切之内，从而也将自然"神话"了，这就是一场"自然的人化"。尤其是，将财产和人身自由这种带有自由主义价值的理念带入初级关切，导致其思想在两种自然观念之间摇摆：一个是和平状态，一个是战争状态。这一矛盾也是自由思想传统的起源，显示了将社会融入自然观念时的矛盾。对弗莱而言，技术能量和愿望和平的能量有一种本体论上的紧张，这种紧张使弗莱的视角带有技术人文主义（technological humanism）的特征。③ 可见，初级关切绝非赤裸自然，绝非人类意识尚未遭到文化污染的纯洁状态，也绝非截然对立于神话或文化的白板状态，自然（初级关切）先天地被包含在人类语言意识层面了，进入了价值诉求空间。从这个意义上说，弗莱否认将一个外在自然当作起源，起源总是已经包含在人类的神话表达之中。"自然"已被他转化成一种神话叙述方式，从而也成为人类的一种语言能力和思维序列了，即"语言的纯粹不仅是思维中的创造性因素，而是再创造思维的力量，或者说已经在第一层次上创造了思维，仿佛其是来自真实创造的独立力量，仿佛有一个逻各斯连接了思维和自然，而其真正意味着'道'（Word）"④。自然和语言的这种关联就是基督教式的语言创世观。人类并不直接生活在大自然中，

---

① Northrop Frye, *Words with power: being a second study of "the Bible and literature"*, San Diego: Harcourt Brace Jovanovich, 1990, p.32.

② Cf. Northrop Frye, *Words with power: being a second study of "the Bible and literature"*, San Diego: Harcourt Brace Jovanovich, 1990, p.42.

③ Cf. David Cook, *Northrop Frye: A vision of the New World*, Ontario: Oxford University, 1985, pp.18-19.

④ Northrop Frye, "The double vision: language and meanings in religion", Alvin Lee and Jean O'Grady eds, *Northrop Frye on Religion*, Toronto: University of Toronto Press, 2000, p.235.

而是生活在一个神话世界中，即由语言、信念、制度构成的神话世界中。弗莱反复表达了这样的观念："将我们与自然隔阂起来的'文化氛围'是由词语等物构成的，其中缀字成文部分便是我叫做'神话'的东西，也即由词语所表达的人类创造的整体结构，其中心便是文学。这类神话体系属于镜子而非窗户的范畴。它旨在人类社会四周画一个范围，反映人类社会所关切的问题，但并不探身窗外直接观察外在的大自然。"①

初级关切之上则是次级关切（the secondary concern），是通过社会契约产生的，包括"爱国主义及其他忠诚的感情和宗教信仰，以及由阶级决定的立场和行为。次级关切来自神话的意识形态面向，倾向于意识形态式的直接表达"②。神话同时包含了两种关切的语言表达，其根基在于人类生存（初级关切）本身，但人类若仅执着于初级关切的满足，则尚未脱离动物状态。初级关切的精神维度（spiritual aspects of primary concern）是弗莱最为看重的部分，这一层面只有进入语言，神话所开启的阐释效力才能得到保证。初级关切进入语言和文学在弗莱看来就是一种"道成肉身"（the flesh made word）③的过程，词语中保存着的，是经由肉体升华了的精神需要，基于存在经验之上的语言是和身体相关的隐喻式语言，"神话中经常使用的原型和隐喻都来自欲望，只有隐喻性的语言，是意象和感觉自我指涉的语言，才

---

① 诺思洛普·弗莱：《文论三种·创造与再创造》，刘庆云、温军、段福满译，内蒙古大学出版社 2002 年版，第 106 页。

② Northrop Frye，*Words with power*：*being a second study of "the Bible and literature"*，San Diego：Harcourt Brace Jovanovich，1990，p.42.

③ 伽达默尔曾指出，作为镜像的语言的构成方式可以用基督思想中"道成肉身"（Incarnation）来诠释，道成肉身乃是一种通过词语实现的内在化过程，即上帝变成了人，道（逻各斯）成了肉身。这种观念不同于"外入肉体"（Einkörperung，这是伽达默尔自造的词语），"外入肉体"是一种外在化的过程，按照古老的思想，尤其是柏拉图—毕达哥拉斯的观点，灵魂不同于肉体，它进入肉体之前就有了自为的存在，而在它进入肉体之后，仍保持它的自为存在，以致肉体死了后，灵魂重新又获得真实的存在，这就是一种典型的外入肉体的观点。在希腊神话中，神以人的形象出现，神却未变成人，而以人的形象向人显示自己，因为神总是保持着超人的神性。伽达默尔认为，这些希腊思想都不是基督教教导的道成肉身思想。（参见伽达默尔：《真理与方法》，洪汉鼎译，上海译文出版社 1999 年版，第 855—856 页。）

是欲望的自然表达。"① 语言常驻人类的自然躯体，从而身体也获得了神圣转化，灵魂与肉体不再是分割的两元。

无论初级关切还是次级关切，都将我们拉回关切神话的语境。初级关切的精神维度其实就是一种自由神话，次级关切则完全归属于关切神话。弗莱其实"设置"了两个不同属性的社会，次级关切占主导地位的社会是一个"原始社会"（Primitive society），倾向于将个体吸纳入群体之中，个体沦为一个等级结构中的功能性成分。只有当初级关切的精神维度得以实现，"成熟社会"（Mature society）才会诞生，成熟社会意识到其基本目标是发展成员的真正个性，成员不分性别、阶级、种族而共同创造诗意空间并在其中获得自己的个性。② 从这个意义上说，历史上曾经存在过的社会形态都还是"原始"的，因为次级关切的意识形态特征不可避免地侵占着初级关切的实现，成熟社会的关切理想不过是一种斩断历史关联的乌托邦变形。

这两个不同社会其实就是个体与群体之关系的抽象体现。在原始社会中，个人是功能性角色，个体依据自然禀赋以及某种不可知命运的安排成为社会机体的部分，其中唯一的身体是由关切所护卫着的社会有机体。但这样一种设想被弗莱视为关切神话的封闭，压抑了自由主义个体的自我实现。因此，在成熟社会中，每一位个体都需要成为独立的身体，自由必定有突破关切的能量，但这又重新将个体置于危险之中了。

将神话奠基于自然，使之具体化为初级关切，并由此升华至精神层面。弗莱的神话阐释与圣经阐释紧密关联，奠基于基督教的语言创世观，"道成肉身"的观念为其提供了转化的关键，此时语言不仅是交流的媒介或工具，

---

① Glen Robert Gill, "The Flesh Made Word: Body and Spirit in the New Archetypology of Northrop Frye", Jeffery Donaldson, Alan Mendelson eds, *Frye and the Word: Religious Contexts in the Writings of Northrop Frye*, Toronto Buffalo London, University of Toronto Press Incorporated, 2004, p.128.

② 关于"原始社会"和"成熟社会"的区分可参见 Northrop Frye, *The double vision: language and meanings in religion*, Northrop Frye on Religion edited by Alvin Lee and Jean O'Grady, University of Toronto Press, 2000, p.171。

更是语言塑造精神的力量，并以这种语言去重塑"自然"从而形成人类赖以
生存的神话。

第二节　现代神话学与双重自然

　　布莱克和德里达都将卢梭的"自然"视为文化或语言构建的东西，在
这一点上，弗莱和他们是一致的。不过弗莱是在文化模式的意义上谈论语言
的，对"自然"的悬置证明了一个文化封套的存在，这个封套就是用语言文
字构成的，人类通过此封套和自然打交道。"人类不仅是自然的孩子，也是
语言的孩子，在自然制约中，人类发现了必然性的概念，在语言共同体中，
人类首先获得的是自由宪章。"① 自然中只有必然，语言才给予自由，这是弗
莱一以贯之的思想。不过，弗莱并不直接推翻自然，他更关心的是，卢梭为
何用"自然"来构建自己的文本呢？卢梭对"自然"的塑造使其成为新神话
的开创者。要梳理这个踪迹，则要先考察弗莱的语言模式理论，德里达区分
了语言和作为书写的文字，而弗莱的语言模式理论则模糊了这一区分，他是
把文字和语言作为同一现成物接受下来的。
　　神话作为阐释起点的合法性来自初级关切"道成肉身"的过程，弗莱
对语言模式的探讨亦和《圣经》的语言问题息息相关。因此他的两本《圣
经》之书均以对语言模式的讨论展开问题。弗莱的语言观和基督教语言创世
观紧密相关，也顺应了 20 世纪上半叶批评理论的语言学转向。不过他论述
"语言"的方式和英美日常语言分析学派、结构 / 后结构主义的符号学分析
都有很大差别，他并没有以修辞性技术手段来分析语言，他将语言转化成了
"模式"，他更关注产生语言并被语言所制约的"神话模式"。

---

① 　Northrop Frye, *The Great Code*：*The Bible and Literature*，San Diego：Harcourt Brace Jovanovich，
　　1983，p.22.

一、哥白尼革命与双重自然

按照《伟大的代码》中的三种文体划分，从语言模式的历史发展角度来看，卢梭和洛克是一致的，都属于通俗文体。因此，卢梭把"自然"设定为对象，设定为可以确定和描述的起源也就不足为奇了。经验论者的"自然"是一个客体概念，表面上召唤着认识，激发着征服，实际却对立于人类而存在，是一种巨大的异己力量。因此，经验论者的自然观体现着描述语言模式所预设的主体和客体之对立。当然，卢梭的语言模式并不完全是描述式的，也包含逻辑论证、修辞和想象模式，因此他对启蒙意识形态的超越是显而易见的，这也是后来者能从其学说中得到不断启发的原因。

语言意识的变迁和宇宙论变化也是密切关联的。到了 18 世纪，中世纪四重宇宙论的神话体系已经失去作用，人们解释世界的时候试图寻找更为坚实的基础，并以此探测起源和第一原因。卢梭以"自然"为起点，认为跨入文明时代之前的野蛮人的生活是人类的黄金时代。丢掉古典神话是历史的必然，甚至苏格拉底时代人们就不再对神话信以为真了，而启蒙时期是把"上帝"也放逐了的年代，卢梭是在同一阵营内部反对启蒙的乐观理想，那么他只得退回到人类的远古时代的"自然"。卢梭的功绩绝不是发现了"自然"，而是构造了"自然"，从而使"自然"作为现代神话的一个关键词登上了语言模式和意识形态的历史舞台。在 1967 年的惠登演讲（Whidden Lecture）的第三部分中，弗莱指出："西方文化中存在两种基本的神话叙述构想。一个是体制化的基督教以《圣经》传统和亚里士多德传统为源头，将两者纳入一起的巨大综合……一个是开始于现代世界的，即 18 世纪后半期开始的现代神话学（modern mythology）。"[1]旧的神话体系被罢黜了，曾经的星空变成我们头顶闪烁不定的阴影。

这里提出的"现代神话学"就是相对于古典神话学的"自然"神话学，古典神话学以《圣经》和希腊神话为基础，相信世界上还存在着某种至上神

---

[1]　诺思洛普·弗莱：《现代百年》，盛宁译，辽宁教育出版社 1998 年版，第 74—75 页。

意，"人的本源是上帝，他主要的目的也就是接近上帝。……人类最终于居所并不在这个世界，而是在靠近神的身旁的一个天国。"①古典神话学到现代神话学的一个转变是：现代神话学则以"自然"为根基，自然成了独立于人类精神源的巨大异己存在，人类依托自然创造了文明，自然也从目的性概念转化成了某种必然性。现代神话学的兴起是伴随着启蒙运动以及世俗化的过程而兴起的，而卢梭的著作就是现代神话学开端阶段的重要文本：

> 卢梭是一位先驱，预言了旧有的占统治地位的四层宇宙结构的坍塌，这一结构仅仅是将"上界"的象征体系变动一下以适应意识形态之需；取而代之的是一个革命性的宇宙观，即推动性能量来自下层以及人性之受压抑成分的反攻。在这些压抑中，包含着一个合乎天性的自然社会，它体现在受到多数现存政治体系阻挠的"普遍意志"（general will）中。②

饱受压抑的社会力量中，包含着无产阶级的原型，这一维度启发了马克思；而受压抑的心理力量中，则是和梦幻相连的被斥为非理性的潜意识，这一维度又启发了弗洛伊德。正是从这个意义上说，卢梭对现代性功不可没。神话思维上发生的这种深刻变化，弗莱将其看作是现代和前现代之间的分界。③弗莱也意识到如此抽象地谈论这些影响深远的复杂思想家显得"哗众取宠"，④但是弗莱并非关注这些思想家们所谈论的内容，而是其谈论的形式即"构成他

---

① 诺思洛普·弗莱：《现代百年》，盛宁译，辽宁教育出版社1998年版，第75页。

② Northrop Frye，*Words with power：being a second study of "the Bible and literature"*，San Diego：Harcourt Brace Jovanovich，1990，p.241.

③ Cf. Caterina Nella Cotrupi，*Northrop Frye and the Poetics of Process*，Toronto：University of Toronto Press，2000，p.20.

④ Northrop Frye，*Words with power：being a second study of "the Bible and literature"*，San Diego：Harcourt Brace Jovanovich，1990，p.238. 无产阶级的原型是基于以下前提的，即人和受到社会秩序排挤或驱逐的东西迟早总会复原的。这样，原先的沉沦又补充以创造性的浮升，其形式是对无论政治上还是心理上受压抑成分的排除。对受压抑世界的探索和关于解脱它们的技巧研究自然使得弗洛伊德和马克思成为当代世界最令人敬畏的人物。

们理论基础的一些相似的神话和隐喻形态"①，即"自然"是如何与这些神话形态相联结的，而成长中的自然（natura naturans）总是优于体系化和等级化的自然。

实际上，卢梭的"自然社会"构想也被人类学证明是站不住脚的。"人类的自然继承并不形成争论，必须要提出的问题是'自然社会'如何可能，人类能否和自然简单地和谐相处而不用将意识从自然中撤离，而将其精力献给存在的分离秩序。这种思辨开始于18世纪的卢梭时代，自从人类学对原始社会的观念进行研究之后，这种观念就站不住脚了。尽管在原始时代人类的食物、交配、狩猎习惯可能与动物有些接近，但人类社会依旧是生活在与自然隔离的律法、仪式、风俗和神话封套之下的。"② 弗莱认为，卢梭关于自然状态的看法也只是一个理论预设而非历史事实，因为人类并非赤裸地生活于自然之中，无论看上去多么原始的生活其外都有一层文化的封套，这一封套的基质正是语言。

神话形态总是覆盖着自然的两大层面，上层自然是人类精神创造的成果，其实早就"进化"成文化了，而下层自然和人的基本需要相关，也是弗莱所言的"初级关切"。如此一来，下层自然和上层自然的区分就可以看作是广义的自然与文化的对立。古典神话学一直关注上层自然，下层自然在古典神话学的宇宙论模式中常常被贬斥为魔怪世界。自现代神话学才开始对"下层自然"的关注。"下层"用在这里同样是一个隐喻，不仅是个人被压抑的欲望和本性，更扩展到了被压迫的社会阶级力量。从这个意义上说，"下层自然"是被压抑的象征，而高居于自然之上的语言文化则成为了权力的同谋。现代神话学其实代表着革命的意志，"下层自然"要求得到关注、解释和谈论，要求秩序加以重组。由启蒙运动开创的现代神话学的一大优势是：

---

① Northrop Frye, *Words with power：being a second study of "the Bible and literature"*, San Diego：Harcourt Brace Jovanovich, 1990, p.243.

② Northrop Frye, *The double vision：Language and meaning in Religion*, Northrop Frye on Religion, edited by Alvin A Lee and Jean O'Grady, Toronto：University of Toronto Press, 2000, p.185.

关注光明产生之前的黑暗母体，关注语言之光所映照不及的角落。

　　但是，是否一旦谈论这种"下层自然"，就必然要和传统的上层自然，即权威化了文化实施断裂呢？在革命激情下，当一种旧神话学被推翻，建立一种新的神话学的时候，常常有将旧有的神话学作为统治阶级意识形态的表征、权威的解释者而加以抛弃的趋向，而没有意识到旧的神话学同样含有革命的因素，而这种因素是神话中想象性语言的固有品格，关键是理解的视角。"上层自然"既可能腐朽为压迫的秩序，但也保存着文化传统的源头。于是在社会领域，无产阶级取得革命成功的地方，那种和传统断裂的欲望则更为强烈；而在对个人潜意识最为关注的地方，则可能形成一种所谓个性解放的泛滥。可以看到，通过上层自然与下层自然的区分，弗莱试图阐明的是自然与文化之间连续性而不是断裂。

　　尽管弗莱为卢梭丢掉古典神话感到遗憾，但卢梭的现代神话学和古典神话学紧密相连。卢梭没有直接论述"上帝"或以古典神话人物当作再创造的形象，但他的叙述模式根本没有脱离以《圣经》为主导的古典神话学："自然"不过是"伊甸园"的别名而已。早有论者指出《论人类不平等的起源》这部探讨人性、历史、社会和政治的作品，根本上是一部宗教著作，尽管卢梭在其中很少谈论自己的宗教信仰，但其叙事方式可看作是对《创世纪》的模仿。斯洛塔宾斯基说："这完全是一部宗教作品，但非常独特，是又一部神圣的历史。卢梭把《创世纪》重写为一部哲学著作，其中充满了伊甸园、原罪和语言的混杂。这是人类起源的世俗的、解神话的新版历史，用另一种语言取代了《圣经》并加以重述。卢梭的语言是哲学思考的语言，没有一处提及超自然的神意。然而基督神学，虽然没有清晰地体现，但却塑造了卢梭的论述结构。过着与动物鲜有差异的生活的原始人是幸福的。他住在伊甸园里，并会一直住下去，直到他开始使用理性。然而他一旦开始思考，他便获得了善恶的知识。人的焦虑的心灵感受到了生存分裂的不幸：人类因此堕落。"① 卢

---

① Jean Starobinski, *Rousseau*, *Transparency and Obstruction*, trans. by Arthur Goldhamm, Chicago: University of Chicago Press, 1988, p.290.

梭的语言中没有超自然的神灵，也没有神秘色彩的背景，只有哲学思索和推理的语言，但论文的叙述结构却和《创世纪》惊人的一致，人类总是通过神话模式来理解世界并反省自身，弗莱就是在这个意义上来思考卢梭的现代神话学的。

此外，《科学与文明》中有关文明负面方面的卓越分析，也具有福音书般的智慧，仿佛是保罗所言的"但没有律法，罪也不算罪"、"因为没有律法，罪是死的"的卓越注脚。"天文学诞生于迷信；辩论术诞生于野心、仇恨、谄媚和撒谎；几何学诞生于贪婪；物理学诞生于虚荣的好奇心；这一切，甚至与道德本身，都诞生于人类的骄傲。"① 按照通常的理智思维，知识的诞生根本上源于人类求知的欲望，求知是为了获得对于人自身及真理的认识。但实际上就科学和艺术的目的而言，艺术只是满足了人们因为闲暇而培养起来的奢侈；法理学要解决的是人间的不公道；而历史学只是关于暴君、战争、阴谋的学问。但假若人间没有这些奢侈、不公道及战争，如果人人都只是在讲究自己做人的责任与自然的需要，人人只能有时间为祖国、为不幸者、为朋友而效力，就不会有人把自己的一生用之于毫无结果的思索。由此，卢梭得出了一种表面看来要废黜文明的观点，这种反智主义的倾向和因吃了"知识树"之果而堕落的人类祖先的愧疚是多么类似。

因此，对弗莱而言，卢梭和布莱克都梦想着黄金时代，并以这种图景去引导写作。差别存在于他们使用的神话模式不同：卢梭顺应了现代神话学潮流，而布莱克依旧在古典神话框架下思考和写作。弗莱尤其推崇布莱克的原因也就显而易见了：布莱克在现代神话学发韧期仍然坚守古典神话学的理想，在其诗歌中表达了和卢梭类似的社会关切。弗莱在布莱克身上看到了一种延续并创新旧神话的努力，神话赋予其诗歌预言的力量，布莱克对《圣经》主题的执著使他在许多方面脱离了那些倡导新神话的人。卢梭尽管采用了自然神话学，但他的叙述模式依然不能脱离古典神话学，而布莱克则是创造性地发挥古典神话学的力量，其革命性丝毫未减。

---

① 卢梭：《论科学与艺术》，何兆武译，上海世纪出版集团 2007 年版，第 39 页。

以语言模式观之，卢梭的"自然"不过是一种构建新神话学的方式，而"神话学是一种由人类关切所建立起来的结构：从广义上说它是一种存在性的，它从人类的希望和恐惧角度去把握人类的境况"①。启蒙时期科学主义的发展使得对立于人类的"自然"概念凸显起来，若要揭开比喻的关系去把握自然本身的联系，那就需将卢梭的"自然"还原为"文字"或"语言模式"。不过，无论是"语言模式"还是"原型文字"，都证明了自然作为一个实体概念的失效，"自然"只是话语的构造，从这个意义上说，弗莱的神话语言模式理论为"现代性"问题的讨论注入了语言维度。

卢梭的"自然"被弗莱转化成一种神话学叙述方式，从而也成为一种思维序列，因为神话语言就是人类要从自然的低级层次跨入自然的高级层次的必经之路。"语言的纯粹不仅是思维中的创造性因素，而是再创造思维的力量，或者说已经在第一层次上创造了思维，仿佛其是来自真实创造的独立力量，仿佛有一个逻各斯连接了思维和自然，而其真正意味着'道'。"②自然和语言的这种关联就形成了其语言创世观，语言相对于自然是优先的。人类并不直接生活在大自然中，而是生活在一个神话世界中，即由语言、信念、制度构成的世界。

二、自然与文化的角力

布莱克以诗句讽刺了卢梭著作中的自然倾向，他认为这种倾向是滋生偶像崇拜的温床，德里达让文本自身颠覆自己，自然不攻自破；弗莱则从宏观的语言模式着手，展示卢梭的"自然"话语既顺应又超越启蒙意识形态的部分。总而言之，在打破孤立自然，树立语言的独立性方面，三人殊途同归。无论是布莱克的想象和上帝，德里达的解构策略还是弗莱关于语言模式的分析，"自然"都被否定掉了：作为客体或对象的自然是不存在的，既不

---

① 诺思洛普·弗莱：《现代百年》，盛宁译，辽宁教育出版社 1998 年版，第 80 页。

② Northrop Frye，"The double vision：language and meanings in religion"，Alvin Lee and Jean O'Grady eds，*Northrop Frye on Religion*，Toronto：University of Toronto Press，2000，p.235.

是上帝的产物也不是人类自身的客观对应物。作为起源的自然也仅仅是人类构造的结果，自然只有进入人类视野，进入符号表述系统之后才能存在。弗莱捕捉到了自然意识的变迁是古典神话学与现代神话学的分野，自然从未销声匿迹，只是作为能量之涌现被铭刻在不同的社会环节中。

按照德里达的说法，"自然"是掩盖原始分延的文字符号，而原始分延才是保证一切文化形式得以产生的源头。不过文化、语言的增补并不能填满原始分延，相反更加使其所掩藏的东西变得可疑起来。因为，语言所进行的抽象无论如何也比不得感性丰富性。感觉总是复数的，任何试图归纳全部的企图难免失败。在《精神现象学》的开端，黑格尔已明确指出感性确定性并不能被准确呈现出来。"由于语言具有这样的神圣性质，即它能够直接地把意谓颠倒过来，使它转变成某种别的东西［即共相］，因而使意谓根本不能用语言来表达。"[①] 意谓不可能被语言充分表达出来，可语言又不可缺少，使用语言的过程即是普遍化的过程，使"这一个"上升到"这一类"。但不可避免的是，一旦使用语言来表达感性意谓，感性意义的丰富性就消失了，这是人类面对语言的一个根深蒂固的困境，用语言表达事物如同竹篮打水。那么，由语言作为根基所建构出来的符号、文化、制度等难道不是遗忘了更多并且压制了原本的东西？每一种文化语言的建构行为都是一种遗忘：遗忘了未曾言明的，这种遗忘在德里达看来就是抹去"原始分延"的行为。

自然和语言文化之间的紧张是理论话语中难以革除的持续张力。[②] 当德里达以"符号的自然"解构"起源的自然"时（其实就是上层自然对下层自然的入侵），其本意并不是用符号来代替或取消起源，而只是取消了两者的对立，起源只有在符号的映照下才有意义。但是，一旦自然／文化形成两

---

① 黑格尔：《精神现象学》（上），贺麟、王玖兴译，商务印书馆 1979 年版，第 73 页。

② 参见特里·伊格尔顿：《文化的观念》，方杰译，南京大学出版社 2006 年版，第 72—91 页。在该书第四章，伊格尔顿也描绘了一幅自然和文化的"角斗"场景，即"自然不仅仅是文化的他者，她还是其内部的一种惰性的重量，展开一个贯通人类主体的内在裂痕。我们只有通过将我们自己的某些自然能量运用于这个任务，才能够从自然中夺取文化，因为文化不是在这种意义上通过纯文化的手段建造的"。

元区分，高低立现，文化是优于自然的。凡属于自然的东西被归入茫茫黑暗中，等待着被文化唤醒才有意义可言。这种对立被描述为基督教的双层自然观：

> 诺斯替教派轻视自然，异教徒崇拜自然，基督教在两者之间走了一条中道。保罗称耶稣的布道就是一种新的创世，他认为旧的创世观就是生育创世（《罗马书》8：20—22），当然这仍然是一种创世，或者说是次要的福音（《罗马书》1：20）。到了 18 世纪，基督教依据双层自然解决了这一问题。上层自然是创世纪中"善"的神圣创作；下层自然是亚当犯罪之后被罚进的那个"堕落"的世界。人类在下层自然中诞生，但生命的根本任务就是提升自己并进入上层自然。①

神话观念中的双重创世（生育创世与语言创世）转化为双重自然的过程，生育创世属于低级自然，语言创世是高层自然，不过语言创世同样摆脱不了孕生观念，高层自然是更为艰辛的精神生产。当夏娃怂恿亚当吃了智慧树果实之后，被从伊甸园中赶出来之后的悲伤旅程就是一种作为堕落的进步，时间开始了，人类落入一个残暴无情的自然进程：在这样的世界中，人类感到孤立无助，要逃离这个自然，必须进入文化和语言的范畴。不过人类所意识到的从来都不是自然本身，而只是关于自然意识的一部分。但文化并不能带来充分的家园感，文化意味着对自然的犯罪和暴力，以及一种疏远和陌生的状态。在这种双层自然观的支配下，弗莱反对的不是自然，而是自然的客观化，自然必定要包含在人类意识之中才可能获得恰当的理解。人类创造活动的要旨就在于自然由低到高的转化，高低之分并未固化。高层自然会腐烂，而低级自然中压抑的东西早晚也会爆发。自然—文化的生成是文化之整合力的允诺，即以文化为中介引领人类重返自然。

---

① Northrop Frye, *The Great Code：The Bible and Literature*, San Diego：Harcourt Brace Jovanovich, 1983, pp.112-113.

　　超越自然／文化的区分并不容易，尤其是性别问题掺入之后更为复杂。弗莱的文本中也不时地出现一个常见的性别隐喻：自然是母亲，文化是父亲。作为男性原则征的文化理所当然地优越于代表女性原则的自然，这一隐喻很大程度上来自于布莱克的"性别意象宇宙论"（gender-imaged cosmology），在布莱克的诗歌中，代表女性的名词都与混乱的自然联系在一起，是必须要克服的东西；而与之相对的男子气概则是高级的，带有文化色彩的，"自然"是女性原则的面具，成了文化的永恒她者。"上帝的男性观念与此相关，即《圣经》拒绝将命运或必然性的封闭循环看作人类所能领会的最高范畴。这些由自然暗示并包含在自然之中的循环，也是我们将自然视为自然母亲的原因。但若仍处于她的循环中，我们就还是尚未出世的胎儿。"①

　　布莱克诗歌世界中想象的四个层次（Eden、Beulah、Generation、Ulro）和宇宙论的四个层次也刚好对应，即天国（heaven），人间乐园（earthly paradise），自然环境（physical environment）以及恶魔世界（demonic world）。其中 Generation 和 Beulah 包含了自然的两个阶段，其一是未经文化梳理的，只是一片茫无涯际的黑暗和混乱，这个低等序列由狂暴的女性意志（female will）所主宰；但经过教化的"自然"则被吸纳到文化之内，这时混乱的女性意志成为了新娘或母亲，进入 Beulah 的空间。在这个四层空间的变奏中，人自出生开始就跌入自然环境中 Generation，人要用创造性的精神努力使自己重返人间乐园以至天国，相反，若一味地囚禁于自性深渊，则只会向下跌入恶魔世界。

　　在 To Tirzah 这首诗中，布莱克就象征性地表达了对代表母亲和肉体原则的自然之憎恶："无论什么诞生于肉身，就必然与尘土消磨殆尽，为了要摆脱传宗接代的羁绊，那么我与你有什么相干？／两性从羞耻与骄傲中跃起，在早晨传播；在夜晚死去，但慈悲把死亡变成睡眠，两性激动且哭泣。／你这与我血肉相连的母亲，用残酷铸造我的心。用虚假的自欺的泪珠，把我

---

① Northrop Frye, *The Great Code: The Bible and Literature*, San Diego: Harcourt Brace Jovanovich, 1983, p.107.

得鼻孔、眼睛和耳朵来束缚。/用没知觉的泥巴使我噤声，把我出卖给必死的生命：耶稣的死使我脱离了苦难，那么我与你有什么相干？/复活的是灵性的身体。"①

在这首经验之歌中，布莱克明显地表达了对"母亲"的不满：母亲是自然，由母亲带来的血肉生命也必将以死亡告终，仅仅又是一个囚禁于自然之中的奥克（orc）循环，而要摆脱这种循环进入精神生存的层面，则需要洛斯（los）的塑形作用。洛斯的代表是耶稣，代表了精神和道。由此，抒情主人公对灵性的身体充满了期盼而情愿抛弃肉体的生命。但是，在和母亲血肉相依的自然联系中，生理父亲的形象却是缺席的，可以形成类比的是，《新约》中约瑟之于玛丽亚和耶稣也并没有明显的生物角色，唯一的"父"是灵，是道，是词。这一精神借助于母亲的血肉关联又试图重新打破这一关联，通过与女性的肉体关联而建立的神圣父亲原则，是对仅仅依赖于血缘伦理的超越，直至完全认同于上帝之父所代表着的道与真理。

"Beulah"代表阴性的月亮世界，这一世界也是天真世界的缩影，充满了田园牧歌的情调。Beulah 只有不断向 Eden 的光明世界迈进，才能获得应有的尊严。若从审美范畴上来分析，Beulah 和 Eden 分别代表了优美和崇高。优美具有小巧、光滑、娇柔等客观属性都是可以和男性眼中美丽女性联系到一起的。康德也通过男女两性的区别来讨论崇高与优美，简言之，两性在美学上的根本区别是：男人富于崇高感，女人富于美感。②被"优美"客观化的女性世界是沉默的，被切断了通向崇高的路径，只有来自崇高父亲原则才能

---

① Whate'er is born of mortal birth/must be consumed with the earth/to rise from Generation free；/then what I have to do with thee? The Sexes sprung in Shame&Pride / Blow'd in the morn：in evening died：/But mercy chang'd Death into Sleep；/the Sexes rose to work & weep. Thou mother of my Mortal Part/ With cruelty didst mould my Heart，/And with false self-deceiving tears/ Didst bind my nostrils，Eyes&Ears Didst close my Tongue in senseless clay/And me to Mortal Life betray：/the death of Jesus set me free；/then what have I to do with thee? (*William Blake*：*Selected Poetry*，Edited by W. H. Stevenson，Published by Penguin Group，1988，p.44.)

② 参见康德：《对美感和崇高感的观察》，曹俊峰、韩明安译，黑龙江人民出版社1989年版，第63页。

赋予其价值。一个由女性意志主导的世界，是人间乐园，也是由传奇开启的世界，但由于缺乏父亲原则的规范，这个世界随时有堕入下层自然的凶险。

可见，所谓 Beulah 的沉默只是来自 Eden 父亲的意志，这个世界并不是无声的，充满着母亲和孩子的天然纽带，孩子们的咿呀学语才是"语言"发生的前提，弗莱在谈论诗歌创作时也曾指出这种前语言阶段的重要，并且在其中发现了潜意识的两个成分，分别成为抒情诗中音律和场景的基础，"这是两个从未得到命名的成分，不妨将其称为 babble 和 doodle。"① 这两者属于前语言和前书写阶段的喋喋不休和胡写乱画阶段，一些强调差异的解构者则明白无误地赋予这个领域以特殊的重要性，这儿绝不是一个宁静的优美世界，"母亲"意象以及与之相关的阴性语言不断挑战着逻各斯，即父亲之名的权威。

那么，语言到底源自代表父亲原则的上帝之道还是代表母亲原则的血肉之躯？毫无疑问弗莱是坚持前者的，"太初有言"这样的信念就决定了他的立场，但一旦父亲的原则确立，"喋喋不休"的阶段就被掩盖了，而且被赠之以"乱伦"名号。然而，愤怒的母亲不会就此罢休，秩序之前的前意识阶段会爆发惊人的言语力量，这一力量就是"解构"的力量，也是文本解构、瓦解自身的过程，文本不再占据铁板一块的整体意义，意义在主体不复存在的情况下四处漂移。此刻就是弗莱所言的无法升华到意识层面的"喋喋不休"阶段，只能停留在潜意识的联想层面，成为文学再现疯狂的方式。这种文学语言上的无意识疯狂反抗着"父亲之名"的权威，这一解构特质也是文学语言的内在特征。

弗莱关于 Beulah 的看法也颇有意味，"Beulah 是没有形成确定形态的有关永恒的转瞬即逝的制度世界，是打破并逃离了语言的一些幻想。"② 不过他并没有认真对待这一阶段所可能爆发的语言力量，他想当然地认为 Beulah

---

① Northrop Frye, *The Anatomy of Criticism*, Princeton: Princeton University Press, 1973, p.275.

② Northrop Frye, *Fearful symmetry: A study of Willam Blake*, Princeton: Princeton University Press, 1969, p.230.

这一阶段的语言方向都是指向 Eden 的，他将代表这一天真世界的文学作品称为传奇，而其别名就是"世俗圣经"，世俗圣经以文学语言成为《圣经》的对应物。弗莱沿用了布莱克的性别隐喻，于是文学成了《圣经》新娘，文学精神不断指向和丰富着《圣经》所开启的"道"。在这样的思想背景下，弗莱表达了对解构的批判而不是拒绝：解构树立了语言和逻各斯的对立，因此语言失去了救赎功能，仅仅成为表达欲望的工具，这在弗莱看来不能不算是一种遗憾。将文学视为永恒的颠覆（phallic 母亲对父亲原则的颠覆），就将文学纳入了永远的不忠。①"不忠"设定了一个应该忠实的对象，这个对象不是可见的外在化原则，文学一直忠实于词语的自律原则，即由词语的假设性原则所开启的中心；但是当这个中心虚无掉之后，弗莱描绘的文学如同是一条狗，找不到自己的主人，只好围着自己的尾巴转圈。

弗莱这样解释宗教和文学的关系的确很有启发，文学是宗教的她者，而一种绝对精神当然应该通过吸纳她者而逐渐丰富和饱满，这也是人类精神发展的必然，但弗莱犯的错误是：何以这种精神必定要认同于"父亲"呢？这个隐喻已经先在地设置了男／女、文化／自然的对立，而这一对立势必制造的话语的不公：每一个母亲都有被压抑的愤怒和悲哀，每次被文化了的自然历程也有沉默的悲泣。弗莱所认同的由文学整体所开启和指向的中心，无论我们将其称之为"言""逻各斯"或"绝对精神"，都应该代表着中性而非男性原则。弗莱习惯性地将其称之为"父亲"正好暴露了那局限着他的立场：基于逻各斯之上男性中心主义。尽管立场几乎总是不可避免的局限，有论者已指出，"从原型层次，而非生理层次上来看，弗莱的理论是父亲导向，即父权制的，语言的原型资源即是上帝之言。"②

---

① Cf. Ross Woodman, "Frye, Psychoanalysis, and Deconstruction", Alvin A Lee and Robert D. Denham eds, *The legacy of Northrop Frye*, Toronto Buffalo London, University of Toronto Press Incorporated. 2004, p.316.

② Ross Woodman, "Frye, Psychoanalysis, and Deconstruction", Alvin A Lee and Robert D. Denham eds, *The legacy of Northrop Frye*, Toronto Buffalo London, University of Toronto Press Incorporated, 2004. p.316.

　　当然，弗莱也一直致力于超越这种性别隐喻。有学者认为弗莱通过"将女子气和男子气的比喻转换成启示的和恶魔的意象"①，成功地中立了这一性别隐喻，即，原先代表"自然"的不再用女性原则来隐喻，而是恶魔的意象，而代表"文化"的隐喻也不再用男性原则来隐喻，而换作启示的意象。启示意象和恶魔意象是弗莱论述文学时常常采用的两个极，对应着其四层宇宙论的两个端点：恶魔意象是撒旦式的，人类被囚禁于孤立自然中，再无超越的可能；而启示意象则和乌托邦相仿，是欲望的完满实现，也是失而复得的伊甸园。这种启示/恶魔意向仍是等级系统，反对低级的自然，而高级自然的达成要依赖人类的创造性想象。通过这一中立，可以看到性别隐喻的根基在于人类想同自然合为一体的愿望和文化本能之间的严重冲突。

　　不过仅用"天启/恶魔"意象来取代"女性自然/男性文化"的对立也是不充分的，弗莱试图考察并解释这些性别隐喻如何生成并主导了我们的思维方式。自然女性/文化男性的性别隐喻在《圣经》中更为突出，两个不同版本的祭司文本的《创世纪》和耶和华文本的《创世纪》就展现了对待性别问题的不同观点，而《圣经》是父权文化的产物，故而"伊甸园故事的意图之一是想把《圣经》以前大地女神的神圣统治转移到象征男性并高踞苍天的上帝身上"②。

　　弗莱指出，《圣经》中传统的妇女象征之间的神话—隐喻关系被纳入文学批评的语言之中后，三种象征应予以考虑：（1）妇女代表两种性别中的一种；（2）妇女代表整个人类群体；（3）妇女象征一个事实，即人类不能从大自然中孤立地获得赎救。③ 在这三种象征中，潜意识里都把女性打发为低等的自然原则，而女性意象的象征"花园"也是一个客体，是被征服和改造的

---

① Caterina Nella Cotrupi, *Northrop Frye and the Poetics of Process*, Toronto: University of Toronto Press, 2000, p.49.

② Northrop Frye, *Words with power: being a second study of "the Bible and literature"*, San Diego: Harcourt Brace Jovanovich, 1990, p.191.

③ Cf. Northrop Frye, *Words with power: being a second study of "the Bible and literature"*, San Diego: Harcourt Brace Jovanovich, 1990, pp.203-204.

自然，由男性所代表的父权原则塑造。当这个"女性"的隐喻意义扩展到包含男人和女人的人类时，意味着以妇女为象征的人类群体，面对圣父所代表的精神力量时总是不充分的。一旦创造的过程被理解成男性原则对女性原则的塑造，那么无论男人、女人就都会感受到了一种"父亲之名"的压迫，从而渴望回归到和母亲相连的前意识状态中去。如果文明发展的势态建立在这样的对立之上，那么所谓文明就不过是压抑的形式而已。

性别隐喻和高层自然／低层自然，自然／文化的区分对立紧密相关，如何才能既保留差异却废除等级和压制？难道这仅仅是一种幻想，正如《理想国》开端那令人激动又沮丧的辩论：难道真正的公正只能在词语世界中得到？但是，即便在词语世界中，词语公正的理想也远未实现，更毋论千疮百孔的现实。首先，文本中处处盘结着的性别隐喻就是一个巨大的不公，如此陈腐的但又被广泛采纳的性别隐喻当然暗示了女性主义还有相当长远的路要走，而语言领域的性别革命也许更为艰难，不是简单地依靠区分她／他／它就能做到的，这种革命绝不仅是为"女性"的缘故，只是探讨一种向他者全面开放的可能性，唯此"公正"才不仅仅是词语而已。而隐喻意义上的性别之争，也反映了将"高层自然"，即"文化"自然化、权威化之后引发的一系列危机。

作为一个"太初有言"的坚持者，弗莱应对性别隐喻显得相当无力。他作出一系列努力可最后又不得不落入其中，"爱"成了同一力量。《圣经》中的布道修辞则是"由一位象征意义上的男性上帝对一位女性象征读者宣道"①。性别隐喻转向爱的行为是很自然的，一系列由男／女，新郎／新娘所开启的对立：耶稣／教堂、人类／自然，太阳／月亮等都被"本体是爱，差异是美"这一句概括取消了：美是我们的欲望他者，而爱却是和对象融为一体的感觉。只有在爱的行为中，有意无意地冒犯和压抑才能在同一种获得差异的释放而不是灭迹。而"差异中的统一"这一术语的字面之后的意义就是

---

① Northrop Frye, *The Great Code: The Bible and Literature*, San Diego: Harcourt Brace Jovanovich, 1983, p.231.

爱的创造行为的实现。① 《圣经》采用的语言是象征主义和意象的语言，能够超越争论和侵犯，同时确立了生与死、自由与奴役、幸福和悲惨的边界。对保罗来说，这样的爱的语言是人类最好的交流方式。②

弗莱通过对神话传统中性别隐喻的分析补充了其"语言中心"的立场所可能造成的偏颇，"太初有言"表面上造成了对自然以及女性原则的压抑，实际却包含着一种更全面地解放自然的努力，并最终使"言"成为中心。这也使得代表"言"的耶稣身份发生了一种改变，在其生前未发表的笔记中，他如此写道："耶稣是神子，但神子／新郎是不同的，这就是福音书中的耶稣被表现成同性恋（实际上是雌雄同体）的原因。"③ "androgynous"，即雌雄同体或男女双性也许是为超越性别立场指明了方向，但其中的话语运作还需要相当的努力。

弗莱的神话阐释是含混的，这种含混归因于其著作中自然意识的含混。他敏锐地将自然意识的变迁视为古典神话学与现代神话学的分野，自然已经从一种目的论观念转化为客观的机械必然性。他批评了这种机械的自然观，但不由自主地，他本人有关"初级关切"的论述与现代神话学尤其是自由主义的自然意识脱不了干系。将自然视为初级关切，并将初级关切的精神维度视为通向古典神话学视野的路径，这种南辕北辙的起点是"道成肉身"的机械降神，这构成其神话阐释中最为人诟病的基督教意识形态。

---

① Cf. Michal Happy, "The reality of the Created: From Deconstruction to Recreation", Jeffery Donaldson, Alan Mendelson eds, *Frye and the Word: Religious Contexts in the Writings of Northrop Frye*, Toronto Buffalo London, University of Toronto Press Incorporated, 2004, p.93.

② Cf. Northrop Frye, "The language of love", Robert D Denham ed, *Notthrio Frye's Notebooks and Lectures on the Bible and Other Religious Texts*, Toronto: University of Toronto Press, 2003, p.607.

③ Jesus is a Son, but the Son&Bridgeroom are different: that's why the gospel Jesus is presented as a homosexual (actually androgynous). (*Northrop Frye's late Notebooks, 1982—1990: Architecture of the Spiritual World*, edited by Alvin Lee etc, Toronto: University of Toronto press, 2000, p.277.

第三节　双重视角下的《暴风雨》

1963 年 11 月，弗莱在哥伦比亚大学作了有关莎士比亚晚期传奇剧的四场讲座，后来集结为《自然视角》（*A Natural Perspective*：*The development of Shakespearean Comedy and Romance*，1965）出版，之后他又出版了莎士比亚悲剧研究著作《愚者时间》（*Fools of Time*：*Studies of Shakespearean Tragedy*，1967）。在《自然视角》的前言中，弗莱声明此书不算是专门的学术著作，仅致力于提供一种阅读和思考视角。在开篇处，他借用了《荷马史诗》来区分两种不同的批评家，伊利亚特式的批评家看重于悲剧、现实主义和反讽作品，奥德赛式的批评家则注重喜剧和传奇，他本人则属于后者，倾向于从传奇和喜剧视角来看待文学。他甚而表示，喜剧是欺骗，悲剧是暴力。① 那么，其批评提供的到底是怎样的谎言呢？

在《自然视角》一书中，弗莱主要谈论了《辛伯林》、《冬天的故事》、《佩里克利斯》、《暴风雨》四部传奇剧，他将这四部剧作视为一个整体来看待，分析了其中反复回旋的意象和意义结构，海洋上的风暴、双胞胎、女扮男装的女主角、森林，拥有神秘父亲的女主角等。弗莱用"结构"一词表达阅读文学的一种方式，即将历时性过程转化为瞬时的看，从而辨认出作品相对独立的观念框架，这类观念框架是由文学中常规和程式的递变表现出来的，具体由文类来承担。如前所述，"文类"在弗莱的批评体系的建构中具备双重身份："一个极端是依附于语言形态学。另一个极端是依附于对宇宙的终极态度。"② 这两个"极端"形成了文类批评的两种路径：前者算是文类的外部研究，关联到具体文学作品属于哪类体裁并据此需要遵守

---

① Cf. Northrop Frye, *The Secular Literature*：*A study of the Structure of Romance*，Cambridge，Mass：Harvard University Press，1976，p.65.

② 雷纳·韦勒克、奥斯汀·沃伦：《文学理论》，刘象愚等译，江苏教育出版 2005 年版，第 259 页。

什么文学规则，后者对应于特定文学所依附的情感态度以及世界观的内部研究。

当弗莱将《暴风雨》看作一出传奇时，"传奇"（romance）就不仅是文体意义上的名称，更代表了一种特定的世界观，本身就包含了主人公与世界的诸多伦理关系。"传奇"属于夏天叙事，包含了一个起整合作用的探寻神话（Quest myth），其主导叙事结构是力比多或自我欲望在寻求一种满足，这种满足能将它从现实焦虑中解脱出来。这也意味着传奇主人公历经磨难最终达到一种理想境界，包括愿望的达成、视野扩大、获得宝物等等。该剧以普洛斯彼罗操控的海上风暴开始，灾难过后，他向女儿米兰达讲述了他们避居于这座小岛上的缘由。将深埋于时间中的险恶过去（篡夺王权的阴谋）推进到了时间表面。至此该剧极有可能成为充斥暴力与冲突的复仇故事，但传奇的世界观跨越并消解了悲剧式复仇，剧中人物在经历了形态各异的试练与磨难后，都获得了新视野。为此弗莱还专门绘制了一副表格：①

人物	探险	磨难	视野
费迪南	寻找父亲	伐木	假面戏剧
(1) 冈才罗	寻找费迪南	直路和弯路	福利
(2) 三个罪人			残酷宴席
(a) 卡利班	寻找普洛斯彼罗	饮马池	音乐梦幻
(6) 史戴法诺 & 屈林屈乐			呓语
水手与船员		囚禁与噪音	新船

这个古怪而简要的表格是在传奇视角下解读《暴风雨》的必然结果。剧中人物的活动和结局都一目了然了，但其中并没有普洛斯彼罗、爱丽尔和米兰达三位主人公的探寻。普洛斯彼罗利操纵着魔法，是这场冒险游戏的设

---

① Cf. Northrop Frye, "The Tempest", Ed. Robert Sandler, *Northrop Frye on Shakespeare*, New Haven：Yale University, 1986, p.178.

计师，爱丽尔则扮演了魔术师助手的角色，米兰达似乎是胜者（费迪南）的礼物。在《暴风雨》的结尾处，普洛斯彼罗放弃了魔法，剧中人物冰释前嫌，矛盾和解，祥和安宁气氛弥漫其间。对此，弗莱的解释是："魔法是自然的约束，普洛斯彼罗宣称放弃魔法则代表释放了自然。"[①] 但释放自然并不是使自然回归本来状态，而是"从自然的低级方面转化到高级方面"[②]。由此，戏剧在终结处达到一种无时间的和谐合状态，"超越了自然中的时间循环之后，我们到达了天堂，即春天与秋天并存的世界……当普洛斯彼罗的工作完成之后，关于一个勇敢新世界的幻象变成了世界本身，精神的舞蹈并没有终结。"[③] 这一"勇敢新世界"就是弗莱所说的"绿色世界"（Green World），这是他对莎士比亚喜剧和传奇的一个形象概括，这一世界与中世纪季节性的仪式剧传统有很大关联，而且"不仅仅是仪式中的丰饶世界，也颇像我们基于自己愿望所构思的梦幻世界"[④]。很明显，弗莱对《暴风雨》的神话式解读，是建立在对"自然"之转化和超越的基础上的，有关自然转化观念和基督教双层自然观一脉相承。如前所述，其神话阐释的一个核心人物也是将来以"自然"为中心的现代神话学重新翻转为以"上帝之言"为中心的古典神话学，并以潜在的神话结构来缝合两种神话体系的断裂。

　　但是，20 世纪六七十年代以来，伴随着新历史主义、后殖民主义的兴起，《暴风雨》逐渐被置于后殖民批评的视域中。这一解读颠覆了所谓欧洲文化能够为殖民地带来进步的神话，也提出了至关重要的文化帝国主义的问题。就《暴风雨》诞生的历史背景而言，与大英帝国的海外探险和殖民扩张

---

①　Northrop Frye, "The Tempest", Ed. Robert Sandler, *Northrop Frye on Shakespeare*, New Haven：Yale University, 1986, p.178.

②　Northrop Frye, "The Tempest", Ed. Robert Sandler, *Northrop Frye on Shakespeare*, New Haven：Yale University, 1986, p.180.

③　Northrop Frye, "The Tempest", Ed. Robert Sandler, *Northrop Frye on Shakespeare*, New Haven：Yale University, 1986, pp.158-159.

④　Northrop Frye, "The Tempest", Ed. Robert Sandler, *Northrop Frye on Shakespeare*, New Haven：Yale University, 1986, pp.178, 265.

密不可分。①《暴风雨》也展示了殖民主义的两个阶段。首先是对财富和土地的掠夺，普洛斯彼罗从巫婆西卡苏手中夺回小岛，并将其据为己有的行径就是赤裸的掠夺。其次，普洛斯彼罗还利用魔法操控了岛屿，实行了精神殖民，迫使土著人民认同其话语和统治逻辑。

有关《暴风雨》的多种后殖民式解读本文将不再赘述，这些解读方式强劲地逆转了传统批评家对剧中角色寓意的认定：代表智慧与人文理想的普洛斯彼罗成了伪善殖民者形象的化身；被视为人性自然丑陋面的卡利班成了不可降伏的反抗者；向善的精灵爱丽尔则成了帝国主义的殖民代理。至于普洛斯彼罗的魔法，则是知识与权力相结合的巧妙统治术。卡利班一眼就看穿了其根源所在，"要记得先缴了他那些宝卷法书；因为没有了它们，他跟我一样，只是个呆木头。没有一个精灵可供他鬼使神差。他们都恨他，跟我同样坚决。只要烧掉了他那些书卷。"②

卡利班的悲壮抵抗使他成了反帝反殖精神的代表，这一形象寓意还在不断扩大，即"每个被征服的社会对于普洛斯彼罗这样的主人来说都是一个备受痛苦和折磨的卡利班"③。后殖民批评是一种否定式批判，其解读方式强劲地打开了文本内部的封闭空间，使历史、现实进入文学文本的踪迹得以彰显，在文学再现形式上解剖出了生产方式和政治权力的神秘运作。这一论争式批评的巨大意义就在于为弱势群体及其代表的文化伸张正义，倾向于从弱势文化立场来透析文化霸权的精神压制，这场旷日持久的诉讼行动，将伪装成人间正义的文化帝国主义告上了天庭。

后殖民批评反对本质化的文学观，试图激活文学行动中的复杂与矛盾，

---

① 参见张泗洋：《莎士比亚大辞典》，商务印书馆 2001 年版，第 304 页。莎士比亚的创作不仅仅只从古典文学中取材，也反映现实事件。《暴风雨》就是利用幻想这种艺术形式和当前社会生活联系得最紧密的一部戏剧。1609 年一个满载英国移民的船只驶向弗吉尼亚，在百慕大附近遭遇风暴，旗舰海上冒险者触礁沉没，但没有一个人丧生，都上了一个荒岛，有着种种遭遇。1601 年，出现了五本描述这一事件的小册子，还有许多叙述岛上土著野人生活的信件，这些都给莎士比亚的传奇剧提供了大量细节。

② 威廉·莎士比亚：《暴风雨》，孙大雨译，上海译文出版社 1998 年版，第 64 页。

③ 爱德华·W. 赛义德：《文化与帝国主义》，李琨译，三联书店 2003 年版，第 305 页。

表明作品阐释受制于历史情境制约，但是一些简单模仿使这类批评变成了无聊斗争，代价则是将那些寓意丰富的文学作品降格为帝国主义殖民历史的陪衬品。因此，对于一些更为传统的批评家来说，后殖民批评只是带有强烈政治立场与意识形态的理论空谈，批评家弗兰克·凯默德（Frank Kermode，1919—2010）在《莎士比亚的语言》的序言中就表达了对这种阅读的不满："我特别反感现代对莎士比亚的某些态度：其中最糟的一种说法是，莎士比亚的名声是骗人的，是18世纪民族主义或帝国主义阴谋的结果。与此相关而且同样自以为是的另一种观念，要理解莎士比亚，就需要首先明白他的戏剧都卷入到他那个时代的政治当中，而且卷入的程度只有现在才看得清楚。……他们感兴趣的与其说是莎士比亚的文字，不如说是他们所谈论的话题……"① 凯默德不满的是，文学批评偏离了语言，仅仅盘旋在种种大而无当的观点上，文学本身被架空，仅仅降格为观点角逐的武器。

对《暴风雨》的两种解读方式，其实也是西方人类学者所探讨的"甜蜜的悲哀"的具体表现，即"西方的现代性所包含的对人性的双重解释，即一方面认为人有权利从各种外在的社会制约中解放出来，另一方面认为这种解放与资本主义造成的剥削和殖民主义侵略的悲哀不可分割"② 人类学者都对支配其思维方式与表述的神话构想以及宇宙论框架进行了深入反思，当犹太—基督教的思想模式背景转化为一种审视异文化的视角时，不可避免地含有认知偏见，并有模式化"他者"的危险。文化所仰赖的宗教模式似乎构成了一种道德困境，但是，对这种认知困境的反思在弗莱的神话批评中是不存在的。

因此，将《暴风雨》视为自然转化寓言的神话批评遭到了严厉批评与质疑，从后殖民视角来看，批评家莫瑞·克里格指出："任何批评家和诗人都应该同时成为爱丽儿和卡利班两人的主人，但普洛斯彼罗，如此迅即地投

---

① Frank Kermode, *Shakespeare's Language*. Penguin group press, 2000, p. ⅷ.

② 马歇尔·萨林斯：《甜蜜的悲哀》，王铭铭、胡宗泽译，三联书店2000年版，第19页。

入到一个经魔法而审美地转化的世界中，这儿是诗人—批评家联姻的天堂。弗莱的批评激进地重演了这一联合。"① 弗莱的神话批评成了爱丽儿精神的化身，文化帝国主义的殖民代理，正如普罗斯彼罗实现魔法有赖于爱丽尔的效忠一样，他的批评理论所代表的政治立场颇为尴尬，并不能免除殖民代理的指责，恰如爱丽儿一般，在帝国主义的受害者和维护者之间确立一个自发的、自我肯定的正当的权威体系，来推行一种模糊或掩盖这种思想的实践，从而进一步巩固文化帝国主义的权威。对此，弗莱的回应是："一个作者最近指出我的文学教育使美帝国主义的越战合理化了，这个论证中的联想难倒了我。但我依稀可以意识到这一点，即我的基础是历史的，但除了历史的大概形状我对文学史的形状并不十分了解。文学作品与其时代间有一个复杂得互动，比所谓背景要复杂得多。而文学史的塑造原则我认为是'移置'，是从形式风格向内容确证不断往返的技巧，是我所说的'存在的投射'，将诗性投射到客观世界的结果，在不同历史时期采用了不同的历史形式。这种文学宇宙我认为是布莱克诗歌中的安息地（Beulah），其中没有争论，都是自由教育的要素，这绝不是文学作品进入历史的方式，时代中的神话战争是我没有把握的课题，但这种历史战争的形式我认为我可以理解。"② 弗莱并不能正面回应这一源自政治正确的指责，他将其转化成了"时代中的神话战争"，这不仅是两种相互冲突的意识形态，更代表着不同的精神诉求以及两种不同的神话叙事。

后殖民批评家致力于建构一种民族主义叙事，以卡利班反抗为中心的民族叙事对宰制的基督教神话模式就形成了一种反抗。但是，权力也不是简单的压迫与反压迫，控制与反控制的关系，而是一种多层次、多维度的互动建构过程。因此，在后殖民批评实践中，萨义德特别警醒那种狭隘的民族主义倾向，民族主义与殖民主义在两两对立的思维方式上是一致的，以民族主

---

① Murray Krieger, "Ariel and the spirit of Gravity", *Northrop Frye in Modern Criticism*, Murray Krieger edited, NewYork：Columbia university press, 1966, p.26.

② Northrop Frye, "Reflection in a mirror", *Northrop Frye in Modern Criticism*, Murray Krieger edited, NewYork：Columbia university press, 1966, pp.140-142.

义叙事反对殖民叙事无非是建构了另外一套神话。① 后殖民批评固然包含强烈的反帝诉求，反抗并不是为了对抗，更重要的是在文学与文化批评中引入了一种世俗性，反对某种不假思索的权威化的经典或宗教观念。萨义德就曾以"世俗批评"为绪论，以"宗教批评"为结语。反对那种将某类独特文学体验加以纯粹化，并使之植根于语言神圣玄妙的批评意识，这样的批评只是教士心态的体现。② 萨义德引入的"世俗性"范畴可以说是对神话批评的尖锐抨击。

但是，批评的在世特征并不能完全摈弃宗教的神话关切，从这个意义上来说，后殖民批评的攻击并不能真正击中神话批评的软肋。弗莱曾不无惋惜地指出，当代批评家仅仅是在模仿那些与他交流和争吵的人，批评于是成了没有福音的神话—宗教。他认为："当批评意识到它本身和拒绝无关，只是一种识别时，才会变得更有意义。"③ "识别"不仅意味着辨认某一神话模式，更关系到文学身份的认同。弗莱曾提出"文学到底是基督徒还是异教徒"④ 这样的问题，答案如何并不重要，却表明他始终将宗教内含的信仰维度作为考量文学的重要尺度。从某种程度上说，对《暴风雨》两种解读方式之间的对抗表明了批评意识的宗教／世俗之辩，但是，神话批评对信仰的关注并不能确保其带来的就是真正的福音，这正是神话批评面临的真正困境。

伟大的作品总是无辜地说出可怕的预言，后人总是根据自己的需要来随意解释。对《暴风雨》的两种解读方式，无论是神话—象征式的解读，还是后殖民式解读，都还是对文本的一种解释性征引，不过后者更为隐蔽，前者更为明显而已。正是在这个意义上，阐释在当代也遭受了一些非难，即"阐释在其狭隘的意义上都要求把特定文本强有力地或不知不觉地改变成其

---

① 参见赵稀方：《后殖民理论》，北京大学出版社 2009 年版，第 63 页。

② 参见爱德华·W. 萨义德：《世界　文本　批评家》，李自修译，三联书店 2009 年版，第 508 页。

③ Northrop Frye, "Letter to English Institute", Murray Krieger eds, *Northrop Frye in Modern Criticism*, New York: Columbia University Press, 1966, p.29.

④ Northrop Frye, *The Secular Literature*: *A study of the Structure of Romance*, Cambridge, Boston: Harvard University Press, 1976, p.90.

特殊主符码或'超验所指'的寓言；因此，阐释所落得的坏名声与寓言本身遭受的毁誉是分不开的"①。上文简要论及的《暴风雨》的两种阅读方式，无论是神话—象征式的解读，还是后殖民式解读，都是对文本的一种占用，都是依据某种主符码进行的，不过前者更为隐蔽，后者更为明显而已。弗莱的神话解读固然免除了对"超验所指"的迷恋，但在对阐释模式的依赖上，他肯定了由特定的神话模式所支持的权威体系，岛屿经由魔法进行了一场转变之后，变成了绿色世界，而对于岛屿上发生的真实冲突与碰撞，比如普洛普彼罗对爱丽尔的管制，对卡利班的压迫等，弗莱是视而不见的。其神话解读肯定了由基督教神话模式所支持的权威体系，当后殖民批评将卡利班当作反帝斗争的英雄时，也是以一种寓言式的神话解读来反对基督教的文化权威的。

　　通过神话的移置与转换，在神话阐释模式中提出肯定性认同是一回事，将之应用于具体阐释实践又是一回事。后殖民话语的意识形态分析是一种否定式批判，在每种文化形式中解剖出了生产方式与政治权力的神秘运作。但这一批评的政治维度常常被误解为消解了文学性，正如神话批评常常被误解为掩盖了或认同了意识形态一样，不知道去掉了这样的二元区分，"理论"是否还有话说。弗莱的神话阐释开启了广阔的话语空间，使神话有包容和超越意识形态的力量，但在批评实践中，他没有达成这一目标，反而使神话降格成了对手们意欲抨击的那种意识形态的化身。

第四节　自然、提坦性与酒神

　　将自然和语言的关系做这样一番铺陈，并非意味着模式可以取代自然，"自然"的语义场中包含的某种真挚、起源的回音使其曾是并仍将是一种有

① 弗雷德里克·詹姆逊：《政治无意识》，王逢振、陈永国译，中国社会科学出版社1999年版，第47页。

效的话语策略。但自然绝非一团尚未得到形状和命名的东西，总是内在地被模式所塑造，这就是弗莱神话阐释的基本起点。正如他反复引用的维柯原则：Verum factum。这一原则肯定了人类对历史的创造，弗莱将这一原则表述得十分清晰："真实之物都是我们使之成为真实的，这也是文学批评的一个基本原理。"①

依据这一原则，以模仿为基础的实在论艺术观势必发生根本颠倒，"最好把艺术和自然的关系设想成一种内在关系，因为用亚里士多德的话来说，艺术是形式，自然是内容，自然是包含在艺术中而不是映现在艺术中的东西。"② 而这颠倒正是同真理观的转变联系在一起的：即我们不再相信客观世界有一个具体的真理等待着被发现，词语结构同它所描述的现象的一致也是个伪问题，真理属于语言使用和构造过程中的必然性。一直以来被"符合论"真理观所控制的语言修辞中属于客体的东西必须被重新描述，"符合论"的真理观逐渐让位于"融贯论"的真理观。认识论上的这个转变构成了弗莱的重要思想背景，当然这一背景也是从属于一个更大的运动的一部分的，即"真理是被制造出来的，而不是被发现到的——这个观念大约两百年以前开始缠住欧洲人的想象"③。通过逐渐意识到语言的偶然特质，逐渐放弃了本质主义的真理观以及客观自然的观念，这一转变的结果突出了语言与文化的塑造力，但自然的某些方面却被湮没了。

有关自然的论述如草蛇灰线般散落在弗莱的文本之中，自然绝非不变之物，在其文本中发挥着功能性作用，至少有两个方面的重要意涵：（1）自然是沉默的荒地，有待进入文化和历史世界以便获得拯救，这在"双重自然"的说法中有清晰展现。（2）自然是生生不息的涌动和发生，这在酒神形象中有所绽现。神话之所以成为一个问题，是由于自然成了新偶像。这个本

---

① Northrop Frye, *Words with power: being a second study of "the Bible and literature"*, San Diego: Harcourt Brace Jovanovich, 1990, p.135.

② Northrop Frye, *Words with power: being a second study of "the Bible and literature"*, San Diego: Harcourt Brace Jovanovich, 1990, pp.8-9.

③ 理查德·罗蒂：《偶然、反讽与团结》，徐文瑞译，商务印书馆 2003 年版，第 11 页。

来隐而不见的潜能，如今被各种力量征用。

一、自然与神话的打断

20 世纪一方面是神话批评兴盛的年代，另一方面也是神话缺席的年代，这种缺席意味着缺乏一种整体性的让人信奉的东西，在某种程度上导致了思想的虚无。但"缺席的神话"本身仍是一种神话，是否定式肯定，与其说缺席，不如说是由一种延续撤退构成的。让－吕克·南希（Jean-Luc Nancy，1940—　）曾建议将神话的缺席改成"被打断的神话"（the interrupted myth）①，"打断"超越了在场和缺席的对立模态，既不是要去拯救神话使之在场，也不是对神话的消失或缺席进行哀悼和怀旧，"打断"仍是以缺席的方式使神话在场，而且是要后退到比神话更加本源的位置上，去探讨神话以怎样的踪迹和形态存在于我们的意识与思维中的问题。"打断的神话"是从哲学角度对神话批评作出的抽象反思，集中阐明了神话和自然之间的悖论关系。

神话在两个打断之间展开自身：一个是纯粹自然的打断，一个是神话自身被打断。前者是"神话的自然力量的自我—形象化所打开的自然"，后者是"神话的虚幻形象的自我—消解所关闭的文化"②。简言之，第一层面是神话打断自然，神话取代自然成为"第二自然"，这是人类从拘禁迈向精神超越的阶梯，也是人类主体意志确立形象的过程。第二层面则是神话自身被打断，神话的连续性只是一种被建构的有限存在，其边界并不能无限扩张。神话打断自然固然是人类生存的必要，由此建立了语言、文化和宗教的权威，使人类免遭赤裸自然之侵害。但是，这一"打断"行为中却存在着双重遮蔽，一是对于自然本身的遮蔽，一是对神话言说主体的遮蔽。

---

① Jean-Luc Nancy, *The Inoperative Community*, Edited by Peter Connor, Translated by Peter Conner, Lisa Garbus, Michael Holland, and Simona Sawhney. University of Minnesota Press, 1991."神话的缺席"是巴塔耶的一个说法，南希建议用"打断"代替缺席。中译参考让－吕克·南希：《解构的共通体》，夏可君编校，上海世纪出版集团 2007 年版，第 71—111 页。

② 让－吕克·南希：《解构的共通体》，夏可君编校，上海世纪出版集团 2007 年版，第 92 页。

　　显然，神话打断自然是弗莱致力勾勒的图景，通过对"自然"的转化和超越，以"太初有言"为开端，其神话批评毫不犹豫地确立了"言"的优先性，开启了依赖于古典神话和基督教神学模式的巨大象征体系，然而，激进地等同于"太初有言"之"言"的神话，并不能降格为某种特定语言（如南希所言："神话不是随便由哪种言语构成的，也不会随便说出哪种言语。它是显现自身的那些物的语言和言语，是这些物的交流：它言说的不是物的面相或特征，而是物的节奏在言说，物的音乐在回响"①）。问题也在这里，在抽象的"言"和具体的"语言"、"模式"之间，存在着多少距离，特定的语言如何能够僭越本己意义上的"言"？

　　在神话对自然的打断中，通过虚构创建，和先验想象力的构型作用，主体意志得到了外化并获得了自身形象。"从本质上说，神话沟通（交流）它自身，而不是别的什么。通过自身沟通，神话产生了它所言说的存在，它创建了虚构。这种有效的自身沟通是意志——而意志是作为一个无所保留的总体性而表现（或再现）的主体性。"②在弗莱的著作中，可以清晰感受到这一主体意志的"力量"，他对欲望、能量的赞美显而易见，并且将能量获得形式的过程类比成"低级自然"向"高级自然"的跃进。神话学在当代遭遇的一些批评也是因其试图将个别主体的权力意志伪装成普遍有效的，由此伪装或盲目的迫害都会成为习以为常的事情，殖民主义也是这一主体膨胀的后果之一："殖民就是一个民族的扩张力；它的繁殖力；它在空间上的扩张和激增；就是将宇宙或宇宙的一部分完全纳入这一民族的语言、习俗、观念和法律中。"③

　　弗莱认可神话对自然的打断，却对神话的被打断语焉不详，在具体阐释实践中也不断强化着某一神话的权威感。尽管他将"神话"叙事化，使神话在场转变成了叙事的象征行动，但由于他过于依赖特定的阐释模式（诸如

①　让－吕克·南希：《解构的共通体》，夏可君编校，上海世纪出版集团 2007 年版，第 82 页。

②　让－吕克·南希：《解构的共通体》，夏可君编校，上海世纪出版集团 2007 年版，第 93 页。

③　爱德华·W. 萨义德：《东方学》，王宇根译，三联书店 2007 年版，第 279 页。

四重释经法、布道和预示论的扩展等），其神话阐释从没有到达存在论阐释的深度。他充分挖掘并提炼了以模式为先入之见的批评，挖掘了模式中尚有生机的部分，坚持了历史的延续，这一延续也是人类意识中的神话成分决定的，神话寻求矛盾的象征性解决，乌托邦式地团圆自身。

以"被打断的神话"来观照弗莱的神话阐释建构时，会发现他与自然处于非常暧昧的关系上：弗莱毫不犹豫地打断自然，由此建立依赖于神话的语言、文学与文化阐释模式；但在打断神话时，他犹豫了，他过于轻易地依赖着从特定的神学文化传统中纽绎出来的模式，不断地确立着神话的权威，这一权威在文学领域是由"总解隐喻"所开启的中心经验；在社会领域，则由教育契约来达成的语言乌托邦理想，他扩张了神话阐释的界限，最终使其批评理论成为一种意识哲学的现代变体。模式的先在性并不意味着其可以完全涵盖自然、现实和历史，过度依赖模式而缺乏适度反思距离的理论话语削弱了其批评力度，理论或思想的活力仍然在自然与模式的冲突处，是模式难以囊括的自然之涌现。可以这么说，若试图将神话和象征之魔力以某种阐释方式加以解释，就是一种僭越性的占有，其危险在于将起源幻觉历史化，对特定神话阐释模式的过度依赖则助长了这种危险。[1] 这是一个虽然敞亮却局促的神话世界。神话的深度尚未被打开，魔法世界仍被咒语禁锢，只有借助某根点石成金的手指才能解开。

人类意识诞生之后，纯粹自然就不复存在了，只有经过意识中介物才能再次复归自然，自由才能失而复得。那么，意识是自然之光还是自然的遮蔽？意识当然不同于自然之光，意识是自然的镜子，自然也只能透过意识的镜面得以传递。需要详加审视的并非这种意识中介的观念，而是这种

---

[1] 南希曾对神话的占用做了一次深刻反思："在神话观念的核心，也许有着西方世界自命不凡的企图，即企图去占有自身专有的本源，揭开它的秘密，最终达到与世界专有的出生和所声称的东西的绝对同一。神话观念本身也许表达了西方本身的观念，它不断再现了回到起源的冲动，回去，是为了使自己重生，就像人类的命运一样。我想重申一遍，从这个意义上说，我们与神话不再有任何联系。"（参见让－吕克·南希：《解构的共通体》，夏可君编校，上海世纪出版集团2007年版，第76页。）

观念在何种程度上都能够经受反思精神的矫验，能够成为透明？除了相似，别无他途。这是弗莱在其理论话语中大量运用类比的原因。然而，相似只是结果而非目标。神话试图奔赴同一性的家园，结果只握住了一些相似性的碎片。

二、提坦性与生成的无辜

自然是神话的隐疾，神话为了成为神话不得不从自然中脱身而出，但为了获取自由却不得不再次隐入自然。弗莱并不渴望在神话之外寻找真实，自然作为"起源"的意义只是构造而非事实上的源始发生，他也反对将自然归为某种前存在的神秘力量。弗莱所认可的自然是被容纳在神话视野中的"自然"，这种自然观还保留着目的论理念，自然成了有待救赎的沉默，其神话阐释成了权威之力的具体化。"他们很稀奇他的教训，因为他的话里有权柄。"（《路加福音》4：32）这种权柄就是语言的神力。但是，耶稣言语中的权柄与自由主义的价值理念是一种怎样的关系呢？

在弗莱有关自然的神话阐释中，存在着一种根本冲突，即人的自然与自然的人。人的自然其实就是他不断强调的包括食物、性、财产以及自由在内的初级关切，自然的人则是得到救赎的人类。其神话阐释的步骤在于以人之自然为根基，并不断地向自然的人挺进的过程。但是，这种转化是有问题的，问题并不在于这种转化必须以基督教道成肉身的原则为中介，而是耶稣的教导被误解了。耶稣的教导是一种个体化过程，当我们将性、食物、财产以及人身自由这些要素当作生存的必须时，就变成了对生命欲望之形式化过程的阿谀，不可避免地与神圣律令发生矛盾。简言之，语言中的权柄与将欲望正当化和光荣化的言辞绝然不同，在这儿，弗莱致命地将两者混淆在一起。这是其神话阐释在本体意义上的紧张：即神性话语与能量话语的冲突。这种初始矛盾位于神力和技术之间，位于虔诚和无法无天的欲望之间。

当然，这并不意味要以神性话语的宗教法权对生命欲望和能量进行审判，这样一来会构成最为残酷的乌托邦暴力；同时，这也不意味着能量话语可以将自身提升为绝对法权，这种提升僭越了神圣的空无，此种傲慢的僭越不仅没有提升人类的生存和精神空间，反而降低了想象和自由的维度。这种对立和冲突要求我们重新看待审判。在谈到约伯的处境时，弗莱区分了两种审判：一种炼狱型审判（purgatorial trail），其目标为了考验和提纯，从而使人的精神获得提升；是为了净化。另一种则是指控性审判（a trail of accusation），类似于"终极审判"（last Judgment）。① 弗莱对律法和审判并不完全信任，他给予了个体以充分理由去探询律法和自由的限度。两种审判的区分构成了其神话阐释中最为纠结的部分，弗莱试图在保留审判和律法的情境下为自由意志以及自由主义辩护。

神话之创制与自由意识的扩张和权威化过程不可分割，神话总是谋求权力意志和价值的实现，但其中同样隐含着创造性本源，为了澄清这两种创造，弗莱区分了尼采权力意志学说中的两个面向：

> 尼采的权力意志（will to power）一说未能区别开魔力（demonic power）与提坦或创造力（Titanic or creative power），前者使用词语仅仅为其自身的强权蛮横辩解，后者则鲜明地的体现于艺术和科学，并通过它们去改造世界。②

---

① Cf. Northrop Frye, *Words with power*: *being a second study of* "*the Bible and literature*", San Diego: Harcourt Brace Jovanovich, 1990, pp.310-311. 弗莱自由主义思想之核心在于他对律法和审判（law and judgement）并不完全信任。他为反对社会权威的个体辩护，为自由的想象世界辩护。审判的目标不仅是规训那些从上帝那儿盗火并将其转化为技术能量的窃贼，而且也拓展到了艺术领域，一些疯狂的审美经验威胁着社会契约并使其重新堕落至自然的原始残酷状态。弗莱置身于亚里士多德传统中，将个体视为拥有能量的物理存在，并在律法中进入政治领域。因此，在面对违法者的艺术家时，其理论系统不可避免地表现出一些含混。因而，弗莱认为一个自由社会最终必定会反映出多元主义，反对社会权力带来的限定视野，最终是对毕希摩的接受。（Cf. David Cook, *Northrop Frye*: *A Vision of the World*, Ontario: Oxford University, 1985, p.27.）

② Northrop Frye, *Words with power*: *being a second study of* "*the Bible and literature*", San Diego: Harcourt Brace Jovanovich, 1990, p.308.

词语的魔力并不服务于真理，是服务于自身之权力意志的诡辩。但提坦性或创造性则是改变世界并值得肯定的力量，弗莱将提坦性与创造性并置一处，非常值得探究。希腊神话中的提坦巨人是人类先祖，最早的提坦诸神是天父乌兰诺斯与地母该亚生育的十二位子女。狂傲的克洛诺斯不仅阉割了父亲，还一连吞下了他与瑞亚的五位子女，直到最后一位被母亲用一块石头替换。这位幸存者就是即将接管权位的宙斯，成年之后，宙斯救出了兄长姊妹，并与他们一起发动了反对提坦诸神的战争。最后奥林匹斯诸神获胜，宙斯成了主神。被永恒地囚禁于塔尔塔罗斯的父亲送出了致命的诅咒："伟大的乌兰诺斯天神在责骂自己生的这些孩子时，常常用浑名称他们为提坦（紧张者）。他说他们曾在紧张中犯过一个可怕的罪恶，将来要受到报应的。"①

提坦诸神是弑父队伍里的职业选手，双手沾满了父亲的鲜血，作为生命强力的化身，提坦性绝不清白。提坦性就是那个紧张之源，弗莱将提坦性与创造性连，也是对提坦性的一种接受。作为提坦诸神的后代，人类如果顽固地与提坦划清界限，将不可避免地斩断自身的生命之源。那么，提坦与创造在哪些方面是同源的呢？这涉及弗莱对"创造"的理解，创造是上帝独有的能力，人类拥有的仅仅是对这一能力的模仿，即再创造，弗莱更愿意将再创造称为解除创造（decreation）。② 相对于上帝创世的活动来说，人类的创造就是对创世的反动或对抗。这种对抗赋予自然以秩序和意义，而这一过程中所怀有的负疚只有在回归自然时才能补偿，简言之，创造就是要自然发生一个双重转化。这使弗莱理论体系不可避免地具备一种堕落和拯救模式，更有循环和复归的思想。他从宏阔的文化背景上考察艺术的社会关切，又从微观层面来在证实语言的拯救力量，而无论文化模式还是语言模式的循环变迁，都体现了言（Word）的塑造。

---

① 赫西俄德：《神谱》，张竹明、蒋平译，商务印书馆 1991 年版，第 32—33 页。

② 参见诺思洛普·弗莱：《文论三种·创造与再创造》，刘庆云、温军、段福满译，内蒙古大学出版社 2002 年版，第 111 页。

因此，当弗莱说创造力是一种解除压抑的力量时，所谓压抑就是被体验为禁忌以及父亲之名的"上帝"。在这一点上，他与弗洛伊德共享一种看法，宗教是人类的焦虑以及神经官能症的产物，创造是解除压抑的能力，是从压抑的禁锢中抽身而出的可能。提坦诸神如撒旦一般，不仅对抗最高存在者的意志，也赋予了人类绝对的创造性本能，当我们以提坦性而非撒旦来意指创造时，就从一种善恶的二元对立中区分出来。作为生命之本能的创造性总是在形式化过程中实现自身，这么做并不是在消极地抵制或废弃法，最终是法的内化。当压抑被解除之后，创造力无须再和法进行无聊的游戏，将会成为生生不息的自然涌现。

对提坦性的辨析是为了澄清这样一个疑难，即能力的增长如何才能摆脱权力关系的强化？这样一种疑惑是伦理的，如果我们不愿与这个恃强凌弱的世界同流合污，那么，如何才能不对自身生命欲望（意志和意欲）感到厌倦和恶心？只有在那不与权力沆瀣一气的能力中，生命才能庆祝自身那不受玷污的神性起源。

《俄耳甫斯教祷歌》一共八十七首，其中酒神祷歌居然有八首，全方位地展现了前奥林波斯诸神之前的酒神形象。酒神之于俄耳甫斯教的重要性毋庸置疑，"要了解狄俄尼索斯崇拜的全部意义及其在精神上的更高发展，只有通过俄耳甫斯的教条，而离开了狄俄尼索斯崇拜的俄耳甫斯教则是一种没有生命力的宗教。"① 这位欢乐、神秘而野性的神灵有诸多变形，有关这位神祇的祭仪和故事中，最为动人的还是出生与死亡：

> 我呼唤狄俄尼索斯，咆哮的神，呼喝着"呜诶"。/双重天性，三次出生，神王巴克科斯，/神秘而野性，一对角，两种形态，/浑身常青藤那个，纯洁威武的牛脸神，呼喝着"呜诶"。②
>
> ——《狄俄尼索斯》祷歌三十

---

① 简－哈里森：《希腊宗教研究导论》，谢世坚译，广西师范大学出版社 2006 年版，第 418 页。
② 《俄耳甫斯教祷歌》，吴雅凌编译，华夏出版社 2006 年版，第 62—63 页。

听我说吧，宙斯之子，你有双重母亲，酒神巴克科斯哦！/难忘的千名后代，救星般的精灵，/圣洁秘密的神之后代，受尽狂唤的巴克科斯！①

——《利西俄斯·勒那伊俄》祷歌五十

酒神的父亲是宙斯，母亲却有两种说法：一说是宙斯与德墨忒尔的女儿帕尔塞福涅，这是父亲与女儿秘密的结合，酒神的出生即是乱伦的产物。一说是忒拜城的公主塞墨勒，公主塞墨勒总是希望看到丈夫的真颜，宙斯不得已向她显形，可怜的人间女子当即被雷电烧焦。宙斯从她的腹中抢救出尚未出世的孩子，并将他缝进了自己的大腿，直到足月出世。酒神总共出生了三次，第一次从母亲出生，第二次从父亲而生，第三次则是从肢解的残骸中出生。这三次出生也寓意着生命的不同形态，分别象征着生命的自然、文化和精神形态，自然生命会衰朽，文化生命会经历盛衰起伏变迁，唯有精神生命能获得不朽。作为提坦神的后代，酒神打破了先辈们暴力和吞噬的宿命循环，也使得生命本质发生了转变，在第三次出生的秘仪中进入了无法之法、无界之界的自由游戏之中。与提坦诸神相伴而生的暴力和混乱被剔除了，在提坦诸神的生命强力中，留存着世上的甘美之物。

酒神是捕获尼采的希腊神祇，他在酒神形象中发现了这种生生不息的涌现，创造的产物不仅是艺术品，更是生命以及体现生命的人生自身。经历酒神的三次死亡之后，与自身的提坦性做了和解，狂暴因素已被涤荡，留下了"生成的无辜"（Unschuld des Werdens）。生成的无辜是寄寓在酒神身上的难以言明之物，既是接近神性完满时的纯洁和专注，也是从精神而来的永生。这种无辜的生成性，要么处于不被认可的遗忘状态，要么就处于各种教化或技术力量的辖制之下。这种能量贯穿在酒神、阿多尼斯、甚至耶稣身上，在永恒复返中复活，也是与神话携手并进难解难分的自然。这种生生不息的自然甚而就是生命与创造本身。从创造的角度说，创造需要与之搏斗的

---

① 《俄耳甫斯教祷歌》，吴雅凌编译，华夏出版社 2006 年版，第 94 页。

对象是一种"法"，弗莱甚而认为"上帝之死"也隐含着隐喻观念中的"法"的流变：

> "上帝死了"，无论究竟吸引了多少的注意力，都从属于尼采更为重要的目标，即将自然环境非神化（de-deifying the natural environment），尤其是把法则隐喻从描述自然活动的普通意识中抹除。尼采说，自然界没有法则，只有必然。但是伴随"自然法"隐喻而来的是这样一种残留意识，即存在着命令者，我们只有选择服从或不服从；对尼采而言，就传统而言这种残留的隐喻是一种迷信。①

在这段描述中，"上帝"被转化为"命令者"，上帝之死也就是要抹除这种人格化的意识。简言之，"上帝"不能被理解为客体，将上帝对象化的行动就是具体化误置的错误。由于近代思想对经验主义以及实证主义的热衷，"上帝"从文本世界或者说人的精神世界里撤退了，这种撤退表面上是人类打破偶像的壮举，实际上却是对客观化和实证精神的全面缴械。究其根本，"上帝之死"否认的并不是终极价值，只是反对将价值以绝对形态强加于世界的蛮横。如何将上帝之言充实起来，既是语言和批评共同面临的难题，也是跨入魔法时代的甬道。这种生成性是一种纯粹的力，是与权力无关的强力，是创造本身，这种创造不会在客体的墓志铭上确认自身的存在。

---

① Northrop Frye, *The Great Code*：*The Bible and Literature*，San Diego：Harcourt Brace Jovanovich，1983，p.16.

第五章

透明与障碍：批评文体及其主体

现在让我们来比较一下没有神话引导的抽象的人，抽象的教育、抽象的道德、抽象的法律、抽象的国家；让我们来设想一下那种无规矩的、不受本土神话约束的漂浮不定的艺术想象力；让我们来设想一种文化，它没有牢固而神圣的发祥地，而是注定要耗尽它的全部可能性，要勉强靠所有外来文化度日——这就是当代，是那种以消灭神话为目标的苏格拉底主义的结果。[①]

——尼采

弗莱的神话—原型批评体系以神话打断了自然，从而建立了以语言和模式为主导的神话阐释系统，他承认符号作为"第二自然"的重要性，并在语言和象征层面运作自身。这使其批评实践成为一场绘制地图的行为，批评变成一场伸张主权的行动。尽管弗莱常常将批评的主权称为"语言乌托邦"，并努力使之在教育领域得到施行，但将神话权威化的后果带来一个根本性的问题：原型的普遍性声明与其对特定的神学文化模式之依赖的冲突，以及阐释主体受制于特定立场的局限。

[①] 尼采:《悲剧的诞生》，孙周兴译，商务印书馆 2012 年版，第 166—167 页。

前面几章已经分别勾勒了神话阐释的存在论基础（对"自然"的重构与征引）、表现形态（语言模式与文学模式的变迁）与应用（文化批判与教育关切），本章将从对语言模式的讨论入手，分析弗莱的批评文体与立场，从语言意识形态角度为神话阐释的话语政治提供一种说明。

第一节　描述性语言模式与语言意识形态

一、描述性语言模式

W. K. 威姆塞特在《作为神话的批评》一文中曾用"cliché"（陈词滥调）来评价弗莱的写作，他认为弗莱倾向于通过一些伪造方法来本真化特定视界，常常将一些不相关的术语收集并列在一起，说一些人尽皆知的漂亮话。[1] 威姆塞特的批评也许过于严厉，却激励着这样一个问题：探究批评家说了什么之前，也许更应该关注一下其写作风格。在弗莱本人的批评实践中，语言和文体这样的风格范畴是如何展现的呢？他采纳的语言与其政治文化传统的有什么隐秘关联，在哪些方面推进了其理论表述，哪些时候又是一种难以克服的限制？

如前所述，语言模式论构成了神话阐释的重要组成部分，其两本《圣经》之主书都是以对语言模式的探讨开始的。语言模式的递进（从隐喻式文体到论证式文体再到描述性文体）离不开对神话和隐喻的驱逐，即"被排斥的能动性"。通过这种净化过程，语言中根深蒂固的修辞性含混逐步被清理，渐渐地成为一种透明的符号工具，可以直接映现自然，并借此获得对外部世界的认知。这种理想的透明语言被弗莱称之为描述性语言模式，属于语言的

---

① Cf. W. K. Wimsatt, *Northrop Frye in Modern Criticism*, *Northrop Frye in Modern Criticism*, Murray Krieger edited, New York: Columbia university press, 1966, pp.94-95. W. K. 威姆塞特也承认，弗莱的这种方式也并非完全的单调重复，也是极具原创力的。

第三个发展阶段：

> 语言的第三个阶段大约开始于 16 世纪，是伴随着文艺复兴和宗教改革的某些倾向产生的，到了 18 世纪逐渐获得了文化主导性。在英国文学中，从理论上来说，这一语言阶段始于培根，实际上则始于洛克。这时主体和客体完全分开了，从感官经验上来说，主体将自己暴露在客观世界的冲击之下，客观世界是自然秩序；思维或反思伴随着感官经验而产生，词语成了反思的服务机制。①

描述性语言模式配合了现代性进程，其特征就是透明性，最大限度地闪避语言的含混，将思维直接地与自然连接在一起，从而尽力呈现一个客观世界。弗莱也关注这一语言模式的认识论机制，即"感知导致思考"。这种类型的语言和经验主义认识论的兴起是同步的，培根、洛克等经验主义哲学家都参与了这一语言模式的制作过程。

语言能够直接映现自然这样的观点和培根的实验科学观密切相关，洛克对语言、符号与自然的交缠则有更复杂的认识。在《人类理解论》的结尾他也强化了符号的戒律观念：人类所能思考的东西主要存在于三个方面，首先是关于事物本身，这涉及真理的发现；其次是人类自身的力量，涉及实现某一目的的行动；最后是连接前两个方面时所用的语言符号，对其恰当排列，能够得到清晰信息。事物本身、人类追求幸福的行为以及为获得知识而恰当使用符号——这三个领域在洛克看来是完全互相独立的。② 符号是武断的，符号将观念和思维而不是与事物直接相连。

洛克的语言观催生了一场语言纯化行动，但他并没有将特定的言说和思考方式上升至普遍性，他甚至攻击了那些现代性的支持者的一些基本观

---

① Northrop Frye, *The Great Code: The Bible and Literature*, San Diego: Harcourt Brace Jovanovich, 1983, p.13.

② Cf. Richard Bauman, Charles L. Briggs, *Voices of Modernity: language Ideologies and the Politics of Inequality*, Cambridge: Cambridge University press, 2003, p.35.

点，他们将穷人、商人和女性的话语实践（和学术语言紧密相连）和言说方式当作现代性的最大障碍，洛克尊重语言的多样性，却为语言划分了等级。他将语言的大部分用途（如表现力、修辞力、诗意、反思性以及劝说性等）都看作观念和政治秩序的敌人。他提倡一种化约的、原子式的和个人主义的语言建构，这种语言模式不仅是交流的而且是思想的模式，具备理性和社会性的显著特征，也能够达到一种抽象的、去语境化的和无功利的知识。可见，洛克不仅将语言从自然／科学层面，而且从社会／政治层面分离了出来，他将纯化语言的实践置入了现代性语言和文本实践的视野中心。一种"精确、平实、无修饰"的语言模式变成了建立地方性／全球性、区域性／世界性区分的关键设置，洛克的语言理想充分表现了一种透明性要求，他的语言观也被称作"反修辞的修辞"[①]。简言之，其语言理想是造就一个公共的语言空间，这与民主的发明也有密切关系，即对纯符号范畴的坚持，那是任何真实的主体都不能填充的权力空地，所谓空地也是等待着一种伪装成客观与真理的主体意志的进驻，形成了"民主的不民主基础"。[②]

对于描述性语言模式的反修辞倾向，弗莱是有清醒认识的，这种语言模式的认识论禁锢于僵硬的主客体两分思维之中，扼杀了隐喻。弗莱对语言模式的划分就是基于主体—客体之关系的认识论基础的。但是，弗莱本人的批评实践却至少在两个方面实践了描述性语言的意识形态，批评家竭力

---

① Richard Bauman, Charles L. Briggs, *Voices of Modernity*: *language Ideologies and the Politics of Inequality*, Cambridge: Cambridge University press, 2003, p.300.

② 学者们已就这种语言意识形态的生成和学科知识相勾连的过程作了精彩论述，与之相关的是英国人类学、民俗学等学科的生成史。即英国人类学、民俗学是通过双重他者建构得以成形的，伴随着大英帝国的殖民扩张，以及传教士、旅行家们的海外活动，"世界"成了学者们观察和建构知识的对象，是可以放进博物馆的材料；同时，在英国内部，还有一种古代之的建构，将属于乡村的、女性的、民间的等定位成"前现代"的落后的边缘的传统与历史。通过这种双重建构，学科体制成了一种把持知识权力的权威代表，与权威的代表，造就了更多的不平等。(Cf. Richard Bauman, Charles L. Briggs: *Voices of Modernity*: *language Ideologies and the Politics of Inequality*. Cambridge: Cambridge University press, 2003, pp.70-128.)

反对之物也许正是他难以摆脱的幽灵。① 弗莱的神话—原型批评几乎肯定一切，几乎接受一切，但是唯独抓住"描述性语言模式"不放，这正是其病症。难道弗莱本人不正是以描述性语言模式对语言千变万化形态实施了一次修剪吗？

首先，就弗莱本人的写作风格而言，他是描述性语言模式的卓越实践者，尽管他极力称赞隐喻，也非常看重隐喻在表达存在经验以及延续信仰方面的作用。但他本人的文体却不具备隐喻所召唤的修辞力量。他的写作遵循着洛克所要求的平白、朴实与无修饰的风格。不过，对洛克所倡导的去语境化的语言所能达到的客观性，弗莱有着相当警醒，他虽然使用了描述性语言，却并不推进其所声称的"客观性"，避免将某种话语实践（比如学术语言）称为等级秩序的中心。他的文体是清晰、睿智、并夹带反讽的朴实散文，理论表述没有学院式的佶屈聱牙的晦涩之风。他特别指出，"论证性语言形成了很多'顽固事实'和'武断便捷'的区分……诗性思维是神话的，并不制造区分或对立：只是言说自身，连接类比，从认同到认同，包容而不试图反驳所有的歧见。这并不意味着其是无形式的思维，这是爱的辩证法：它将其所遇见的任何东西都变为其本身的另一种形式。这种语言从不抽象：抽象是没有新颖思维的经验重复。"② "爱的辩证法"是弗莱对非论证性语言的描述，也是对自己语言风格的一个确认。

然而，这种"爱的辩证法"只是主教之爱，带着太多宣讲与说教气息。弗莱的理论叙述不可避免地带着闪烁不定的布道气息，那是一种想要直奔目标的唐突焦灼感：在信仰失落、宗教日益世俗化和边缘化的现代社会，教师（牧师的替代者）该如何负担起重建失落中心的责任呢？这种直奔中心的焦灼赋予其写作一种微妙的神启姿态和说教风格。

---

① Robert Denham 认为弗莱本人的语言文本可以放置于论证式的语言模式中，倾向于从形式的角度来看待现实；但 David Cook 先生对此却保持怀疑，对论证式语言模式的接受只是一种表面上的相似，按照弗莱本人的划分，其文体属于描述而非论述式写作。(Cf. David Cook, *Northrop Frye：A Vision of the World*, Ontario：Oxford University, 1985, p.39.)

② Northrop Frye, *A study of English Romanticism*, The Harvester press, 1968, p.121.

其次，虽然弗莱没有在描述性语言领域追求客观与真实，但他将这种追求移到文学领域了。描述性语言的判断标准就是真实的语言结构与其所描绘的外在事物相类似。这个在语言领域几乎不可能完成的目标，弗莱试图在文学领域实现，即寻求能够理解文学的某种统摄性的概念框架，试图去发现和描述一种文学系统中存在的普遍性结构，还要在批评活动中悬置价值判断和阅读经验。这一目标是通过归纳达到的，即通过梳理神话学意象、文类和常规之间的关联来划定一种可见的图示。布莱克曾说"概括就是白痴"，弗莱也曾引用这句话来反对某种粗糙和简单的思维模式。但不论就批评语言还是就批评模式而言，神话—原型批评体系都是通过概括和归纳得来的。从读者的角度出发，原型批评给予了阅读重要地位，阅读同时也是辨析经验结构的过程，这种经验结构构成了相对客观的知识结构，也是可交流的原型单位。这正是作为批评家的读者的任务，即试图将单个文学作品置入由批评所构建的整体文学宇宙中去。实际上，弗莱比洛克更为激进，洛克仅使语言成为一种自律系统，弗莱则试图将这种自律推进至文学空间；洛克通过反修辞来达到语言的自律目标，弗莱则通过在文学领域将经验结构化来达到可交流的知识。

以去隐喻的书写赞美隐喻，以反概括的方式施行概括——这种表里不一的分歧消解了弗莱理论文本自行运作的张力，有研究者表示弗莱"没有思想"①。这个评价尽管尖锐却不无道理，弗莱批评理论的全部努力在于揭示思想构成的不同语言模式，得意忘言，得鱼忘筌——思想是意义本身而非意义的模式，弗莱关注的是言和筌，却并非意和鱼。作为方法或模式，言和筌是可以拿来讨论的结构，但意和鱼是只能在阐释过程中获得领悟的图景。

描述性语言模式的意识形态在于认识论层面的客观性，以及由此达到的客观性知识，对此，弗莱有清醒认识，他表示必须以隐喻式语言来补充描述式语言的不足，但他的写作实践没能做到这一步。由于受制并依赖于一种

---

① 茨维坦·托多罗夫：《批评的批评：教育小说》，王东亮、王晨阳译，三联书店 2002 年版，第78 页。

简单的经验描述式语言，他的一些区分显得过于随意，比如文学／非文学、知识／经验、介入／超然、自由／关切等等，减弱了其文本论证的力度。尽管在写作过程中，他超越了这种简单区分，朝向了一种整体的同一。① 但这种区分本身仍为他的写作制造了很多不必要的障碍，阻碍了思想的精确与速度。

一种语言就是一个世界，描述性语言模式呈现的是一个透明的虚无世界。对此，弗莱自嘲自己是"术语海盗"（terminological buccaneer），这个比喻是他最清醒的自我认知。其批评体系是靠很多术语搭建而成的，他使用术语的方式是建筑家式的，并不过多关涉术语的来源及其复杂历史语义，只是以一种拿来主义的方式搭建他的批评大厦。术语在文本中只维持了一种外在构造力，却不具备内在的生长力，以类比方式被组合在一起，具备强大的分类和区隔能力，成了维护神话形象的外在藩篱。从这个意义上说，弗莱是一个建筑型而非材料型批评家，他用各式材料构筑其思想大厦，却并不注重文本自身的质地。

这种写作方式与和列维·斯特劳斯对"打零活"（bricolage）的理解有几分相似，"修补匠"（bricoler）在其语境中就是依靠零碎材料来制作工具的手艺人，这几乎就是神话思想的特征，即"借助一套参差不齐的元素来表达自己，这套元素表即使包罗广泛也是有限的；然而不管面对着什么任务，它都必须使用这套元素（或成分），因为它没有任何其他可供支配的东西。所以我们可以说，神话思想就是一种理智的'修补术'——它说明了人们可以在两个平面之间观察到的那种关系"② 。弗莱的理论叙事就是术语的打零活，在不同的结构层面上来回穿梭，由于其卓越的概括力也具备一些科学性，但更重要的是借助类比、联想和比较来发挥作用的。他的描述性语言使

① Cf. Robert D. Denham, *Northrop Frye: Religious Visionary and Architect of the Spiritual World*, Toronto: Victoria college press, 2004, p.33. 他特别指出弗莱思想上的辩证因素，是对黑格尔辩证法的简单应用。

② 列维－斯特劳斯：《野性的思维》，李幼蒸译，中国人民大学出版社 2006 年版，第 21 页。

理论以一种透明形式易为读者所理解，使理论从视角变成了模式。这种书写方式，既是一种风格，也是一种方法。①

列维－斯特劳斯曾以"打零活"概括神话诗学的创制特征，即放弃了对某种中心、主体或源头的参照，这使得哲学话语变成一种几乎不可能的工程师话语，即"哲学和认识论对中心的需求显得像是一种神话学，即像一种历史的幻象"②。尽管德里达解构了在场形而上学之中心，但人种志式打零活的解中心也令他不满，他将批评靶心直指话语质量问题："是否所有关于神话的话语都有同样的价值呢？我们是否应当放弃使得我们能够在多种关于神话的话语之质量中进行区分的任何认识论要求呢？"③神话诗学的打零活特征不能使其免于话语质量的拷问，话语质量实际上反映了主体内嵌于怎样的位置上，以及整体化是否可能。打零活看似放逐了哲学话语之整体化认识的反思中心，这种放逐不是成功却是失败的标志，仍然仰赖于普遍理性主体的立说。但神话总是秘密地将自己交付于一种光源，不再借普遍理性之光。列维－斯特劳斯的一段非常优美的关于光源的反思，也可以还原为神话之运思主体的问题："神话学可以称之'屈折光学'（Anaclastique），这里取这个古老术语的较广的词源学意义，其定义中兼容对反射光线和断折光线的研究。但是，跟声称追溯到源头的哲学反思不同，这里与之打交道的反射关涉绝非真实的光源所发出的光线。序列和主题的发散是神话思维的基本特征。神话思维表现为一种辐射，只要测量其光线的方向和射角，就可以去假设它们的共同源头：如果神话结构所偏转的光线正式发源于这源头，并在行程中始终

① Cf. Steve Polansky, "A Family Romance—Northrop Frye and Harold Bloom: A study of Critical Influence", *Boundary* 2, Vol.9, *A supplement on Contemporary Portry* (Winter, 1981), p.229. 该作者认为弗莱的风格具备一种独特的批评声音，以散文形式将词语结构推向了批评话语的极限。

② 雅克·德里达：《人文科学话语中的结构、符号与游戏》，张宁译，载《书写与差异》（下），三联书店 2001 年版，第 516 页。

③ 雅克·德里达：《人文科学话语中的结构、符号与游戏》，张宁译，载《书写与差异》（下），三联书店 2001 年版，第 516—517 页。

保持平行的话，那么，它们就会聚于这个理想点上。"① 简言之，神话思维并不来自于唯一的可见光源，而是将不可见之物带至显现的光芒。

二、技术与福音：民主的转喻

洛克的语言纯化运动使得语言从具体情境与狭隘关切中解放出来，对语言的这种改造也成为世界主义的一种基础。② 弗莱批评理论的概括性，抽象的主题分析等都是当代最能体现出"全球视角"的批评眼光，"弗莱的文化理想是一个自由和无阶级社会，其中地方性（provincialism）无论在艺术还是批评中都没有位置。"③ 马修·阿诺德在 1864 年发表的《学术的文学影响》（*The literary influence of academics*）一文中，使得地方性成了一个十足的贬义词。他认为这种精神是狭隘的，甚而带有侵略性，缺乏明晰的洞察力，同他本人"甜美与光明"的理想背道而驰。弗莱看穿了阿诺德"庄雅严肃"趣味下潜藏的只是特定阶级、立场的文学趣味。每一种审慎地确立起来的文学价值等级的体系，虽未道破，却都是以社会、道德或知识之比较为基础的。任何特定的文学风格都有其携带的世界观，都巩固了特定的价值立场。弗莱认为，文学批评在某种程度上就是同这种"价值观"战斗，即致力于一种相对客观立场，也就是"理想的无阶级社会的立场去看待文学"，在这一层面上，他肯定了阿诺德所言的"文化谋求废除阶级"。不过，他的标准不是"庄雅严肃"，而是传奇文类支撑的叙事风格，这一风格又和基督教拯救模式嵌合到一起，就成了其文学研究的"全球性"视角。

批评家克里格用了"月光与月下的对抗"（the opposition of the lunar to the sublunary）这样一个比喻来说明弗莱从英美批评传统中摆脱出来的特征。

---

① 列维－斯特劳斯：《神话学：生食与熟食》，周昌忠译，中国人民大学出版社 2007 年版，第 12—13 页。

② Cf. Richard Bauman, Charles L. Briggs, *Voices of Modernity：language Ideologies and the Politics of Inequality*，Cambridge：Cambridge University press，2003，p.35.

③ Robert D. Denham, *Northrop Frye and critical Method*，The Pennsylvania State University Press，1978，p.141.

和批评界前辈的尘世关切极为不同，与地方性经验密切相关的批评焦虑在弗莱的批评体系中是不存在的。对传奇和喜剧的关注使弗莱将"存在的投射"这个命题看作一种悲剧世界观，他认为其摧毁了文学的自律宇宙，仅将其缩减为经验世界——这里盘旋着一个颇为奇怪的观点：存在的痛苦经验不能直接进入文学世界，需要一种传奇式转化。弗莱相信批评的任务是使文学从特定的地方性经验中提升出来，向普遍的文明与文化上升。这种乐观也源自布莱克式的"天使想象"（angelic imagination），这一浪漫主义的想象寻求一种无中介的幻象。对于这样的批评倾向，萨义德有一个相当尖锐的批评："欧洲的思想家在严重的冲突出现时会求助一种普遍的传统。从这个传统中，产生了一个认识，认为文学的比较可以有助于形成跨国界的、甚至泛人类的关于文学作用的观点。因此，关于比较文学的观点不但表现了普遍性和对语言学家获得语言体系的理解，而且象征了一个几乎是无危机的理想王国。立于狭隘的政治之上的，是一个人类伊甸园和马修·阿诺德及其学生称为'文化'的世界。在这个伊甸园里，男男女女在欢快地耕种着一种叫做文学的东西。只有最优秀的思想和行为才能被允许进入其中。"① 文学研究中的全球性视角总是自诩能占据到这样一个高度，《暴风雨》中的"爱丽儿"形象成了弗莱批评立场的隐喻。

　　将这种语言理想扩展到文学领域的神话—原型批评系统也促进了这种纯化行动。在政治层面，描述性语言模式有一种民主诉求，这也是洛克的语言制作理想致力于开启的社会空间，这在弗莱的写作中也有反映，他以一种轻便的方式将其转化成技术与福音的联合。但是，这一民主的"不民主"基础却是神话批评的盲点。语言模式的变迁绝非仅是认识论模式翻转的结果，更是一个复杂的社会历史进程，对后者的淡化使弗莱忽略了语言模式内含的政治倾向，在话语实践领域带有不可避免的局限。不过有关描述性语言模式和"民主"的联系，弗莱也有清醒认识：

---

① 　爱德华·W. 赛义德：《文化与帝国主义》，李琨译，三联书店 2003 年版，第 62 页。

　　　　这里还涉及一个政治因素，描述性作家是位民主作家，其真理依
赖于他能否将手中的牌完全亮出来，并与读者共享他在每一问题上的
认识……大约洛克时代，描述性写作技巧与民主理论一同发展了起来，
这一点并非巧合。当今，民主政制的成熟并不体现在投票过程或对政
要的选择上，却包含在描述性写作的公开性原则之中。①

描述性写作的公开性原则被视为民主时代的标志，这取决于一览无余地展示
观点的能力。可人们能否将手中的牌亮出来？在游戏中，亮出自己手中的牌
是否是一种欺诈？亮出手中的牌来打牌，这意味着牌的好坏成了输赢的全部
原因，这不仅放逐了打牌技巧，而且也将运气放逐到逼仄角落，这场游戏又
如何值得人们全力以赴？

　　弗莱以文学批评来实践民主与描述性写作的公开性原则，他希望文学
能够被更好地教授，并将抵达文学之中心的技巧放到每一个读者手中。神话
或原型，文类或常规之传递，并没有什么神秘可言，都是文学归纳力的体
现。对于文学和批评的技术化的处理，使得弗莱成为批评的解神秘者。批评
或文学的"神秘"之一就存在于"价值判断"中，即对特定文化趣味的提倡
或贬抑。神秘存在于价值判断中，民主的实践者对神秘这一精巧装置不以为
然，神秘总是某种复杂机制装置的后果。无论弗莱试图从批评历史中驱逐理
性化的趣味是否有效，其目的是清除英语学科不时发作的文化沙文主义的学
科的属性，他的范畴批评是英语研究的挑战。② 弗莱的这种观点也伴随着他
对批评民主化的渴望。但另一方面，弗莱认为批评现在是没有福音的神话——
宗教，批评家在模仿那些仅仅与他人交流和争吵的人。其神话批评在归纳力
和概括力方面确实类似于一项技术，他试图以这种高效的方式将神话学的基
本原则传达给读者。由此，弗莱融合了或者说混淆了两种普遍性："一种是

---

① Northrop Frye, *Words with power: being a second study of "the Bible and literature"*, San Diego: Harcourt Brace Jovanovich: 1990, pp.6-7.

② Cf. Geoffery H. Hartman, *Ghostlier Demarcations*, *Northrop Frye in Modern Criticism*, Murray Krieger edited, Columbia university press, 1966, p.114.

科学的普遍，文学研究如数学一样，可以成为连贯和系统的研究，有一些基本的原则；另一种是福音教派的普遍，批评家如牧师一般站在文学和参与者之间。"① 从这个意义上说，弗莱是民主化批评并将缪斯解神话的人。

这种混淆使弗莱激进地连接福音与技术。在现代批评家中，很少有人如弗莱那般乐观地接受技术，文学传统的种种积淀物从未构成束缚式的东西，相反，却都是达成精神解放的过程，他对于种种形式的合作态度令人诧异。本雅明早已提及现代艺术的非人性本质，技术将艺术品转变为展览品和消费目的，摧毁了"灵韵"，与历史性相连的经验世界一去不返了，抽空了贮藏在膜拜价值中的独特感受性，也预示了那些完全个人化文明的消亡。但对弗莱而言，这种担忧是不存在的，他要守护的东西，并非是由任何文化发展出来的价值或任何单一的交流模式，而是可以大白于天下的东西。

弗莱的全部批评实践，他的模式化冲动，都可以看作一种技术化过程，他对语言、文学、文化模式的分析和提炼，使其立刻显露出了明显轮廓，能够便捷、快速地送到读者手中。人类社会至少有三种技术：一是转化和控制事物的技术；二是使用符号的技术；三是各种决定个体行动的技术，将特定意志强加到个人身上，使之服从特定的目标或客体。现代技术对人类及其环境进行了整体的转化，弗莱则以模式将西方文学传统平面化了。其批评并不寻求增加批评或学者的尊严，只是将神话学的基本原则放到每一个热切读者的手中。

文学不能被直接被教授，能传授的只是批评，批评则是由一些模式、分类、概括和命名得来的知识结构，经验领域则是私人的，充斥着主观意见，在文学公共空间中，经验是不值得谈论的。因此，弗莱重视文学教育，也就是文学批评，文学批评是将文学中的激情、力量和苦恼转化为技巧、模式以及常规的过程。这种观点使得教育和规训几乎成了同义词，弗莱对精神权威的追寻也是希望规训以这样一种形态出现，即通过原型（知识结构）的

① Geoffery H. Hartman, *Ghostlier Demarcations*, *Northrop Frye in Modern Criticism*, Murray Krieger edited, Columbia university press, 1966, p.117.

整合力量，来梳理、提升阅读经验，结果是在效忠而非对抗的形态中存在的，这和其文化批判的基本目标也是一致的。

弗莱在批评实践中悬置了经验，技术和福音的联合削弱了布道的神秘性，这同样也是批评民主化过程，批评似乎能将文学承诺的秘密拯救放到每一位读者手中。描述性语言模式是这一民主化前景的技术前提，然而，这却与批评试图复原的神话视野发生了分歧，描述性语言模式的意识形态得到了检讨，其内嵌的主体位置也需要被探讨。

第二节　技术、装置与意义：神话阐释的两条路径

1929 年 6 月，在瑞士小城达沃斯，卡西尔与海德格尔之间爆发了一场引人注目的争论。在会议中，海德格尔提交的论文是"康德的《纯粹理性批判》和为形而上学建基的任务"，卡西尔则讨论了哲学人类学的三个问题：空间、语言和死亡。从表面看来，两人的争论源自对新康德主义以及康德哲学的不同阐发，实际上，真正的分歧则潜在于对"主体性"问题的认知差异上。卡西尔的象征符号哲学预设了一个启蒙式的自我透明主体，人类主体的创造能力体现在挣脱神话意识的束缚，并逐步走向形式创造之无限自由的过程；海德格尔则认为，有限的人类主体是不可能在认识论上彻底摆脱内在于存在机制中的神话意识的。海德格尔对卡西尔的驳斥集中在启蒙主义神话学所预设的先验主体上，这与他对"技术"的批判紧密相关。神话与技术具有某种同源性，都隐含在被称作"装置"的秘密构型中。透过"装置"的双重起源可以勘探神话阐释的两条路径，并表明神话阐释的真实意义在于人类生存维度的更新，而非单纯的认知模式上。但为了避免这种真实意义再次沦为神话，这一意义不能被区隔，仍需被打断，简言之，神话阐释探求的一条突破神话的思想之路。

一、达沃斯辩论：神话与主体

卡西尔和海德格尔之间关于神话的论争是一个持续的话题。1923 年，海德格尔在《存在与时间》的一个脚注中就指出："卡西尔把神话的此在变成了哲学解释的课题，对某些概括的指导线索进行了探索，可供人们用于人种学的研究。但从哲学问题的提法方面看尚有疑问：解释的基础是否充分透彻？……或者说这里是否需要一个新的源始的开端？"① 卡西尔的象征符号哲学仅仅将神话之此在作为特定的理解模式，而海德格尔在追问的则是神话的现象学起源。1928 年，海德格尔还为卡西尔的《象征符号哲学》（第二卷）写了一篇书评②，主要反对其神话研究中所预设的具备意识自发性的主体。

在达沃斯辩论中，两人的分歧则围绕在对康德哲学的不同阐发上。海德格尔将康德的认识论转化成存在论，其目标就是要将《纯粹理性批判》解释为形而上学的一种奠基："在其最内在的本质中把形而上学领会为对纯粹理性的批判，而另一方面则应当把形而上学在其可能性和界限之内理解为'人的自然倾向'。"③ 于是，"形而上学问题是某种基础存在论的问题。"④ 由此，卡西尔指责海德格尔篡夺了康德的问题领域，未能遵循康德的二元论原则，以及由此派生出现象与物自体（自在之物）、感性世界与理智世界以及经验和理念的两元区分等等。⑤ 不过，卡西尔的这一反驳是相当无力的，他仅关

---

① 海德格尔：《存在与时间》，陈嘉映译，三联书店 1999 年版，第 60 页。

② Cf. Martin Heidegger, "Review of mythical thought", *The piety of thinking*: *Essays by Martin Heidegger*, Trans. James Hart and John Maraldo, Bloomington, IN: Indiana UP.1976, pp.32-45.

③ 海德格尔：《康德和形而上学问题》，邓晓芒译，载《海德格尔选集》，三联书店 1996 年版，第 98 页。

④ 海德格尔：《康德和形而上学问题》，邓晓芒译，载《海德格尔选集》，三联书店 1996 年版，第 81 页。

⑤ 从认识论角度讲，海德格尔对康德的强力解读并非无可指摘，他忽略了康德至关重要的现象与本体的区别。（参见卡西尔：《康德与形而上学问题——评海德格尔对康德的解释》，张继选译，《世界哲学》2007 年第 3 期。）

注了康德明确说出的东西，将康德的区分作为现成物接受了下来。海德格尔则拷问康德未曾说出的东西，认识论问题上的二元论不仅不能成为思考的起点，反而是一个疑点，这恰恰是康德在"揭示主体的主体性时，在由他自己所奠立的基础面前退缩了"①。面对"物自体"，表象性知识（其形式依赖于先验感性和先验逻辑）遇见了前所未有的障碍，知性不再发挥作用，人类主体在"无基础的深渊"面前退缩了，这表明的是人类认识的有限性。

卡西尔也承认人类认识能力的有限性，但他在康德的伦理学中又看到，绝对命令中包含着某种超出有限生物的东西，这使得超越成为可能，伦理领域的这种越度就是自由。"人不可能从其固有的有限性跃入一种实在论的无限性。但他可以并且必须具有能将他从其生存的直接性中引入到纯粹形式的区域中去的越度。"② 由此，卡西尔将"自由"理解为人类符号创造能力的无限性，先验想象力的图型论为这种越度提供了基础。"人是符号的动物"正是卡西尔的著名命题，他的重要著作也几乎都是对这一命题的优雅表述。象征形式被界定为知性自由的能量与表达，这一自我创造的形式是反对经验主义的，这种精神自发性渗透了人类文化生活的各个方面，表现在语言、艺术和神话以及科学中。

哲思活动的基本特性是内部超越性的解放，对此，海德格尔也是认同的，但这种解放的意义并不在于"对于意识的构形图像而言成为自由的。恰恰是要进入到此在的被抛状态中，进入到那种包含在自由本质中的冲突之中"③。人类的自由并不是在"创造"而是在"领悟创造"的意义上才成为自由的。康德所言的"自由"属于实践理性，是对绝对律令的遵循而非知性或想象力自发的形式创造，"若自发性被认为是自由的话，关于自动机自发性

---

① 海德格尔：《康德和形而上学问题》，邓晓芒译，载《海德格尔选集》，三联书店1996年版，第105页。

② 《卡西尔与海德格尔之间的达沃斯辩论》，载《中国现象学与哲学评论》（第五辑），上海译文出版社2003年版，第219页。

③ 《卡西尔与海德格尔之间的达沃斯辩论》，载《中国现象学与哲学评论》（第五辑），上海译文出版社2003年版，第222页。

的意识就会是一个幻觉。"① 因此，海德格尔对卡西尔的文化象征哲学提出了严厉质疑，"将人在其最内在的有限性——即他需要'存在论'，亦即需要存在领悟——这一基础上当作'创造性的'、因而当作'无限的'来理解，同时恰好这个无限本质的观念又无比残酷地把某种存在论从自身中驱逐出去：这样做难道是有意义的和正当的吗？"②

卡西尔试图从符号形式内部去理解文化形式在人类生存层面发挥的作用，也试图从前逻辑的角度去理解神话意识的丰富内涵，但他对神话的理解仍然是在科学占主导地位的认知模式下施行的。因此，当他将神话视为人类意识的自发表达时，他仍坚持在神话和神话的祛魅形式之间作出区分，即神话思维并不能意识到世界是人类创造的，而"去神话"的世俗智慧则明白象征仅是只能如此理解的符号而已。这种对待神话的方式实际上已经将"自我透明的启蒙式主体视作人类发展的终点"③。"神话"在海德格尔的哲学思考中并不占据重要地位，不过他认为"神话"与他谈及的"日常性"（everydayness）紧密相连。"神话"弥漫在尚未被完全把握的存在领悟与存在机制上，也组建着人类生存的基本维度。这意味着不能预设一个与客体相割裂的主体，相反，对神话意义的探究只有从主体的"被抛性"（thrownness）而非"自发性"（spontaneous）出发才是可能的。④

其实，两人的根本分歧源自对康德"图型论"的不同理解上。"图型论"在康德的《纯粹理性批判中》只占据相当短小的篇幅，却是理解其认识论哲

---

① 康德：《实践理性批判》，韩水法译，商务印书馆 2001 年版，第 110 页。

② 海德格尔：《康德和形而上学问题》，邓晓芒译，载《海德格尔选集》，三联书店 1996 年版，第 133 页。

③ Peter Eli Gordon, "Myth and Modernity：Cassirer's Critique of Heidegger", New German Critique, No.94, *Secularization and Disenchantment* (Winter, 2005), p.135. 卡西尔的哲学就将启蒙主体视为人类发展的必要目标，并为去神话的世俗主义提供了一种辩护，这种世俗主义是对神话之哲学阐释的前提。世俗意识能辨认出神话得以产生的精神必要性，并认为世俗意识拥有必要的手段使神话系统遵循哲学理解。

④ Cf. Peter Eli Gordon："Myth and Modernity：Cassirer's Critique of Heidegger", New German Critique, No.94, *Secularization and Disenchantment* (Winter, 2005), p.152.

学的关键。仅仅以判断的先天逻辑结构为基础，是无法说明认识对象的，还需要感性直观这一中介来联合判断的纯形式（普通逻辑）和感性杂多，只有当思想的纯形式被赋予与感性直观的纯形式相关联的确定时空内容时，认识才成为可能。不过，新康德主义的认识论对这种纯直观能力都有一定的拒斥或忽略，由此也就"抵达了一种纯粹思想或纯粹逻辑的观念，其主题是本质上非时间的东西，因此这个领域必定不是心理的，而是一个关于非时间的、形式逻辑结构的'理想'领域"①。卡西尔的象征符号哲学是在这一形式理想领域展开的，先验想象力的形式构型功能为神话提供了意识形式。海德格尔则充分发挥了图型论对"时间"的依赖性，由此他也将康德哲学中的先验分析（transcendental）转化成了存在论（existential）分析。因此，所谓先验辩证幻象也就不再是由理性所进驻的某种目的论王国，而是人类生存的内在超越性，自由只有在这一层面才是可能的。

　　简言之，卡西尔发挥了图型论的创建方面，因而其象征符号哲学带有强烈的构造主义色彩；海德格尔却更为敏锐地抓住了图型论中对感性直观（时间）的依赖性。这种分歧又分别造就了自发的和被抛的主体，而神话与这两类主体的连接方式，可以分别对应于启蒙主义神话学与浪漫主义神话学。启蒙主义神话学认为一切知识和叙事都必须接受理性检验，凡是不能被证实和说明的，就是迷信和神话；而浪漫主义神话学则要阐发神话的深远意蕴。

二、神话与技术的同源性：座架／装置

　　从启蒙主义神话学的角度来看，神话属于知性认识与研究的对象，是需要不断被照亮和制伏的晦暗领域。神话被表象为结构式的象征符号系统，其本源意义被编制并导入各类认知模式、文化机制以及意识形态中，保障、支配并控制着人类生存本身。正如弗莱所言："神话学在其发展过程中就像

---

①　迈克尔·弗里德曼：《分道而行：卡尔纳普、卡西尔和海德格尔》，张卜天译，北京大学出版社 2010 年版，第 26 页。

技术，人类的发明越多，受其控制的诱惑也就越大。思想和想象中朝向同一性的巨大压力就是社会对于神话诗学的焦虑反应，在一个时代建立了体制性宗教，在另一个时代则是政治联合。"①

　　海德格尔对卡西尔式的文化哲学的不满，主要在于其中的先验主体性以及由此造成的神话技术化。对神话技术化的批判在海德格尔对"技术"的深思中的得到拓展。在《技术的追问》中，海德格尔是在技术与技艺相连的意义上来追问技术的。在古希腊语境中，技艺（teche）与认识交织在一起，技艺不仅在于制作和操作以及工具性使用，更是一种源初的解蔽方式，"技术乃是在解蔽和无蔽状态的发生领域中，在真理的发生领域中成其本质的。"② 此外，"贯通并统治着现代技术的解蔽具有促逼意义上的摆置（Stellen）之特征。"③ "摆置"显现了技艺的工具性特征，具有一种预先设计与规定特征，由此"人们所谓的现实便被解蔽为持存（Bestand）"④。不过海德格尔并没有停留在这种双重性上，他又用"座架"（Gestell）⑤ 概念将此双重性并置起来：座架同时连接技术的解蔽与操控性。简言之，座架是"摆置"的集合，是技术的本质，"座架意味着对那种摆置的聚集，这种摆置摆置着人，也即促逼着人，使人以订造方式把现实当作持存物来解蔽。"⑥ 海德格尔通过摆置、座架、持存等术语对技术进行的迂回深思，始终是在双重意义上进行的：一方面，他批判了技术的工具性特征以及对世界的对象性切割筹划；另一方面也指出了技术与技艺、艺术存在的源始关联，在这一源初关

---

① Northrop Frye, *Reflections in a mirror*, *Northrop Frye in Modern Criticism*, Murray Krieger edited, NewYork: Columbia university press, 1966, p.146.

② 海德格尔：《技术的追问》，孙周兴译，《海德格尔选集》，三联书店1996年版，第932页。

③ 海德格尔：《技术的追问》，孙周兴译，《海德格尔选集》，三联书店1996年版，第934页。

④ 海德格尔：《技术的追问》，孙周兴译，《海德格尔选集》，三联书店1996年版，第936页。

⑤ 这一术语是海德格尔根据构字类比自造的术语，他指出把群山（Berge）聚集起来的是山脉（Gebrig），把情绪（Mut）聚集起来的是性情（Gemüt），座架则是对摆置的聚集。此词的英译为"Enframing"。（参见海德格尔：《技术的追问》，孙周兴译，《海德格尔选集》，三联书店1996年版，第937页译注。）

⑥ 海德格尔：《技术的追问》，孙周兴译，《海德格尔选集》，三联书店1996年版，第938页。

联中，技术也展现了解蔽意义上的真理。从这个意义上，"座架"就是技术的本质，这一本质既是人类失落自身的宿命，也是救赎时机。①

　　海德格尔在技术之本质即"座架"名下所思考的东西，在其他思想家那里也有不同的回响。福柯著作中的"dispositif"（apparatus 装置、部署）就与之相关，简言之，装置就是支持，或为特定的知识类型所支持的力量关系的策略集合。对此，阿甘本将之归为三个方面：首先，是话语、制度、建筑、法律、治安措施、哲学论证等名下所包含的语言／非语言的异质设置；其次，装置具备策略性功能，并定位于一定的权力关系中；最后，装置表现为权力与知识的交互关系。② 在福柯的文本中，"装置"首先是以实证性（positivite）③ 的面貌出现的，不仅包括规则、意识、制度等外在性力量，还包括信念和情感等内在系统。为了深入理解这一术语，阿甘本又从神学谱系中为其寻找源头，同时拥有家政管理／神恩拯救之双重内涵的希腊神学术语 oikonomia 保存着装置的源始内涵，这一希腊术语的拉丁词 dispositio 正是福柯采纳的 dispositif 的直接来源。简言之，装置植根于人性化过程中，使人类从动物状态中解脱出来，也制造了一些构造物。这些构造物意味着能以高

---

① 参见海德格尔：《技术的追问》，孙周兴译，《海德格尔选集》，三联书店 1996 年版，第 932 页。可参见塔巴赫尼克：《海德格尔"技艺"的悲剧性双重束缚》，载《海德格尔的政治时刻》，华夏出版社 2010 年版，第 60 页。"技艺既是我们逃离自然的原动力，又是我们被迫返回自然的场所。透过柏拉图的形而上学，装置作为技术的本质而得到揭示，这就是我们遗忘存在的根源。然而，技术的末路也同样可以使我们返回技术源初的希腊意义，即作为展现的舞台：即是极端的危险，又是拯救的力量。"

② Cf. Giorgio Agamben, *What is an apparatus*? David Kishik and Stefan Pedatella trans, Stanford university Press, 2009, p.3.

③ "实证性"来自黑格尔。福柯的老师让－依波利特（Jean Hyppolite）曾分析了黑格尔的《基督教精神及其宿命》和《基督教的实证性》两篇作品，由此指出，命运（destiny）和实证性（positive）是其著作关键。实证性在黑格尔著作中是处于自然宗教和实证宗教之间的术语，自然宗教关注的问题是人类理智同神圣的直接又普遍的联系，而实证宗教或历史宗教则包括了特定社会的信仰、规范和仪式等等，关注的重心是特定的历史时期是如何作用于人类的。而自然和实证性之间的对立也对应于自由和责任的辩证法。（Cf. Giorgio Agamben, *What is an apparatus*? David Kishik and Stefan Pedatella trans, Stanford university Press, 2009, pp.3-6.）

效方式来管理、控制并引导人类的思想、行为以及制度的集合体。可见，装置是将各类物质与精神力量聚集起来的枢纽，从而使得对人类的管理和统治成为可能。因此，福柯对"装置"的关注与他对主体之自由的关注密切相关，如今我们生活的世界已被各种装置所充满，我们寻找的既不是摧毁装置之路，也不是简单地将其运用至正确的道路，而是要在装置这一庞然大物对人类施行普遍"主体化"（subjectification）的进程中去探求"去主体化"（desubjectification）的可能性。①

主体化/去主体化这一对理论术语尽管相当拗口，但其意思却是简明的：人类不能将自身主体性完全交付给装置。阿甘本认为，装置的功能在于，能在相对独立的领域中，对人类欲望进行塑形并由此造就主体。但这种主体化过程却是令人担忧的，意味着人类完全被装置所捕获并丧失自由的可能。如此一来，人类的构造物"装置"的运作就变成对上帝之神恩统治的滑稽模仿了。因此，"去主体化"变得十分迫切，就是要破除装置所生成的"机械"主体性。为此阿甘本特别提出了"世俗化"（profanation）概念，"世俗化"具备将装置所区隔和捕获的东西重新带回日常应用的功能，这样就能打破装置的"主体化"所造成的类似宗教的区隔。宗教在阿甘本的语境中有一个类似于位置隐喻的定义：就是一个神圣的区隔空间，而人类从世俗跨入神圣领域的途径就是牺牲。② 一言以蔽之，"世俗化是将牺牲所区分和隔离的东西重新带回日常用途的反—装置（counter-apparatus）。"③ 可见，对装置进行世俗化也就是去主体化的过程，具备双重作用：一是破除装置对上帝

---

① Cf. Giorgio Agamben, *What is an apparatus*? David Kishik and Stefan Pedatella trans, Stanford university Press, 2009, pp.20-21.

② 阿甘本将宗教定义为将事物、地点、动物或人从其日常（普通）用途中移置出来并放到一个独特空间。没有分隔就没有宗教，任何一种分隔都包含或保存了一种宗教性因素。而激发和规划分割的装置就是牺牲，而牺牲通常许可了一条从世俗到神圣的道路。（Cf. Giorgio Agamben, *What is an apparatus*? David Kishik and Stefan Pedatella trans, Stanford university Press, 2009, pp.18-19.）

③ Giorgio Agamben, *What is an apparatus*? David Kishik and Stefan Pedatella trans, Stanford university Press, 2009, p.19.

神恩统治的滑稽模仿；二是破除人类为跨入神圣领域而施行的牺牲行为。可见，阿甘本所警惕的装置之主体化与海德格尔论述的技术的工具特征以及对世界的切割筹划是一致的；不同的是，海德格尔将摆脱技术束缚的希望带向技艺的解蔽过程中，阿甘本则寄托在装置的世俗化和去主体化过程上。

无论采用哪个术语，在"装置"（Gestell，dispositif，apparatus）名下得到思考的东西都是一种集聚力量，这种集聚属于技术的本质，同样也适用于神话。一言以蔽之，神话就是语言的装置，语言的装置就是神话。南希对神话的定义很好地囊括了这种装置意义上的双重性，"神话是本源的神话，来自本源，它关系到对虚构的创建，通过这个关系，它创建了它自身（一种意识、一个民众、一次叙事）。"① 作为起源的神话也是双重的，一方面创建是一个虚构，另一方面虚构是一次创建。

就神话的历史发展进程而言，在人类口语文化时期，在赫西俄德和荷马史诗的语境中，秘索思代表来自神的真实而又权威的话语，逻各斯却代表修辞编织的诡计和骗术。② 但是伴随着书面文化的兴起，形式逻辑与辩证法的发展，神话逐渐被哲学化，秘索斯的真实性被逻各斯抢夺了。不过，秘索思和逻各斯的对立分化是语言之神话装置运作的必然结果，是创建和虚构的双重运作。神话研究不得不返回这一源始区分去一探究竟，但这一分离状态并没有掩盖什么秘密，就是语言道出自身时的本然命运，如海德格尔所言："对语言的深思便要求我们深入到语言之说中去，以便在语言那里，也即在语言之说而不是在我们人之说中，取得居留之所。"③

作为一名哲学家，海德格尔是在神话的极限处进行思考的，他对语言的思考并未提及秘索斯，他的"语言说"④（Die Sprache sprichit）思想尽管包含着对理性言说主体的解构，但仍旧是对"逻各斯"的一种展示，即将逻各斯作为言谈、根据以及展示的步骤等。这儿潜藏着以逻各斯来浸越秘索思的

---

① 　让－吕克·南希：《解构的共通体》，夏可君编校，上海世纪出版社 2007 年版，第 74 页。

② 　参见王倩：《真实与虚构——论秘索斯与逻各斯》，《外国文学评论》2011 年第 3 期。

③ 　海德格尔：《在通向语言的途中》，孙周兴译，商务印书馆 1999 年版，第 2 页。

④ 　海德格尔：《在通向语言的途中》，孙周兴译，商务印书馆 1999 年版，第 3 页。

冲动，对这种浸越的忽略使其后期语言哲学思想成为一种神话之源始创建的事件，这一事件在海德格尔思想中并不是独一的，在技术之真理性的解蔽中，在艺术之居有事件中，其背后都有"本源逻辑"①的支撑，试图占有起源处的意义。

由于装置的介入，技术和神话这样的术语具备了双重性，一是真理的解蔽领域，一是技术操控层面，这种双重性也指引了神话阐释的两条路径。卡西尔的文化哲学是在逻各斯视角下对待神话的，而海德格尔的哲学思考不仅打破了逻各斯与秘索思的区分，还要回溯到秘索斯的创建本身。这两条路径其实关涉到对意义的不同理解：意义的获得源自存在之馈赠还是人类创造本身呢？②

三、神话阐释的两种路径：模式 vs. 生存

神话与技术在装置的双重性中联为一体。神话是在双重意义上被理解的：若神话被理解为意识形态、种种制度性控制策略，知识构造力量（由自发性所支持）等等，人类主体性就成了流水线上的木偶们，这一层面上的神话阐释成了模式，意义的获得变成配额分配；若神话被理解为本源的发生性力量，这种源自存在馈赠的力量才是海德格尔认可的"意义"，但真正能持存的并不是筹划的表象与结果，而是寓居于架构之内部的"允诺者"③对天道的应答与酬谢。因此，若还聚焦于"神话"那种使人焦虑的分裂性，譬如真／假，虚／实，那么，我们就仍未摆脱"字句叫人死"的魔咒，唯有将神话传达的讯息加以领悟，才是"精义叫人活"的意味。

---

① "本源逻辑"（ürsprungslogik）要求从根源上取解释和占有自身，是一种获得意义的可能，也就是去存在的可能性。（参见海德格尔：《对亚里士多德的现象学阐释》，孙周兴译，载《中国现象学与哲学评论》（第五辑），上海译文出版社2003年版，第134页。）

② 参见孙冠臣：《卡西尔与海德格尔的达沃斯之辩》，《中国社会科学院研究生院学报》2008年第5期。

③ "只有允诺者才持续。原初地从早先而来的持续者乃是允诺者。"参见海德格尔：《技术的追问》，孙周兴译，载《海德格尔选集》，三联书店1996年版，第949页。

卡西尔式的文化哲学深受启蒙思想影响，在神话思维的思考中绅绎了一个几近透明的主体，从而将世界作为存在者的在场加以筹划。其文化哲学致力于解析符号的文化内涵。他区分了符号的直观意义与表象意义，可以类比于数学中所特有的纯形式或赋意的意义。从阐释学角度看，其文化哲学几乎成为一种模式，其重心在于某种可理解的文化符号框架。① 因此，海德格尔特别指出，正是在神话研究中，"诸神"被杀死了，伦理学消失了。② "神话研究"的思路与方法，正是海德格尔所说的"弃神"，"弃神"并不是把神彻底地消除，也不是粗暴的无神论，而是一个双重过程，首先"世界图像基督教化了，因为世界根据被设定为无限、无条件、绝对的东西；其次，基督教把它的教义重新解释为一种世界观，从而使之符合现代。"③ 这种表象式的研究方法在"人类学"④ 领域被大规模实践着，值得疑问的是，人类学的科学性的解释方法如何使自身区别于其所研究的神话对象呢？也许所谓的"客观性"的研究本身恰恰是"神话"的，这儿所言的"神话"代表着文化框架的构成成分，即考察对象时难以摆脱的文化限定。但是，对海德格尔而言，问题的关键并不在于摆脱某种文化或神话设定。要警惕的恰恰是那种以为可以消除某种神话设定的心态，这种心态导致了一种盲目的客观性，以及一个不假思索的，迎合"科学"意识形态话语的反思主体。

自信能走出神话意识达到客观透明的文化哲学其实是充分利用了"神话"的构造与综合力量，并以之作为知识构造的重要部分，由此，神话阐释就化为一种可资利用的模式。从技术操控层面上理解神话，神话寄身于知识

① 参见迈克尔·弗里德曼：《分道而行：卡尔纳普、卡西尔和海德格尔》，张卜天译，北京大学出版社 2010 年版，第 102 页。

② "卡西尔把亨柯的哲学体系转变为一种符号形式哲学，伦理学在这种哲学中静悄悄地消失了。"（参见列奥·施特劳斯：《什么是政治哲学》，李世祥译，华夏出版社 2011 年版，第 240 页。）

③ 海德格尔：《世界图像的时代》，孙周兴译，载《海德格尔选集》，三联书店 1996 年版，第 886 页。

④ 海德格尔在此以"人类学"为靶子所攻击的对象不是作为一门学科的"人类学"，而指一种将神话斥为虚假的表象性、对象性的认识方式。

生产的诸多条件中，阐释所捕获的只是预先设定的意义，此种意义显示着现代知性对文化体系的规范与掌握。在当代文化领域，神话学发生着林林总总的复兴，但这种复兴若仅仅是以"人类学"的方式来理解神话的话，那么，这种复兴就还是一种隐蔽的潜在堕落，是人类失却其生存从而在浪漫、传奇以及神话变形中渴求保护以及"另一个世界"的冲动。将神话从认识模式转化为存在模式，神话不再是认识模式的文化构型，是作为生存的神话防止人类逐物迷己的百科全书式的神话研究所做的一种矫正。神话的真实性总是人类生存维度的更新，而非单纯的解释模式。海德格尔并不反对"神话"的生存论意义，他反对的是那种认为人类凭借认识和技术手段已经走出"神话"阶段，从而达到某种"客观性"的知性傲慢。

对海德格尔而言，神话的意义只能从人类的本真性生存的维度上去把握。在这一层面上的"神话"就是"意义"，也是康德所言的"先验辩证逻辑之幻象"的确实性。海德格尔曾指出先验逻辑中的假相问题，并且认为这一假相属于"人的自然"。这种自然绝非因其更现实，与实证性或技术操控更是毫不相关，而是人类本然的形而上学冲动，"形而上学是此在内心的基本现象。形而上学就是此在本身。"①"意义"从来不是作为现成物被赋予人类的，却是人类求索自由的行动中所生成的愿景。这种神话学之建构是通过对"烦"到"畏"，从而在纵身飞跃至无基础的深渊"无"时所达到的本真性，即"没有'无'所启示出来的原始境界，就没有自我存在，就没有自由"②。这种生存，既不是被动地仰赖在各种神话与技术怀抱的安全庇护中，也不是致力于消除神话的透明激情。而是去存在，试图从本源处把握意义的冲动。海德格尔从未试图将神话与哲学混为一谈，他是在神话的终结处开始思考的。他对被抛于世的此在的操心的存在论分析，以及由畏达到的"无之无化"都是对神话斩钉截铁的打破。但是他对此在之"本真性"的"向死而

---

① 海德格尔：《形而上学是什么?》，熊伟译，载《海德格尔选集》，三联书店1996年版，第152页。

② 海德格尔：《形而上学是什么?》，熊伟译，载《海德格尔选集》，三联书店1996年版，第146页。

生"中却又向神话转化了，"死是此在的最本己的可能性。向这种可能性存在，就为此在开展出它的最本己的能在，而在这种能在中，一切都为的是此在的存在。"① 死亡成了独一无二的确证，正是在这种确证中，退隐的主体形象又确立了。因此，尽管海德格尔试图终结神话，他终结的只是作为模式的神话而非神话本身，他对本源创建的热衷使其从源头处占有意义的行动都极有可能再次成为一种神话。

海德格尔对"意义"的执著使其哲学分析亦具有强烈的神话学冲动②，有论者已做了详细阐明。南希就曾指出，海德格尔的此在（Dasein）不能离开共在（Mitdasein）和与在（Mitsein）的设定，本真性是此在的本真样式，而历史性则是与在的本真样式，此在"把在其本己消亡中具有的最终意义作为其本质属性。而与在则凝聚了建构民族历史的可能性"③。在这种情境下，神话之创建便在"天命"（Geschick）名下发生了："作为天命的决心就是如处境所要求的那样作出献祭的自由。"④ 在这种思想氛围的引领下，"在孤独的'向死存在'和'向天命存在'之际，牺牲献祭是重新联合的最后砝码。因此，对于他人的本己的操持就在于外展或准备这种献祭。"⑤ 但这一献祭的伦理也只是有限存在者的专己的无限目的，是对意义的占有，这几乎是思想难以抗拒的神话诱惑。

神话与技术的双重起源，这种双重性也体现在神话阐释的两种路径上。尽管这两种神话意识背道而驰，但其发动者都在主体。从这一意义上说，神话是一个悖论，神话的真实性必须在克服自身时才能显现，而神话阐释期待的是一种突破神话的思想。由此，神话需要超越的不仅是外在的文化模式，

---

① 海德格尔：《存在与时间》，陈嘉映译，三联书店1999年版，第302页。

② 南希在《"此在"与"与在"》中对海德格尔思想中的神话学冲动以及与纳粹关系做了详细分析，他试图打开海德格尔思想中这一神话学冲动所形成的封闭，试图通向一条不再索取牺牲的非神话思想。"非功效的共通体"就是突破"神话"的一条路径。

③ 让－吕克·南希：《解构的共通体》，夏可君编校，上海世纪出版社2007年版，第262页。

④ 海德格尔：《存在与时间》，陈嘉映译，三联书店1999年版，第302页。

⑤ 让－吕克·南希：《解构的共通体》，夏可君编校，上海世纪出版社2007年版，第275页。

更要突破那为存在奠基的意识环节，即对某物、某观念等等的攀援或依赖。

　　简言之，装置的双重性使得神话阐释具备两个层面：一是技术与模式层面；二是生存与现象学维度。前者充分利用了神话的构造与综合力量，并以之作为知识构造的重要成分。由此，神话就寄身于知识生产的诸多条件中，神话阐释就化为一种可资利用的模式，但阐释所捕获的只是预先设定的意义，此种意义显示着现代知性对文化体系的规范与掌握。在这种境况下，主体并不真正拥有打开这些神话遗产的钥匙，这是神话意蕴关闭的结果。而传统或现代性的断裂，其实是人们不再理解神话及其象征所昭示意义的缘故。具体说来，神话阐释的重心在于，我们如何重新解释神话、如何对待记忆、如何使古老象征重新焕发生机和活力，神话阐释的生存与现象学维度则将神话从认识模式转化为存在模式，是作为生存的神话对人类逐物迷己的百科全书式的神话研究的一种矫正，从而使古老象征重新焕发生机和活力。神话阐释的现象学维度不仅揭示了模式，更是对模式的更新，也是活的传统本身。

第三节　被给予性：神话阐释的现象学维度

　　重提达沃斯辩论，能够在认识论层面上彰显弗莱的神话研究如何受制于新康德主义的认识论，其批评话语不能免除主体形而上学的牢笼。那种集透明与障碍于一体的描述性语言性模式，使得神话之技术化成为可能，由此也制造了一堵水晶墙，仿佛可以映现一切，但显出的一切依然笼罩在更为深重的阴影中。从这个意义上说，其批评理论的最大"神话"，亟须被打破的神话，不是后殖民主义所抨击帝国主义神话，而是"公共性"的透明神话。这种公共性，与其说是男性的，不如说是阳性的，正如阳具崇拜的根源也可以在太阳崇拜中找到一样，这一神话也是由其批评语言所携带的意识形态决定的，是英国经验主义哲学所倡导的描述性语言模式与基督教道成肉身思想结合的必然结果。

　　简言之，弗莱的神话批评没有与之相应的认识论，神话式的认识论与描述性语言模式许诺的认识论图景恰恰相反。弗莱思考了神话，却未能以神话的方式来思考。可是，什么是神话式地思考？神话式地思考就是内在地思考，就是尝试跨越自然、主体和时间设置的藩篱，神话思维的这种越界性与现象学思维有契合之处。从认识论角度而言，所谓双重视野的转换其实就要求经验性的自然视野跃迁至想象性的神话视野，这是从知识复归生命的道路，也内在地要求认识主体与认识客体的契合。弗莱为自己设立的认识论任务与现象学思维有类似之处，即"认识如何能够确信自己与自在的事物一致，如何能够'切中'（treffen）这些事物"①。胡塞尔认为，现象学的基本任务之一，就是要在自然的思维态度和哲学思维之间进行划分，但自然思维对认识可能性问题漠不关心，认为知识的可能性是自明的，一种不反思的自然思维总还是认识主体的认识，哲学思维则不断地对认识的可能性进行反思，那么，"认识如何能够确定它与被认识的客体相一致，它如何能够超越自身去准确地切中它的客体？对于自然思维来说自明的认识客体在认识中的被给予性变成了一个谜。"② 认识的可能性就其切合性而言的确是一个谜，这种谜就如同神话将自身封闭的那种圆满一样，不是迎向世界的敞开网络，而是内在给予中的可能性。

曾有学者即以"神话现象学"（Phenomenology of Myth）这一术语来定位弗莱的神话批评诉求。③ 在这本著作的前言中，作者对 20 世纪三位现象学学者（胡塞尔、海德格尔、梅洛－庞蒂）的思想进行了简要介绍，这三位哲学家的现象学思考分别从意识、存在以及身体的角度推进了神话阐释的内在境域。胡塞尔对意识意向性的阐明对神话研究十分重要，从某种意义上说，现象学也是一种"描述心理学"，可将现象作为原始心理来领会，意识作为超验主体性发挥作用。海德格尔则将意向性概念推进至了人类的存在经验，早期海德格尔认为意识即为此在，是在世生存状态，人类生存经验即据

---

① 埃德蒙德·胡塞尔：《现象学的观念》，倪梁康译，人民出版社 2007 年版，第 3 页。

② 埃德蒙德·胡塞尔：《现象学的观念》，倪梁康译，人民出版社 2007 年版，第 19 页。

③ Cf. Gill Glen Robert, *Northrop Frye and the Phenomenology of Myth*, Toronto：University of Toronto press，2007，p.105.

这种在世生存状态获得建构；后期海德格尔更为强调语言在人类知觉和现象构造之上的重要作用，语言是经由意识被带入存在的现实知觉或存在的现象表达，存在与语言的密切关系也使得阐释问题凸显出来。梅洛－庞蒂则坚持意识中身体和思维的根本关联，他提出了一种肉体本体论，即人类身体不仅是在世界中存在的意识定位，也是客体世界得以产生的关键。感官知觉、思维和语言的齐力协作促成了人类意识，从而将现象世界带入了存在之中。这些颇具神学意味的现象学态度为神话阐释提供了强有力的哲学书写样态。

Gill Glen Robert 主要从存在而非认识角度切入弗莱的神话阐释空间，这三位哲学家强有力的哲学书写分别从意识、存在以及身体维度为神话阐释的内在境域提供了话语资源。① 在这本著作中，作者主要以《可怕的对称》和《神力的语言》为例，阐明了其在身体知觉、语言意识和神话阐释之间的环状关联，"《可怕的对称》绝对是现象学的，其主题是现象学的，是意识对本体论现实的优先性，方法论上也是现象学的，研究一个并不假设其本性和限制性的主题；在整体上也是现象学的，理论导向了一种存在之应用（existential application）。"② 弗莱的神话阐释植根于初级关切，当初级关切的精神维度进入语言，既是一场道成肉身事件，也是现象学意识的显现。从初级关切到原型，再到语言，并不存在距离。因为原型首先是语言中的结构，自然身体既是语言也是原型形式的基础。换句话说，没有鸿沟需要弥合。③ 因此，弗莱的初级关切提供了一种令人信服的神话起源理论，这不是哲学或语义学的探索，而是将神话视为人类存在意识的现象学表达。以原型为中介，主客契合的认知要求似乎在语言层面达到了，但尚未实现真正的认识论转换。若不经过认识的澄清，神话之表达极易成为经验主义思维的形变容

---

① Cf. Gill Glen Robert, *Northrop Frye and the Phenomenology of Myth*, Toronto：University of Toronto press, 2007, pp.11-17.

② Gill Glen Robert, *Northrop Frye and the Phenomenology of Myth*, Toronto：University of Toronto press, 2007, p.105.

③ Cf. Gill Glen Robert, *Northrop Frye and the Phenomenology of Myth*, Toronto：University of Toronto press, 2007, p.187.

器。换言之，弗莱只是在语言层面上接纳了思维排挤之物。

就语言角度而言，弗莱的神话批评显现了现象学维度，他对神话之独一性的辨认也就是现象学思维中"被给予性"① (Gegebenheit, givenness) 的类比物。神话是难以定义的，不过写作者对神话的使用方式也决定了神话所指。弗莱从未尝试定义神话，他只是在三个层面上拓展了神话的内涵并使之成为连接语言、文学和文化的解释模式。如前所述，神话首先是故事；其次，神话还是叙事以及宏观的文化模式。

就神话在这三个层面的含义而言，神话尚未获得某种独特标帜，神话还与故事、叙事或意识形态等交缠在一起。当然，神话不可能独立于这些话语形态而存在，但从中辨认并分离神话的独一性仍是可能的，神话就是"受到意识形态表面上承认，实际却予以排斥的能动性"。② 这种被视为神话之特质的"被排斥的能动性"就是语言本身的创造性潜能，是被符号所引导、保存、削弱甚至终止的那种活生生的能量。如前所述，在弗莱的两本《圣经》之书中，他均以语言模式的演进形态展开论述，但唯有布道，即福音书专属的语言模式能够接纳神话，以被排斥之物现身的神话正是布道的核心。就此而言，神话还是"Word"，即大写的逻各斯精神，正是这层意蕴为神话提供了超越的可能，并成为语言乌托邦的助动力。

其实，"被排斥的能动性"这一稍显晦涩的词组意指的也就是人类学家在原始宗教中发现的玛纳（mana）原则。"玛纳"一语始见于科德林顿（Codrington, Robert H.）的《美拉尼西亚人》（*Melanesians*，1891）一书，

---

① "被给予性是指事物（感觉材料、对象等等）的显现。前者（被给予性）是从意识活动的角度而言，后者（显现）是从意向相关项的角度而言。被给予性概念强调显现者对自我的相对性，或者说，被给予是指被给予自我。真正被给予自我的对象，也就意味着自我可以经验到的东西。例如，'实项的被给予性'就意味着自我意识行为的'意向内容'，而'意向的被给予性'也就是指自我意识行为的'意向内容'。同样的情况也适用于'本原的被给予性'、'直接的被给予性'，它们都意味着对于自我而言的显现方式。"参见倪梁康：《胡塞尔现象学概念通释》，三联书店 2007 年版，第 179 页。

② Cf. Northrop Frye, *Words with power: being a second study of "the Bible and literature"*, San Diego: Harcourt Brace Jovanovich, 1990, p.23.

后来成为比较宗教学中的一个重要概念。"玛纳"来自美拉尼西亚宗教和波利尼西亚宗教的基本观念，代表着一种非人格的超自然的神秘力量或作用，类似于一种普遍精灵，虽不可见，却借助于具体的人或物来显现。卡西尔也曾指出，"在肯定的意义上作为'玛纳'而设想出来的这种力量同时也作为'塔布'（禁忌）力量而具有否定的一面。"① 所谓"玛纳—塔布"公式被视为最低限度的宗教，就是说，"这个公式表达了构成宗教生命本身之本质的不可或缺的条件之一，并且还表象我们所知的宗教生命之最低层次的那种划分。"② 马赛尔·莫斯在《巫术的一般理论：献祭的性质与功能》中也研究了玛纳，并使得一种人类学观念进入了哲学思考中。③ 对弗莱而言，神话之根本就在于这种受到排斥的"力"，尽管以禁忌形态确立的排斥形态在文化与制度建构方面也有非常重要作用，但尚不能达到神话意蕴的显明。

在人类学角度被视为玛纳和神力的不可见之物，在思维与认识层面是如何得以展现的呢？胡塞尔对"被给予性"的沉思是一个恰当的类比物。"被给予性"不仅是现象学的关键，也成为神话思维的关键，使得认识之切合的理想得以实现。胡塞尔为现象学规定的认识论任务为"超越的、实在的课题如何在认识行为中被切中（自然如何被认识），它首先被意指为何物，并且这种意指的意义如何在持续的认识联系中有步骤地得到充实"④。而这正是被给予性的问题，是认识中对象之构造的问题。但这不是康德意义上的对象之构造，而是原初的使知识得以可能的东西，并且内在地决定了知识的构造。

在思考被给予性的时候，胡塞尔区分了两种内在，即实项的内在和在明见性中构造者的自身被给予性意义上的内在，实项的内在是确定无疑的，关键是第二种内在，这正也是神话阐释索求之物。"明见性中被给予的一般

---

① 恩斯特·卡西尔：《语言与神话》，于晓译，三联书店 1988 年版，第 85 页。

② 恩斯特·卡西尔：《语言与神话》，于晓译，三联书店 1988 年版，第 85 页。

③ 参见马赛尔·莫斯、昂利·于贝尔：《巫术的一般理论：献祭的性质与功能》，杨渝东、梁永佳、赵丙祥译，广西师范大学出版社 2007 年版，第 128—144 页。

④ 埃德蒙德·胡塞尔：《现象学的观念》，倪梁康译，人民出版社 2007 年版，第 14 页。

之物本身不是一种个别的东西，而恰恰是一种一般的东西，因而在实项的意义上是超越的。"[1] 实项的内在之物无可置疑，但超越之物，即第二种内在却不能被征用，现象学还原的必要性也在于此，即"所有超越之物都必须给予无效的标志，即：它们的实存、它们的有效性不能作为实存和有效性本身，至多只能作为有效性现象"[2]。简言之，被给予性是一种本质客观性，这种本质客观性就是主体之于自身的那种透明性，这种透明允诺着神话思维与现象学思维的融汇点。

尽管弗莱时刻警醒着体制化的宗教权威，反对偶像崇拜，并且申明信仰是发生在经验层面的语言事件，是瞬间的肯定，欢欣的是，也是在仪式感坍塌之后重新肯定的力量。不过在达成这一力量时，弗莱的阐释过度依赖模式的指引力量，而非经验层面的顿悟。在认识论层面，其神话研究视野受制于新康德主义的认识论，以及与之相应的描述性语言性模式，其背后是主体形而上学的技术装置。这样的主体装置可以很好地思考甚至征用神话，使得神话技术化得以可能，却与真正的神话思维背道而驰。究其原因，乃由于这种知性主体不同于现象学的先验主体。

知性主体形而上学与现象学的超验主体之间有着密切关系，但不能画上等号。就主体而言，现象学意义上的"我"不是一个人，不是笛卡尔意义上的"我思"，也不是从康德到黑格尔的德国古典唯心主义哲学的"自我意识"。现象学的"我"只是经历纯粹还原之后的一个象征，是一个意向行为的发射口。[3] 如保罗·利科观察到的："如果能理解世界构成不是一种形式的合法性，而是先验主体的看的给予，人们就能理解胡塞尔了。……现象学的艰苦工作在'我'与世界之间建立了一种平面差，因为它使先验'我'从世界'我'中显露出来。"[4] 在这段描述中，先验我和世界我的区分就是两种主

---

① 埃德蒙德·胡塞尔：《现象学的观念》，倪梁康译，人民出版社 2007 年版，第 10 页。

② 埃德蒙德·胡塞尔：《现象学的观念》，倪梁康译，人民出版社 2007 年版，第 7 页。

③ 参见尚杰：《从胡塞尔到德里达》，江苏人民出版社 2008 年版，第 6 页。

④ 胡塞尔：《纯粹现象学通论》，李幼蒸译，商务印书馆 1997 年版，第 475 页。引文出自利科为此书法文译本所著的"导言"。

体类型。

　　与这两类主体相关的知识也有两种类型，在一篇题为《显性批评与隐性批评》的文章中，弗莱从柏拉图的知识论谈话起，认为知识可以划分为两个层次，即理念（nous）和观念（dianoia）。理念知识是对事物的知识，主观和客观、认识主体与客体都相互依存，变成同一事物不可分割的部分。观念知识则仅仅关涉到事物，其中主观和客观是相互分离的。这种不同的知识也被用来区分智慧和一般知识。作为教师，能够传授的只是涉及事物的知识，这种知识是经验主体从对象肉身撤离的知识。而事物本身的知识是无法传授的，原因在于"人们无法论证可能存在一种足以在知者和被知者之间确立本质联系的一致原则。人们只能接受这种一致原则，无意识地将之视为自明之理，或审慎地看作是一种信仰的行为"①。显然，这种无法传授的有关事物本身的知识正是一条隐秘入口，既是进入神话世界的跳板，也是重获精神生命的途径，不过在弗莱的批评话语中，这条小径偶然闪现，却终未敞开。

　　尽管弗莱的批评话语确实显示了一种现象学的铺陈方式，但是，其中话语主体并未成功地从知性形而上学主体转移到现象学的隐性主体，这需要一种自我意识的转变，弗莱对此毫不怀疑：

　　　　事情不用等人去做，让它自然发生好了——这是中国的"无为"和济慈所谓的"消极的能力"（negative capability）。在我看来，意识所能做的，就是要除掉生命与意识统一体的障碍——这就是中国的"道"和印度的瑜伽试图做到的。在弥尔顿看来，那些障碍——主教、国王、监察官——都是超我的障碍。柏格森也曾说过要在自我中心的意识中消除障碍。②

---

① 诺斯洛普·弗莱：《显性批评与隐性批评》，载吴持哲编：《诺斯洛普·弗莱文论选集》，中国社会科学出版社 1998 年版，第 21 页。
② 罗伯特·丹纳姆：《弗莱与东方》，史安斌译，载王宁、徐燕红编：《弗莱研究：中国与西方》，中国社会科学出版社 1996 年版，第 199 页。

"在自我中心的意识中消除障碍"——这确实是主体获得真理的修炼方式，就弗莱本人而言，他行走在路上。他在笔记中曾经谈到两件事情：一是他在修炼瑜伽的八个阶梯，结果到了第四个阶梯，即"对呼吸的控制"（pranayama）时不能再进行下去了。① 还有一件是他曾用《易经》来占卦，他得到了坤卦，坤意味着厚德载物的接受性，宛若容器一般。这是一种代表接受性卦象。从意识层面来看，其批评方式确实带有杂糅的接受力，是在一种"打零活"的运作中不断锻造新的意识工具来容纳世界。② 对于这两条被记录在笔记中的事件而言，弗莱展现出对于东方文化的向往。这两条记录也成了他通向神话现象学之路的象征：他对古老的东方文化有真切的向往，甚至也身体力行地体验这种文化带来的内在转化，然而，弗莱根深蒂固的意识中心未能实现视野"转换"，只是在双重视野之间的"穿梭"。对弗莱而言，重要的是"更大的人脑"，如他所言："当我们以一种智力形式来观察和理解人类生活时，更大的人脑就将发展出来。这样一种独特的智力形式是神圣人类在堕落的生命旅程中创造、斗争、救赎以及复活的戏剧。这出戏剧甚而是所有预言和艺术的原型，艺术以碎片化方式揭示了这一普遍形式，也就是作为人类智力探寻终点的上帝之言。"③

在对自然意识的克服中，还原进程中的现象学意识遭遇了神话，贯穿神话的玛纳也就是原初被给予性。神话意识与现象学意识的融合体现在被给予性上，被给予性是使认识得以可能的原初之物，但这一原初之物却是不可操控和不可利用的。这意味着认识在其根底处是被动的，是一种非构造性的纯粹接受性。从神话意识中脱胎而出的认知意识，获得的仅是一种片面的明晰性，只有重新融汇被抛弃的神话阴影，方能重获初生的透明。作为一种认

---

① Cf. Robert D Denham, *Northrop Frye：Religious visionary and architect of the spirit*, Charlattesville：University of Virginia Press，2004，p.142.

② Cf. Robert D Denham, *Northrop Frye：Religious visionary and architect of the spirit*, Charlattesville：University of Virginia Press，2004，p.150.

③ Northrop Frye, *Fearful Symmetry：A Study of William Blake*, Princeton：Princeton University Press，1969，p.40.

识方式，神话甚至放弃了认识，只有在这种放弃中它才达成了自身的目的，由此，神话思维才能从各种语言装置中脱身，才能免于虚假的指控，神话现象学试图辨认的不再是权力意志及其不断索取的牺牲，而是语言自身的生生不息之力。

在弗莱写作中没有未被言明的事物，他通过神话或原型这样的术语想要表述的只是一个异常简单的难题：即不通过任何中介的救赎，或者说一种当下即是的直接性。不过，他并不排斥任何中介，当那些中介构成障碍的时候，他努力解释并使其成为通往新世界的转换器。他这么做的时候，宛若一个程序操作员，以极端灵巧将拯救秘方安置于视野所及之处。他是一位技术乐观派，技术并未碾压榨干绝对主观性的剩余物，只是将那注定消逝之物预先雕筑成了纪念碑。

结　语

　　"神"的右边是"申"，通"电"，这是来自雷电的自然能量；左边的偏旁"示"，与祭祀、祈祷、祝福等宗教性活动相关。"神"意味着虔诚与能量的结合，也意味着宗教与科学的并生。尽管我们能从汉字中窥见"神"之意蕴，汉语思想也不乏怪力乱神的姿影，却唯独少有"神话"这种思想方式或意识产物。神话传入中国还是一个相当现代的事件，作为经验知性化的范畴，神话在制作认知对象的同时也促进了传统学术的现代转型。若重回神话诞生的古希腊语境，则要再次面对逻各斯—秘索斯的分离，这种分离曾被视为希腊理性精神的奇迹，如今这种观念虽已不被接受，却依然是遗留给神话思维的悖论。

　　在当代语境中，神话也具有令人焦虑的二重性：当人们意识到神话是神话时，神话就失去了真实效力，神话只有不被发觉时才是真实的，神话是一种"伪装"，只有装得跟"真"的一样才能被信服，而已经失效的神话则常常降格成隐蔽性的意识形态。从某种程度上说，批评成了一场去伪存真的解神话运动。20世纪七八十年代之后发展起来的批判理论，对神话学家的理论评价都不高，认为神话理论强化了传统的逻各斯中心本体论，阻碍着对真实的认知。这种不信任在20世纪的神话研究中是一种甚为普遍的情绪。实际上，如果神话值得信任，根本就不会再有神话。当神话成为研究对象，问题变得更为复杂，人们试图在怪力乱神的言说中寻求一种通约性，试图从神话幽隐晦暗中得到某种透明的共享物。神话中确实存在着某种共通—共享之物，但遗憾的是，当这种共享尺度被打造成意识衡量自身的透明性时，反而驱逐了神话内在的不可言明之物。

《二十世纪的四种神话理论》可以说就是这种思维的产物，这本著作并未提及弗莱，不过其中显露的意识盲区也是弗莱的神话阐释难以突破的桎梏。因此，本书行将结束时，将以这本著作中显露的神话问题意识来透视弗莱的神话阐释。在这本谈论神话理论的著作中，神话之所是反而是缺席的，这种缺席也是作者斯特伦斯基的有意选择。在他看来，当代神话理论研究领域的混乱现状部分起因于无法找到共同认可的出发点，莫衷一是的理论话语毁坏了学术共同体的语言。为了澄清这一混乱，作者将内部语境（即学术语境）的重要性让位于外部语境，以此探析每一种神话理论的"源头本意"。因而，作者避开了"神话是什么"的无解争论，转而关注产生于 20 世纪的四种神话理论的外部语境，其语境主义的研究方法主要探讨理论诞生与传播的历史氛围和文化政治土壤。

于是，在这部著作中，可以看到一种既是选择性的又是细致的历史钩沉。就内部语境而言，恩斯特·卡西尔的神话思想归属于德国理念主义的知识传统，他对神话思维的探究服务于新康德主义哲学背景下扩大认识论的要求。尽管布劳尼斯拉夫·马林诺夫斯基（Bronislaw Malinowski，1884—1942）以实用主义的功能主义神话学而闻名，其早期著作中的文化理念更多地受到德国生命哲学的影响，秉承移情式的观察视角，充满着浪漫主义的乡愁气息。米尔恰·伊利亚德的永恒回归神话神话融合了其本人的灵修与神秘主义体验，秉承着宗教现象学的研究范式，也受惠于罗马尼亚鲜为人知的哲学家卢西安·布加拉的"创造性解释学"思想。列维－斯特劳斯不断地重新思考着涂尔干思想中遭遇困难的原始分类问题，由此通向了对神话的结构性探索，但他与涂尔干学派又有根本分歧，他认可的神话不仅是自治性的形式，还具备独特的认知地位。

内部学术语境其实只是一个配角，其重要性只有当其参与到非常态的外部语境时才能显示出来。如作者所言："在卡西尔的魏玛，民族精神、浪漫原始主义观念欣然自如地与纳粹运动的浪漫主义联姻。在列维－斯特劳斯的法国，情感主义和反智主义的思潮天真地与传统主义潮流相吻合，催生了维西政权。在罗马尼亚，约内斯库的非理性传统主义似乎适合不少群体的口味。其中最相投的，莫过于科德雷亚努的铁卫军团——米迦勒的天使军。……军团的诞生，或许已经标志了伊利亚德小说中'群氓'形象的来源。"① 政治事件的发生是作者理解这四种神话理论的入口。在作者的描述中，卡西尔具备自由主义知识分子宝贵的公共精神，不断地同威胁着魏玛德国自由精神的各种非理性主义思潮作战，并试图在知识阶层中驱逐非理性思潮。然而，被冠之以"非理性主义思潮"之名的各式观念形态并非铁板一块，民族精神、纳粹主义、德国文化贵族的理想等皆可汇聚于此。因而，当卡西尔将"民族精神"规定为与德国前现代传统相关的神话，神话最终也令人遗憾地失去了界限。当马林诺夫斯基从人类学的田野现场返回英国后，其著作中的浪漫主义和理念主义气息逐渐转化为一种按照实用主义建构的功能主义。他希望借助殖民当局的权力，在土著聚居地推行地方性保护主义，保存土著社会中实用而又生机勃勃的神话，这种巨大转变被解读为乡愁之政治性对权力的呼唤。伊利亚德的神话观奠基于宗教人的构想，其与现实语境的关联看似紧密实则疏远。永恒回归神话来自时间奥秘，以创造性阐释完成了对历史的逃遁和拯救，满足了人们对天堂的永恒渴念，也提供了一种壮丽却艰难的救赎之道。与前三种神话理论相比，斯特劳斯的结构主义神话学更为客观和超然，他没有将神话固守在与理性相对的情感中，也没有将神话理解为实用功能，更反对从救赎的神学维度解读神话，斯特劳斯一直在同各种政治与情感"原始主义"的神话观作斗争，他对超结构的不懈寻求是对深陷囹圄的神话自治性的拯救。

作者结合文献与历史的叙事显示了一种全景式览照，四种神话理论产生的历史脉络精炼地显示出来，但焦点并不明晰：前言中所承诺的"源头本

---

① 伊万·斯特伦斯基：《二十世纪的四种神话理论》，李创同、张经纬译，三联书店 2012 年版，第 151 页。

意"在哪儿呢？读罢此书，让人意犹未尽，作者论及的四种神话理论的源头本意在纷繁语境中依旧晦暗不明，倒是作者本人的"意图"显示出来了：理论共同体的共识和学术语言的可通约性。尽管这本著作强调外部语境，但内部语境始终是更为重要的推动与制衡。斯特伦斯基理解的内部学术语境，意指思想和学术活动的专业化和职业化，这种日益精专的学术操作对思想表达形成了强制性。正是从这一内部视角出发，作者隐晦地指责这些神话学家的规定主义（prescriptivism）的错误：这些神话学者将直接的解释给予了神话，却没能规定出一套用法，因而有关神话的讨论总是缺乏共识而歧义丛生的。他颇为严厉地指出："除非将最为根本的争端加以廓清，否则便不可能有任何关于神话的有益讨论。质言之，除非在有关'神话'思想解释的某些概念分析的顺序方面达成一致见解，否则，所有对神话的讨论将仍然是驴唇不对马嘴，或自说自话而已。"[①] 那么，根本的争端是什么呢？作者语焉不详，"概念性分析的顺序方面达成一致见解"只是表达上的逻辑替换，这种替换反而暴露了作者本人的规定主义，对根本争端于事无补。

　　正是在作者所谓的内部学术语境的潜在规范下，斯特伦斯基将神话视之为一种"人工制品"："我们不应把神话当作某种古已有之的实存之物，而应将之视作一种'繁荣昌盛的工业'，它不断推陈出新般地创新制造和市场营销着被称为神话的那样一种产品。"[②] 即"所有现存的'神话'皆是'神话企业'随着各种需要批量生产出来的，是与之相应的人工制品（artifice）"[③]。将神话视为人工制品，作者难免将四种神话理论都视为学术帝国的竞争理论，而他之所以将卡西尔、马林诺夫斯基、伊利亚德和列维－斯特劳斯并置

①　伊万·斯特伦斯基：《二十世纪的四种神话理论》，李创同、张经纬译，三联书店 2012 年版，第 10 页。

②　伊万·斯特伦斯基：《二十世纪的四种神话理论》，李创同、张经纬译，三联书店 2012 年版，第 2 页。

③　伊万·斯特伦斯基：《二十世纪的四种神话理论》，李创同、张经纬译，三联书店 2012 年版，第 315 页。

一处，也在于这四位神话学者都从混乱的外部语境中汲取了力量，从而部分地改变了内部语境的话语范式，并建立了自己的学术帝国。在本书的结语部分，作者就以"专业与理论"一节表达了他从探究四位神话理论大师的外部语境中所赢获之物："只有精神置身于专业学术界之外的现实世界，才是理论形成的基本特征。"① 他的表述恰恰传达了这样一种隐忧：西方工业化造就的社会稳定性使学术专业领域的稳定得以可能，但这种稳定恰恰窒息了神话理论的创新。这种隐忧听起来似乎又是钦慕：20 世纪变幻万千的外部语境赐予了神话学者们种种神奇机遇去开疆辟域。但斯特伦斯基本人的著作则不得不受制于职业化的学术规范，然而，这种专业化的学院与学术共同体的话语规范并非能够成为一个与风起云涌的社会语境相对应的内部语境，这也是学者们工作时不得不面临的外部语境。从这个意义上来说，外部与内部语境的区分其实是失效的，换句话说，斯特伦斯基一直焦虑着的内部语境其实是他写作此书时不得不面临的外部语境。

　　将神话视为人工制品，并将神话之生产部分地还原为应对某种外部语境的话语策略——这是相当令人遗憾的一个观点。同诗一样，神话的人工制作性不言而喻，但经由这一制作生成的真实意谓更为关键。外部语境的重要性不容否认，正如没有人会否认种子发芽成长离不开土壤，然而，土壤并不能保证种子能长成大树，大树之为大树的根本在于种子为何。借助这个比喻，我们也可以尝试对神话的外部语境和内部语境重新进行一次划分：神话之外部语境是土壤，是具体历史情境之下的"开始"（begin），神话之内部语境是种子，是抽象而玄妙的"起源"（origin）。斯特伦斯基仅仅将神话理论的源头本意定位于开始，也就错失了更为关键的起源。神话之起源才是神话之内，神话之内就是神话之所是。神话固然没有一劳永逸的定义，但这并不堵塞通向神话之所是的路径。四位神话学者都是在这一问题的激励下发展并逐步完善其有关神话的各种言说的，如果就神话的内在方面进行阐述，也

① 　伊万·斯特伦斯基：《二十世纪的四种神话理论》，李创同、张经纬译，三联书店 2012 年版，第 318 页。

许完全可以有不同的版本。

从神话之所是的"起源"出发，这本著作对四位神话学者的神话观有非常精炼的概括：卡西尔认为神话是通过"情感统一性"的一元论原则而凑在一起的故事；马林诺夫斯基认为神话是"实用"的故事；伊利亚德认为神话是创造出来的故事，列维－斯特劳斯则认为神话是"超强结构"的故事。不错，神话与故事唇齿相依，这是一个几乎被遗忘了的常识，当我们谈及对象意义上的故事时，故事常常被表述为超自然的灵韵事件。但是，神话还不仅是被讲述意义上的故事，更是我们生活于其中的故事，人类的生存共同组建着这个始终持续着的故事脚本。从这个意义上说，神话是一场艰难的反身，是反身于内的故事。神话的内在不断地发出邀约，吊诡的是，其内在性一旦被解答，也就被翻转成了外部，这种无所不在的外部，是思维和存在无法摆脱的印记，这些印记同时也就是神话本身，是存在的馈赠，而拒绝礼物的傲慢则体现在终结神话的企图中。这本著作中提到的四位神话理论大家都肯定神话，神话无可置疑地在那些值得肯定的基础性故事中。

就对语境之内外区分的设定而言，显示出神话思想和学术话语之间存在着某种紧张；就作者的具体论述而言，神话理论的话语纷争绝非不可通约，反而呼吁着一种超越，从可见纷争走向背后的基本叙事，并遭遇神话之起源。当作者试图以"理论共通体的共识和学术语言"作为其出发点时，他已经为神话话语设立了一把可通约的尺度，问题是这把尺度是不可能的。其实，若纠结于神话的内／外之别，就如同将疑惑定位于神话的真／伪一样，并不能恰当理解神话的意义，神话的真或假必定导致对人类"虚构"本性的哲学考察。虚构是神话的本体论，如果神话以某种抽象真理而不是以其自身为基础，并且不以虚构的名义来分析的话，神话就是不可接受的，神话在虚构行为中开启自身的意义空间，虚构是神话开启自身言说空间的必要纬度，而神话所内含的肯定意识并不能仅被当成意识形态遮蔽加以否定，简单的否定性意识也不能确立自身的真实，何以确认自身不是主体意识所构筑的另一层幻觉呢？① 从这个意义上说，尽管神话批评与阐释不能脱离模式的冲突问题，但根本疑难仍是神话在何种境遇下仍能满足人类生存之信仰需求的启示。

当弗莱将神话定位于"被排斥的能动性"时，其实就是为了将某种失落的共通—共享之物重新引入人类存在，"赖以生存的神话"是这种充实化行动的浪漫表达，是在自我、他人和世界之间发现并建立起来的活生生的本源联系。与对这一本源力量的探求和容纳相比，其神话阐释话语有更强烈的结构化冲动，通过对神话的技术化处理，他努力使神话成为文学、文化乃至人类精神产品的语法。他对文学—神话之自恰系统的强调，并未构成对技术之寻求最大公约数理想的抵抗，神话确实存在某种通约，但这种共通之物却是一条鱼，被打捞上岸之时也是死亡时刻，除非它化为一只鸟，随风而飞。最终，其批评话语也成了难以被信任的神话，是有关尺度以及语言公共性的透明神话，这是由经验主义认识论和描述性语言模式共同构筑的可信性牢笼。尽管其神话阐释的全部努力都在于超越这种可信性，从而真正进入想象空间，可这种可信性已化作某种幽灵般的障碍，使的神话的内／外两端并不能汇聚生成新的平面。造成这种困境的原因，也许缘自承载神话意蕴的容器不仅是意识，更是身体。

概而言之，弗莱的写作已超越了他谦虚地声称的文学批评，充分展现了一份宗教探询的记录，包含着大量的神话学遗产，对救赎的不倦关切，以及对人性与神之本性的深刻考察等。其著作可视为哲学边缘的科际整合，这种整合充分征用了宗教的融汇力：

> 宗教中的"religio"意味着，一种外在的强制纽带，首先是自然的神秘力量，之后通过国家的公共催眠。存在主义也已经为主体提供

---

① 按照列维－斯特劳斯的看法，神话结构才真正是人的思维反映，他关心的是在何种程度上，神话结构才将自然与文化之间的区别消除。他的目的不在于表明人们怎样借助神话思维，而在于表明神话这样借助人思维，而不为他们所知。参见特伦斯·霍克斯：《结构主义和符号学》，瞿铁鹏译，上海译文出版社1997年版，第35页。

了一种 religio 理论。后来，当黑格尔 & 马克思则将绝对置于"主体"而非"实体"观念（投射的和客观的）上时，哲学史来了一次命运的逆转。①

与其说是宗教，倒不如说一种"是"的语法支配了弗莱的文本，作为隐喻基本结构，"是"将假设变为实存，还是真理抑或信仰的结构。弗莱并不将之视为幻象，反而不断开掘将幻象当作绝对来承担的可能性。这种确信也源自他早年经历的几次显现经验（epiphanic experiences），弗莱称之称为从 esoteric 到 kerygma 的过程，并且说到"我花了差不多八十年的时间来阐明那占据我整个生命的五分钟"②。很难想象当时显现的到底是什么，但将这一体验传达的过程就构成了弗莱批评活动的核心。我想从以下四个方面来理解这种经验，并结束这本书：

一、从认知到阐释

将带有结构主义科学倾向的神话理论视为阐释，是本书的写作起点。在《批评的解剖》中，尽管弗莱不断地以文学理论的独立性来攀附结构主义的科学理想，但以文类为基础的分类标准本身已经构成了阐释的语义框架。就阐释与赫尔墨斯神的关联而言，包含三个向度：一是言说，主要是来自神的消息，同时要求把超出人类理解的东西转化为人类智力可以把握的形式；二是说明，需要将已经抵达事物的真理建构为真实的陈述；三是翻译，③ 就象征意义而言，弗莱的神话批评不是原作，而是一种翻译，即以神话为媒介回溯源初消息本身，是朝向同一之物的翻译。

---

① Cf. Northrop Frye, *Northrop Frye's late Notebooks, 1982—1990: Architecture of the Spiritual World*, Alvin A Lee etc. Toronto: University of Toronto press, 2000, 2: 621.

② Northrop Frye, *Northrop Frye's late Notebooks, 1982—1990: Architecture of the Spiritual World*, Alvin A Lee etc. Toronto: University of Toronto press, 2000, 2: 636.

③ 参见理查德·E. 帕尔默：《诠释学》，潘德荣译，商务印书馆 2012 年版，第 25—49 页。

二、传奇与反讽的张力

传奇构成了其神话阐释的内在讽寓结构。传奇结构可以追溯至植根于基督教的中世纪圣杯传奇这一体裁，也潜在地支配了西方文学的叙述品格。以传奇为中介，弗莱强调神学和文学的精神互文，并且在神圣与世俗叙事之间架设了桥梁。在前现代时期，神学与文学的互通关系几乎是不言自明的，传奇成为基督教拯救与终末叙事在尘世的投射。但是，经过启蒙精神的洗礼，传奇失落了神圣的目的论意蕴，转变成了文学中无休无止冒险的欲望迷宫。反讽就是那座巨大迷宫的别名。传奇和反讽之间的张力可以被喻象化为盛夏和严冬的辉映，也是天堂和地狱的对立，弗莱试图以传奇克服反讽，并援引《圣经》之布道和预示论来重建元叙事，失败的原因有很多，但根本缘由在于这一音调并未切中时代精神，时机尚未成熟。

三、当下即是的神话

弗莱以被排斥的能动性来定义神话，这一视角将神话视为语言言说自身的潜能，既是人类学发现的玛纳原则，也可以类比为现象学思考中的被给予性。就认识层面而言，神话的这种特质呼唤一种直观意义上的当下即是性。这儿存留着神话思考的宝贵开端，也一直以各种方式保存在神秘主义思潮中，弗莱试图征用这一源头来救治认知之人所遭遇的存在之割裂。这仍然是一个美学问题，他与现代审美主义思想共享同一假设，不过援引了不同的精神资源。神话的当下即是性，并不会直接显现，就个体层面而言，是以灵魂炼金术的个体化过程呈现的；就群体而言，是表征精神权威的乌托邦意识。两者之间的互动构成了其文化批评的重心，不过这两个层面不存在平行与对应关系，凸显了自由主义思想中个体与群体的难解纠缠。

四、百科全书式的记忆迷宫

在一次访谈中，弗莱曾表示，将季节隐喻和叙事结构相联系，是出于记忆之目的（mnemonic purposes）。① 记忆术是前启蒙时代的知识组织方式，知识并不必然是按照逻辑和外在组织的客观材料，而是通达秘密拯救的个性化知识。弗莱所说的"记忆"并不仅仅是对文学阅读的复写式记忆，更是对内在经验的整理，记忆一经呈现，就变成了一幅私人神话学地图。与此同时，弗莱不断强调这副地图的客观性，他认为作为绘图制作者只是"发现"而非"发明"了地图。可是，阅读其著作，并无半点稳操胜券的方向感，反而受困于这样一种恐慌：仿佛在布满路标的广场上迷了路。在百科全书的凯旋和记忆的丧失之间，弗莱摇晃在两极之间。被他当作出口的神话，颇为反讽地变成了更深的迷宫。到神话里去，当然不是逃避，只是为了更深地明了来时路，但这条路要以自我意识的转化为前提。他站在门槛上。

---

① 也许是记忆这个词语令人振奋，采访者随后问及弗莱是否阅读过弗朗茨·叶茨的《记忆的艺术》（*The art of memory*），他当然读过。不过，此书首次出版于 1962 年，出版时间晚于《批评的解剖》，并未直接启发弗莱的写作，只是再次照亮了《解剖》的问题意识。(Cf. David Cayley, *Northrop Frye in Conversation*, House of Anansi Press Limited, 1992, p.62.)

参考文献

一、中文文献

1. [加] 诺思洛普·弗莱:《批评的解剖》，陈慧、袁宪军、吴伟仁译，百花文艺出版社 2006 年版。

2. [加] 诺思洛普·弗莱:《批评之路》，王逢振、秦明利译，北京大学出版社 1998 年版。

3. [加] 诺思洛普·弗莱:《现代百年》，盛宁译，辽宁教育出版社 1998 年版。

4. [加] 诺思洛普·弗莱:《伟大的代码——圣经与文学》，郝振益、樊振帼、何成洲译，北京大学出版社 1998 年版。

5. [加] 诺思洛普·弗莱:《神力的语言——"圣经与文学"研究续编》，吴持哲译，社会科学文献出版社 2004 年版。

6. [加] 诺思洛普·弗莱:《文论三种》，刘庆云、温军、段福满译，内蒙古大学出版社 2002 年版。

7. [加] 诺思洛普·弗莱:《世俗的经典：传奇故事结构研究》，孟祥春译，上海人民出版社 2010 年版。

8. 吴持哲编:《诺思洛普·弗莱文论选集》，中国社会科学出版社 1997 年版。

9. 王宁、徐燕红主编:《弗莱研究：中国与西方》，中国社会科学出版社 1996 年版。

10. 汪玉琴:《理论的想象——诺斯洛普·弗莱的文化批评》，中国社会科学出版社

2009 年版。

11. 杨丽娟：《"理论之后"与原型——文化批评》，中国社会科学出版社 2010 年版。

12. 喻琴：《隐喻·原型·文化：诺斯洛普·弗莱的文本思想研究》，江西人民出版社 2011 年版。

13. 韩雷：《神话批评论：弗莱批评思想研究》，上海大学出版社 2012 年版。

14. [古希腊]《俄耳甫斯教祷歌》，吴雅凌编译，华夏出版社 2006 年版。

15. [古希腊] 赫西俄德：《神谱》，张竹明、蒋平译，商务印书馆 1991 年版。

16. [古希腊] 柏拉图：《柏拉图全集》（第二卷），王晓朝译，人民出版社 2003 年版。

17. [古希腊] 柏拉图：《理想国》，郭斌和、张竹明译，商务印书馆 1986 年版。

18. [古希腊] 亚里士多德：《形而上学》，吴寿彭译，商务印书馆 1959 年版。

19. [古希腊] 亚里士多德：《诗学》，罗念生译，商务印书馆 1996 年版。

20. [德] 康德：《判断力批判》，邓晓芒译，人民出版社 2002 年版。

21. [德] 康德：《实践理性批判》，韩水法译，商务印书馆 2001 年版。

22. [德] 康德：《对美感和崇高感的观察》，曹俊峰、韩明安译，黑龙江人民出版社 1989 年版。

23. [德] 席勒：《审美教育书简》，冯至、范大灿译，上海人民出版社 2003 年版。

24. [德] 黑格尔：《精神现象学》，贺麟、王玖兴译，商务印书馆 1979 年版。

25. [德] 尼采：《悲剧的诞生》，孙周兴译，商务印书馆 2013 年版。

26. [德] 奥斯卡·斯宾格勒：《西方的没落》，吴琼译，三联书店 2006 年版。

27. [德] 埃德蒙德·胡塞尔：《现象学的观念》，倪梁康译，人民出版社 2007 年版。

28. [德] 埃德蒙德·胡塞尔：《纯粹现象学通论》，李幼蒸译，商务印书馆 1997 年版。

29. [德] 马丁·海德格尔：《存在与时间》，陈嘉映译，三联书店 1999 年版。

30. [德] 马丁·海德格尔：《海德格尔选集》，孙周兴译，三联书店 1996 年版。

31. [德] 伽达默尔：《真理与方法》，洪汉鼎译，译文出版社 1999 年版。

32. [德] 瓦尔特·本雅明：《德意志悲苦剧起源》，李双志、苏伟译，北京师范大学出版社 2013 年版。

33. 陈永国、马海良编：《本雅明文选》，中国社会科学出版社 1999 年版。

34. [德] 恩斯特·卡西尔：《语言与神话》，于晓译，三联书店 1988 年版。

35. [德] 卡尔·施米特：《霍布斯国家学说中的利维坦》，应星、朱雁冰译，华东师范大学出版社 2008 年版。

36. [德] 汉斯·罗伯特·耀斯：《审美经验与文学解释学》，顾建光、顾静宇、张乐天译，上海译文出版社 1997 年版。

37. [德] 沃尔夫冈·韦尔施：《重构美学》，陆扬、张岩冰译，上海译文出版社 2002 年版。

38. [奥] 弗洛伊德：《释梦》，孙名之译，商务印书馆 1996 年版。

39. [瑞士] 卡尔·古斯塔夫·荣格：《原型与集体无意识》，徐德林译，国际文化出版公司 2011 年版。

40. [瑞士] 卡尔·古斯塔夫·荣格：《转化的象征》，孙明丽、石小竹译，国际文化出版公司 2011 年版。

41. [英] 麦奎利：《存在主义神学：海德格尔与布尔特曼之比较》，成穷译，（香港）道风书社 2007 年版。

42. [英] 弥尔顿：《失乐园》，刘捷译，上海译文出版社 2012 年版。

43. [英] 弥尔顿：《复乐园·斗士参孙》，朱维之译，上海译文出版社 1981 年版。

44. [英] J. G. 弗雷泽：《金枝》，徐育新、汪培基、张泽石译，新世界出版社 2006 年版。

45. [英] 布莱克：《天真与经验之歌》，杨苡译，译林出版社 2002 年版。

46. [英] 罗伯特·伯顿：《忧郁的解剖》，冯环译，金城出版社 2012 年版。

47. [英] 特里·伊格尔顿：《现象学，阐释学，接受理论——当代西方文艺理论》，王逢振译，江苏教育出版社 2006 年版。

48. [英] 特雷·伊格尔顿：《二十世纪西方文学理论》，伍晓明译，北京大学出版社 2007 年版。

49. [英] 特雷·伊格尔顿：《文化的观念》，方杰译，南京大学出版社 2006 年版。

50. [英] 雷蒙·威廉斯：《关键词：文化与社会的词汇》，刘建基译，三联书店 2005 年版。

51. ［英］马修·廷得尔：《基督教与创世同龄》，李斯译，武汉大学出版社 2006 年版。

52. ［英］约翰·斯图特·穆勒：《论自由》，程崇华译，商务印书馆 1959 年版。

53. ［英］马修·阿诺德：《文化与无政府状态》，韩敏中译，三联书店 2002 年版。

54. ［英］托马斯·莫尔：《乌托邦》，戴馏龄译，商务印书馆 1982 年版。

55. ［英］特伦斯·霍克斯：《结构主义和符号学》，瞿铁鹏译，上海译文出版社 1997 年版。

56. ［美］A. N. 怀特海：《科学与近代世界》，何钦译，商务印书馆 1959 年版。

57. ［美］理查德·罗蒂：《偶然、反讽与团结》，徐文瑞译，商务印书馆 2003 年版。

58. ［美］雷内·韦勒克：《批评的概念》，张今言译，中国美术学院出版社 1999 年版。

59. ［美］弗雷德里克·詹姆逊：《政治无意识》，王逢振译，江苏教育出版社 2006 年版。

60. ［美］弗雷德里克·詹姆逊：《时间的种子》，王逢振译，江苏教育出版社 2006 年版。

61. ［美］I. 克拉莫尼克、F. M. 华特金斯：《意识形态的时代——近代政治思想简史》，章必功译，同济大学出版社 2006 年版。

62. ［美］伊曼纽尔·沃勒斯坦：《否思社会科学——19 世纪范式的局限》，刘琦岩、叶萌芽译，三联书店 2008 年版。

63. ［美］薇思·瓦纳珊编：《权力、政治与文化——萨义德访谈录》，单德兴译，三联书店 2006 年版。

64. ［美］爱德华·W. 萨义德：《文化与帝国主义》，李琨译，三联书店 2003 年版。

65. ［美］爱德华·W. 萨义德：《世界·文本·批评家》，李自修译，三联书店 2009 年版。

66. ［美］海登·怀特：《元历史：十九世纪欧洲的历史想象》，陈新译，译林出版社 2004 年版。

67. ［美］诺夫乔伊：《存在巨链：对一个观念的历史研究》，张传有、高秉江译，江西教育出版社 2002 年版。

68. [美] 杰弗里·哈特曼：《荒野中批评》，张德兴译，天津人民出版社2008年版。

69. [美] J.希利斯·米勒：《小说与重复——七部英国小说》，王宏图译，天津人民出版社2008年版。

70. [美] 理查德·E.帕尔默：《诠释学》，潘德荣译，商务印书馆2012年版。

71. [美] 伊万·斯特伦斯基：《二十世纪的四种神话理论》，李创同、张经纬译，三联书店2012年版。

72. [美] 沃尔特·翁：《口语文化与书面文化：词语的技术化》，何道宽译，北京大学出版社2008年版。

73. [法] 让－雅克·卢梭：《论科学与艺术》，何兆武译，上海世纪出版集团2007年版。

74. [法] 让－雅克·卢梭：《论人类不平等的起源和基础》，李长山译，商务印书馆1962年版。

75. [法] 让－雅克·卢梭：《论语言的起源——兼论旋律与音乐的摹仿》，洪涛译，上海人民出版社2003年版。

76. [法] 让－雅克·卢梭：《爱弥尔》，李平沤译，商务印书馆2001年版。

77. [法] 雅克·德里达：《论文字学》，汪家堂译，上海译文出版社1999年版。

78. [法] 雅克·德里达：《书写与差异》，张宁译，三联书店2001年版。

79. [法] 雅克·德里达：《声音与现象》，杜小真译，商务印书馆1999年版。

80. [法] 雅克·德里达：《文学行动》，赵兴国译，中国社会科学出版社1998年版。

81. [法] 列维－斯特劳斯：《神话学：生食与熟食》，周昌忠译，中国人民大学出版社2007年版。

82. [法] 列维－斯特劳斯：《野性的思维》，李幼蒸译，中国人民大学出版社2006年版。

83. [法] 茨维坦·托多洛夫：《批评的批评：教育小说》，王东亮、王晨阳译，三联书店2002年版。

84. [法] 勒内·吉拉尔：《替罪羊》，冯寿农译，东方出版社2002年版。

85. [法] 热拉尔·热奈特：《热奈特论文集》，史忠义译，百花文艺出版社2001年版。

86.［法］让－克里斯蒂安·珀蒂菲斯：《十九世纪乌托邦共同体的生活》梁志斐、周铁山译，上海人民出版社 2007 年版。

87.［罗马尼亚］米尔恰·伊利亚德：《宗教思想史》，晏可佳、吴晓群、姚蓓琴译，上海社会科学院出版社 2004 年版。

88.［罗马尼亚］米歇尔·伊利亚德：《神圣的存在：比较宗教的范型》，晏可佳、姚蓓琴译，广西师范大学出版社 2008 年版。

89.［意］维柯：《新科学》，朱光潜译，商务印书馆 1989 年版。

90.［意］乔治·阿甘本：《剩余的时间——解读〈罗马书〉》，钱立卿译，吉林出版集团 2011 年版。

91.［丹麦］索伦·克尔凯郭尔：《重复》，京不特译，东方出版社 2011 年版。

92.［比］J. M. 布洛克曼：《结构主义》，李幼蒸译，中国人民大学出版社 2003 年版。

93.［美］迈克尔·弗里德曼：《分道而行：卡尔纳普、卡西尔和海德格尔》，张卜天译，北京大学出版社 2010 年版。

94.［英］简－哈里森：《希腊研究导论》，谢世坚译，广西师范大学出版社 2006 年版。

95.［美］阿兰·邓迪斯编：《西方神话学读本》，韩戈金译，广西师范大学出版社 2006 年版。

96.［美］华莱士·马丁：《当代叙事学》，北京大学出版社 1990 年版。

97.［美］戴维·赫尔曼主编：《新叙事学》，马海良译，北京大学出版社 2002 年版。

98.［美］James Phelan、Peter J. Rabinowitz 主编：《当代叙事理论指南》，北京大学出版社 2007 年版。

99.［英］马克·柯里：《后现代叙事理论》，宁一中译，北京大学出版社 2003 年版。

100. 申丹：《叙述学与小说文体学研》，北京大学出版社 2004 年版。

101.《中国现象学与哲学评论》（第五辑），上海译文出版社 2003 年版。

102. 蒋孔阳、朱立元主编：《西方美学通史》，上海文艺出版社 1999 年版。

103. 刘小枫主编：《人类困境中的审美精神》，东方出版中心 1994 年版。

104. 刘小枫选编：《海德格尔式的现代神学》，华夏出版社 2008 年版。

105. 刘小枫、陈少明主编：《诗学解诂》，华夏出版社 2006 年版。

106. 梁敬东主编：《现代政治与自然》，上海人民出版社 2003 年版。

107. 陈春文：《回到思的事情》，武汉大学出版社 2008 年版。

108. 尚杰：《从胡塞尔到德里达》，江苏人民出版社 2008 年版。

109. 梁工编：《西方圣经批评引论》，商务印书馆 2006 年版。

110. 叶舒宪：《探索非理性的世界——原型批评的理论与方法》，四川人民出版社 1988 年版。

111. 陆扬：《解构之维》，华中师范大学出版社 1996 年版。

112. 程金城：《原型批判与重释》，东方出版社 1998 年版。

113. 曾庆豹：《上帝、关系与言说》，华东师范大学出版社 2008 年版。

114. 王宁：《全球化：文学研究与文化研究》，广西师范大学出版社 2003 年版。

二、英文文献

1. Northrop Frye：*Fearful Symmetry*：*A study of William Blake*，Princeton：Princeton University Press，1969.

2. Northrop Frye：*Anatomy of Criticism*：*four essays*，Princeton：Princeton University Press，1957.

3. Northrop Frye：*Fables of Identity*：*studies in poetic mythology*，New York：Harcourt，Brace & World，1963.

4. Northrop Frye：*T. S. Eliot*，Edinburger and London：Olver and Body ltd，1963.

5. Northrop Frye：*A natural perspective*：*A development of Shakespearean comedy and Romance*，New York：Columbia University Press，1965.

6. Northrop Frye：*The Critical Path*：*an essay on the social context of literary criticism*，Bloomington：Indiana University，1973.

7. Northrop Frye：*The Secular Literature*：*A Study of the Structure of Romance*，Cambridge，Mass：Harvard University Press，1976.

8. Northrop Frye：*Spiritus Mundi*：*Essays on Literature*，*Myth*，*and Society*，Bloomington：Indiana University Press，1976.

9. Northrop Frye：*The Great Code：The Bible and Literature*，San Diego：Harcourt Brace Jovanovich，1983.

10. Northrop Frye：*Northrop Frye on Shakespeare*，New Haven：Yale University Press，1986.

11. Northrop Frye：*On Education*，Michigan：The University of Michigan Press，1988.

12. Northrop Frye：*Words with power：being a second study of "the Bible and literature"*，San Diego：Harcourt Brace Jovanovich，1990.

13. Northrop Frye：*The correspondence of Northrop Frye and Helen Kemp，1932—1939* /edited by Robert. D. Denham，Toronto；Buffalo：University of Toronto Press，1996.

14. Northrop Frye：*Northrop Frye on religion：excluding The great code and Words with power /edited by edited by Alvin Lee and Jean O' Grady*，Toronto；Buffalo：University of Toronto Press，2000.

15. Northrop Frye：*Northrop Frye on modern culture. /edited by Jan Gorak*，Toronto Buffalo London：University of Toronto Press，2003.

16. Northrop Frye：*Northrop Frye on Canada*，edited by Jean O'Grady and David Staines，Toronto；Buffalo：University of Toronto Press，2003.

17. Northrop Frye：*Northrop Frye's notebooks and lectures on the Bible and other religious texts*，edited by Robert. D. Denham，Toronto：University of Toronto Press，2003.

18. Northrop Frye：*Northrop Frye's notebooks on romance*，edited by Michael Dolzani，Toronto：University of Toronto Press，2004.

19. Northrop Frye：*Northrop Frye's late Notebooks，1982—1990：Architecture of the Spiritual World*，edited by Alvin A Lee etc，Toronto：University of Toronto press，2000.

20. *Northrop Frye in Modern Criticism*，Murray Krieger edited，New York：Columbia university press，1966.

21. *Centre and Labyrinth*，edited by Eleanor Cook，Chaviva Hosek，Jay Macpherson，Patricia Parker and Julian Patrick，Toronto：University of Toronto Press，1983.

22. David Cook：*Northrop Frye：A Vision of the New World*，Ontario：Oxford

University: 1985.

23. Robert D. Denham: *Northrop Frye: An Annotated Bibliography of Primary and Secondary Sources*, 1987.

24. Ian Balfour: *Northrop Frye*, Twayne Publishers, 1988.

25. Ayre John: *Northrop Frye: a biography*, Toronto: Random House, 1989.

26. A.C. Hamilton: *Northrop Frye anatomy of his criticism*, Toronto: University of Toronto Press, 1990.

27. David Cayley: *Northrop Frye in Conversation*, House of Anansi Press Limited, 1992.

28. Jonathan Hart: *Northrop Frye: The Theoretical Imagination*, London; NewYork: Routledge, 1994.

29. *The Legacy of Northrop Frye*, Alvin A. Lee & Robert D. Denham eds, Toronto; Buffalo: University of Toronto Press, 1994.

30. Caterina Nella Cotrupi: *Northrop Frye and the Poetics of Process*, Toronto: University of Toronto Press, 2000.

31. Ford Russell: *Northrop Frye on Myth*, New York; London: Routledge: 2000.

32. Robert D. Denham: *Northrop Frye: Religious Visionary and Architect of the Spiritual World*, Toronto: Victoria college press, 2004.

33. *Frye and the word: religious contexts in the writings of Northrop Frye*, edited by Jeffery Donaldson and Alan Mendelson, Toronto; Buffalo: University of Toronto Press, 2004.

34. Gill Glen Robert, *Northrop Frye and the Phenomenology of Myth*, Toronto: University of Toronto press, 2007.

35. Northrop Frye: *New Directions from Old*, David Rampton eds, Ottawa: University of Ottawa press, 2009.

36. Fredric Jameson: *The political Unconscious: Narrative as a social Symbol Act*, Ithaca: Cornell University press, 1981.

37. W. H. Stevenson edited, *William Blake: Selected Poetry*, Published by Penguin

Group，1988.

38. *The Complete Poetry and Prose of William Blake*，Edited by David V. Erdman，Berkeley and Los Angeles：University of California Press，1982.

39. Jean Starobinski：*Rousseau：Transparency and Obstruction*，trans. by Arthur Goldhamm，Chicago：University of Chicago Press，1988.

40. Daniel T. O'Hara：*The Romance of interpretation：visionary criticism from Pater to de Man*，Columbia niversity Press，1985.

41. France Yates：*The Art of memory*，London：Routledge press. 1999.

42. Mircea Eliade：*The Sacred and The Profane：The Nature of religion*，Translated from the French by Willard R. Trask. San Diego：Harcourt Brace Jovanovich，2001.

43. Bruce Lincoln：*Theorizing Myth*，The university of Chicago Press，1999.

44. *Time，History，and Literature：Selected Essays of Erich Auerbach*，Edited by James I.Peter，Trans by Jane O. Newman. Princeton：Princeton University Press，2014.

45. John Frow：*Genre*，New York：Routledge，2006.

46. Jean-Luc Nancy：*The Inoperative Community*，Edited by Peter Connor，Translated by Peter Conner，Lisa Garbus，Michael Holland，and Simona Sawhney. University of Minnesota Press，1991.

47. Frank Lentricchia：*After the New Criticism*，Chicago：The university of Chicago press，1980.

48. Manganaro Marc：*Myth，Rhetoric，and the Voice of Authority：A Critique of Frazer，Eloit，Frye，and Campell*，New Haven：Yale University press，1992.

49. Giorgio Agamben：*What is an apparatus?* David Kishik and Stefan Pedatella trans，Stanford university Press，2009.

50. René Girard：*Things Hidden since the Foundation of the World*，Stanford：Stanford University Press.1978.

51. Richard Bauman，Charles L. Briggs：*Voices of Modernity：language Ideologies and the Politics of Inequality*，Cambridge university press，2003.

52. P. M. Harman：*The culture of Nature in Britain（1680—1860）*，New Heaven：Yale

university Press，2009.

三、期刊论文

1. 弗莱：《醉舟：浪漫主义中的革命性因素》，常昌富译，《文艺理论研究》1991 年第 3 期。

2. 易晓明：《诺·弗莱的大文化观：来源与表征》（一、二），《海南师范学院学报》（社会科学版）2003 年第 3 期、第 4 期。

3. 丁宏为：《灵视与喻比·布莱克魔鬼作坊的思想意义》，《外国文学评论》2007 年第 2 期。

4. 陈晓明：《"药"的文字游戏与解构的修辞学——论德里达的柏拉图的药》，《文艺理论研究》2007 年第 3 期。

5. 孙冠臣：《卡西尔与海德格尔的达沃斯之辩》，《中国社会科学院研究生院学报》2008 年第 5 期。

6. 梁工：《试议弗莱原型批评的缺失之处》，《南开学报》（哲学社会科学版）2011 年第 1 期。

7. 王倩：《真实与虚构——论秘索斯与逻各斯》，《外国文学评论》2011 年第 3 期。

8. 何卫平：《伽达默尔评布尔特曼"解神话化"的解释学意义》，《世界宗教研究》2013 年第 2 期。

9. 侯铁军：《诺斯洛普·弗莱的预表思想研究》，《外语学刊》2014 年第 4 期。

10. 王嘉军：《偶像禁令与艺术合法性：一个问题史》，《求是学刊》2014 年第 6 期。

11. 李河：《哲学中的波西米亚人——德勒兹的"重复"概念刍议》，《哲学动态》2015 年第 6 期。

12. Eric Gans："Northrop Frye's literary Anthropology"，*Diacritics*，Summer，1978 Vol.8，No.2.

13. Perkin J Russell："Northrop Frye and Matthew Arnold"，*university of Toronto Quarterly*，Summer2005，vol.74，issue3.

14. Robert D. Denham："Frye and the Social Context of Criticism"，*South Atlantic Bulletin*，Vol.39，No.4.（Nov，1974）.

15. Denham.Robert D：" 'Vision' as a Key Term in Frye's Criticism", *University of Toronto Quarterly*；Summer2004, Vol. 73 Issue 3, pp.807-846.

16. Ayre. John："Frye's Geometry of Thought：Building the Great Wheel", *University of Toronto Quarterly*；Fall2001, Vol. 70 Issue 4, p.825.

17. Bogdan. Deanne："Musical/literary boundaries in Northrop Frye", *Changing English：Studies in Reading & Culture*；Mar1999, Vol. 6 Issue 1.

18. Jonathan Hart："Northrop Frye and the End/s of Ideology", *Comparative Literature*, Vol. 47, No.2. (Spring, 1995).

19. Lynn Poland："The Secret Gospel of Northrop Frye", *The Journal of Religion*, Vol. 64, No.4, Norman Perrin, 1920—1976. (Oct, 1984), pp. 513-519.

20. Steve Polansky："A Family Romance—Northrop Frye and Harold Bloom：A study of Critical Influence", *Boundary 2*, *Vol.9*, *A supplement on Contemporary Portry* (Winter, 1981), pp.227-246.

21. Charles F. Altieri："Northrop Frye and the Problem of Spiritual Authority", *PMLA* Vol. 87. No.5 (Oct, 1972), p.974.

22. Lars Ostaman："The Sacrificial Crises：Law and Violence", *Contagion：Journal of Violence*, *Mimesis*, *and Culture*, Vol. 14 (2007).

23. Tibor Fabiny："Typology：Pros and Cons in Biblical Hermeneutics and literary criticism (from Leonhard Goppelt to Northrop Frye)", *Rilce* 25.1 (2009).

24. Peter Eli Gordon："Myth and Modernity：Cassirer's Critique of Heidegger", *New German Critique*, No.94, Secularization and Disenchantment (Winter, 2005).

后　记

当初选择弗莱的批评理论做博士论文的理由既简单又唐突。他的著作最能将我从阅读德里达的激动和沮丧中拉出来，那种反逻各斯中心主义的言说，一度让我以为，世上也许根本没有什么真理或意义，只有方法或途径，我们只是在路上，偶然瞥见涟漪振荡。可是，只有已经抵达并经验实相的人才不畏险途。德里达试图摘除的那个西方形而上学思想传统的毒瘤，难道不正是我因匮乏而必须寻觅的象征吗？中心与迷宫这对隐喻让我着迷，取中心而代之的神话竟还允诺着乐园。可是，只有在圣殿中人们才寻觅中心，迷宫只需要一个出口，迷宫的中心只能让人更深地陷入迷宫。

于是，书稿拖了很久，它盘踞在文档中的每一天都令我焦虑乃至羞愧，我一再地偏离方向，安排着错误的战场，成了一只误撞蛛网的飞虫。偶然翻开了《道德的谱系》，尼采对教士的灵魂类型大加鞭挞。原来是教士。教士唤醒了我早期阅读体验中最惊异的矛盾感受。《悲惨世界》中的汴卡福主教的仁慈感化了冉·阿让，一直以来，我都将那种人道主义力量视为文学本质的化身。《巴黎圣母院》中还有一位克洛德副主教，他处心积虑地爬上了权力巅峰，却在遇见爱斯梅拉达之后功亏一篑。这是个为了理想而出卖灵魂的悲伤故事，灵魂至此永诀于生命之甘美。

弗莱不就是这两位教士的合体吗？两位牧师的幽灵同时存在于他身上。从神话土壤中开出的文学之花，成了新时代的布道词，文学的感化力量是读者在生活中重获中心的桥梁。当他说学术研究能够使自己从受损的个性中恢复完整的时候——这似乎也是我能为自己的生活方式找到的唯一理由——他必然也感受到生命的某些部分被不可救药地异化了。与20世纪激进的批判理论家不同，他并不清点诸多异化机制和逃脱的可能，无处可逃在他那儿是一种本能。在这一点上，弗莱迥异于现代审美异教徒，带着接受一切的坦然。可是，为了文学理论的独立性，他不得不仰赖与异教精神暗通曲款的现代审美自治精神。这种精神将人类灵魂的监护权从教会夺回之后，又在新权力的庇护下滋养腐化和僵化，这与他一直吁求的神话精神多么背道而驰！

　　爱与权力意志，这是聆听神话的一种方式吗？神话一直言说着谄媚和赞美、屈服和顺从之间的微妙差别。遗憾的是，我刚刚领会到这些，也错失了位居于弗莱思想核心的启示音调，那是由技术人文主义视野开辟的闪烁希望以及流畅的能量。

　　本书得以完成，首先要感谢导师张德兴先生。他的肯定和鼓励是最初的源泉。回想跟随张老师读书的六年时光，大部分时间都花在对美学史的研读上了，当时囫囵吞枣读下的书，并未全然领悟。张老师一直如慈父般耐心包容，并给予我充分的自由探索空间。他淡泊、勤勉而诚恳的治学与人生态度，一直是宝贵的赠予。

　　博士毕业后，我又跟随孙景尧先生继续博士后研究。孙老师虽年近古稀，学术热忱却从未止歇，不断拓展着学科边界与研究空间，他深阔而游刃有余的视野不止一次地照亮了我那些犄角旮旯的思绪。如今，孙老师去世已近五年了，每每念及先生，音容犹在昨日，不由怆然。

　　本书的部分章节曾先后发表于《外国文学评论》、《兰州学刊》、《河北师范大学学报》、《中国比较文学》、《文艺理论与研究》、《文艺研究》等期刊，感谢这些刊物及编辑的肯定，在此一并致以诚挚的谢意。同时也感谢人民出版社李之美女士为本书的出版所付出的辛劳。

　　感谢中国人民大学文学院这个温暖的集体，尤其是文艺理论教研室的师长和同事们。还有更多的师长和友人们，这本书过于微薄，不足以承载那份感激。还有亲人们，是你们让我如此幸运。

　　尽管书稿即将付梓，可我没有感受到半点收工的欣悦，这仍是一场力有未逮的排演。神话敞开的世界是一份丰厚馈赠，我还没能成为合格的接受者，唯有继续前行，困学以知。

饶　静
2016 年 12 月

责任编辑:李之美

图书在版编目(CIP)数据

中心与迷宫:诺思洛普·弗莱的神话阐释研究/饶静 著. —北京:
　人民出版社,2017.6
(文学与思想丛书)
ISBN 978－7－01－017756－4

Ⅰ.①中…　　Ⅱ.①饶…　　Ⅲ.①弗莱(Frye,Northrop 1912—1991)-神话-
　文学研究　　Ⅳ.①I711.077

中国版本图书馆 CIP 数据核字(2017)第 124666 号

中心与迷宫:诺思洛普·弗莱的神话阐释研究
ZHONGXIN YU MIGONG NUOSILUOPU FULAI DE SHENHUA CHANSHI YANJIU

饶 静 著

人民出版社 出版发行
(100706 北京市东城区隆福寺街99号)

涿州市星河印刷有限公司印刷　新华书店经销

2017 年 6 月第 1 版　2017 年 6 月北京第 1 次印刷
开本:710 毫米×1000 毫米 1/16　印张:17.75
字数:300 千字

ISBN 978－7－01－017756－4　定价:46.00 元

邮购地址 100706　北京市东城区隆福寺街 99 号
人民东方图书销售中心　电话 (010)65250042　65289539